KB161978

겁 없이 살아 본 미국

초판 1쇄 발행 | 2017년 7월 8일
초판 2쇄 발행 | 2017년 9월 25일

지은이 | 박민경
펴낸이 | 최대석
펴낸곳 | 행복우물
기획총괄 | 최우수

편 집 | 엠피케어(umbobb@daum.net)
표지사진 | Robin Driscoll

등록번호 | 제307-2007-14호
등록일 | 2006년 10월 27일

주 소 | 경기도 가평군 가평읍 경반안로 115
전 화 | 031)581-0491
팩 스 | 031)581-0492
이메일 | danielcds@naver.com

ISBN 978-89-93525-45-8 (03810)
정 가 16,000원

※이 책의 국립중앙도서관 출판예정도서목록(CIP)은 서지정보유통시스템 홈페이지(http://seoji.nl.go.kr)와 국가자료공동목록시스템(http://nl.go.kr/kolisnet)에서 이용하실 수 있습니다.
(CIP 제어번호 CIP2017015625)

※표지사진 : Robin Driscoll
SEP Magazine Cover Contest Winner 2011
http://rdphotoservices.com

글 · 사진 박민경

행복우물

★

목차

★

프롤로그
Prologue

'우연'이 하나 둘 쌓여 만들어진 '인연'들에 대한 기록 … 12

무조건 떠나도록 '만들어' 보자 … 17

도돌이표 대신 쉼표를 찍을 수 있는 곳

일과 영어공부, 산토끼와 집토끼 모두 잡기

날씨가 화창한 곳으로 가야만 하는 이유

잠옷 입고 미국 MBA (경영전문대학원) 입학 면접

말문 트이지 않은 20개월 둘째를 한국에 남겨두고 떠나다

생활
Life

캘리포니아 정착기 … 30

캘리포니아, 딱 기다려! 하와이 잠깐 들렀다 갈게

맥도널드는 없어도 100년 된 빵집은 있는 동네, 클레어몬트

야생 코요테의 울음소리가 자장가, 클레어몬트대학원 기숙사

수영장 딸린 캘리포니아의 고급 빌라, 연예인만 살라는 법 있나?

b와 d를 헷갈려 하던 아이의 공립초등학교 적응기 … 57

썸머스쿨 첫 날부터 코피 터지다

125주년 씨캐모어 초등학교

첫째, 아이에 대한 존중, 둘째도 존중, 셋째도 존중

생일날에는 피냐타(piñata) 몽둥이질

선생님의 선생님과 책 읽는 아이들

책 잘근잘근 씹어먹고 소화해서 퉤 뱉어내기

오감 체험 메갈로돈, 평생 잊지 못할 거야

교과서에만 충실했던 40대 한국남자, 홀홀단신 미국 MBA 서바이벌 … 88

그 동안의 영어는 잊어라, 새로 배우는 영어 Academic English

첫 수업 'MBA수업의 나쁜 예'로 꼽힌 Frank, 졸업식 날 우수학생 선발되다

국적, 성별, 나이, 직업 불문. 모두가 친구가 되는 곳, 나의 영어수업 … 97

강간범과 마약밀수꾼과 테러리스트라고? 천만의 말씀

Yes/No도 모르는 세 살배기 둘째 프리스쿨 보내기 … 104

영어는 pipi(쉬쉬)만 알면 아무 문제 없어~

한 달 남은 미국생활, 머피의 법칙으로 정 떼기 … 109

사 람
People

GOD와 RAIN을 사랑하는 77세 베스트 프렌드 히데(Hide) … 116

세계여행과 자원봉사로 바빠서 늙을 시간이 없네

콘서트장의 같은 테이블에 앉은 우연이 인연이 된 첫 만남

35년 언어치료전문가의 민주 영어 개인 교습

35년 베테랑도 포기한 Frank, 혓비닥에 버러(butter)가 필요해

우리가 어떻게 베프가 되었냐면

둘이 합쳐 112세, LA에서 K-pop콘서트에 열광하다

얌얌 트리에서 얌얌 맛있게 선물 따먹기

졸업식 축하파티는 SURF AND TURF 육해진미로

10년째 화요일마다 타코 데이를 함께 하는 체력단련장 패밀리 … 149

웰컴, 한식은 처음이지?

할리우드 하이킹- 정상(peak)에서의 피크닉(picnic), Peaknic!

마음 속에 묻은 친구, 73세 최고령의 익스트림 BASE jumper, 짐(Jim)

어디선가 누군가에 무슨 일이 생기면 틀림없이 나타나는
우리 동네 마반장 마이크(Mike)

인종, 종교, 문화의 차이는 틀린 게 아니라 다를 뿐 … 178

유대인이 사는 법

Robin은 유대교 하누카, Dennis는 기독교 크리스마스, 둘 다 즐겨 봐

이슬람 라마단 기간에 예멘 외교통상부 장관 아흐메드와의 저녁식사

독일 혈통의 위스콘신 출신, 코리안 스피릿을 가진 레이(Rae)

클로이(민주)! 고교 졸업하면 알렉스처럼 한 달간 오지로 무전여행 가렴

미국에서 더 반가운 한국인 … 206

남미 야시레타 댐 수력발전소 건설의 유일한 한국인 설계사,
자랑스러운 이민 1세대 구암 선생님

강남스타일 들으며 눈물 흘리는 이민자의 삶, 그래도 인생은 아름다워

미국에서 만나니 반가움이 두 배, 학창시절 친구들

첫째 딸의 학교 친구들 … 225

축구신동 프랑스 꼬마 아가씨 매넌(Manon)

해양생물학자와 곤충학자의 만남, 자연가족 멜리나(Mellena)

실크로드 끝자락의 위구르족 혈통 아이프리(Aiperi), NASA 우주탐험 가볼까?

미국도 조부모가 양육하는 추세, 화목한 대가족 프리다(Frida)

여행
Travel

첫 여행지, 라스베가스가 특별한 이유 ··· 242

미국 프리웨이에 호된 신고식, 모하브 사막에서의 노상방뇨

구걸하던 노숙인도 옹기종기 모여 앉아 포커치는 곳

헉, Topless가 이런 거였어?

10개 국립공원에서 한 달간 캠핑을! ··· 252

미니멀리즘 캠핑, 손은 가볍게 가고 마음은 꽉 채워 돌아오기

죽기 전에, 죽더라도, 죽어서도 꼭 봐야 할 그랜드캐년 국립공원

자전거로 구석구석, 두 번 가니 더 좋은 요세미티 국립공원

초밀착 심쿵 유발자 버팔로, 미남이시네요
옐로스톤 국립공원 /그랜드티턴 국립공원

지구상 가장 어두운 밤하늘, 데쓰밸리에서 쏟아지는 별이 심장에 꽂히다

태양처럼 붉은 절벽아래 캠핑장에서 태양을 맞이하다, 자이언 국립공원

여기가 지구 맞아? 브라이스 캐년

2200살, 아직도 자라고 있어요. 세계에서 가장 큰 생명체 세콰이어/킹스캐년 국립공원

주니어 레인저, 국립공원 지킴이가 될 것을 선서하다

사람이 있는 여행 ··· 316

북미에서 가장 큰 고지대 호수, 에메랄드 빛 레이크타호

나파밸리, 와이너리 포도밭에서 와인 한 잔 하실래요?

언덕도 높고 물가도 높은 샌프란시스코

딸과 단 둘이 이번엔 뉴욕이다!

나만의 여행 노하우 ··· 355

문 화
Culture

미국에서 되찾은 '나의 이름' … 360

김치~치즈~입꼬리 Up! 기분도 Up!!

문에서 한번만 뒤돌아 봐 주세요

너무 가까이 오면 버블이 터져요, 버블스페이스

감기인 듯 감기 아닌 감기 같은 알러지라 죄송합니다

아이들의 독립성, 혼자서도 잘해요

노인들의 자립성, 나이는 숫자일 뿐

수평적 인간관계, 형부의 제수씨와도 베프

집 주인도 같이 좀 먹읍시다. 미국 집밥과 테이블 매너

상상을 초월하는 교통 범칙금, 티켓 한 장에 500불

미국에서 되찾은 '나의 이름'

*** SPECIAL TIP ***

2년만에 아이가 원어민 수준의 영어를 구사하게 된 비결 … 385

여행 책들이 넘쳐난다. 혼자 떠나는 여행, 아이와, 부모님과 또는 친구와 함께 하는 여행, 명소 탐방, 맛집 투어, 어학연수, 캠핑 등 여러 테마로 다양한 형태의 여행을 소개하는 책이 얼마나 많은지 알고 있다. 해외에 나가는 공항 이용자수는 긴 연휴 때면 빈번하게 최대기록을 갈아치우고, 주재원이나 유학의 형태로 해외경험을 하는 사람들도 많아지고 있다. 하지만 온 가족이 함께 해외에서 여행이 아닌 생활을 하는 것은 여전히 마음 먹는다고 해서 쉽게 경험할 수 있는 일은 아닌 듯하다.

우리 가족은 운 좋게 2년여 간의 미국 생활을 경험해 볼 수 있는 기회를 얻었고, 가족구성원의 연령대와 상황이 다른 덕분에 값비싼 사립대학원부터 주에서 운영하는 무료 영어강좌(ESL), 공립 초등학교, 프리스쿨 등 다양한 미국의 교육 시스템을 경험해 볼 수 있었다. 캘리포니아 엘에이 외곽의 작은 동네부터 화려한 대도시까지, 럭셔리 여행지부터 휴대폰도 터지지 않는 오지에서의 캠핑까지, 낯선 환경, 낯선 경험 중에 마주친 뜻밖의 소중한 인연, 현지인들과의 교류, 몸과 마음을 다해 있는 힘껏 부딪혔던 2년간의 경험담을 담았다.

당장 떠나고 싶지만 떠나지 못하는 사람들에게는 대리 만족이 되길 바라고, 여러 이유로 해외에 나가야 하지만 눈앞에 닥칠 새로운 일들이 두려운 분들에게는 작은 용기와 설레임이 되기를 바란다.

'우연'이 하나 둘 쌓여 만들어진 '인연'들에 대한 기록

얼마 전 집 근처 식당에서 아이들과 저녁식사를 하고 있었다. 남자 세 명이 들어와 우리 옆 테이블에 앉았는데 한국어를 전혀 알지 못하는 중국인들로 주문에 애를 먹고 있었다. 그 중 한 명이 영어를 그나마 조금 하는 편인 듯했는데, 식당의 일하시는 분은 중국어와 영어 중 어느 한 단어도 알아듣지 못하셨다. 중국 여행자들은 소고기(Beef)가 들어간 음식을 원했는지, "Cow!! Co~woo!!!(소)" 마치 중국어인양 성조를 다르게 붙여가며 연달아 외쳤다. 주문을 받으시는 아주머니가 여전히 이해하지 못하시자 난감해하며 "Calf(송아지)!"도 외쳐보았다. 마침 식당에는 그 팀과 우리 가족만이 있어서 내가 영어로 몇 마디 통역을 도와 소고기가 들어간 국밥과 수육을 주문했다. 주문을 무사히 마치고 나는 그들에게 한국에 어떻게 여행 왔는지, 중국 어디에서 왔는지 등을 물으며 가벼운 대화를 했다.

다음 날 롯데월드에 가던 나와 아이들은 택시에서 내리다가 택시 앞을 지나던 세 명의 남자를 마주쳤다. 서로 어!? 하며 깜짝 놀랐다. 전날 저녁 식당에서 만났던 중국인들이었다. 그 여행객들도 몇 시간 만에 전혀 다른 장소에서 다시 만난 우연에 신기해 했지만 무슨 얘기를 나눠야 할지 몰라 멋쩍게 웃었다. 우린 서로 뒤돌아 보며 손을 흔들며 떠났다. 그들은 가이드북을 들고 있었다. 순간 나는 좀 아쉬웠다. 내가 미국에서 여행하며 다닐 때 그랬듯이 언어도 잘 통하지 않는 나라에 여행을 온 저 사람들에게 도움을 주고 싶었다. 하지만 나에게 아무것도 물어오지 않는 사람들에게 내가 무작정 다가가기에는 괜한 오해를 받을 듯도 싶었다.

사람마다 다를 수 있다. 하지만 내가 생각하는 여행이란 가이드북에 시선을 파묻느라 스쳐 지나가는 풍경을 놓치는 대신에 현지인들과 눈을 마주치고, 언어가 완벽하지 않더라도 길을 물으려 대화를 시도해보고 부족한 언어로나마 현지인이 자주 가는 식당과 메뉴가 무엇인지 물어보는 것이다. 연달아 마주친 그 여행객들이 나에게 서툰 언어로나마 그것을 물었다면 난 어쩌면 기꺼이 일일 가이드를 자청할 각오가 되어 있었다. 그럴 기회가 나에게 결국 주어지지 않았지만.

미국에서 만난 보석 같은 인연들은 기적같이 우연히 찾아왔다. 도심에서 떨어진 작은 동네의 숲속 콘서트장에서, 우연히 커피를 마시려고 들른 카페에서, 집 근처 골프장에서, 지나가다 기웃거린 헬스장에서, 대학 캠퍼스에서, 기숙사에서… 짧은 시간 그렇게 많은 보석들이 우리 가족의 인생에 찾아와 준 것은 정말 기적 같은 일이었다.

돌이켜보면 그 인연들은 서로가 마음의 문을 열고 있는 상태에서야 가능했던 것 같다. 눈을 뜨고, 귀를 열고, 입을 열고, 마음을 활짝 열어 두고 있을 때 기대치 못한 인연이 내 인생에 한 발 성큼 들어왔다. 누군가에게 귀한 인연이 나에게는 스쳐 지나가는 사람일 수 있고, 나에게 소중한 사람이 누군가에게는 그저 행인이나 인사도 않고 데면데면한 이웃일 수 있다. 귀하고 소중한 인연을 서로 알아보는 눈은 마음에 달려 있으리라.

큰 딸아이는 1년 전 온 가족이 떠나온 캘리포니아에 겨울방학을 맞아 혼자 다녀 왔다.

"민주가 이제 겨우 만 10살인데 혼자 미국에 보냈다고?"

한국 친구들도 미국 친구들도 모두 깜짝 놀란다. 다들 너무 놀라워해서 내가 더 놀랐다.

영어 공부가 목적은 아니다. 영어 점수가 목적이었다면 대치동 영어학원 방학 특강을 등록했을 것이다. 하지만 학원에서 단어장을 암기하며 방학을 보내기에는 미국의 친구들과 살던 동네가 눈에 밟혔다.

미국에서 거주한 2년 동안 가족만큼, 어쩌면 그보다 더 가깝게 지냈던 히데(Hide) 할머니. 내 나이의 곱하기 2인 1941년생 그녀는 내 삶의 롤 모델이자 베스트 프렌드가 된 분이다. 우리가 한국에 나온 이후로도 거의 매일 화상채팅을 통해 연락을 주고 받던 히데가 어느 날 조심스레 물으셨다.

"너희가 너무 보고 싶다. 가족이 다같이 오기 어렵다면 겨울 방학 동안 클로이(민주)만이라도 보내면 어떻겠니?"

별로 고민하지 않고 짧은 가족 회의 끝에 바로 Yes 대답을 드렸다. 내가 망설인 이유는 단 한 가지, 할머니를 걱정하는 마음에서였다. 히데라면 얼마든지 아이를 믿고 맡길 수 있었지만 난 할머니에게 민주를 돌보는 것의 의미- 세끼 식사, 정리정돈, 빨래, 차량 픽업 등등-와 이것이 결코 쉬운 일이 아님을 상기시켜 드렸다. 사실 히데는 언어치료사로 평생을 아이들과 함께 지내셨지만, 본인의 자녀를 낳고 기른 적이 없으시기 때문에 친엄마도 귀찮게 여겨질 때가 있는 아이 뒤치다꺼리를 부탁드리는 것이 죄송했다. 또 미국은 한국과 달리 법률적으로 (주 법에 따라 차이가 있을 수 있지만) 13세 미만의 어린이가 집과 차량을 포함한 어떤 곳에도 보호자 없이 혼자 있어서는 안된다. 우리나라에서는 초등 1학년만 되어도 학교와 학원에 혼자 걸어다니는 것이 일반적인 것과 매우 다르다.

그럼에도 히데는 "나도 다 알아! 그런 건 아무 문제도 아니다." 라며 그저 민주를 보내주기만 하면 된다는 말씀으로 나를 안심시켰다. 딸아이도 13시간의 비행과 총20시간이 넘게 걸리는 여행을 모두 혼자 감당하겠다고 의지가 넘쳤다. 딸아이 또한 가족의 친구이기 이전에 본인의 베스트

프렌드이기도 한 히데와 미국학교 친구들을 다시 만나고 싶은 마음이 컸으리라.

한국에 돌아온지 벌써 1년이 되었다. 딸아이가 1년 만에 다시 LA행 비행기를 탄 그 날부터 시작된 것 같다. 추억들로 쫄깃하게 반죽되어 있던 내 심장이 이스트를 넣은 것처럼 부풀어 올라 글로라도 쏟아내며 다독이지 않으면 빵! 터져 버릴 것만큼 진한 향수병이 되살아났다. 마음을 어떻게 추스릴지 몰라 1년이 지난 지금에야 한 자 한 자 추억을 글로 남기는 용기를 내 본다.

미국 캘리포니아에서 보낸 2년. 어찌 보면 길지 않은 시간이지만, 우리 가족은 마치 강산이 두 번쯤 변했을 것만 같은 긴 2년을 보냈다. 종종 우리가 겪었던 에피소드와 인연들을 초콜릿 박스의 초콜릿을 아껴가며 하나씩 꺼내먹듯 조금씩 조금씩 풀어내다 보니 문득 '해외생활을 해 본 누구나 겪어볼 수 있는 일반적인 경험은 아니었구나!'하는 생각이 들었다.

누구는 회사를 다니다가 어떻게 MBA를 갈 수 있었는지, 누구는 아이가 미국 학교에 어떻게 적응했는지, 누구는 어디를 여행 다녔는지, 누구는 엄마의 생활은 어떠했는지, 누구는 어떻게 현지 친구들을 사귀게 되었는지 궁금해했다.

처음부터 책을 내려고 매일 꾸준히 내용을 기록하고 사진을 남긴 것이 아니다. 큼지막한 렌즈의 전문가용 카메라로 멋진 작품사진을 남긴 것도 아니다. 그래서 부족함과 아쉬움도 많지만 대신에 날 것 그대로의 자연스러움과 꾸밈없는 일상을 담았다. 유명 관광지의 많이 알려진 장소에서 찍은 사진, 맛집의 먹음직스러운 음식 사진 등은 고민 끝에 과감하게 빼는 쪽을 택했다. 인터넷에서 클릭 한 번이면 전문 사진가들의 블로그에서 나보다 훨씬 더 선명하고 좋은 구도로 찍은 사진들을 쉽게 찾을 수 있기 때문이다. 대신 그 곳에 살지 않으면 해보기 어려운 것들, 그 곳에 온전히 마음을 주지 않으면 볼 수 없는 것들, 세상 어느 곳에서도 똑같은 만남을 하기 어려운 '사람들'을 실었다.

꾸준히 일상을 메모하는 습관과 작은 기념품이나 브로셔, 이메일, 학교 가정통신문까지도 하나 버리지 않고 꽁꽁 싸 짊어지고 있는 귀찮은 수집벽 덕에 시간이 꽤 지난 기억들도 되살릴 수 있었던 것이 다행일 뿐이다. 때로는 빠져있는 기억의 조각 퍼즐을 함께 맞춰준 가족 덕분에 이 책이 완성될 수 있었다.

무조건 떠나도록 '만들어' 보자

도돌이표 대신 쉼표를 찍을 수 있는 곳

나의 해외 경험은 20대 초반 친언니가 정착해 살고 있는 하와이에서 보냈던 1년, 회사에 다니던 10년간 종종 갔던 해외 출장, 가끔 가는 가족여행이 전부였다.

어느 날 금융업계에 있는 남편이 회사에 학비전액과 생활금 일부를 보조해주는 MBA 지원 프로그램이 있다고 했다. 그 즈음 나는 아이의 영어 유치원 상담 한번 받아본 적 없고, 알파벳 ABC도 가르치지 않은 상태로, 용감해서 무식한 건지 무식해서 용감한 건지 큰 아이를 사립초등학교에 입학시켰다. 입학 후 예상치 못했던 반 편성 고사로 당당히 영어 최하위권 반에 배정받고는 난생 처음 본인에게 숫자가 매겨지는 경험을 하고 당황해 하는 딸의 모습을 곁에서 지켜보며 내가 과연 맞는 판단을 한 것인가 고민하고 있었다.

나는 아이를 친정에 맡기고 주말에만 데려오는 생활을 큰 애가 7살이 되던 해까지 하며 마음은 지쳐있었고, 잦은 출장과 야근으로 육체피로도 최고조에 달해 있었다. 남편은 회사업무 외에는 다른데 관심이 없었고 육아는 전적으로 나와 친정어머니의 몫이었다. 아이가 초등학교에 입학하면서는 아예 집으로 데려와 처음으로 가족끼리 모여 살며 아이는 할머니 대신 아빠엄마에게 적응을, 우리 부부는 아이와 매일 함께 있는 생활패턴에 적응하려고 노력하는 중이었다. 때마침 회사에서 10년간 해오던 마케팅 업무를 쉬고 둘째 아이의 출산 휴가 중이기도 했다.

남편은 주변 사람들로부터 일중독이라고 수군거리는 말을 들을 정도였는데 요즘 흔한 표현으로 뇌 구조 99%가 회사 업무로만 채워져 있던 사람이었다. 쉼 없이 달린데 대한 보상으로 정신과에서 우울증 약과 수면제를 처방 받아, 밥은 안 먹어도 약은 먹어야 다음날 또 도돌이표 같이 출근 도장을 찍을 수 있었다. 어디론가 떠나고 싶었다. 한국이 아닌 곳. 도돌이표 대신 쉼표를 찍을 수 있는 곳, 아이들이 학원 대신 공원에서 괌합성을 할 수 있는 곳. 미국의 어느 조용한 시골 동네라면 더욱 좋겠다 싶었다.

아이는 여전히 b와 d를 헷갈려 했지만, 알파벳 대소문자를 겨우 익히고 나니 이번에는 영어 발음을 익혀야 하는 파닉스(phonix)라는 산을 넘지 못하고 있었다. 다음 날 교내 영어 동화 구연대회에서 발표해야 하는 원고를 외우지 못해 밤 12시까지 눈물을 뚝뚝 흘리다가 겨우 잠든 날 밤에 작은 서재 방에 남편과 마주앉아 무조건 떠날 수 있도록 '만들어'보자고 결심했다.

일과 영어공부, 산토끼와 집토끼 모두 잡기

그날부터 남편은 새벽 5시에 일어나 6시부터 8시까지 종로에 있는 토플학원에서 영어와 고카페인 커피로 하루를 시작했다. 또 1시간 남짓한 회사 점심시간을 도끼로 장작 패듯 쪼개고 쪼개 회사 근처 학원에서 리스닝 강좌를 등록해 입에 샌드위치와 처방 받은 정신과 약을 밀어 넣어가며 수업을 들었고 푹 익은 파김치가 되는 주말에는 강남 토플 학원에 가서 하루 8시간씩 앉아 강의를 들었다. 덕분에 나는 평일에 이어 주말까지 밤낮으로 갓 입학한 초등 1학년생과 모유 수유하는 갓난아기, 둘을 돌보느라 하루가 어떻게 지나가는지 정신을 차릴 수 없을 지경이었다. 남편은 대학원 정치학과에 입학하려고 1년간 시험 준비를 할 때, 또 석사 졸업 논문을 위해 영어 원서를 힘들게 읽어낼 때의 경험이 - 결국은 정치 대신 금융권에서 일하게 되었지만- 무용지물이 되었었는데 MBA 입학을 위한 토플 공부할 때가 되어서야 뒤늦게 빛을 발했다. 두 번의 토플 시험 결과 읽기와 독해는 평균 점수보다 월등했지만, 번번이 쓰기 영역에서 빈 칸을 다 채우기도 전에 종료 시간이 되어 아깝게도 기준점수를 넘지 못하는 남편에게 나는 영어공부보다도 여전히 두 손가락으로 톡톡 날아다니는 독수리 타법을 먼저 바꿔보라는 조심스러운 충고도 해보았다.

세 번째 시험에서도 반드시 넘어야 하는 필수 점수가 나오지 않아 심적으로 힘들어 하던 중 "딱 한 번만 더!!!"를 외치며 봤던 시험에서 드디어 목표점수가 나왔다.

회사 MBA(경영대학원 석사과정)프로그램의 지원 절차는 이렇다.

토플(TOFEL) 기준 점수 달성 – 지원하고 싶은 학교 선정 - 회사에 지원서 제출 - 회사 심사위원회에서 대상자 선정 - 학교에 지원서와 자기 소개서 등 제출 – 서류 통과 시 인터뷰 – 합격여부 결정

남편이 반 년에 걸친 노력 끝에 이루어 낸 성공은 이와 같은 여러 절차 중…… 첫 번째였다. 갈 길이 멀었다.

날씨가 화창한 곳으로 가야만 하는 이유

고3 수험생의 원서 접수 눈치 작전처럼 어느 학교에 지원할지도 중요했다. 회사에서는 한 학교에 한 명만을 지원하기 때문에 복수 지원자가 생긴다면 아무래도 경쟁률이 높아진다. 회사가 기준한 지원 대상처 중 미국에 위치한 곳은 미시간대학교(University of Michigan), 워싱턴대학교 (University of Washington), 캘리포니아 LA시내에 위치한 남가주대(USC, University of Southern California)와 클레어몬트 대학원(CGU, Claremont Graduate University) 정도였다.

시애틀에 위치한 워싱턴대도 매우 좋은 환경이라고 들어 잠시 고민했지만, 우리가 생각한 기준은 일단 학교의 특성도 중요했지만 더불어 날씨가 좋은 곳이었다. 시애틀이라면 비가 자주 오고 흐린 날씨 덕분에 스타벅스 1호점이 탄생한 곳이 아닌가.

그때까지 우울증 약을 복용 중이던 남편을 고려하면 우중충한 날씨는 결정적인 탈락 이유였다. 미시간대도 MBA로는 최고의 대학 중 하나이지

실제로 보니 동네 뒷산 정도로 지척에 보이는 마운틴 볼디의 최고 해발은 3068m. 해발 2744m인 백두산보다 높아서 가을이 되면 산 정상에 눈이 덮인다. 반팔에 슬리퍼를 끌고 얼음 동동 띄운 아이스커피를 먹다가 30분만 달려가면 자연산 눈 위에서 스키를 마음껏 탈 수 있다.

만 일년의 절반은 춥고 겨울이 길다는 이유로 가장 먼저 제외했다.

그 다음 기준은 중심가로부터 약간 떨어진 곳에 위치한 시골 동네 같은 곳. 평생 도시에서만 살아온 도시남녀 부부이지만 문득 도시의 번잡함과 속도감이 피로하게 느껴졌다. 그래서 LA다운타운에 위치하고 한국 유학생이 많은 USC도 제외했다. 동문간의 유대가 매우 강하고 한국인들의 선호도가 매우 높은 학교라는 점에서 끌리기는 했으나 한국학생이 많다는 점이 복잡한 한국 사회에서 너무 부대껴 숨이 차 헐떡이던 우리에게는 오히려 매력적이지 않았다.

남은 곳은 LA다운타운에서 동쪽으로 50킬로미터 정도 떨어진 클레어몬트였다. 처음 들어보는 지역이라 인터넷 검색을 해 보았지만 도시에 대한 정보가 거의 없었다. 인구 약 3만 5천 명의 작은 도시이자 여러 대학이 모여있어 거주자 다섯 명 중 한 명이 학생인 대학타운이라는 정도. 이 곳에 위치한 포모나 대학의 웹사이트에는 이런 부연 설명이 있었다.

"클레어몬트는 오전에 스키를 타고 오후에 바다에서 물놀이를 즐길 수 있는 전세계에 몇 안 되는 곳이다. 메이저리그 야구경기를 볼 수도 있고 밤에는 오페라공연을 볼 수도 있다."

클레어몬트 대학원은 경영학의 아버지라 불리는 피터 드러커(Peter Drucker)가 설립한 학교로, 평소 드러커의 책을 찾아 읽으며 경영학을 인문학적 관점에서 풀어내는 그의 철학을 존경해 온 남편이 공부하고 싶어하는 방향과 딱 맞았다. 드러커 스쿨은 피터드러커와 일본인 마사토시 이토에 의해 설립된 학교이므로 일본에서는 매우 명성 있고 우수한 인재들이 많이 유학 오는 학교로 유명하다. 더군다나 날씨는 1년 내내 화창하고 따뜻한 곳. 더 이상의 고민 없이 클레어몬트로 최종 결정!

현대경영학을 창시한 학자로 평가받으며 경영학의 아버지라 불리는 피터드러커-Peter Drucker 저서의 책. 39권의 책이 36개 언어로 번역되어 출간되었다. 피터드러커는 2005년 11월 클레어몬트에서 96세를 일기로 사망했다.

잠옷 입고 미국 MBA (경영전문대학원) 입학 면접

다음으로 넘어야 할 산은 회사에 지원서를 제출하고 심사위원회에서 여러 지원자들 중 단 두 명을 뽑는 대상자 선정 과정이었다. 남편은 당시 금융 지주사의 커뮤니케이션팀 소속이었다. 실력이 쟁쟁한 다른 지원자들도 여럿이라 너무 기대하지 말고 기다리라는 말에 마음을 다독이고 있을 때 최종 선정되었다는 반가운 소식이 들려왔다.

그때부터 남편은 회사내 MBA 출신 선배의 도움도 받아가며 학교의 모집기준에 맞는 에세이를 쓰고 인터뷰 준비를 했다. 회사 지원이라 하더라도 입학은 여타의 일반 학생들과 똑같은 과정을 통해 합격해야 한다. 지난 10여 년간 남편의 회사에서 CGU의 MBA를 마치고 온 사람이 불과 서너명이었고, 그 중 가장 최근에 다녀온 분이라고 해보았자 5년 전의 일이라 입학에 대한 최신정보나 생활정보를 얻기 어려웠다.

드디어 면접 일정이 확정되었다. 원래 대면 인터뷰가 원칙이지만 회사에 다니고 있다는 점을 감안하여 스카이프(화상 채팅 프로그램)를 이용하도록 배려해 주었다. 면접 일자가 확정된 날부터 남편과 나는 간단한 자기소개부터, MBA지원 이유, CGU 지원동기, 회사 내에서의 직무, 업무 상 어려운 일을 극복했던 사례, 성공사례 등의 일반적인 예상 질문과 적절한 답변을 일단 한국어로 작성해보기 시작했다. 이렇게 만든 답변을 영어로 옮기고 외우는 작업을 시도해 보았으나 암기해서 답변하는 것이 오히려 대화를 부자연스럽게 만들 것 같았다. 그래서 반드시 어필해야 하는 내용이나 반드시 질문할 법한 문장 몇 개만 영어로 바꾸어 입에서 자연스럽게 나올 수 있도록 여러 번 읽어보는 정도로 마무리하였다.

드디어 인터뷰 날, 7시간 시차를 고려하여 토요일 오전 9시로 (캘리포니아 시간 금요일 오후 4시) 스케줄이 잡혔다. 이메일로 서로의 스카이프 아이디를 교환하여 미리 등록해 두고, 약속한 9시를 몇 분 앞두고 남편이 이 버튼이 맞는 걸까? 저 버튼을 눌러야 하나? 혼잣말을 하며 버튼 하나를 클릭했다. 그 순간, 인터뷰어의 얼굴이 스크린을 꽉 채웠다. 옆에 서있던 나는 0.1초 차이로 전광석화와 같이 주저 앉아 화면에 등장하는 난감한 상황을 피했고, 엉금엉금 기어서 살그머니 서재 밖으로 나왔다.

그때부터 약 1시간 반 동안 인터뷰가 이어졌다. 처음에는 약간 긴장하는 듯했으나 긴 시간 면접이다 보니 오히려 점점 시간이 갈수록 긴장감은 풀어지고 유쾌하면서도 진지한 대화가 오갔다. 본인의 장단점, 괄목할만한 성취 업적, 동료와 갈등이 벌어지는 상황을 어떻게 해결을 할 것인지, 본인이 학교와 수업에 어떠한 공헌을 할 수 있을 것인지 어필해보라는 등의 질문이 나왔다. 남편은 당황하지 않고 대답을 썩 잘하였고, 인터뷰어는 남편의 대답이 매우 독창적이라며 칭찬을 아끼지 않았다. 꽤 많은 인터뷰이를 만나 보았지만 이렇게 답한 사람은 처음 보았다며 심지어는 매우 유쾌해 하기까지 했다.

학교에서 직접 만나게 되기를 바란다는 훈훈한 마무리 인사 끝에 드디어 종료 버튼을 누르고 남편은 기진맥진. 휴우~~문 밖에서 귀를 쫑긋 세우고 엿듣던 나도 긴장이 풀렸다. 남편이 방문을 열고 나와 서로 하이파이브를 하는데, 웃음이 터졌다. 남편의 아랫도리는 잠옷차림에 상의만 와이셔츠와 넥타이 차림이었던 것이다! 화상채팅이라 얼굴만 보고 대화하는 방식이기도 했고 채팅 시작 버튼을 우연히 누른 탓에 준비를 완벽하게 하지 못한 상태였던 것이다. 예의 바르게 한국식으로 벌떡 일어나서 허리 굽혀 인사했더라면 탈락이었을지도 모르겠다.

얼마 후 학교로부터 정식 합격 통보를 받았고 남편과 나는 얼싸안고 기쁨을 만끽했다.

회사에서 지원하는 MBA 과정은 매 학기 들어야 하는 학점 수도 많고 수업내용도 쉽지 않아 보였다. 기본적으로 해당 분야에서 실무 경력이 5년 이상 있어야 지원 가능하기 때문에 학생 대부분이 회사의 오너이거나 매니저급 이상의 사람들이다. 동일 과정 중에는 한국 학생이 단 한 명도 없었다. 홀홀단신 한국인의 서바이벌이었다.

말문 트이지 않은 20개월 둘째를 한국에 남겨두고 떠나다

미국으로 떠날 날이 결정되고 또 하나의 큰 결정을 내리게 되었다. 당시 나도 회사를 그만 두고 둘째와 주로 시간을 보내고 있었다.

"우리…… 유진이를 장모님께 맡겨 두고 가는 거 어떻게 생각해?"

남편이 말했을 때 농담인 줄 알았다. 큰애 출산 후에는 3개월 만에 복직하여 모유수유도 하지 못하고 주말에만 친정에서 데리고 와 지냈던 것이 아쉬워서, 둘째는 모유수유도 길게 하고 내 품에만 끼고 있을 때였다. 처음에는 말도 안 된다고 일축했다가 남편의 제안이 점점 머릿 속에 맴

돌기 시작했다. 워낙 말이 빨랐던 첫째에 비해 둘째는 당시 18개월임에도 아직 '엄마' '아빠' 밖에는 말을 못 떼고 있었고, 아장아장 걷기 시작한 지도 얼마 되지 않을 때였다.

남편은 아는 사람도 없는 낯선 곳에 가서 온 가족이 새롭게 정착해야 하고 유창하지 않은 언어로 본인이 전공했던 분야도 아닌 새로운 공부를 해야 하는 것에 대하여 과연 잘 해낼 수 있을지, 최악의 경우 한 과목이라도 낙제점을 받으면 1년 후에 학위를 받지 못하는 상황이 생길 수도 있다는 두려움에 미리부터 스트레스가 상당했다. 큰 딸 민주도 영어를 한마디도 하지 못하는 상황에서 미국학교에 잘 적응할 수 있을지 물음표였고, 둘째 유진이도 예방접종부터 감기까지 한창 병원 갈 일이 많은 시기에 한국과 달리 의사 만나기 어려운 그 곳에서 통제 불가능한 상황이 벌어지지는 않을까 걱정이 되었다. 돌 지난 아기는 가장 예쁜 시기이기도 하지만, 가족 구성원 모두가 아기의 생활패턴과 컨디션을 최우선으로 고려해야 하는 때이기도 하다.

세 살 이전에 주 양육자가 바뀌면 좋지 않다는 육아이론을 들어와서 많은 고민을 했지만, 그나마 위안이 되었던 것은 당시 매일 친정엄마가 출근하다시피 오셔서 함께 아이를 봐 주시던 상황이라 그에 대한 걱정은 다소 덜 수 있었다. 친정 부모님과도 상의하고, 평소 친하게 지내며 우리 가족의 특성과 양육방식에 대해 잘 알고 계신 소아청소년정신과 전문의에게도 자문을 구했다. 선생님은 걱정이 한가득이던 나에게 시원시원 대답해 주었다.

"나 같으면 둘째를 두고 가겠어요. 친정어머님의 양육 스타일은 나도 잘 아니까 외할머니한테라면 맡기고 가도 걱정할 필요 없어요. 가거든 매일 영상통화도 하지 마세요. 당장 돌아와서 만날 것도 아니면서 자꾸 얼굴 보여줘 봤자 아이도 엄마를 그리워만 하게 돼요."

둘째를 마지막으로 보는 날, 친정부모님댁 욕실 욕조에 앉혀 두고 "안녕~ 유진아, 일 년 후에 보자." 인사해도 유진이는 1년이 뭘 의미하는지 몰라 엄마가 시장이라도 가나 보다 하며 보는 둥 마는 둥, 손 흔들고 물에서 장난감 오리를 잡느라 바빴다. 그런 작별이 더 좋은 듯싶었다. 밖에 나와서 큰 아이와 끌어안고 한참을 울다가 집에 와서 마지막 짐을 쌌고, 다음 날 나와 민주만 공항으로 향했다.

★

문득 내가 한국에서 그토록 원하고 꿈꾸던 순간이
바로 지금인 것 같다는 생각이 들었다.
아이의 학교친구들과 함께 잔디와 나무가 많은 공원의
나무 둥치에 걸터앉아
발을 까딱거리며 광합성……
행복했다.
아이가 생일의 주인공인데 내가 더 행복했다.

★

생활 Life

캘리포니아 정착기

캘리포니아, 딱 기다려!
하와이 잠깐 들렀다 갈게

이사짐은 단출했다. 해외이사 전문 운송업체를 통해 배로 운반될 큰 짐들은 한 달 먼저 보내고 당장 쓸 물건들은 직접 가지고 갔다.

남편은 일주일 먼저 출발했다. 먼저 도착한 남편이 처리한 일은, 자동차 구입, 운전 연수 받기, 캘리포니아 면허증 취득, 차량 보험 가입, 휴대폰 구입 및 개통, 대학원 등록, 기숙사 등록, 아이의 초등학교 등록, 아이의 썸머스쿨 등록, 나의 ESL 수업 등록 등등… 보통 유학생들이 한 달 이상 걸려 처리할 일을 남편은 단 5일 만에 끝마쳐 놓은 것이다!

내가 잠깐이라도 하와이에 있는 언니를 만나러 갈 수 있는 시간 마련을 위한 남편의 배려였다. LA 다운타운에 사는 남편의 같은 회사 단짝인 동기 집에 임시로 묵으면서 클레어몬트까지 매일 3시간 왕복 운전을 하며 식사도 도로 위에서 샌드위치로 해결하며 이룬 성과였다. 이 많은 일을 5일 만에 해냈다는 것은 일처리를 빨리빨리 해주는 한국에서는 가능할지 몰라도, 막상 미국에서 생활해 보고 난 지금은 오히려 불가사의한 기적처럼 느껴진다. 운전 연수 강사는 몇십 년 강사 경력에 단 하루 만에 필기, 실기시험을 마치고 임시면허증까지 받아들고 나온 사람을 처음 보았다고 했다.

미국 내 최대 국제공항 중 하나인 LAX까지는 국적기 직항 항공이 물론 많다. 하지만 외국항공사의 경유비행기를 이용하면 일단 가격이 저렴하고, 경유지를 구경하고 가는 것도 나쁘지 않을 것 같았다. 일본에서의 대기 시간은 길지 않은데 다음 비행기로 갈아타기 위해 가는 거리가 상당했다. 서둘러 셔틀버스와 에스컬레이터를 번갈아 타며 갈아탈 비행기의 터미널에 도착하였다.

일본 라멘을 좋아하는 나는 기대감에 공항 직원에게 라멘집 추천을 부

인천-일본 나리타-미국LAX, 중간 경유지 일본 나리타 공항에서 라멘과 우동으로 소박한 만찬을 즐겼다.

탁했다. 추천 받은 식당에 들어가 메뉴판 사진 중에서 제일 맛있어 보이는 라멘과 일본맥주를 한잔 시켰다. 평소 같으면 양이 많지 않은 딸아이와 음식 하나를 나눠 먹었을 텐데 이날만은 남길 게 뻔한데도 바삭한 새우튀김이 얹어진 우동과 작은 반찬들까지 여러 개 골고루 시켰다.

통유리 너머로는 다음 비행기가 우리의 만찬을 너그럽게 기다려주고 있었고, 생크림처럼 부드러운 거품이 차가운 유리잔을 넘치도록 덮은 맥주는 시원했고, 해물과 야채가 아낌없이 들어간 뜨끈한 라멘은 흥분과 설레임으로 가득찬 내 가슴을 더욱 뜨겁게 덥혀 주고 있었다.

음식을 생각보다 꽤 많이 먹어 치우고 아이와 공항 샵을 천천히 구경하며 만화영화 토토로 카드와 녹차맛 킷캣 KitKat 초콜릿, 아기자기한 소품을 사는 재미도 경유지 여행에서만 얻을 수 있는 즐거움 중 하나였다.

같은 LAX행 비행기를 기다리고 계시던 한국 아주머니 여섯 분이 여고생처럼 꺄르르 웃으시며 들뜬 기분을 감추지 못하고 수다 삼매경이다. 잠시 얘기를 나눠보니 동창들끼리 15일 동안 무려 미국 동부와 서부, 캐나다까지 대장정을 떠나시는 길이란다. 내 인생의 동반자들인 고등학교 동창 넷이 떠올랐다. 우리도 10년쯤 후에는 곰국을 한 솥 가득 펄펄 끓여두고 남편과 아이들에게 "알아서 차려먹어!" 큰 소리 치고 나와 저렇게 깔깔거리며 여행할 수 있겠지 상상하니 통로를 꽉 채우는 아주머니들의 시끄러운 수다에 퍽 너그러워졌다.

LAX 공항에 도착하자 마중을 나온 남편과 수십년 떨어져 지낸 이산가족 상봉 마냥 반가워하며 팔에 매달려 동동거렸다. 공항 문을 나와 "캘리포니아아~~악!!" 진심 어린 뱃 속 깊은 발성으로 괴성을 지르며 팔 벌리고 점프하자 주변의 사람들이 키득거렸다.

이틀을 한인타운의 친구 집에 임시로 묵고 시차 적응이 되려는 참에 이틀 전 지나왔던 인천-LA구간의 절반을 6시간 비행하여 되돌아갔다. 친언니가 살고 있는 하와이 오아후 섬으로 가기 위해서였다. 인천-하와이 경유-LA 노선의 항공이 있어 처음부터 이 경로대로 이동했으면 완벽했겠지만, 나와 딸아이는 유학생 가족 비자를 가지고 있기 때문에 한국으로부터 미국 최초 입국 장소가 반드시 학교가 위치한 캘리포니아 주가 되어야만 했다. 민주는 친정엄마와 거의 매년 하와이에 갔었고, 나는 휴가가 가능한 때때로, 남편은 딱 한번 간 적이 있었지만 가족 셋이 함께 간 것은 처음이었다.

하와이까지는 델타 항공을 이용했는데 저렴한 대신 기본 서비스라는 것이 전혀 없다. 수하물, 기내식, 기내 담요, 음료 등등 모든 것에 귀찮을 정도로 별도 금액을 지불해야 한다. 기내식으로 치킨 샌드위치를 주문하자 남자 승무원이 손이 안 닿는 거리에서 남편에게 샌드위치를 휙! 던졌고, 붕! 날아와, 탁! 잡자 "오우~나이스 캐~~치" 스튜어드가 칭찬해줬다. 머리 위 선반에 승객용 베개가 잔뜩 들어있어서 선반 문이 닫히지 않아 남편이 낑낑거리며 가방을 구겨 넣고 문을 닫자 마침 지나가던 승무원이 옆에서 지켜보다가 "오우~~힘 센데!" 또 칭찬. 칭찬은 고래도 춤추게 한다더니 저렴한 항공권 가격과 칭찬은 불친절한 서비스에도 우리를 웃게 만들었다. 하와이에서 열흘의 달콤한 휴가를 마치고 새 출발에 대한 각오를 다지며 LA로 다시 돌아왔다.

Over the rainbow

By Israel Kamakawiwo‘ole

Somewhere, over the rainbow, way up high,
And the dreams that you dream of once in a lullaby
Somewhere over the rainbow blue birds fly,
And the dreams that you dream of, dreams really do come true
Someday I'll wish upon a star
and wake up where the clouds are far behind me
Where trouble melts like lemon drops
High above the chimney top That's where you'll find me
Somewhere over the rainbow, blue birds fly
And the dream that you dare to, oh why, oh why can't I
Well I see trees of green and red roses, too
I watch them bloom for me and you
And I think to myself "What a wonderful world"
Well I see skies of blue and clouds of white
and the brightness of day, I like the dark
And I think to myself "What a wonderful world"
The colors of the rainbow so pretty in the sky
Are also on the faces of people passing by
I see friends shaking hands saying "How do you do?"
They're really saying "I, I love you"
I hear babies crying and I watch them grow,
They'll learn much more than We'll know
And I think to myself "What a wonderful world"

무지개가 자주 뜨는 하와이. 심지어 쌍무지개도 어렵지 않게 볼 수 있다. 무지개가 뜨면 나도 모르게 300kg이 넘는 거구의 하와이 원주민 가수 Israel이 하와이 전통악기인 귀여운 우쿨렐레를 치며 노래한 버전의 오버더레인보우Over the rainbow를 흥얼거리게 된다.

와이키키 해변에서 서핑 레슨을
받는 민주와 조카 에리카

맥도널드는 없어도 100년 된 빵집은 있는 동네, 클레어몬트

인터넷 검색을 해 봐도 도통 별다른 자료를 찾아볼 수 없었다. '박사와 나무의 도시'라는 소개를 보고, 이 연관성 없는 '박사와 나무의 조합은 과연 무엇인가?' 갸우뚱 했지만 막상 그 곳에 가보니 이유를 알 수 있었다. 7개의 사립 대학과 대학원이 약 2.5km의 캠퍼스 안에 자리잡고 있는 대학타운이라 박사 학위 가진 사람들이 워낙 많다. 인구 3만 5천명 중 교수와 학생 비율이 20%이고 은퇴한 교수 및 교직원까지 합하면 대부분이 대학에 연관된 사람들로 이루어졌다. 또한, 골목마다 오래되고 기품있는 가로수가 우거져있다. 동네에는 똑같이 생긴 집이 한 채도 없고 똑같이 꾸민 정원도 하나도 없다. 잘 정비된 뉴타운인 얼바인에 사는 친구가 놀러왔다가 얼바인에서 볼 수 없는 오래된 나무들이라며 신기하게 구경하는 것을 보고 과연 나무의 도시라고 부르는 이유가 있구나 싶었다.

Claremont Colleges 캠퍼스 안에는 5개 대학과 2개 대학원-포모나(Pomona College, 1887), 클레어몬트 맥케나 (Claremont McKenna College, 1946), 스크립스(Scripps College, 1926), 하비머드(Harvey Mudd College, 1955), 피처(Pitzer College, 1963)대학과 두 개의 대학원, 클레어몬트 대학원(Claremont Graduate University, 1925), 켁대학원(Keck Graduate Institute, 1997)이 모여 있다. 클레어몬트 컨소시엄은 영국의 옥스포드나 케임브릿지를 본 딴 형태로 미국에서도 보기 드문 시스템이다.

한국에서는 대표적 아이비리그 대학 정도만 알고 있다가 이름도 생소한 학교들을 보며 갸우뚱 했지만, 알고 보니 모두 미국 대학 순위에서 탑에 손꼽히는 대학들이다. 특히 포모나 대학은 명문이자 역사가 가장 깊다. 포브스(Fobes) 지는 2015년 미국 내 최고 대학으로 스탠포드, 예일, 하버드를 제치고 포모나를 1위로 뽑았고, 프린스턴 리뷰(The Princeton Review)는 미국 상위 371개 대학에서 학생들에게 가장 훌륭한 수업 경험을 제공하는 대학 1위로 뽑기도 했다. 하비머드 대학은 MIT나 칼텍(Caltech)과 어깨를 나란히 하는 공과대학으로, 졸업생들의 연봉이 가장 높은 순위로는 MIT와 칼텍을 제치고 1위에 오르기도 했다. 클레어몬트 컨소시움과 별개로 길 하나를 건너서 클레어몬트 신학대학원이 자리하고 있고 이 곳에 한국 유학생이 상대적으로 꽤 많다.

모두 사립이라 연 5만-8만 달러에 달하는 학비에, 기숙사비, 식비를 포함한 생활비까지 모두 감당할 수 있는 경제력까지 겸비한 수재들이 온다.

5개의 대학과 2개의 대학원이 수업과 캠퍼스를 공유하는 클레어몬트 컨소시움을 이루고 있다.

클레어몬트 Village에서 46년 간 해오던 안경점의 폐업 안내. 클레어몬트, 감사합니다! 라고 손으로 정성들여 써서 붙여둔 안내문을 보니 평생 어떠한 마음으로 이 동네에서 안경을 만들어 오셨을지 어렴풋이 짐작이 간다.

각 대학은 독자적으로 강의를 개설하지만 다른 4개의 대학에서 수업을 교차로 들을 수도 있다. 또한 한 캠퍼스 공간 내에서 도서관, 안전시설, 식당, 학생 회관 등의 복지시설을 공유한다. 혹자는 백인이 절반 이상을 차지하고 흑인이 거의 없는 학생 구성 비율에 문제를 제기하기도 한다. 실제로 남편이 다닌 클레어몬트 경영대학원에는 흑인 학생이 단 한 명 있었는데, 남편이 이 유일한 흑인 학생인 마이클과 아주 친해져 소수 인종으로 학교 생활을 하는 그의 고충을 간간이 듣기도 했다.

이 작은 동네에는 젊은 학생들 뿐 아니라 백발의 노인들도 많이 거주한다. 동네의 가장 살기 좋은 위치에는 실버 커뮤니티 단지가 들어서 있다. 대개는 Claremont Colleges에서 교수 또는 교직원으로 정년 퇴직 하였거나 그 동네에서 평생을 살아오신 분들이다.

터줏대감 노인들은 동네에 프랜차이즈 샵이 들어오는 걸 원하지 않는다. 이 동네에서 보기 어려운 것은 100년 된 빵집, 50년 된 안경점, 30년 된 카페, 20년 된 수제 아이스크림점이 아니라, 피자헛, 맥도날드, 타코벨, 배스킨라빈스이다. 다른 동네와의 접경지역에 가서야 잭인더박스 햄버거점과 배스킨라빈스 아이스크림점 정도를 볼 수 있다.

밤에는 가로등도 최소로만 켜서 조명이 어두운 덕분에 크리스마스와 할로윈 시즌에는 집집마다 특색있게 장식한 조명이 더욱 돋보인다. 길거

Village의 20년 된 수제 아이스크림 가게 Bert&Rocky's. 놀라운 점은 장사가 안돼 어쩔 수 없이 버티는 가게가 아니라 여전히 연령 불문하고 늘 손님이 북적거리는 현재진행형의 가게라는 점이다. 원하는 맛의 조합을 미리 주문해두면 입맛대로 만들어 주기도 하고, 가게 안쪽 작업실에서는 캐러멜을 입힌 사과나 온갖 종류의 스위트 디저트류를 직접 만들고 있다. 내가 어렸을 때 군것질 하던 문구점의 주인이 되는 것이 꿈이었듯 아마도 이 동네 아이들은 Bert&Rocky's 주인이 되는 것이 꿈일 것 같다.

20년이 넘은 이탈리안 레스토랑. Village의 많은 샵들이 수십 년은 기본이다. 내가 10년 후에 이 곳을 방문하더라도 여전히 내 추억 속의 파스타를 맛볼 수 있을 것 같다.

리 야간 주차도 금지하기 때문에 모르고 주차했다가 범칙금을 낸 친구들을 많이 보았다. 빌리지의 모든 샵은 네온사인도 금지다. 친한 카페 사장님은 불빛이 반짝이는 작은 안내판을 붙였다가 당장 떼라고 시에서 경고를 받았다. 까다롭지만 그 까다로움이 이 곳을 지켜나갈 수 있는 힘이다. 언뜻 보면 소박해 보이고 재미날 것 없는 동네이지만 명품처럼 오래 돼도 질리지 않고 시간이 갈수록 더 빛을 발하는 곳이기도 하다.

덕분에 이른 아침 눈뜨자마자 슬리퍼를 찍찍 끌고나가 100년이 넘은 썸크러스트 베이커리에서 갓 내린 커피와 크로아상을 먹고, 선물가게에서 백발의 호호 할머니가 한참 동안 요리조리 리본을 매만지며 세심하게 포장해 주는 선물을 들고 나오는 호사를 누릴 수 있다.

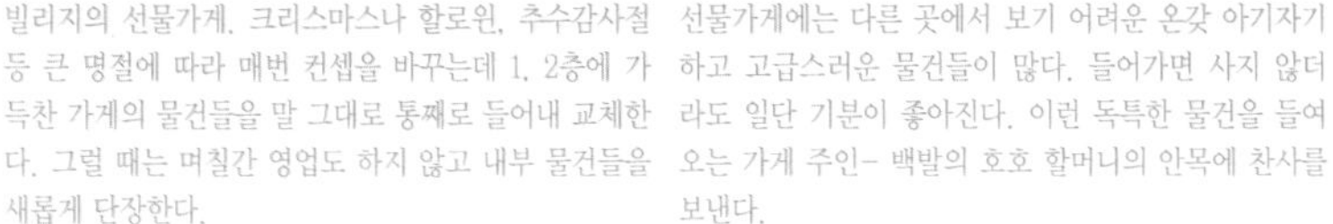

빌리지의 선물가게. 크리스마스나 할로윈, 추수감사절 등 큰 명절에 따라 매번 컨셉을 바꾸는데 1, 2층에 가득찬 가게의 물건들을 말 그대로 통째로 들어내 교체한다. 그럴 때는 며칠간 영업도 하지 않고 내부 물건들을 새롭게 단장한다.

선물가게에는 다른 곳에서 보기 어려운 온갖 아기자기하고 고급스러운 물건들이 많다. 들어가면 사지 않더라도 일단 기분이 좋아진다. 이런 독특한 물건을 들여오는 가게 주인- 백발의 호호 할머니의 안목에 찬사를 보낸다.

Village에 딱 하나 있는 악기상. 그래미상(Grammy Award)을 두 번이나 수상한 음악가의 부모님이 운영한다. 전 세계 다양한 악기를 이 곳에서 구경하고 연주해보고 만져볼 수 있기 때문에 음악을 좋아하는 사람이라면 하루 종일도 놀 수 있다. 악기를 판매하고, 레슨을 해 주기도 하며, 종종 주말 저녁에 일찍 문을 닫고 뮤지션들이 작은 콘서트를 열기도 한다.

빌리지의 끄트머리에는 Claremont Depot(클레어몬트 역)이라는 팻말 뒤로 오래되고 소박한 기차역이 있다. 타고 내리는 이가 많지 않아서 역무원도 없고 자동판매기 한 대 만이 조용한 역을 지키고 서 있다. 1927년에 지어져 국가 선정 역사적 장소로 지정되기도 했다. 이 곳에서 2층 기차를 타면 LA시내까지 한 시간이면 갈 수 있어서 기차로 시내에 나가 장거리 여행을 간 듯한 기분을 한껏 느끼며 투어해 본 적도 두어 번 있다. 크리스마스에는 역 광장에서 캐롤 콘서트가 열리는데 하이라이트는 산타와 미스산타의 화려한 등장이다. 백년 전의 동화마을에 와 있는 듯한 느낌마저 들게 한다.

해가 긴 여름에는 매주 월요일 저녁마다 Memorial Park에서 무료 라이브 콘서트가 열린다. 사람들은 초저녁부터 의자를 둘러 매고 아이스박스에 먹을거리를 잔뜩 싣고 나온다. 우리도 거의 매주 빠짐없이 콘서트를 즐기러 갔다. 콘서트 분위기가 무르익으면 아이부터 노인들까지 누가 먼저랄 것도 없이 무대 아래에서 춤을 추며 즐긴다.

100년 된 작은 기차역을 배경으로 아름다운 캐롤 합창을 듣다 보면, 이게 현실인지 꿈 속 동화마을에라도 와 있는 것인지 눈을 꿈뻑여보게 된다.

아름다운 캐롤에 잔뜩 취해 있을 때쯤 무대쪽으로 까만 차가 한 대 스르르 들어서더니 산타 부부가 차에서 내린다. Ho!Ho!Ho! 산타의 호탕한 웃음소리가 들리면 아이들은 환호성을 지르고 분위기는 절정에 이른다.

클레어몬트 컬리지 캠퍼스는 ROUTE 66상에 위치해 있다. 66번 도로는 서부개척 당시 처음 들어서서, 서부의 산타모니카와 동부의 시카고까지 2347마일(3777km)을 연결한다. 집 앞 대로를 따라 하염없이 직진하면 시카고에 닿는 것이다.

66번 루트의 서부 종착지 산타모니카 부두

야생 코요테의 울음소리가 자장가, 클레어몬트대학원 기숙사

클레어몬트로 들어가는 첫 날. 밤 늦은 시간 공항에 내려 한 시간을 달려 도착한 시간이 새벽 2시. 적막과 어둠 자체였다. 길에 차도 없고 가로등이나 상점, 심지어 집에서 스며 나오는 불빛도 거의 없었다. 너무 조용해 이상할 정도인 도로 위에서 차량 네비게이션 소리만이 적막을 깼다. 기숙사로 들어가는 길은 전년까지만 해도 골프장이었던 곳이 공터로 바뀌어 펜스를 쳐둔 상태라 과연 이 길이 맞기나 한 것인지 확신할 수가 없었다. 안으로 꽤 한참을 들어가서야 Claremont Graduate University student housing 이라는 글자를 보고 안심했다.

잠든 담당자를(기숙사에 사는 학생 몇에게 급여를 주고 관리업무를 나누어 맡긴다) 깨워 겨우 열쇠를 받아 설레는 마음으로 기숙사에 들어갔다. 2층 건물도 드문 동네에서 3층으로 된 기숙사 건물을 보니 굉장히 높아 보인다. 우리 집은 1층. 잠긴 철문에 비밀번호를 누르고 들어가자 길다란 통로를 사이에 두고 방들이 쭉 마주 보고 있다.

설레는 마음으로 현관문을 연다. 어두운 톤의 소파와 TV 선반이 있는 거실을 중앙으로 데칼코마니처럼 양쪽으로 똑같이 방과

화장실이 하나씩 위치해있다. 벽지가 익숙한 한국인들에게는 낯선 흰색의 페인트칠 벽. 집 전체에 깔린 짙은 그레이 색 카펫, 부엌과 같은 리놀륨 장판으로 된 화장실 겸 욕실, 방에는 책상, 의자, 책장, 키 낮은 옷장이 딱 하나씩 있다. 거실 큰 창에 늘어진 하얀 블라인드를 걷어내자 너머로 울창한 숲이 보인다. 오른쪽으로 미끄럼틀과 몇 가지 놀이기구가 있는 작은 놀이터가 있다.

기숙사는 랜초 산타아나 식물원(Rancho Santa Ana Botanic Garden)과 맞닿아 있다. 클레어몬트 대학에서 교육 연구용으로 관리하는 이 곳은 야생식물원으로는 규모가 가장 크고 85년이나 되어 다양한 수종이 자리를 잡고 있다. 해가 긴 여름철에는 매주 숲 속에서 작은 콘서트가 열리기도 하고, 새, 야생식물, 나비 등에 대한 교육프로그램이 항상 진행되어 각 학교에서 필드트립도 자주 온다. 큰 길가(ROUTE 66)에서 200미터쯤 안으로 쑥 들어온 외딴 곳에 위치하고 식물원을 뒤에 두고 있어 조용하고, 한적하고, 숲 속 별장에 와 있는 듯 공기가 상쾌하다.

기숙사 뒷편에 위치한 놀이터. 철조망 너머가 랜초 산타아나 보태닉 가든-식물원(Rancho Santa Ana Botanic Garden)이다.

기숙사와 맞닿아 있는 식물원에서 연중 내내 다양한 행사가 열린다. 숲 속 오솔길을 따라가다 보면 곳곳의 작은 공터에서 각각 다른 장르의 음악가들이 공연을 하고 있다. 조명도 최소화 하고, 가운데 장작불이 타고 있고 그 주위로 간이의자 몇 개가 소박하게 놓여 있다. 컨츄리음악, Native American전통음악 등의 음악가들이 벤조, 피리, 기타 등 다양한 악기를 연주하며 때론 흥겹게 때론 고요하게 숲을 울린다. 관객들은 기본으로 제공되는 쿠키와 차를 마시며 원하는 곳에서 원하는 음악을 감상할 수 있다. 수십 개의 다른 종류의 Native American피리 연주를 듣고 있자면 시공간을 초월하여 존재하는 듯한 야릇한 전율이 느껴진다. 북미 인디언 음악상을 두 번이나 수상하며 미국 전역에서 콘서트를 하는 음악가의 공연을 매우 인상 깊게 보고 난 다음날 아침, 민주의 학교 씨캐모어에서 학부모로 다시 마주쳐 깜짝 놀랐다.

한 바퀴 휘 둘러보니 새벽 3시. 한국에서 보낸 이사짐이 다음날 아침 10시에 도착하기로 되어 있다. 빌린 에어매트리스에 셋이 층층이 포개어 불편한 잠을 청하면서도 워낙 피곤했던 터라 아침 늦게까지 단잠을 자고 있었다.

기숙사 거실. 방과 욕실이 각 2개씩이고, 거실 겸 주방도 세 식구가 살기에 충분한 공간이다.

알람이 울리는 소리에 벌떡 일어나 알람을 끄려고 휴대폰을 더듬었다. 전화기를 확인해보니 엇! 알람이 아니었다. 다시 가만 들어보니 새소리였다. 잠결에 새 지저귀는 소리가 너무 선명해 알람 소리인 줄 알았던 것이다. 새소리에 잠이 깨어본 것이 언제인지 기억조차 나질 않았다. 지금도 햇살이 은은하게 하얀 블라인드 사이로 스며들고, 상쾌한 공기에 따뜻한 기운이 스며있고, 새들이 지저귀는 소리에 잠을 깬 그날 아침이 선명하게 떠오른다.

첫날은 너무 피곤해 몰랐지만 둘째 날은 시차 때문에 선잠을 잤다. 오밤중에 어디선가 "아오오오우~~~" 울어대는 늑대 울음소리가 귀 옆에 고급 스테레오 스피커로 틀어둔 것처럼 생생하게 들렸다. 처음에는 야외에서 영화상영을 하는 줄 알았다. 다음 날 밤은 난투극이라도 벌이는지 수십 마리가 동시에 컹컹대는 소리가 들린다. 그제서야 영화가 아니라 실제 소리임을 깨달았다. 기숙사 직원에게 물으니 코요테가 많아서 으슥한 길을 혼자 걸을 때는 골프채라도 하나 들고 다니란다. 동물원에서도 보기 힘든 코요테가 우리 집 뒷동산에 한 마리도 아니고 떼로 산다고? 믿기 힘든 현실에 절레절레 고개를 저었지만 점차 밤마다 코요테 울음소리를 자

기숙사 외관. 신축된지 오래 되지 않아 깔끔하고 관리도 매우 잘 되는 편이다.

장가 삼아 단잠을 자게 되었다.

대학 기숙사는 대개 공간이 협소하고, 어린 학생들이 쓰다 보니 깨끗하지 않은 곳이 많다는 얘기를 들었기에 별반 기대를 하지 않았었다. 하지만 클레어몬트 대학원 기숙사는 신축된 지 얼마 되지 않았고, 10대의 대학생보다는 나이가 있는 학생들이거나 가족들이 살고, 기숙사비도 어지간한 외부의 하우스 렌트비보다 오히려 비쌌기 때문에 관리가 잘 되고 있었다. 우리가 지낸 방 두 개 짜리 룸은 렌트비가 한 달에 1850불, 한화로 약 200만원이었다.

우리가 기숙사를 선택한 이유는 세 가지였다. 학교와 가깝다, 친구를 사귈 수 있다, 관리가 편하다. 과연 첫 주거지로 기숙사를 선택한 것이 가장 좋은 선택 중 하나였다고 흡족해 할 만큼 세가지 조건을 완벽하게 충족했다.

기숙사에는 큰 커뮤니티 룸이 있어서 누구나 그 곳에서 스터디 그룹 미팅을 하거나 스포츠중계를 보거나 파티를 할 수 있다. 무료 요가 수업도 참여할 수 있고 대형 스크린에 재미있는 영화를 틀어주는 무비데이도 있고 여럿이 퀴즈 게임을 하는 트레비아 나잇도 정기적으로 열린다. 기숙

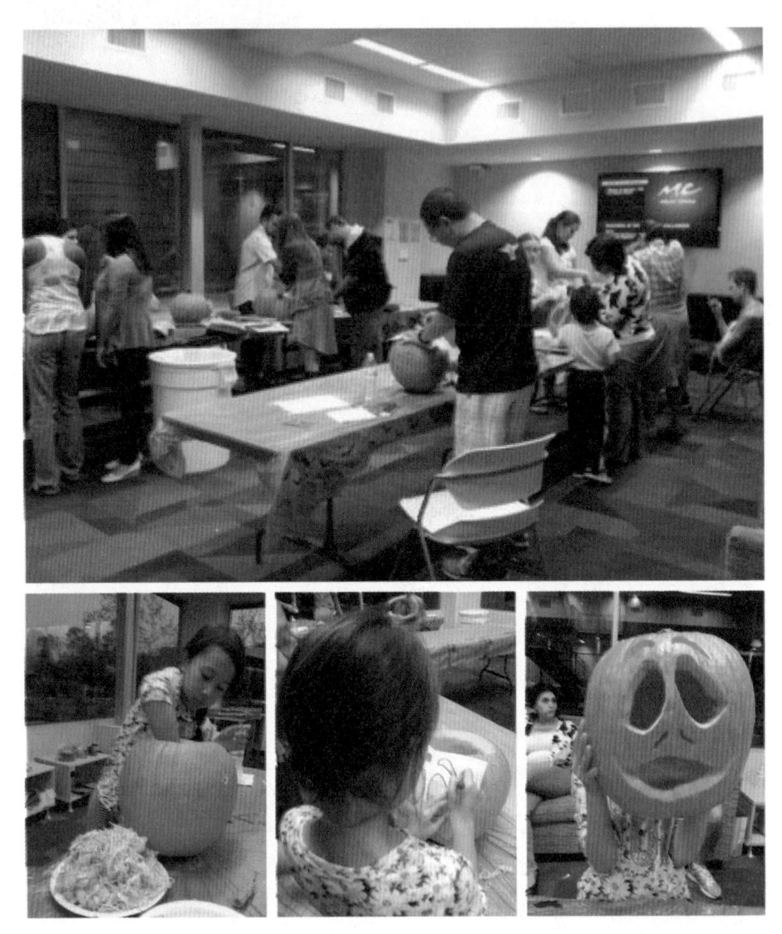

10월의 마지막 날인 할로윈을 앞두고 기숙사에서 펼쳐진 호박 조각 대회(pumpkin carving contest).
호박 안에 불을 켜서 집 앞에 놓아둔다.

사 노래대회에서는 우리 가족이 싸이의 강남스타일을 불러서 세계 여러 나라 학생들이 사이키 조명 아래에서 말춤으로 하나가 되기도 했다. 인기 스포츠경기 결승전이 있는 날이면 오피스 직원 닉과 알렉시스가 도미노 피자를 수십 박스 주문해 산처럼 쌓아둔다. 칩과 살사소스, 쿠키, 맥주와 와인이 가득 든 아이스박스도 준비된다. 이런 모든 것이 기숙사비에 이미 포함된 것이기 때문에 학생들은 그저 즐기기만 하면 된다.

오피스 직원 알렉시스는 큼지막한 눈과 미소가 예쁜 흑인 아가씨이다. 살면서 이 지역을 벗어나본 적이 한번도 없다는 알렉시스는 몇 달 후에 친구 결혼식 때문에 다른 주(state)에 가야 한다며 벌써부터 잔뜩 긴장이 된다는 순진하고 착한 친구이다. 퇴근 후 우리 집에서 같이 맥주를 마시기도 하고, 우리가 한국마켓에서 매운 라면과 과자를 사다 주면 원래 큰 미소가 더 커졌다. 우리가 새로운 환경에 무리없이 잘 적응할 수 있었던 가장 큰 이유가 기숙사 덕분이었던 것 같다.

수영장 딸린 캘리포니아의 고급 빌라 연예인만 살라는 법 있나?

기숙사에서 정확히 1년을 보낸 즈음 MBA에 새로 들어온 한국 친구 홍의 집에 잠시 들를 일이 있었다. 기숙사에서 4km가량 떨어진 신축 빌라였는데 외관은 고급스러웠지만 밖에서는 단지 내부가 전혀 보이지 않았다. 안으로 들어가자 휴양지의 고급리조트 같은 별천지였다. 야자수로 둘

안목높은 친구 홍이 신축 공사 중이던 빌라를 찾아가 1번 고객으로 계약한 덕분에 전체 단지 중 유일하게 발코니가 있는 집을 차지할 수 있었다(사진 왼쪽 테이블이 놓여진 집.) 덕분에 이 곳에서 아침이면 따뜻한 햇살 받으며 커피 한 잔을, 밤이면 선선한 바람에 와인 한 잔을 기울일 수 있었다.

오븐, 냉장고, 개수대까지 갖추어져 홈파티를 할 수 있는 커뮤니티 센터

손님이 많을 때에는 별도의 바비큐장을 이용할 수 있다.

여러 가지 게임시설이 갖추어져 있는 게임룸

러싸인 둥근 풀장에, 마사지 기포가 나오는 뜨끈한 자쿠지, 샤워 시설, 비치 의자, 고급 바비큐 그릴, 안락한 카우치가 있다. 반대 쪽으로는 길이가 길고 수영을 할 수 있는 네모난 풀장이 있다. 커뮤니티 센터는 호텔 로비처럼 천장이 높은 공간에 아늑한 조명과 안락한 소파, 심지어 오븐, 냉장고, 개수대가 갖춰진 키친이 완벽하게 구비되어 있어 홈파티를 열 수 있다. 또 다른 룸에는 게임용품들과 간단한 음식을 할 수 있는 소형 키친, 공부할 수 있는 테이블과 벽난로가 설치되어 있다. 반대편 문을 열고 나가면 대형 바비큐 그릴과 카우치, 야외테이블이 여럿 놓여 있다. 새 운동기구가 반짝거리는 헬스장 내부에는 전면 거울이 달린 큰 요가룸이 있다.

집에 들어서자 천장이 유난히 높은 거실은 캘리포니아의 따뜻한 햇살을 가득 품고 있었다. 첫눈에 쏙 반해버렸다. 친구는 신축빌라의 공사를 완공하기도 전에 들렀다가 우리처럼 첫눈에 반해서 첫 번째 계약자가 되었고, 덕분에 빌라 내에서도 가장 좋은 위치의 집을 구할 수 있었다. 홍은 LA 다운타운으로 곧 이사를 갈 예정이었는데 계약기간이 몇 개월 남았으니 우리가 원하면 남은 계약 기간 동안 할인된 월 렌트비만 내며 살아도 좋다고 했다.

결국 1년 사이에 이사를 두 번이나 하게 됐다. 집주인이 출근한 동안

직접 하나하나 포장하고 옮기는 옛날식 이사를 처음 해봤다. 이사를 도와 준 고마운 한국 친구들. 이사날은 역시 짜장면이다. 짐을 옮긴 후 오랜만에 한국식 탕수육과 짜장면집을 찾아가 저녁식사를 했다.

밤낮으로 수영장에 살았던 아이들. 현관 쪽과 차고 쪽이 각각 다른 수영장과 맞닿아 있어서 방과 후에는 간단히 샤워하고 수영복 갈아 입고 맨발로 달려 나가 그대로 풍덩이다.

이사 다 하고 짐정리와 청소까지 싹 다 해주고도 저렴한 가격인 한국의 포장이사가 얼마나 훌륭한 서비스인지 짐싸느라 손가락이 모두 헤어진 후에야 절실히 깨달았다. 이삿날은 유홀(U-HAUL)에서 시간과 거리에 따라 금액을 지불하는 트럭을 빌리고, 고맙게도 듬직한 학교 친구들의 손을 빌려 짐을 옮겼다.

밤 12시에도 건너와 맥주 한 잔 마시던 기숙사의 친구들, 기숙사에서만 경험할 수 있는 재미있는 이벤트, 자전거로 통학하던 학교까지의 접근성, 걸어서 갈 수 있는 헬스장의 친구들, 아침 조깅……포기해야 하는 것들이 많았지만 이때가 아니면 수영장이 딸린 햇살 따스한 캘리포니아의 고급 빌라에서 살아볼 기회가 없을 것만 같았다. 1년 기숙사를 경험해 보았으니 남은 기간 또 새로운 곳을 경험해보고 싶었다.

이사를 결심할 때만 해도 사실 미국 체류기간을 연장할 계획이 서 있지 않을 때라 남은 짧은 기간을 위해 번거롭게 이사를 하는 것에 대해 남편은 영 달가워하지 않았다. 하지만, 이사를 결심한 또 다른 큰 이유는 미국 생활이 안정되면서 부모님이 예정보다 일찍 둘째 딸 유진이를 데리고 방문하기로 결정되었기 때문이었다. 기숙사는 나와 남편에게는 편리하고 친구들이 많아 좋았지만, 만 두 살이던 둘째에게는 새로운 집이 더 좋을 듯 했다.

역시나 이사한 집에서 아이들은 거의 매일 수영장에서 살다시피 했고, 저녁식사로는 수영장에 있는 바비큐 그릴에 고기를 구워 먹으며 해가 지고도 한참을 더 물 속에서 놀고는 했다.

하루는 아이들이 수영하는 동안 친구인 히데와 앉아 이야기를 나누고 있었다. 누군가 수영장 문을 열자 귀여운 강아지 한 마리가 쪼르르 들어왔다. 동양인 여자 한 명이 뛰어가버린 강아지를 쫓아다니느라 분주했다. 수영장 한 바퀴를 크게 돌고서야 강아지를 안아 든 여자는 우리 쪽으로 가볍게 하이! 인사했고 히데는 강아지가 예쁘다며 강아지 이름을 물었다. 잠깐 대화를 나누던 차에 나는 우연히 시선이 마주친 여자분을 보다가 혹시나 하며 "어? 어!!! Are you Korean?" 물었고, 예쓰! 대답이 돌아왔다. 나는 확신을 가지고 한국말로 "연예인이시죠?" 하니 살짝 웃으며 "음~ 예전에 그랬었죠."

"이제니 씨 맞죠?" 오랫동안 들어본 적 없던 이름인데 신기하게도 당사자 얼굴을 보니 이름이 자연스럽게 떠올랐다. 성격 좋게 하하~웃더니 가벼운 대화를 좀더 나눴다. 한 시간 떨어진 얼바인에 살다가 얼마 전 이사왔다고 했다. 나와 동갑내기인데도 예전의 귀여운 이미지가 그대로 남아 있다. 대화 후에 헤어지고 보니 동네 맛집 알려주겠다는 핑계로 식사라도 한끼 같이 하자고 할 걸 그랬나 아쉬움이 남았다. 요즘도 원조 베이글녀라는 타이틀로 이제니씨의 근황 기사나 사진이 나오는데 괜히 더 반갑기도 하고 아직 그 곳에 살고 있는지 궁금하다.

b와 d를 헷갈려 하던 아이의 공립초등학교 적응기

썸머스쿨 첫 날부터 코피 터지다

매년 3월에 새 학년이 시작되는 우리와 달리 미국은 8월 또는 9월에 시작한다. 우리가 미국에 도착한 5월 말은 막 여름방학이 시작했을 때였고 여름방학은 두 달이나 되었다. 일단 공립학교에 등록하기 위하여 교육청을 방문해보니 마침 썸머스쿨에 대한 안내문이 붙어 있었다. 몇 개의 큰 거점학교를 중심으로 썸머스쿨을 등록한 인근의 여러 학교 아이들을 모아 '즐겁게 노는' 방식이었다. 영어 한 문장도 제대로 구사하지 못하는 아이가 학교에 곧바로 들어가 과연 수업을 따라갈 수 있을지 걱정하던 우리에게 썸머스쿨은 한 줄기 빛이었다. 일단 공부를 하는 것이 아니라 오직 친구들과 놀기만 하는 곳이기 때문에 부담 없이 기초 영어를 배울 수 있을 듯했다.

며칠 후 썸머스쿨 첫 날. 맞벌이 부부를 위해서인지 썸머스쿨 운영시간은 꽤 이른 시간에 시작하여 늦은 오후까지였다. 일찍 아이를 깨워 아침 7시에 밥을 먹이고 부산을 떨며 긴장한 딸아이를 데리고 미리 위치를 익혀 둔 학교에 데려다 주었다. 아직 다른 학생들은 거의 오지 않았다. 지극히 한국식 영어로 화이팅~!! 인사하고 뒤돌아 서서 나오니 아이도 살짝 미소를 보이며 손을 흔들었다. 나는 중간에 살짝 가보고 싶었지만 남편은 절대 반대였다.

"무조건 영어 노출 시간을 최대한 늘려 주는 게 좋아. 그래야 영어도 빨리 배울 수 있고 적응도 빨리 할 수 있다고."

종일 아이 걱정을 떨쳐버리려고 애쓰다가 오후 5시가 되어서야 아이를 데리러 갔다. 흩어져 놀고 있는 몇 안 되는 아이들 사이로 "클로이(민주)~" 부르니 아이가 힘없이 축 늘어져 물 먹은 솜처럼 어깨를 늘어뜨리고 걸어 나오는데 티셔츠가 피투성이였다. 눈은 퀭하고 기운이 없어 보였다. 낮에 코피가 터졌단다. 알고 보니 우리는 썸머스쿨의 개념을 잘 몰라 썸머스쿨 운영 시간 내내 아이를 학교에 두었는데, 대부분은 몇 시간만 있다가 돌아간다고 했다. 다른 아이들은 오전에 느지막이 왔다가 오후 3시경이면 부모가 퇴근해 데리러 오는데, 민주는 말 한 마디 안 통하는 곳에서 멍하니 10시간을 머물러 있었으니……코피가 터질 만도 했다.

그래도 아이는 원망하거나 짜증내거나 다음날 학교에 가기 싫다는 말 한 마디 없이 그렇게 '버텼다'. 그 다음 하루를 또 넘기고, 그 다음 이틀을 또 버텼다. 그러는 사이 몇 주가 흐르고 아이는 점차 집에 돌아가는 차 안에서 그 날 들었던 단어나 문장 중 이해가 안 되는 것을 소리 그대로 기억

끼가 넘치는 한국 아이들에 비하면 소박하고 평범한 장기자랑이지만 너무 열심히 준비하거나 너무 잘하려고 하지 않아서 오히려 편안하게 즐겼다.

하여 묻고는 했다.

"엄마, 썹시튯이 뭐야? 오늘 누가 나한테 What grade are you in?"이라고 물었어. 난 한국에서 How old are you?만 들어봤는데 여기에서는 그렇게 묻는 사람이 아무도 없더라. 그런데 왜 끝에 in을 붙여야 돼? 내일은 Friday이니까 field trip(소풍) 있어"

조잘조잘 영어단어를 섞어가며 떠들어대는 아이를 보니 한국에서 1학년 때 학교 영어 시험 공부를 하며, Monday, Tuesday 요일을 암기하지 못해 일주일을 씨름하던 때가 떠올라 슬그머니 웃음이 났다. 아이는 빠르게 적응해 갔다.

"케일리(Kaelie)와 브룩(Brook)이라고, 4학년, 6학년 자매인데 나보고 너무 귀엽대. 친구들이랑 놀 때 항상 나도 같이 끼워준다. 다음주에 Talent Show(장기자랑)이 있는데 케일리가 안무 짜서 둘이 공연하재."

그때부터는 내가 데리러 가도 친구들과 공연연습을 더 해야 한다며 혹은 보드게임이 덜 끝났다며, 오히려 내가 아이의 놀이가 끝나기를 기다리는 신세가 되었다. 케일리와 브룩은 민주가 다닐 씨캐모어가 아닌 샤퍼럴이라는 학교에 다녔지만 썸머스쿨은 인근의 여러 학교를 한데 모아 진행

겨우 두 살 터울인데도 늘 언니 몫을 하는 케일리와 늘 귀염둥이 막내 티가 나는 브룩

되기 때문에 만날 수 있었던 것이다.

썸머스쿨이 끝날 때는 서로 너무 아쉬워하며 작은 선물을 주고 받고 연락처를 교환했다. 남편과 같은 CGU학생인 자매의 엄마와 수요일마다 플레이데이트(play date: 아이들끼리 놀 수 있도록 약속을 정하는 것)를 하기로 약속했고 우리가 한국으로 올 때까지 특별한 일이 없는 한 플레이데이트는 거의 매주 이어졌다. 나이에 비해 성숙한 케일리와 애교많고 당찬 브룩은 예의가 바르면서도 성격이 밝아 민주와 셋이 만나면 늘 왁자지껄 재미있는 놀이를 만들어냈다. 브룩은 학교에서 선택할 수 있는 제2외국어로 고민 없이 한국어를 선택했고, 민주를 만날 때면 배웠던 한국어를 연습해 보려는 노력이 참 예뻐보였다.

썸머스쿨에서 저학년은 선생님이 가르치는 수업이 없다. 큰 교실에는 아이들과 선생님 몇 분이 있고, 블록이나 보드게임 같은 여러 가지 놀이 도구와 미술도구들이 갖추어져 있다. 선생님들의 역할은 만들기 프로젝트를 돕거나, 장난감을 안전한 곳으로 치워 주거나, 운동장에서 사고 없이 놀도록 지켜보는 정도이다. 고학년은 야외에서 식물 관찰을 하거나 토론 수업을 하기도 한다.

미국 학교에서는 어린 아이들이 단 한 순간도 어른의 관찰 없이 방치되는 경우가 없고 안전이 모든 것에 최우선한다. 아이들끼리도 안전을 해치는 놀이나 행위는 계속해서 제지와 제약을 받는다. 굉장히 자유로운 분위기인듯 하지만 오히려 어떤 면에서는 한국의 학교보다 훨씬 통제되고 모든 활동은 안전과 존중이라는 원칙 내에서만 자유로워 보인다.

운동장에서 노는 시간에는 교실에 아무도 남아있어서는 안 되고 마찬가지로 실내놀이 시간에는 야외에 아무도 남아 있어서는 안 된다. 만약 아이가 운동장에 있다가 교실로 이동하고 싶어한다면 선생님들끼리 무전기로 누가 교실로 들어가고 있다는 안내를 주고받고, 교실과 운동장에 각 몇 명의 학생이 남아 있는지 중간중간 체크한다.

매주 수요일에는 수영장이 딸린 인근의 중학교에 가서 물놀이를 하고, 매주 금요일에는 스쿨버스를 타고 할리우드의 유명 영화관 엘 캐피탄으로, 워터파크로, 농장으로 소풍을 갔다.

아이는 한국에서 1년간 수영강습을 받았던 덕분에 물을 두려워하지 않아 매주 수영장에 간다는 것을 듣고 기대하는 눈치였다. 수영을 하고 온

첫 날, 나는 별생각 없이 아이에게 물었다.

"애들 다 수영 잘 해? 넌 평영했니, 배영했니?"

아이가 이상하다는 듯 나를 쳐다보며 말했다.

"엄마, 여기선 아무도 그런 식으로 수영 안 해. 그냥 점프하고 장난치고 막 놀아. 그래서 누가 수영을 잘하는지는 모르겠네"

아하…… 한국에서 1년간 수영장에 다니고 학교에서도 단기 수영 수업이 있었지만 아이는 친구들과 물에서 '그냥' 놀아본 적이 거의 없었다. 항상 목적과 훈련이 있었다. 정해진 시간에 수영장에 가서 줄 쳐진 레인 안에서 1시간 동안 다리에 쥐 나도록 발차기 하며 수영을 배웠고, 친구들과 마음대로 놀 수 있는 시간은 수업 종료 전 5분 정도였다.

캘리포니아에서 방과 후에 책가방을 내던짐과 동시에 수영장으로 뛰어들고, 썸머스쿨 두 달 내내 물놀이를 했지만 아이의 수영 실력은 전혀 늘지 않았다. 대신 물에서 물구나무 서서 오래 버티기, 물 더 많이 튀기면서 다이빙 하기, 장난감 던지고 잠수해서 빨리 주워오기 실력은 일취월장했다. 그리고 아이는 전보다 훨씬 더 물을 좋아하게 됐다. 그냥 그게 다다.

125주년
씨캐모어 초등학교

2015년은 민주가 다니던 씨캐모어(단풍나무) 초등학교의 125주년 되던 해였다. 클레어몬트 대학들 중 가장 오랜 역사를 자랑하는 포모나 대학이 1887년에 설립되었고, 씨캐모어는 3년 후인 1890년에 설립된 초등학교다. 평생을 그 동네에 살아온 분들이 많다 보니, 재학생들의 부모나 조부모 중에도 씨캐모어 초등학교를 졸업한 분들이 꽤 있다.

125주년 기념행사를 앞두고 학교 게시판에는 100년 전 학교의 사진이 전시됐다. 아이는 말에 올라 탄 당시 교장 선생님 사진을 보고 깔깔 웃어댔다.

125주년 생일을 맞은 씨캐모어 Sycamore초등학교

오랜 역사를 자랑하는만큼 씨캐모어의 건물이나 시설은 마치 강원도 산골 분교 같은 느낌이었다. 빨간 지붕의 작고 아담한 1층 건물에는 교실이 ㄷ자 형태로 들어서있고, 나머지 한 면에는 야트막한 무대 단상이 있다. 가운데는 잔디가 깔린 뜰에 그늘이 넓은 큰 나무 몇 그루와 삼삼오오 모여 점심을 먹는 테이블이 여럿 있다. 학교 이름에 맞는 커다란 단풍나무 몇 그루도 보인다. 건물 뒤편으로 축구를 할 수 있는 잔디가

1890년에 설립된 씨캐모어 초등학교의 당시 교장선생님은 말을 타고 다녔다.

넓게 깔린 뜰과 농구를 할 수 있는 코트, 작은 놀이터가 딸린 유치원(미국 의무 교육은 유치원부터이다) 건물이 있다. 그 옆으로는 평소에는 도서관이나 미술공간으로 사용하고, 행사 때는 전교생이 모이는 강당과 아침, 점심 식사를 제공하는 카페테리아가 있다. 방과후 돌봄 교실도 별도로 있다. 건물과 시설이 알록달록하거나 근사하지는 않지만 실용적이고 편리하다.

가운데 뜰을 중심으로 ㄷ자 모양으로 교실이 둘러싸고 있다. 가족 피크닉의 날에는 매트를 깔고 앉아 도시락을 먹기도 하고, 가족댄스파티날에는 게임을 하는 등 이 곳에서 다채로운 행사가 열린다.

남편과 나는 아침, 점심 가리지 않고 짬이 날 때마다 아이의 학교에 갔다. 카페테리아에서 아이들과 같이 줄서서 점심을 받아 들고 테이블에 둘러 앉아 왁자지껄 먹은 후, 팔씨름과 축구를 같이 하는 남편은 아이들에게 인기 최고였다.

주메뉴는 매일 바뀌지만 샐러드바가 항상 준비되어 있어서 원하는 야채와 과일을 각자 덜어먹을 수 있다.

매일 아침, 아이들은 운동장을 두 바퀴씩 걷거나 뛴다. 선생님들도 항상 같이 하는데 대개는 아이들 몇몇이 선생님을 둘러싸고 대화하며 걷거나 친구들끼리 까르르 웃으며 걷기도 하고, 몇몇은 달리기도 한다. 미국 학교들은 어렸을 때부터 기초체력 훈련을 매우 중요하게 여겨서 조깅하는 중고생들을 도로에서 흔히 마주친다. 갓난아기를 태운 유모차를 끌고 조깅하는 아빠엄마도 어렵지 않게 볼 수 있다. 아마도 어렸을 때부터 운동이 습관화되기 때문인 것 같다.

씨캐모어는 미국에서도 다소 특이한 운영방침을 가진 학교이다. 학년별 통합 수업을 한다. 유치원생과 1학년이, 2학년과 3학년이, 그리고 4, 5, 6학년이 통합반으로 한 교실에서 수업을 받는다. 개인실력차가 큰 수학은 고학년에 한하여 분반과 우수반을 별도로 운영한다. 미국에서도 이런 형태의 학년 통합 교실은 매우 드물다. 학업수준이 현저하게 다를 것 같은 4, 5, 6학년이 어떻게 같은 수업을 받는지 의문이 들었지만, 장점도 매우 많다. 경험 많은 고학년들이 발표나 토론하는 것을 지켜보며 배우는 바가 많고, 아이들은 협력하여 문제를 해결하는 방법을 배운다.

같은 학년이어도 나이가 서로 다르고, 나이와 상관없이 언니, 오빠, 선후배 개념없이 무조건 친구 또는 클라스메이트이기 때문에 실상 아이들 사이에서는 전혀 이질감이 없다 ('친구'라는 단어의 개념도 한국과 다르다. 한국에서는 같은 반이거나 동갑내기이면 무조건 친구라고 부르지만 미국에서는 정말 친한 사람만을 친구 friend라고 칭한다) 한국에서는 한 살만 달라도 쉽사리 친해지기 어렵다는 것을 딸아이도 잘 알고 있던 터라 처음에는 통합반을 매우 신기해했다.

씨캐모어에서는 선생님들에게도 Ms.나 Sir. 호칭을 생략하고 이름만 부르도록 한다. 처음에는 나도 교장선생님에게 에이미(Amy)라고 편하게 이름을 부르는 것이 망설여졌다. 선생님들에게 호칭을 생략하고 이름만 부르는 것 또한 드문 경우라고 했다.

씨캐모어는 학생들의 인종도 다양하다. 굳이 인종을 나누기도 애매하지만, Room10의 경우, 엄마가 프랑스인인 매넌, 엄마가 위구르족인 아이프리, 아버지가 유대인이고 엄마가 아르헨티나인 조이, 엄마가 중국인인 멜리나, 아버지가 캐나다인 찰리, 부모가 필리핀인 앤드류, 엄마가 멕시칸인 루카스. 한국인은 남자아이 둘과 민주. 모두 셋이었다. 학교 전체에 한국학생은 6명 있었고, 그 중 학년이 같은 세 명을 같은 반에 배정해 준 것이었다. 같은 반 한국친구들은 클레어몬트 신학대학원에 유학 중인 목회자들의 자녀들로, 장기 유학으로 미국에서 이미 십여 년씩 산 친구들이었다. 종교도 없고 단순 학생으로 온 가족은 우리가 유일했다.

3학년의 마지막 날. 1년간 정들었던 Room10 친구들과 함께. 하지만 통합반이라 2학년이었던 아이들은 3학년이 되어도 똑같은 선생님에, 똑같은 교실에 남는다. 민주는 고학년인 4학년이 되기 때문에 5,6학년과 통합반인 Room4로 옮기게 되었다. 미국은 3학년까지의 저학년과 4학년부터인 고학년의 학업 분량이나 내용, 분위기가 현저히 다르다.

Across Generations Day. 세대간 문화와 경험을 나누는 날이다. 부모나 조부모, 혹은 이웃, 친척 등 누구든 본인의 경험이나 문화를 아이들과 학부모들과 나눌 수 있다. 특히나 다양한 인종과 국적의 학생들이 많은 씨캐모어에서는 35년째 이어져 내려온 전통있는 행사이다. 원주민Native American-흔히 인디언이라고 부르지만 Native American 이라는 표현이 정확하다-인 루카스의 할머니가 전통의상을 입고 오셔서 본인의 어린 시절에 대해 이야기해 주셨다. 나는 한국에 대한 사진과 설명을 곁들인 프리젠테이션 자료를 만들어 발표했고, 반 아이들의 이름을 한국어로 써서 코팅해 나누어주니 매우 소중하게 간직했다.

40회 International / Multicultural Day. 학생들의 국적에 따라 교실을 각각 다른 나라의 컨셉으로 꾸미고, 해당 국가의 학부모와 아이들이 전통, 문화, 음식 등을 소개한다. 민주는 탄자니아 교실에 가서 에베레스트를 직접 등정하신 친구 사바나의 할머니의 모험담을 매우 흥미롭게 듣고, 아르헨티나 교실에서 전통댄스를 배우기도 했다. 볼리비아, 이스라엘, 러시아, 인도, 독일 등을 비롯한 16개국으로 꾸며졌다. 그 중에서도 야외에서 불고기를 굽고, 교실에서 공기놀이, 붓으로 난 그리기 체험 등을 준비한 한국관이 매우 인기였다.

파자마 데이! 이 날은 아이들은 물론이고 선생님, 직원들 모두 잠옷을 입고 출근한다. 심지어 교장선생님 에이미가 무릎이 불룩 튀어 나온 파자마를 입고 침대에서 갓 일어난 모습으로 뜰에 서서 인사하는 걸 보고 나도 빨간 미키마우스 잠옷을 입고 갈 걸 후회했다. 아이들은 각자 집에서 안고 자는 인형, 쿠션, 담요 등 짐을 한 보따리씩 둘러매고 와서 누워서 영화를 보기도 하고 그대로 수업을 듣기도 한다.

첫째, 아이에 대한 존중, 둘째도 존중, 셋째도 존중

아이가 속했던 Room10의 담임 선생님은 재키 캔필드(Jacqui Canfield). 재키는 씨캐모어의 전통과 교육 철학을 대표하는 선생님이다. 씨캐모어에 가장 오래 계셨던 분이기도 하고, 아이들을 진심으로 사랑하는 스승이며, 한편 내 눈에는 마냥 신기해 보이는 교육자였다. 재키 같은 선생님을 내 아이를 통해서나마 간접적으로 경험해 볼 수 있었던 것을 행운이라 여긴다.

재키의 교육 방식은 첫째, 아이들에 대한 존중, 둘째도 존중, 셋째도 존중이다. 아이들 말고는 교실 정리정돈, 청결, 심지어 본인의 치장에도 그다지 관심이 없다. 1년 내내 해가 쨍쨍한 캘리포니아에서, 알래스카 출신의 재키는 늘 높은 카우보이 부츠에 털모자, 굵은 털실 스웨터에, 구멍 나고 통이 넓은 구식 청바지를 입고 있다. 교실 안은 줄 맞춰 가지런히 놓인 것이라고는 거의 없어서 Room10은 놓인 물건들조차 자유로운 영혼을 가진 듯 보인다. 아이들은 운동장에서 축구 하던 신발 그대로 바닥에 주저 앉아 수업을 받기 때문에 카펫은 늘 흙먼지가 풀풀 날린다.

아이들도 제각각이다. 맨발인 아이, 털부츠 신은 아이, 슬리퍼 신은 아이, 운동화 신은 아이……구멍이 여러 개 난 운동복 입은 아이, 공주 드레스 입은 아이, 반짝이 재킷, 털조끼, 거꾸로 입은 아이……제각각인 옷과 신발을 보면 아이 스스로 선택해 스스로 입고 온 티가 난다.

매년 다른 학년을 담당하게 되어 있는 우리나라 초등교사와 달리 이곳에는 특별한 요청이 없으면 교사가 매년 같은 교실에서, 매년 같은 학년을 담당한다. 오랫동안 Room10은 재키가 사용해 왔기 때문에 정리정돈 안되어 있는 현재의 모습은 아마 수십 년째 똑같았을 것이다. 그런데 이상하게도 시간이 좀 지나면 무질서한 이 교실이 매우 편안하게 느껴진다. 각 잡히게 정리된 물건들과 먼지 한 톨 없는 선반은 아이들에게 공부할 마음의 준비를 시키고 긴장감을 주지만, Room10의 스프링이 움푹 꺼진 소파와 이곳저곳 잔뜩 꽂힌 책, 여기저기 널려 있는 아이들의 작품은 그런 긴장감을 아이스크림처럼 녹여 버린다. 방학하면 학교가고 싶다고 훌쩍이는 아이들의 마음이 이해간다.

내가 재키를 존경하는 이유는 수십 년 교사 생활로 무뎌질 법도 한 아이들에 대한 사랑과 존중, 식지 않은 열정 때문이다.

아이가 처음 학교에 갈 때 나도 자원봉사(volunteer)를 신청했다. 일단 아이가 학교에 적응하는 데에 심적으로나마 도움이 될까 싶었고, 미국의 초등학교 수업을 직접 보고 싶은 마음도 컸다. 희망업무, 영어수준, 가능시간 등을 체크하여 신청서를 제출하는데, 나는 주1회 2시간, 필요로 하는 일은 무엇이든 돕겠다고 했다. 나에게 맡겨진 일은 수학시간 보조라 가까이에서 재키의 수업을 볼 기회가 많았다. 사실 굳이 발룬티어가 아니더라도 재키는 학부모들의 수업 참관과 참여를 적극 장려하기 때문에 아무 시간에라도 교실 문을 열고 들어가 교실 뒤편의 소파에 앉아 지켜 봐도 되고, 바닥에 앉아 아이들과 같이 수업을 들어도 된다. 하지만 발룬티어를 하면 규칙적인 시간에 책임감을 가지고 하기 때문에 아이들도 나를 더 반기고 나도 더 적극적으로 참여할 수 있다.

스프링이 주저 앉은 오래된 소파, 무질서해 보이지만 분야별, 수준별로 나름의 질서를 갖추고 교실 여기저기 가득 꽂혀 있는 책, 아이들의 자유분방한 미술 작품 덕분에 긴장감을 찾아볼 수 없는 교실이다.

옆에서 지켜본 재키는 절대 아이들을 윽박 지르거나 일방적으로 '혼내는' 경우가 없다. 충분히 설명하고, 이해시키고, 설득하려고 끝까지 노력한다. 나 스스로도 처음에는 재키의 교육방식에 대하여 '무질서'와 '자유로움'이라는 개념 사이에 혼란이 오기도 했다. 예를 들어, 아이가 점심식사를 제시간에 마치지 못했지만 더 먹고 싶어한다면? 재키는 다른 아이들이 카페트에 앉아 수업을 듣는 동안 그 아이는 본인 책상에 앉아서 선생님 설명을 들으며 식사를 끝마칠 수 있도록 한다. 점심시간 중에 식사를 마치는 것이 규칙인데 규칙을 따라야 하는 것 아닌가? 하지만 다시 생각해보면 남은 음식을 먹는 것이 다른 아이들에게 크게 방해를 하는 것도 아닌데 뭐 그리 절대로 안될 일인가 싶기도 하다. 다같이 활동해야 하는 시간이 되면 이제 그만 먹고 자리로 와서 앉는 게 어떻겠느냐고 의사를 묻는다. 그러면 아이도 곧 수긍한다.

수업시간도 마찬가지다. 선생님이 모든 것을 알고 아이들을 가르친다기 보다는 같이 탐구하고 같이 수업을 만들어간다. 지시와 통제보다는 함께 읽어보고 대화하며 끊임없이 의견을 묻는다. 재키의 역할은 아이들의 의견에 "그것 참 좋은 생각이다" 정도의 코멘트를 달아 주거나, 좀더 깊은 생각을 끌어낼 수 있도록 질문을 던지거나 아이들의 답변을 칠판에 일목요연하게 정리해 적는다거나, 그에 대한 다른 아이들의 의견을 끌어내는 정도이다.

교사가 지식 전달과 가르침의 역할을 수행하는 것을 선호하는 사람도 분명 있다. 정자세로 듣기만 하는 한국식 수업방식에 맞춤형 인재였던 딸아이는 처음에는 어찌해야 할지 몰라 혼란스러워 하고 한국에서처럼 꼿꼿이 앉아 듣기만 했다. 하지만 시간이 지날수록 선생님에게 본인의 작은 의견도 항상 존중 받는다는 것을 자연스럽게 체득했다.

사실 지켜보던 나는 속으로 뭐 저런 질문까지 하나 또는 저런 당연한 답을 굳이 말로 해야 하나 싶을 때가 많았다. 내가 어렸을 때 항상 손들기를 두려워하던 이유였던 '바보 같은 질문'이란 말은 여기선 결코 존재하지 않았다.

미국 교실을 경험하며 또 매우 놀랐던 점이 있다. 막연히 상상했던 미국 교실의 모습은 아이들이 아무 때나 말하고, 하고 싶은 대로 다 하는 자유가 있을 것 같았다. 하지만 전혀 달랐다. 질문과 답변이 때를 가리지 않고 매우 활발히 일어난다는 점에서는 한없이 자유로웠지만, 이 또한 막무가내로 끼어들거나 상대를 무시하는 태도는 결코 용납되지 않는다. 수업시간에 가장 자주 들리는 말은 No interrupt(끼어들지 않기)와 Shhhhh~~(다른 사람이 말할 때에는 반드시 경청하도록 쉿~하고 조용히 시키고 주의를 집중시킨다)였다. 자유롭게 말하기 이전에 상대를 경청하고 끼어들지 않는 것이 전제이다.

다른 사람에게 절대 피해 주지 않는다는 원칙에 있어서도 매우 엄격하다. 떠드는 것도, 옆자리 친구와 몸이 부딪히는 것도 제재의 대상이다. 뒤에서 조용히 밥을 먹거나 편한대로 기대어 앉는 것은 남에게 피해주는 일이 아니기 때문에 크게 통제하지 않는 것 같다. 하지만, 아이들이 재키에게 도움을 요청하거나 혹은 재키가 가장 자주 주의를 주는 일은 카페트에 앉은 동안 옆자리 아이와 거리가 너무 가까워 신체적 접촉이 생기거나 또는 접촉이 없더라도 상대가 감정적으로 불편하게 느끼는 경우이다. "루카스가 불편해 하는구나. 옆으로 좀 움직여 주겠니?" 같은 말이 가장 빈번하게 들린다. 누군가 감정이 상해 있는 것 같으면 밖으로 조용히 불러내 대화를 하고 들어오기도 한다. 같이 교실에 있던 나는 공부할 것도 많은데 일일이 선생님이 사소한 일에 계속 대응해 줘야 하나 싶기도 했다.

한 번은 재키가 수업 중 한 아이에게 뭔가를 속삭여 물었고, 아이는 잠시 생각 끝에 고개를 끄덕였다. 그러자 재키는 그 아이가 잘했던 어떤 일을 예로 들며 칭찬을 했다. 아이에게 물었던 내용은 "너를 예로 들어서 아이들에게 설명해 주고 싶은 것이 있는데 그래도 될까?"라고 허락을 구하는 것이었다. 그것이 비록 꾸지람이 아니라 칭찬임에도 불구하고 개인적인 일을 언급하는 것이라 먼저 동의를 구한 것이었다. 그때까지 칭찬의 내용이라면 무조건 아이들이 좋아하고 우쭐해 할 것이라 짐작하고,

아무렇지 않게 아이의 개인사를 이야깃거리로 삼고는 했던 나는 머리를 한 방 얻어맞은 기분이었다.

어떤 날은 재키가 혼자 훌쩍이며 울었다고 한다. 깜짝 놀라 이유를 물으니 아이들이 그 날 너무 들떠있어서 선생님 말을 듣지 않아줘서, 또는 누군가 선생님을 위해 사온 커피를 다른 아이가 쏟아버려서, 그런 이유들이다. 몇몇 애들이 시끄럽다고 반 전체가 책상 위에서 무릎 꿇고 손을 쳐들고 30분간 벌섰던 기억이 있는 나로서는 왜 강하게 아이들을 휘어잡지 못하나 싶기도 했다. 하지만 다시 생각해보면 가장 쉬운 통제의 방법은 권위와 힘으로 강압적으로 눌러버리는 것이다. 그 쉬운 방법을 두고 굳이 혼자 속상해하고 울고 하던 재키의 모습이 요즘도 종종 떠오른다.

첫째도, 둘째도, 셋째도 개개인에 대한 존중이 가장 우선시되는 재키의 교육 방침과 철학을 보며 문득 한가지 생각이 스쳐갔다.

한국에서 여자아이들은 흔히 남자아이가 놀이를 방해하고 도망가거나 머리카락을 잡아 당기거나, 이성친구끼리 서로 한 대 때리고 도망가고 하는 행동이 관심의 표현이라고 은연 중에 생각하는 것 같다. 아이가 그런 일이 있었다고 하면 부모나 교사의 흔한 반응은 "저 친구가 널 좋아해서 그러는 거야. 이해하렴."이라고 하는 경우가 많다. 실제로 아이들이 본인의 마음을 전달하는데 서툴러 그런 경우도 많겠지만, 어른 입장에서는 친구와 갈등 없이 사이 좋게 지내는 것이 가장 중요하다고 생각하기 때문인 것 같다. 그런 분위기 속에서 언젠가부터 짓궂게 구는 이성친구가 있으면, '어휴~! 너 속으로는 나 좋아해서 이러는 거구나? 내가 참아줄게' 하는 것 같다. 이제는 난 그렇게 받아들여서는 안 되겠다는 것을 깨달았다. 특히나 딸 둘의 엄마가 되고 보니 더더욱 그렇다. 아들을 둔 엄마도 마찬가지일 것이다. "저 친구가 친근함의 표시로 때리는 것이니 참으라."고 말했다가는 훗날 부당한 괴롭힘에도 자신의 감정을 잘 알아채지 못하고, 잘 표현하지 못하는 아이로 자랄까 두렵다. 그런 의미에서 재키가 아이의 작은 감정도 소홀히 여기지 않고 존중해주는 방식이 나에게 크게 울림을 주었다. 지금의 나는 같은 상황에 이렇게 대답해준다.

"그건 그 친구가 감정표현에 서툴러서 그런가 본데, 옳지 않은 방법이야. 좋아하면 더 친절히 대해주고 더 귀하게 여겨줘야 한단다."

훗날 두 딸이 이성 친구를 만나거나 배우자를 선택할 때에도 반드시 이 점을 명심하기를 바라는 마음에서다.

한국 초등학교에서 원어민 교사로 일한 적 있는 미국친구 레이가 한 가지 에피소드를 들려 주었다. 레이는 학교 부임 첫 날 동료 선생님과 함께 교무실에서 난생 처음 맥심 커피를 마셔보며 새로운 커피의 세계에 눈을

보석(jewels and gems)에 대해 배우던 중 반 친구 줄리앙의 엄마가 소장하고 있는 원석을 보여 주겠다며 본인의 수집품을 가져왔다. 그녀는 본인을 히피라고 소개했고, 아이들은 땋은 머리를 신기해하며 만져보아도 되는지 묻기도 했다. 많은 신기한 원석과 보석, 관련 도서들을 가지고 와서 이름과 구한 장소, 의미 등 전문가에 버금가는 설명을 재미있게 해주었다. 아이들은 굉장히 흥미로워했고 이후로 한동안 아이들은 땅만 쳐다보고 다니며 돌멩이 모으기에 열을 올렸다.

번쩍 뜨고 (레이는 미국으로 돌아간 후에도 스타벅스보다 맥심을 더 즐긴다) 그 달달함을 만끽하고 있었다. 아이들이 점심시간에 뛰어 노는 운동장을 운치 있게 바라보고 있을 때, 한 남자아이가 짱돌을 집어 들어 (의도적인지 아닌지 모르겠으나 빗나가기는 했지만) 다른 친구에게 던졌고, 연이어 모래도 한 움큼 잡아 뿌렸다. 레이는 너무 놀라 비명을 지르며 "가서 막아야 하는 거 아니에요?" 하고 옆에서 같이 보고 있던 선생님을 돌아봤다. 그 선생님은 "친한 아이들끼리 놀면서 장난치는 건데요 뭐. 다친 것도 아니잖아요." 대수롭지 않게 말하고 커피를 계속 마시더란다.

미국학교였다면 당장 교장실로 불려가고 학교위원회가 소집될 만한 일이었다. 레이는 애써 침착함을 가장했지만 교육방식의 차이에 너무 혼란스러웠다고 한다.

언어를 포함한 어떠한 방식의 폭력도 용납되어서는 안되고, 이것을 위반하였을 때 분명 엄격한 제재와 불이익이 있다는 것을 알아야 한다. 의도가 장난이었대도 상대가 싫어하는 행동은 즉시 중단하고 상대의 감정과 의사를 존중해야 한다는 것을 아주 어렸을 때부터 체득해야 하리라. 그러기 위해서는 성숙한 어른으로부터 그런 대우를 먼저 받아 보아야 배울 수 있을 것이다.

씨캐모어 학생들의 부모, 조부모 등은 모두 발룬티어에 적극적이다. 전, 현직 교수나 교사도 흔하다. 별자리를 배울 때는 클레어몬트 대학의 교수인 할아버지가 대학의 천체망원경을 빌려와 모든 아이들이 운동장에서 별을 보고, 바다생물을 배울 때는 해양생물학 교수인 아버지가 일하는 해

학교 운영 기금 마련을 위한 패밀리 댄스의 날. 강당을 클럽으로 바꾸고 입장권을 판매한다. 대형 스크린에 뮤직비디오를 틀고, 전문 DJ를 초청하고, 사이키 조명이 돌아가면 진짜 클럽 분위기가 난다. 수줍어하는 아이들은 여기서도 있게 마련이지만 춤을 잘 추고 못 추고는 중요하지 않고 그저 몸이 가는 대로 자유롭게 흔들며 댄스파티를 즐길 뿐이다. 어렸을 때부터 부모와 함께 건전한 파티나 클럽 문화를 접하면서 오히려 즐겁게 에너지를 발산하는 방법을 배우는 것 같다.

민주는 댄스파티보다는 야외 뜰에서 벌어지는 의자 먼저 앉기, 풍선 터뜨리기 등의 게임을 더 좋아했다. 교장 선생님도 의자 뺏기 게임에 동참하여 엉덩이를 마구 밀어 넣으며 열성적으로 의자를 차지하려 애썼지만 탈락했다. 게임이나 먹을거리 티켓을 구매하고 여기서 얻어진 수익금은 모두 학교 운영자금으로 사용된다.

화가이자 미대교수였던 조나단의 할아버지가 민주에게 페이스페인팅을 해주신다.

양과학관으로 필드트립을 가고, 곤충을 배울 때는 곤충학 교수인 어머니가 곤충 박제들을 가져와서 보여준다. 하지만 과학탐구대회에 전시된 아이들의 작품을 보면 분명 부모가 그 분야 교수인 아이들이 여럿인 것을 알고 있는데도 도와주지 않고 아이 혼자서 한 티가 난다. 학교 축제 때는 미대 교수이자 화가인 조나단의 할아버지가 페이스페인팅을 해줘서 작품 수준으로 뺨에 그려진 그림을 저녁에 씻어내야 되나 말아야 되나 잠깐 고민했다. 분명 축복받은 교육환경이다.

생일날에는 피냐타(piñata) 몽둥이질

재키반은 생일을 같이 축하해주는 전통이 있다. 생일자를 왕자, 공주라도 된 듯이 특별대우 해준다. 무엇을 하던지 제일 먼저 선택권을 주고, 하루가 온통 생일자의 날이다. 생일자를 가운데 앉혀두고 빙 둘러싸 게임을 하기도 하고, 이름 이니셜에 맞추어 아이와 어울리는 단어를 다같이 퀴즈

풀듯이 떠올려 적는다. 그리고 나서 각자 자리로 돌아가 생일축하 카드를 정성스럽게 만들고 전해준다. 아마도 그 나이대의 아이들이 가장 기다리는 날이 생일과 크리스마스 정도가 아닐까. 일 년 내내 기대하던 생일날, 내가 태어난 날을 모두가 축하해주고 하루 종일 친구들의 관심을 한 몸에 받는 주인공이 되어 보는 특별한 경험이 스스로를 좀 더 소중하게 여기도록 할 것이다.

친한 친구인 히데가 민주의 생일에 피냐타(Pinata)를 준비해 줄 테니 교실에서 다같이 해도 될지 재키에게 물어보라고 하셨다. 나는 피냐타라는 것을 처음 들어봤는데 알고 보니 우리로 치면, 오재미로 박 터뜨리기와 비슷하다. 단, 눈을 가려야 하고 콩주머니 대신에 막대기를 이용해 끈으로 매단 통을 내리친다는 점이 다르다. 재미있는 모양의 통 안에는 작은 선물이나 캔디 등을 채워 넣는다. 수업에 방해가 되는 것이 아닐지 걱정하며 조심스럽게 재키에게 물으니 너무 재미있겠다고 흥분하며, 한 술 더 떠 교실에서 하지 말고 아예 공원에 나가서 하자고 한다. 학교는 메모리얼 공원과 맞닿아 있기 때문에 종종 점심시간이나 체육시간에 그 공원에서 수업을 하거나 피크닉을 즐기기도 한다.

민주의 생일날, 주인공을 가운데에 앉히고 빙 둘러 앉아 생일 축하 노래를 불러주고 아이를 중심으로 게임을 한다.
"민주가 좋아하는 것"이라는 주제로 색깔, 장소, 책, 취미, 동물, 음식 등등을 적어나가고 생일자의 이니셜에 적합한 단어를 친구들에게 떠올리게 한다.

눈을 가리고 막대기로 쳐서 피냐타를 터뜨리면 달콤한 간식이 쏟아져 나온다. 원래는 멕시코에서 유래된 놀이지만, 미국 파티에서도 단골 놀이이다.

드디어 딸의 생일날 점심, 재키는 도시락이나 카페테리아 음식을 들고 공원으로 가자고 했고 아이들은 환호성을 질렀다. 아이들은 나무 둥치에 다람쥐 새끼들처럼 조르륵 앉아 점심을 먹는다.

점심을 먹고 나서 큰 나무에 별 모양의 피냐타를 대롱대롱 매달았다. 신이 난 아이들은 줄 서서 몽둥이로 피냐타를 때릴 기회를 기다리며 메이저리그 4번 타자라도 된 듯이 타격 폼을 잡고 있었다. 1번 타자는 당연히 생일자인 민주. 눈을 안대로 가리고 하기 때문에 막대를 들고 엉뚱한 방향으로 뒤뚱뒤뚱 걸어가 허공에 휘두르는 모습을 보고 다들 배꼽을 잡고 웃었다. 힘이 약한 아이들은 정확히 맞추더라도 피냐타가 터지지 않아서 실패. 몇몇이 실패한 후 반에서 제일 체격 좋고 나이도 많은 루카스가 막대를 잡자 다들 긴장했다. 두세 번 허공에 휘두르다가 위치를 조준해서 연달아 몇 번 때리자 피냐타가 항복하고 결국 입을 쩍 벌렸다. 캔디와 초콜릿이 쏟아져 나오자 아이들은 우~ 달려들어 달콤한 간식거리를 챙겨들었다. 그리고도 아이들은 한참을 더 공원에서 뛰고 놀았다.

문득 내가 한국에서 그토록 원하고 꿈꾸던 순간이 바로 지금인 것 같다는 생각이 들었다. 아이의 학교친구들과 함께 잔디와 나무가 많은 공원의 나무 둥치에 걸터앉아 발을 까딱거리며 광합성……행복했다. 아이가 생일의 주인공인데 내가 더 행복했다.

선생님의 선생님과 책 읽는 아이들

"엄마, 발룬티어 할머니 샐리(Sally)가 일주일에 한번씩 오시는데, 작은 카트에 책을 싣고 다니면서 원하는 아이들에게 책을 읽어주셔. 같이 책을 읽고 싶은 사람은 리스트에 이름을 적으면 돼. 신청하려고 보니 벌써 리스트가 길어. 빨리 내 차례가 되었으면 좋겠는데" 하고 설레어 했다.

나도 가끔 책을 읽어주러 오시는 발룬티어 할머니 정도로만 알고 있었다. 그 자체도 신기한 일이긴 했다. 스스로 글을 읽을 줄 아는 2-3학년 아이들에게 책을 읽어주다니. 많은 양의 책을 빨리 빨리 읽어내는 것이 중요한 우리에게 이것은 꽤나 낯선 모습이었다.

하루는 아이들에게 가장 인기 많은 Bert&Rockies 아이스크림 점에 반 아이들 전체가 아이스크림을 먹으러 가기로 했다. 미리 공지를 해서 3-5불 사이인 아이스크림 값은 각자 준비해온다. 학교에서 아이들 걸음으로 10분 정도 걸리는 Village에 위치해 있어 횡단보도를 건너야 하기 때문에 (학년 초가 되면 '횡단보도를 건너는 것에 대한 동의서' 같은 세세한 항목 하나하나에 사인하여 제출하는 서류가 수십 장이다) 안전지도 겸 함께 아이스크림을 먹고 싶은 학부모는 발류티어 해 달라는 공지가 왔다. 나와 남편도 시간에 맞춰 학교에 갔더니 마침 샐리도 함께였다. 이런저런 대화를 하며 걷다가, 어떻게 씨캐모어에서 발류티어를 시작하시게 되었냐는 질문에,

"나?? 내가 재키를 가르쳤다오."

"네에~? Room 10 담임인 재키 캔필드 말씀하시는 건가요?"

재키도 클레어몬트 대학원에서 교육학을 전공하였는데, 당시 지도교수였던 샐리가 퇴직 후 재키의 반에서 발류티어를 시작했다고 한다. 재키의 나이도 50세가 넘었는데 재키의 지도교수이셨다면……그 열정과 아이들에 대한 사랑도 놀라웠지만 제자에 대한 신뢰와 애정에 또 한번 놀랐다.

"요즘에는 교육방식이 점점 바뀌고 있지요. 하지만, 난 재키의 방식이 맞다는 것을 100퍼센트 확신합니다. 아이들을 존중해주고 자율성을 주고, 책을 많이 읽게끔 하지요. 시간이 지나면 모두들 깨닫게 될 거에요. 이러한 교육이 실제로 아이들의 인생에서 행복도를 높인다는 것을 증명하는 논문도 많이 있어요."

30여 년이 지난 지금까지 본인에게 여전히 애정을 가지고 지지해주고, 공감해주는 옛 스승이 있다는 것은 참으로 감사한 일일 것이다. 재키에게도 아이들을 가르치는데 있어 수많은 고민과 갈등의 시간이 여전히 있을 것이라 짐작한다. 하지만 이런 든든한 스승의 지지가 재키로 하여금 여전히 확신과 신념을 가지고 열정이 식지 않게끔 만드는 비결이 아닐까.

책 잘근잘근 씹어먹고 소화해서 퉤 뱉어내기

한 번은 Room10의 모든 아이들이 창작 글을 한 편씩 쓰게 되었다. 딸아이는 거의 한 달 동안 아이디어 구상부터 스토리, 제목, 글쓰기, 맞춤법 등등을 재키와 하나하나 상의해가며 수정과 편집을 반복해 한편의 이야기를 만들어냈고, 최종본을 재키의 스승인 샐리에게도 보여드렸다고 했다. 하루는 방과 후 집에 오는 차 안에서 민주가 들뜬 목소리로 말했다.

"엄마, 재키한테 들은 말인데, 샐리가 어제 재키와 전화 통화를 하던 중에 '재키, 혹시 클로이(민주)가 쓴 글 읽어 봤니? 굉장히 창의적이고 재미있더라. 얘는 글쓰기에 소질이 있는 것 같더구나'라고 말씀하셨대. 기분 최고야. 나 다른 글도 또 써 볼래!"

샐리는 민주가 쓴 글을 정성스럽게 제본하여 한 권의 책처럼 근사하게 만들어 주었다. 민주는 그 책을 보기만 해도 좋은지 연신 쓰다듬으며 싱글벙글이었다. 아이는 그 후로 지금도 여전히 글쓰기를 즐긴다.

글쓰기는 미국 교육에서 가장 중요한 부분이다. 대학원에 다니는 남편도 절실히 느꼈다. 동양학생들은 정보를 받아들이는 읽기와 듣기는 매우 뛰어나지만 본인을 표현하는 쓰기와 말하기는 상대적으로 매우 부족하다(편견이라고 말하고 싶지만 실제 부딪혀보니 오히려 내가 상상했던 이상으로 간극이 컸다). 국어시간에 주로 교과서로 선생님이 설명해 주는 내용을 듣기만 하고, 저자의 의도를 암기하는 우리와는 수업 방식이 많이 다르다. '글 잘 쓰기'라는 큰 목표 안에서 독서, 이해력, 문법, 스펠링 교육이 모두 이루어진다. 글쓰기의 과정과 방법을 끊임없이 훈련시킨다. 아이디어 구하기, 버블 맵으로 생각을 확장시키기, 리서치 하기, 직접 써보기, 다양한 단어로 지루하지 않게 쓰기, 제목 정하기 등의 과정을 계속하면서 아이는 글쓰기를 스스로 체계화하고, 본인이 쓴 글은 온전히 자신의 것이 된다.

독서도 마찬가지다. 좋은 책 한 권을 선정하여 그룹단위로 나누어 읽고, 내용에 대한 문제를 풀고, 소감을 적고, 토의하고, 발표한다. 책을 잘근잘근 씹어 먹고 소화해서 뱉어내기까지 해야 그 작업은 끝난다. 선생님과 교과서가 아닌, 본인의 말과 글로 뱉어내는 것이 가장 중요하다.

학년 구분없이 미국 학교에서 퇴학까지 당할 정도의 악덕은 남의 글을 베끼는 것이다. 인용할 수는 있으나 단 한 문장이라도 출처를 철저하게 밝혀야 한다. 정보와 글이 감당할 수 없을 만큼 넘쳐나지만 그럴수록 더 더욱 남이 아닌 나 자신의 생각을 말하고 글로 표현해 낼 수 있는 능력이 더 중요해지는 요즘이다.

오감 체험 메갈로돈, 평생 잊지 못할 거야

수업시간은 따로 시간표가 정해져 있지 않았다. '과목'에 따라 굳이 수업 시간을 나눈다기 보다는 '주제'를 중심으로 과목 수업도 이루어진다.

학기 초부터 교실 한 켠에 거대한 덩어리가 있기에 한참을 뜯어봐도 도무지 정체를 알 수가 없었다. 결국 재키에게 물으니 작년부터 제작해 온 메갈로돈(Megalodon)의 모형이란다. 길이 2-3미터에 기본 뼈대는 철사를 둥글게 감고 그 위에 종이를 붙이고 말리고 덧붙이는 과정을 반복해서 단단하게, 조금씩 크게 만들어 가는 중이었다. 남편과 나는 솔직히 어이가 없어서 터져 나오는 웃음을 겨우 참았다. 넓지도 않은 교실에 책상 여러 개를 붙여 겨우 올려둔 빼대가 앙상한 메갈로돈을 도대체 언제 지구역사상 가장 거대한 상어로 만들 수 있을 것인가. 앞으로도 3년은 족히 걸릴 것이라 예상했던 것과 달리, 아이들의 정성과 학부모들의 적극적 자원봉사로 결국 이전 해부터 시작된 제작은 그 해 말 즈음 완성 되었다. 멸치 한마리 못 잡아먹은 듯 다이어트를 심하게 한 비쩍 마른 모습이기는 했지만.

그런데 제작 완성이 더 이상 손이 안 간다는 의미는 아니라는 것을 깨달았다. 교실에서 행사가 있을 때면 공간 확보를 위해 모형을 다른 곳으로 옮겨야 했다. 하루는 재키의 대학생 아들이 큰 밴(Van)을 끌고 학교에 왔다. 행사가 끝날 때까지 메갈로돈을 집에 가져다 놓을 예정이란다. 재키와 아들, 나와 남편은 모형을 어깨에 둘러매고 차로 가져갔다. 길이가 길어 조수석 시트를 접고 트렁크 문을 열어 앞뒤에 2명씩 서서 메갈로돈을 밀고 당기고 으쌰으쌰 해가며 겨우 집어넣고 나니 땀방울이 송송 맺혔다. 행사가 끝나면 그 과정을 반복해서 교실 한 켠에 재전시 했다. 아이는 어떨지 모르겠지만, 그 덕에 나는 평생 메갈로돈을 절대 잊지 못할 것 같다. 역시 직접 체험한 것은 오래 남는다는 큰 교훈을 얻으며.

나처럼 어깨에 둘러 매보기까지 하지는 않았지만 딸아이도 다행히 여전히 메갈로돈을 기억하고 있다. 나는 한국에서 교과 과정 중에 메갈로돈을 배운 적이 없는데, 민주는 오랜 기간에 걸쳐 다양한 방식으로 이 상어에 대해 배우는 것을 보고 신기했다. 일단 선생님의 설명을 듣고, 관련 책을 읽고, 동영상을 보기도 하고, 왜 멸종되었나 토의해보고, 메갈로돈이 살았던 바닷속을 상상하여 디오라마(배경 위에 모형을 설치하여 하나의 장면을 만든 것)를 제작하는 것이 숙제였으며, 교실에는 늘 메갈로돈 모형이 놓여 있었다.

우리는 낯선 이 멸종동물을 뉴욕 자연사박물관에서 다시 마주쳤다. 아이와 '박물관이 살아있다' 영화의 실제 촬영 장소인 뉴욕 자연사박물관에 갔을 때 박물관 전시실의 정중앙에는 천장에서부터 줄을 늘어뜨려 약 20미터에 달하는 실제 크기의 메갈로돈 모형이 바닷속을 헤엄치는 듯 멋들어지게 매달려 있었다.

"흠~우리도 이런 메갈로돈 직접 만들어 봤는데 (결과물의 수준은 차원이 달랐지만) 별거 아니더라고!" 괜히 어깨를 한번 으쓱했다.

◀종종 공원으로 야외 수업을 나가기도 한다. 풀밭에서 흥미로운 것을 주워 관찰해보기 중이다. 아이들은 나무껍질, 죽은 벌레부터 단추, 썩은 과일 등 온갖 잡동사니와 쓰레기까지 죄다 주워와 같이 관찰하고 그림으로 그리고 글로 표현했다.

누가 먼저랄 것도 없이 이 공원에 가면 아이들은 늘 이 나무에 기어 올라가 걸터앉는다. 나무는 죽은 듯이 땅에 드러누워 있는데도 여전히 잎이 무성해서 널찍한 그늘을 만들어준다. 아이들과 친구가 되기 위해 일부러 누워 살기로 마음 먹은 게 아닌지.▼

교과서에만 충실했던 40대 한국남자, 홀홀단신 미국 MBA 서바이벌

그 동안의 영어는 잊어라, 새로 배우는 Academic English

남편은 MBA 시작 전 10주 간의 국제학생 집중교육프로그램(International Students Intensive Program)을 수강해야 했다. 정규 수업이 시작되면 영어를 모국어로 쓰지 않는 학생들에 대한 배려가 전혀 없기 때문에 무리 없이 수업을 따라가기 위해 아카데믹 영어(Academic English)를 배우는 필수 코스였다. 한국인은 남편이 유일했고, 세 명의 일본 남학생과 네 명의 중국 여학생이 함께였다.

수업은 마치 고등학교처럼 빽빽하게 이어졌다. 쉬는 시간과 점심 시간을 제외하고는 아침 9시부터 저녁 5시까지 비는 시간이 없었다. 예상치 못했던 엄청난 분량의 과제물 때문에 하루에 단 두세 시간만을 자면서 과제를 해야 할 때도 많았다.

매주 과제물로 주어지는 주제에 대해 글을 써가면 꼼꼼하게 수정을 해주는데, 글 전체가 찍찍 그은 선과 수정내용으로 원래 썼던 글자는 보이지도 않을 지경이었다. 도쿄대학교, 베이징대학교 등 일본과 중국에서도 최고의 학교를 졸업했다는 다른 학생들도 상황은 별반 다르지 않았다. 모두 다른 문화권에서 공부하는 것에 대한 스트레스를 받으면서도 또 한편 단기간에 Academic English가 향상되는 경험을 하니 뿌듯함을 느끼기도 했다.

빡빡했던 10주 대장정의 마무리는 '모의 창업 투자 대회'였다. 학생들은 각자 창의적인 물건을 한가지씩 발명하고, 이것을 모의 투자자들 앞에서 프리젠테이션 하여 투자금을 가장 많이 받아내는 사람이 우승하는 대회이다. 꽤 많은 인원의 교수들과 교직원들이 모의 투자자 역할을 맡아 발표내용을 경청하고 실제상황처럼 마케팅 계획, 제품의 활용성, 수익성 등에 대한 질문을 쏟아냈다. 모두 발표를 마친 후 최종적으로 투자자들이

모의 창업 투자대회. 교수들과 교직원들이 모의 투자자가 되고 이들을 대상으로 한 설명회에서 가장 많은 투자금을 유치하는 사람이 우승이다.

가상의 돈을 투자하고 이것을 합산하여 가장 많은 투자금을 얻은 사람이 우승이었다.

남편이 판매할 제품은 온라인과 오프라인 쇼핑의 장점을 결합한 스마트 샵퍼(Smart Shopper)였다. 고객이 마트에서 직접 핸디형 바코드 기계를 들고 다니며 쇼핑을 하면 계산대에 길게 줄서서 물건을 계산대 위에 꺼내고 바코드로 찍고 다시 담는 과정을 생략할 수 있는 것이다. (며칠 전 신문에서 우연히 이와 거의 동일한 제품을 국내 몇몇 대형마트에서 시범적으로 도입했다는 기사를 읽고 남편과 나는 말 그대로 기절초풍 했다. 당시 어떠한 정보도 없이 자체적인 아이디어로 생각해 낸 것이었는데 그게 벌써 몇 년 전이니, 당시 특허 등록을 알아볼 걸 그랬나 하며 괜히 입을 쩝 다셨다)

남편이 스마트샵퍼에 대한 설명을 마치자 평소 친하게 지내던 교직원 토드(Tod)가 제품에 대해 길고 까다로운 질문을 던졌다. 일순간 다들 긴장하며 남편을 주목했다.

"하아… 난 당신이 내 편이라고 생각해왔는데, 아니었군요." 라는 남편의 능글맞은 대응에 일동 폭소가 터졌다. 하지만, 곧 웃음기를 거두고 질문에 대해서 진지하고 훌륭하게 답변을 해냈다. 남편의 스피킹, 특히 발음은 결코 유창하지 않다. 고급 어휘를 사용하지도 않는다. 하지만 타고난 유머감각과 배짱이 한국에서뿐 아니라 영어라는 다른 언어로 다른 문화의 사람들에게도 통하는 것을 보니 역시 유머는 만국 공통어구나 싶었다.

성공적인 프리젠테이션을 마치고 함께 참석하여 발표를 지켜보았던 민주가 아빠 최고라며 엄지손가락을 치켜들었다.

프리젠테이션을 지도해주던 교수가 가장 강조했던 내용은 단 5초 안에 관중을 휘어잡아야 한다는 것이다. 그러기 위해서는 세련된 유머가 곁들여지면 가장 좋고, 머리에 쾅! 도장이 찍힐 만한 핵심 내용을 앞에 두어 청중의 관심을 끌어내야 한다. 한 슬라이드에는 한 개 내지 세 개 정도의 문장만 삽입하고, 중간 중간 손동작을 자연스럽게 하고, 관중 사이를 걸어 다니며 동선을 바꾸는 연습도 많이 했다. 이때의 훈련이 이후 정규 수업에 들어가서도, 한국에 돌아와 회사에서 발표 기회가 있을 때에도 큰 도움이 된다고 했다. 늘 마음만은 스티브 잡스이나 현실에서는 버퍼링이 걸려 버벅거리는 한국 남자의 발표는 그렇게 끝났다.

학교에서 준비하는 재미난 이벤트가 많다. 크리스마스 즈음에는 학교 총장의 사택을 개방하여 파티를 연다. 뜰에서 학교 합창단이 아카펠라로 캐롤을 부르고, 맛있는 음식과 와인이 차려진다. 아이들은 따로 거실에 모여 산타가 주는 선물을 받으며 기념사진을 찍었다.

첫 수업 'MBA수업의 나쁜 예'로 꼽힌 Frank, 졸업식 날 우수학생 선발되다

MBA 첫 날 첫 수업, 남편은 수업을 마치고 집에 오자마자, 세븐일레븐 편의점에 들러 사온 맥주 한 캔을 따서 벌컥벌컥 원샷 하고 한숨을 후우욱~ 내쉬었다.

"말 그대로 '멘탈 붕괴'였어. 수업 참여도가 점수에 20%나 반영되는데 한 마디도 못 끼어들겠어. 단 한 마디도!" 말 많기로는 시골 동네 30년 경력 부녀회장님 이상이고, 목소리 크기로는 보통 사람이 마이크에 내지르는 목소리보다 크고, 평소 토론을 누구보다 즐기는 남편의 입에서 나온 말이 너무 낯설었다. "첫 날이라 그렇지. 조금 익숙해지면 괜찮을 거야." 라는 나의 위로가 현실과 다를 것이라는 것을 나도 예감했다.

그 수업에서 영어가 모국어가 아닌 사람은 남편 혼자였기 때문에 그에 대한 배려가 단 1%도 없었다. 천천히 말해주거나 반복해서 설명해주는 것은 아예 기대하지도 않았지만, 제일 큰 문제는 수업참여도의 점수화. 질문과 대답을 적극적으로 하고 다른 학생들과 논쟁하는 모든 것이 점수에 반영된다. 교수의 설명은 그나마 예습을 통해서 내용을 짐작하여 알아듣겠지만 학생들끼리 하는 토론은 예측도 안되고 모국어가 아니고는 알아듣기 어려운 일상용어를 사용하니 이해하기가 더 어려웠다.

언어적인 문제도 그렇지만 한국에서 한 번도 경험해보지 못한 것은 바로 질문과 대답의 '타이밍'이었다. 거기에서 가장 큰 차이가 느껴졌다. 우리나라를 비롯한 아시아권의 교실에서는 주로 선생님의 말씀을 집중해서 듣고, 학생들은 선생님이 물을 때 답하거나 선생님의 설명이 끝난 후 따로 주어지는 질문시간에 말한다. 그러지 않으면 자칫 수업 흐름을 끊는다는 눈치를 받을 수 있다. 다른 학생의 의견에 반박하는 의견을 냈다가는 꼬투리를 잡는 것이냐는 오해를 받기 십상이다.

어렸을 때부터 수업시간에 질문과 대답과 의사표현을 자유롭게 하는 훈련이 된 미국 학생들 사이에서, 그것도 대학원 수업이다 보니 핑퐁 게임을 하듯 숨쉴틈 없이 학생들의 의견이 오가고, 내용의 주제도 빠르게 휙휙 바뀐다. 할 말을 머리 속으로 정리하고 있으면 이미 대화의 주제는 다른 것으로 점프해 버린다. 남편도 소위 말빨 센 정치학과 대학원에서 수업을 받으며 다른 건 몰라도 토론에는 자신있다 하던 사람임에도 첫 수업이 끝나갈 때쯤에는 머리가 하얘져서 식은땀이 날 지경이라고 했다.

남편이 고심 끝에 세운 전략은 예습을 '철저하게' 해 가는 것이었다. 개강을 앞두고 큰 택배 박스가 기숙사에 도착했는데 그 안에는 책상에서 베고 잠자기 딱 좋은 사전 두께의 경영학 책들이 꽉 들어차 있었다. 교수는 매 시간 그 중 한 권의 책을 읽어오도록 했고, 한 수업에 한 권의 책을 해치워버리니 그 수업이 끝나는 날 저녁부터 그 다음 주에 배울 새로운 책을 또 집어 들어야 했다. 매일 읽어내야 하는 양이 어마어마했다. 일주일에 한 권씩 꾸역꾸역 읽어 내려가느라 남편은 고3 수험생처럼 학교 도서관에 틀어박혔다. 눈으로 몇 번을 읽어도 머리로는 이해가 가지 않는다며 진도는 더뎠다. 새벽까지 공부하는 날도 이어졌고 매일 학교 도서관에 제일 먼저 도착해서 청소 아주머니와의 인사로 하루를 시작했다. 그렇게 몇 개월이 지나자 도서관에서 남편이 매일 앉는 자리는 마치 지정좌석처럼 여겨져 아무도 그 자리에는 앉지 않았다.

수업시간 말할 타이밍을 놓치는 문제를 해결하기 위해서는 책을 여러 번 읽으면서 발표할 내용을 곳곳에 포스트잇을 이용하여 붙여 두었다. 물론 그렇게 철저하게 준비하고도 입 뻥끗도 하지 못하는 날도 많았지만.

그 다음 수업부터는 항상 교수의 시선이 가장 잘 닿는 첫 줄 정중앙에 앉았다. 그러면 남편이 끼어들 적당한 타이밍을 놓쳐도 할 말이 있는 듯 입을 옴짝옴짝 거리거나 손을 슬그머니 올리면 교수가 알아채고 남편을 지목해 말할 기회를 주었다.

'전략(Strategy)' 수업은 까칠하기로 소문난 인도출신 교수님이었다. 처음 들어보는 인도 억양의 영어는 남편의 귀에는 힌두어나 영어나 별반 다르지 않게 들릴 정도였다. 첫 수업 시간의 첫 질문. 운 나쁘게도 교수는 맨 앞자리에 앉아 있던 남편을 콕 찍어 지목했다. 역시 질문이 나올 것 같으면 재빨리 눈을 바닥에 깔고 시선처리를 잘 했어야 했는데. 하지만 예습을 지나치게 열심히 해 간 남편은 당황하지 않고 '책의 내용에 근거하여' 성실히 답변했다. 그러자 교수님이 큰 목소리로

"자, 여러분! 이 사람처럼 책에 있는 내용을 그대로 대답할 것 같으면 혼자 책이나 읽지, 뭣하러 수업을 들으러 이 자리에 앉아 있습니까? 내 수업 시간에 하면 안되는 나쁜 예입니다."

남편은 너무 당황스럽고 민망하여 그 이후 수업 내용이 머리에 전혀 들어오지 않았다.

고민하던 남편은 교수에게 이메일을 써서 보냈다. "최선을 다해 예습을 하고는 있으나 모국어가 아닌 언어로, 익숙하지 않은 토론식 수업이다 보

니 발표에 어려움을 많이 느끼고 있다." 라는 구구절절한 사연을 담은 이메일이었다. 교수는 역시 까칠하게 고충은 이해하지만 좋은 점수를 받으려면 더 많은 노력이 필요할 것이라는 짧은 답장을 보내왔다. 고충을 이해한다던 교수의 답변과는 달리, 이후에도 별도의 배려는 전혀 없었고, 남편은 이 악물고 더 독하게 해당 과목을 공부했다. 점수가 짜기로 유명한 교수였지만 학기 말 남편이 받아든 점수는 A였다.

그렇게 조금씩 조금씩 미국 대학원생이 되어가고 있었다.

남편은 1년 4개월의 시간이 쌓이자 어느 새 두꺼운 영어책 한 권쯤은 뚝딱 읽어내고, 생각 전개의 방식도 서론-본론-결론이 아닌 철저하게 두괄식으로 훈련되었다. 미국 학생들도 받기 어렵다는 한 과목을 제외한 전과목 A라는 믿기 어려운 점수를 받으면서 졸업식 날 우수학생으로 선발 되었으며, 성적 상위 10%만 가입 가능하다는 '베타감마시그마'라고 하는 전세계 MBA 사교클럽 가입 초청까지 받았다. 새하얗게 불태운 MBA 기간 동안의 고생에 대해 인정 받은 기분이 들어 옆에서 몸과 마음 고생을 지켜보았던 나도 뿌듯하기만 했다.

교수님들께 양해를 구하여 청강이 가능한 수업시간마다 나를 수업에 데리고가 대학원 수업을 경험해 볼 수 있도록 배려해 준 남편 덕에 나 또한 한층 시야를 넓힐 수 있는 계기가 되었다.

도서관 앞 잔디밭에서 졸업식 준비가 한창이다. 졸업시즌이면 7개 대학과 대학원의 졸업식이 캠퍼스 곳곳에서 열린다.

드디어 드러커 스쿨의 동문이 되었다. 졸업식날 우수학생으로 선발되었으며 성적 상위 10%만 가입 가능하다는 '베타감마시그마'라고 하는 전세계 MBA 사교클럽 가입 초청을 받았다.

클레어몬트 컬리지 캠퍼스 내에서 국정 역사 교과서에 반대하는 서명운동을 벌인 한국 학생들. 한국학생 뿐 아니라 많은 다른 국적의 학생들도 관심을 보이며 설명을 듣고 서명에 동참했다.

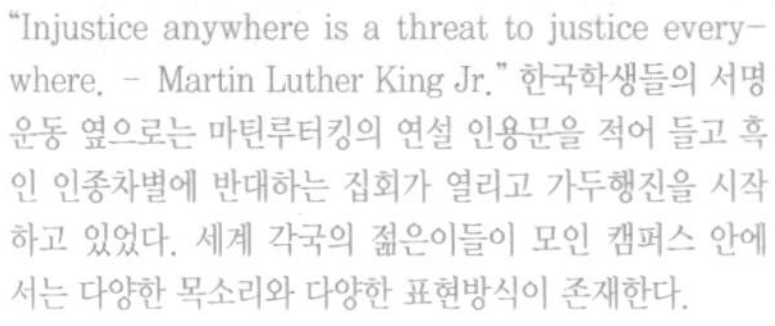

"Injustice anywhere is a threat to justice everywhere. - Martin Luther King Jr." 한국학생들의 서명운동 옆으로는 마틴루터킹의 연설 인용문을 적어 들고 흑인 인종차별에 반대하는 집회가 열리고 가두행진을 시작하고 있었다. 세계 각국의 젊은이들이 모인 캠퍼스 안에서는 다양한 목소리와 다양한 표현방식이 존재한다.

국적, 성별, 나이, 직업 불문. 모두가 친구가 되는 곳 나의 영어수업

강간범과 마약밀수꾼과 테러리스트라고? 천만의 말씀

클레어몬트에 도착하자마자 영어를 모국어로 하지 않는 주민들에게 영어를 가르쳐주는 ESL(English as a Second Language) 프로그램이 있는지 알아보기 위해 지역교육청을 찾아갔다. 운 좋게도 캘리포니아는 이민자가 많은 곳이라 교육청 건물 내에서 영어수업이 진행되고 있었다. 월요일부터 목요일까지 8시 45분부터 12시까지 수업하는데 수강료는 무료. 수업은 3개 레벨, 4개 반으로 나뉘었다.

가벼운 마음으로 시작한 이 곳에서의 수업은 현기증이 날 만큼 재미있어 나는 이내 푹 빠져들었다. 출결 관리를 하는 것도 아니지만 하루도 빠짐 없이 참석하고 싶어 안달이 났다. 이렇게 배움이 재미있었던 적이 있었나 싶을 정도였다.

영어 선생인 마니(Marney)는 '살아있는 언어'로서의 영어를 가르쳤다. 일자리를 구할 때 이력서는 어떻게 써야 하는지, 집 계약서를 어떻게 써야 하는지, 오바마 대통령이 뭐라 연설했으며 그 연설이 어떤 의미를 갖는지, 미국 의회 구성은 어떻게 되어 있고 투표는 어떻게 하는지, 미국의 역사가 어떠한지, 중고가구는 어디서 싸게 살 수 있는지 등등. 다양한 직장에서 일한 경험이 있고, 지식도 많고, 수다도 많은 깐깐한 70대 백인 할머니인 마니는 일상 생활 정보, 정치, 경제, 생활, 문화 전반을 설명했다. 그러니 매일 4시간 가까운 수업시간이 늘 부족했다.

마니는 동부 뉴욕의 로체스트에서 태어나 결혼 후 남편의 고향인 캘리포니아에 1964년부터 정착하였고, 젊은 시절 이혼했다. CBS방송국에서 뉴스 원고를 교정 보는 일을 하기도 했고, 워킹맘이자 싱글맘으로 아들 하나를 훌륭히 키워냈다. 마니의 열정과 학생들의 필요가 만나 수업 분위기는 어느 영어학원보다 진지했고 학구열이 불타 올랐다. 다른 교육청에도 ESL수업이 있지만 마니의 수업을 듣기 위해 클레어몬트로 일부러 이

ESL반은 내가 지금껏 살면서 가장 다양한 인종을 만나보고 다른 문화와 다양성을 겪고 배운 곳이다. 국적으로는 멕시코인이 가장 많았고, 한국, 이라크, 예멘, 사우디, 러시아, 핀란드, 프랑스, 칠레, 페루, 과테말라, 베네수엘라, 중국, 일본, 타이완 등등. 직업은 은퇴한 의사, 주부, 청소부, 현직 정치인, 햄버거 가게 점원, 가사도우미, 교환 교수, 교회 성직자, 정원관리사, 현직 공무원, 전직 공무원, 변호사, 제빵사, 간호사, 취업 준비생, 대학생…… 연령은 10대부터 70대. 영어를 배우고 싶은 이유도 여러 가지다. 친구를 사귀고 싶어서, 일자리를 구하기 위해서, 직장에서 말을 더 잘하기 위해서, 영어만 하는 손주와 더 깊은 이야기를 나누고 싶어서, 대학에 가고 싶어서 등등.

사 온 중국 친구도 있었다.

마니는 틈날 때마다 학생들을 한 명씩 칠판 앞으로 불러 본인 소개를 시킨다. 내가 가장 좋아하는 시간이었다. 세계 각국에서 온 사람들의 자기소개를 듣는 것은 어지간한 유명인의 자서전보다 훨씬 더 흥미롭다. 이름, 국적, 가족관계, 취미, 직업 등을 소개하는 간단한 발표임에도 평생 여러 사람 앞에서 발표를 해 본 경험이 없는 나이 많은 학생들은 얼굴이 시뻘개지기도 하고, 목소리와 손이 벌벌 떨리기도 한다. 하지만 한 명도 빠짐없이 이 시간을 갖다 보면, 햄버거 프랜차이즈에서 점원으로 일하며 수줍음 많은 중년의 학생이 사실 화려한 살사댄스가 취미라거나, 베네수엘라 출신의 발랄하고 엉뚱한 아가씨가 고국에서 변호사 일을 하다가 그만두고 미국에서 파티셰로서의 새로운 삶을 준비하고 있다거나, 세차장에서 일하는 사우디 청년이 밤에는 법률 공부를 하고 있다거나, 늘 표정 변화가 없는 중년의 페루 부인은 고국에 두고 온 아들딸 대신 가사도우미로 일하는 집의 아이 둘을 십 년 째 돌보고 있다거나, 항상 까르륵 웃음소리가 끊이지 않는 멕시코 학생이 나보다 어린 나이에 아이가 넷이고 남편은 몇 해 전 사고로 세상을 떠난 미망인이라 수업이 끝나면 가사도우미 일을 하러 간다거나, 조지아 출신의 학생은 국제신부를 찾던 남편과 온라인에서 만나 결혼했다던가 하는 몰랐던 개인사를 조금이나마 알게 된다. 간단한 자기 소개 후에는 질문이 이어지는데 호기심 많은 나는 끊임없이 손을 들고 질문을 퍼붓고도 아쉬워서 쉬는 시간에 또 대화를 이어나갔다. 그러다가도 아쉬우면 수업이 끝나고 식사를 하기도 했다.

각 나라의 명절이나 종교 기념일에는 고유의 음식을 싸와서 나누어 먹

멕시코 명절 빵을 먹다가 빵 속에서 인형이 나온 사람은 다음 달에 음식을 준비해야 한다는 전통에 따라 프랑스인 제롬이 프랑스 음식 크레페를 만들어 와서 나누어 먹었다.

는 것도 큰 즐거움이다. 멕시코의 명절인 1월 6일 동방박사의 날에는 친구나 가족들과 로스카라는 이름의 빵을 나누어 먹는데, 빵 안에 숨겨놓은 작은 플라스틱 인형을 발견하는 사람은 2월 2일에 음식을 준비해 와야 하는 전통이 있다. 모두가 조마조마하며 빵을 잘라 먹다가 프랑스인 제롬이 당첨되자 나머지 사람들은 박수를 치며 깔깔댔다. 약속한 2월 2일에 제롬은 멕시코 음식 대신 프랑스 크레페를 준비해 와서 다시 한번 파티를 열었다.

제롬은 프랑스 공무원으로 일하다가 클레어몬트 대학의 교수인 와이프를 따라 장기 휴직을 하고 왔다. 부부가 교대로 휴직을 하고 두 나라에서 번갈아 살고 있다고 했다. 프랑스 돌아가면 너 자리 없어지는 거 아니니? 농담 삼아 물으니 프랑스에서는 10년을 휴직해도 상관없단다. 아~진심 부럽다.

어느 날 마니가 한 가지 제안을 했다. 다양한 국적이 모여있으니 각자의 나라를 소개하는 발표를 해 보자는 것이다. 이라크나 조지아 등은 한 명씩이지만, 한국, 중국, 멕시코는 학생이 여럿이라 분야를 나눠서 좀더 구체적으로 하기로 했다. 가벼운 마음으로 시작하였지만 막상 발표에 들어가자 대사관에서 국가 홍보자료로 사용해도 손색없을 정도로 내용이 훌륭하고 너무나 정성들여 자료를 만들어서 깜짝 놀랐다. 경쟁이라기보다는 다른 나라의 친구들에게 고국에 대해 조금이라도 더 알려주고 싶고 보여주고 싶은 배려와 자긍심이었다. 사진을 많이 넣어 만든 팀도 있고, 컴퓨터 사용이 어려운 분들은 직접 한 글자씩 정성 들여 눌러 쓴 원고를 돋보기를 쓰고 조심조심 읽어 내려가기도 했다. 정치, 경제, 아름다운 장소, 명절, 전통 등 전 분야를 아울렀다.

언젠가 아이의 과학책에서 제왕나비(Monarch Butterfly)에 대해 읽은 적이 있다. 캐나다에서 멕시코 미초아칸의 숲까지 3500km를 여행하는데 이는 세계에서 두 번째로 큰 규모의 곤충 이동 현상이자 불가사의라고 한다. 운좋게도 바로 이 미초아칸에서 온 나이 지긋한 학생이 있어서 어렸을 때부터 봐왔다는 제왕나비의 대이동에 대해서 실감나는 발표를 듣기도 했다.

한국학생들은 기본정보에 더하여 분단국가의 상황, 음식 등에 대한 발표를 하며 발표 날 김밥을 준비해서 나누어 먹기도 했다.

몇 주에 걸쳐 발표를 하는 사이 서로 부쩍 더 가까워지고 부쩍 더 친근감이 느껴졌다.

영어학교에서 히잡이나 부르카 같은 베일을 쓰고 다니는 무슬림 학생들을 어렵지 않게 만난다. 만약 내가 이 학교를 다니지 않았다면, 이 곳에서 이라크인 알리가 만들어 온 이라크 음식을 나누어 먹지 않았다면, 히잡을 쓰고 가다가 길에서 이유 없이 욕설을 듣고 위협을 당했다며 눈물을

종종 각자 음식을 준비해와 큰 파티를 연다. 통 크고 손 큰 아줌마 학생들이 많아서 음식은 늘 푸짐하다.

이라크인 부부. 알리는 군대가기를 거부하여 2년간 감옥에 가기도 했고, 1980년 이라크 전쟁 당시, 징집을 피하기 위하여 서른 살부터 8년간을 집에 숨어 지냈다고 한다. 미국과 유럽에 사는 자녀 외에 큰아들은 여전히 이라크에 살고 있어서 중동의 뉴스를 매일 들으며 마음 졸인다. 영어수업에 하루도 빠지지 않고 공부하여 시민권자 시험을 치루었고, 마침내 시민권을 획득하여 다같이 축하해주었다. 이라크에 대한 발표를 하는 날, 전통 음식을 직접 만들어 와 수업시간에 나누어 먹었다.

글썽이는 무슬림 친구를 보며 같이 분노하지 않았다면, 그랬더라면 어쩌면 나도 길에서 중동인이나 무슬림을 보면 슬금슬금 피했을지 모르겠다.

만약 내가 이 곳에서 멕시코 친구들이 쪄 온 전통음식 타말을 나누어 먹지 않았더라면, 수업시작 종이 울린 줄도 모르고 수다를 이어가지 않았더라면, 그저 미국의 어느 식당, 세차장, 화장실에서 허드렛일을 도맡아 하는 그들을 이민노동자로만 여기고 무심하게 스쳐 지나갔을지 모르겠다. 하지만, 이 곳에서 함께 시간을 보내며 그들의 삶이 조금씩 보이고, 그들의 문화가 조금씩 보이고, 그들의 감정에 조금이나마 공감할 수 있게 되었다.

현 미국 대통령 도널드 트럼프가 멕시칸 이민자들을 강간범과 마약 밀수자라 부르며 미국과 멕시코 사이에 장벽을 세우겠다고 큰소리칠 때 이 곳에서 만난 선한 멕시칸 친구들, 그들이 느꼈을 수모와 억울함이 떠올라 가슴 깊이 분노했다. 트럼프의 반이민 행정명령 때문에 미국공항에 무슬림들이 억류되어 있다는 소식을 듣고도 이 곳 친구들이 가장 먼저 떠올랐다.

내가 세상을 보는 눈을 조금 더 둥글게 다듬어주고 조금 더 넓혀 주었던 곳. 또, 영어라는 공통된 언어로 서로 대화가 가능하고 친구가 될 수 있음에 감사한 마음이 들었던 곳. 영어학원이라 영어 공부를 하는 것이 아니라 영어라는 언어로 친구가 될 수 있는 곳이기에 영어공부를 하고 싶어지는 곳. 내가 앞으로도 영어를 모국어처럼 더 유창하게 하고 싶은 가장 큰 이유다.

Yes/No도 모르는 세 살배기 둘째 프리스쿨 보내기

영어는 pipi(쉬쉬)만 알면 아무 문제 없어~

상의 끝에 또 한번의 큰 결정을 하게 되었다. 남편은 먼저 한국으로 돌아가고 아이 둘과 나는 반 년 가량 더 남기로. 단단한 각오가 필요했다.

남편이 한국으로 출발하기 일주일 전, 급하게 둘째 아이를 프리스쿨에

아이들은 오전과 오후 한 시간씩 이 놀이터에서 모래놀이를 하거나 놀이기구를 타고, 물감놀이도 벽에 묻을 걱정 없이 이 곳에서 마음껏 한다. 나무그늘 벤치에 모여 앉아 점심식사를 한다.

초등학교 운동장 만한 넓은 공간에서 매일 잡기놀이를 하며 뛰니 건강하지 않을 수가 없다.

보내기로 결정하고 그날부터 학교를 알아보기 시작했다. 벌써 영어를 배워 무엇하나 괜히 유난을 떠는 것 같아서 처음에는 프리스쿨을 보내지 않을 생각이었지만 다른 한편 생각하니 자연스럽게 언어를 익힐 수 있는 기회에 굳이 일부러 막을 필요도 없겠다는 생각이 들었다. 그리고, 보호자가 아이와 한 순간도 떨어져 있을 수 없다는 특성 상, 프리스쿨을 보내지 않으면 나 혼자 24시간 아이를 데리고 있어야 하는데 한국으로 떠나기 전 여러 가지 처리해야 할 업무가 많을 것임이 뻔해서 그 시간에 아이가 친구들과 노는 편이 낫겠다 싶었다.

집 근처 서너 곳을 가보았지만 마음에 드는 곳은 대기를 해야 했고, 바로 보낼 수 있는 곳은 우리가 내키지 않았다. 그러다 일본 친구 미치오의 동갑내기 딸이 다니는 프리스쿨을 추천 받아 방문해 보았다. 클레어몬트 커뮤니티 센터 내부에 있는 프리스쿨로, 실내를 들여다보니 커다란 홀 하나에 나이 구분 없이 모든 아이들이 섞여서 놀고 있다.

때마침 점심 시간이 되어 아이들이 일제히 밖으로 달려 나갔다. 밖을 내다보던 남편과 나는 큰 나무가 몇 그루 있는 운동장으로 시선이 꽂혔다.

나무 그늘 아래 널찍한 공간에 놓인 미끄럼틀과 모래놀이터, 벤치에서 옹기종기 앉아 점심식사 하는 모습을 보고는 '여기다!' 싶었다. 매일 오전과 오후에 한 시간씩 그 놀이터에서 논다고 했다. 그날 바로 등록을 했다. 체계적인 수업을 하거나 철학과 목표가 뚜렷한 곳은 아니었지만 우리는 어차피 그저 또래들과 놀이터에서 많이 뛰어 놀 수 있다는 것에 만족했다.

영어라고는 한 마디도 할 줄 모르던 둘째의 학교 생활은 다음날부터 시작되었다. 아침 8시에 민주를 먼저 학교에 내려주고 유진이를 프리스쿨로 데리고 가며 차 안에서 딱 한 단어를 알려주었다.

"유진, 화장실 가고 싶으면 선생님한테 '피피~(쉬쉬)'라고 해야 돼. 따라해 봐. 피피이~~"

시키는 대로 피이피이~~ 곧잘 따라하다가도 차에서 내릴 때는 피자였나 파파였나 엉뚱한 소리를 해대는 아이손을 잡고 들어가 선생님에게 안기자마자 아이는 예상했던 대로 자지러지게 울어댔고, 밖으로 나와서도 한동안 들리는 울음소리에 발걸음이 떨어지지 않아 문 앞을 서성거렸다. 둘째 날 아침에는 허리를 뒤로 꺾으며 더 심하게 울었지만 내가 문을 닫

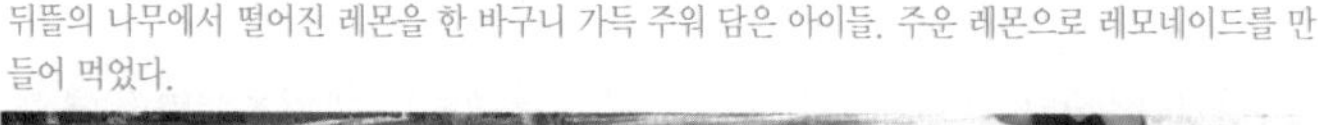
뒤뜰의 나무에서 떨어진 레몬을 한 바구니 가득 주워 담은 아이들. 주운 레몬으로 레모네이드를 만들어 먹었다.

할로윈을 앞두고 아이들부터 선생님들까지 모두 코스튬을 입고 잔디밭에 앉아 무시무시한 마녀에 대한 동화책을 읽은 후에 점심으로 피자를 배달시켜 학부모들도 같이 앉아 나눠 먹었다.

고 나오자마자 첫 날과 달리 울음소리가 뚝 그쳤다. 셋째 날 아침, 거짓말처럼 눈물 한 방울 없이 "엄마, 빠이~!" 몇 주쯤 고생할 거라고 예상했던 것보다 훨씬 짧은 3일 만에 적응 끝이었다. 다음 날부터는 "저 이래 보여도 미국 유치원 경력이 좀 돼요." 하는 표정으로 먼저 쿨하게 뒤돌아서 달려가 아이들 틈에 섞여 버렸다.

유일하게 가르친 한 단어 피피도 사실 쓸모가 없었다. 화장실을 가고 싶으면 자연스럽게 다리가 X자가 되어 몸을 꽈배기처럼 배배 꼬니 선생님들이 알아서 화장실에 데려갔고, 몇 주가 지나자 선생님들은 유진이가 다가와서 곧잘 영어로 이야기 한다고 했다. 중간중간 진짜 영어인 것도 있고 대개는 영어처럼 들리는 외계어였지만 얼핏 들으면 굉장히 유창한 것처럼 끊이지 않게 말을 이어나갔다. 언어가 무엇이든 간에 거침없고 친화력 좋은 둘째의 성격 덕분에 언어도 빠르게 늘고

건초더미 위에 기어올라가 사진을 찍기도 하고, 미끄럼을 타기도 한다. 키 높은 옥수수는 미로탈출놀이를 하기에 안성맞춤이다.

할로윈이 다가오면 곳곳에 생기는 크고 작은 펌킨패치(Pumpkin Patch)로의 소풍. 초록의 넓은 들판에 가득 널린 짙은 오렌지색 호박을 보는 것만으로도 눈이 맑아지는 느낌이다.

유치원 생활도 전혀 어려워하지 않았다.

가장 큰 변화는 유치원에 가기 전에는 집에서도 주로 영어로 말하던 언니에게 한국말로 얘기하라며 짜증을 냈지만 유치원에 가기 시작하고부터는 우리의 영어대화를 귀기울여 듣다가 "그게 무슨 말이야?" 라고 오히려 적극적으로 물으며 배우고 싶어했다. 미국에 오기 직전, 한 달 내내 감기약을 먹던 아이는 이곳에서 매일 뛰어 놀고 온 몸으로 햇살을 흡수하며 캘리포니아 오렌지처럼 싱그럽게 자라갔다.

한 달 남은 미국생활, 머피의 법칙으로 정 떼기

혼자 남는다는 것은 기본적으로 하루 4번, 스쿨버스가 없는 학교와 유치원으로 아이들을 싣고 다니고, 식사준비와 장보기 같은 살림부터 아이들의 여가시간까지 모든 것을 혼자 감당하는 것을 의미했다.

가장 중요하고 긴장되는 일은 2년 동안 우리 가족이 미국에 살았던 모든 흔적을 지우는 것이었다. 남편은 작은 수트 케이스 하나만 달랑 들고 떠나 버렸다. 사실 그것은 번거로울 뿐이지 차분한 계획과 준비가 있으면 차질 없이 수행할 수 있는 것들이다. 하지만 가장 우려되었던 것은 그 반년 간 누군가 아프거나 사고가 나지 않는 것이었다. 결국 한국으로 돌아오기 한 달 전, 사고와 병원행, 두 가지를 모두 겪었다.

목표가 무색하게 한 달을 남겨두고 딸 둘과 내가 처음으로 지독한 감기에 걸렸다. 마침내 쿨럭거리다가 뱉어낸 침에서 시뻘건 핏덩어리가 나오기 시작하면서 더 이상 참아서는 안되겠다 싶어 2년 만에 처음 병원에 갔다. 병원 한 번 가면 몇백 불이 기본이라는 소문을 익히 들었던 터라 잔뜩 겁을 먹었다. 예약도 없이 문열고 들어가고, 모든 종류의 병의원이 인접해 있고, 진료비가 단돈 몇 천원인 한국이 갑자기 그리워졌다. 혹시나 폐렴이 아닐까 검사해보았더니 다행히 폐렴은 아니라며 항생제 처방을 해 주었다. 2년 만에 처음 먹은 항생제의 약발이 잘 들어서인지 약을 먹자 금방 증세가 호전되긴 했다. 주머니가 살짝 가벼워졌을 뿐.

연말을 어떻게 보낼까 고민하던 차에 히데가 라스베가스에서 있을 가족 모임에 같이 가자고 제안하셨고, 우리가 묵을 호텔까지 마련해 주셨다. 들뜬 기분으로 크리스마스를 기다리기는 했지만, 한편으로는 혼자 아이 둘을 뒷좌석에 태우고 4시간 동안 사막길을 달리는 것이 괜찮을지 걱정도 되던 참이었다.

크리스마스를 정확히 일주일 남겨 두고 한국음식 마니아인 친구 레이와 함께 불고기와 돌솥 비빔밥을 사먹고 돌아오던 중이었다. 프리웨이가 밀려 서행을 하는 중이었는데 갑자기 뒤에서 쿵! 충격이 전해지더니 차가 쭉 밀려 앞차와 다시 한번 충돌했다. 6개월만 아무 사고 없이 버티자 했건만…… 3중 추돌이라는 비극의 드라마에서 주인공인 샌드위치에 끼워진 햄 역할을 맡게 되었다.

첫 번째 충돌에서 나와 레이는 꺄악~비명을 질렀고, 2차 충돌에서 다시 한번 비명이 터져 나왔다. 정신을 겨우 차린 뒤 나의 첫 마디는 레이를 향해 "Rae, are you okay?" 였다. 레이는 척추 이상 때문에 다음 달 큰 허리수술을 앞두고 있었던 것이다.

결국 차 세 대가 나란히 갓길로 차를 붙여 세웠다. 다친 사람은 없어 보였지만 내 머리 속은 복잡하기만 했다. 교통 사고 처리는? 한국처럼 수리가 빨리빨리 되지 않는 이 곳에서 떠날 날까지 한 달 남았는데 수리를 마칠 수 있을까? 라스베가스 여행은? 병원을 가봐야 하나? 수리할 동안 탈 차는? LA 다운타운에서 10대의 어린 여성 운전자가 정지신호에 서있던 우리 차를 뒤에서 들이받은 첫 번째 교통사고 이후 "미국에서는 교통사고가 나면 말이야~ 이렇게 저렇게 해야 돼" 라며 아는 체하고 다녔는데 설마 두 번째 교통사고까지 경험하게 될 줄은 상상도 못했다.

전화로 사고 접수를 하는 데만도 여러 시간이 걸렸다. 수리 기간을 최소로 단축하기 위해 일단 대형보험회사인 나의 보험으로 차수리를 하기로 결정했지만 내 보험에는 렌터카 항목이 누락되어 있다는 사실을 나중에야 알게 되었다.

첫 번째 차사고의 경우 수리를 맡긴 후부터 끝날 때까지 한 달이 가뿐히 넘어갔다. 일단 집에서 가까우면서 견적을 가장 빨리 내줄 수 있는 곳을 소개받았다. 혼자 차량 수리점에 운전해 가다가 문득 멀지 않은 포모나에서 얼마 전 총기사고가 났다는 뉴스가 떠올라 괜히 오싹해졌다. 혼자 머릿속으로 온갖 공포 영화를 찍어보다가 '나의 행선지를 누군가는 정확히 알고 있어야 할 거야' 하며 신호등에서 정차한 틈을 타 한국에 있는 남편에게 메시지로 비장하게 차 수리점의 주소를 남겼다. 영문을 모르는 남편의 짧은 답장 "이게 뭐꼬?"

렌터카 지원이 되지 않아 그 날부터 매일 아이들의 등하교 라이드 부탁이 시작됐다. 같은반 친구들의 엄마에게 픽업을 부탁하기도 하고, 히데가 마트에서 장을 봐다 주기도 했다. 기다리던 카센터 직원의 연락을 받았다.

내부를 뜯어보니 생각보다 파손이 많이 되었다며, 차 없이 은둔생활을 하고 있다는 나의 딱한 사정을 듣더니 최대한 빠른 수리를 약속했지만 그럼에도 크리스마스 연휴가 겹쳐서 약 3주가 걸렸다(한국이었다면 3일이었겠지만).

차 없이 지내기를 일주일쯤, 차 분해와 수리가 취미인 한국 친구가 나의 사고소식을 듣고 본인이 여분의 차를 6대 더 가지고 있으니 편하게 사용하라고 연락이 왔다. 사양할 여유 없이 덥썩 그 친구의 미니 밴을 빌려 타기로 했다. 보험이 안되니 행여나 긁힐까 주차할 때도 내려서 미리 앞뒤 공간 확인하고 규정속도도 철저하게 지키며 조심했다. 그러나 머피의 법칙.

개인 차고에는 밴이 들어가지 않아 외부에 주차를 해 두었다가 차에 놓고 내린 물건이 생각나 돌아갔더니 불과 한두 시간 전에 멀쩡했던 차에 뱀처럼 기다란 스크래치가 나 있었다. 오마이갓…… 블랙박스도 없는데 어떻게 찾지! 그런데 번쩍, 바로 옆자리에 주차된 차량의 앞 범퍼에 내 차를 긁은 흔적이 있는 것이 아닌가. 이 정도 큰 스크래치를 냈는데도 그걸 모른 채 바로 옆자리에 떡 하니 주차해 둔 것을 보니 음주운전이라도 했나 의심이 되었다. 차를 빌려준 친구에게 오밤중에 연락하여 자초지종을 설명하자 그 친구는 본인이 모두 알아서 처리할 테니 편히 발 뻗고 잠이나 자라고 되레 나를 안심시켜서 눈물 나도록 고마웠다. 다음 날 친구가 차를 확인하러 도착했을 때, 절묘한 타이밍으로 옆 차 운전자가 막 차를 빼내려던 순간이었다. 똑똑하고 임기응변 강한 이 친구는 천연덕스럽게 차를 막아 세우고

"당신 차가 내 차를 긁는 것을 어제 밤에 이 아파트에 사는 친구가 봤다더군요."

말하니 발뺌도 못하고 미안하다며 꼼짝없이 수리를 해 주기로 했다.

차사고 때문에 라스베가스 여행을 포기한 크리스마스 이브 전 날, 같이 가기로 한 히데에게서 전화가 왔다. 그 날 저녁, 히데도 차사고가 났다는 것이다. 코너에서 갑자기 차 한 대가 튀어 나오더니 구매한지 한 달도 채 되지 않아 번쩍번쩍한 히데의 차를 들이받았다. 상대방 운전자는 나이 든 여성 분이었는데, 너무 미안하다며 그 날 낮에 암선고를 받고 충격을 받은 마음에 주의를 기울이지 못하셨다고 한다. 크리스마스를 하루 앞두고 모두가 들떠있는 날, 암선고를 받은 노부인의 무너지는 심정을 헤아리니 히데도 오히려 사고 낸 분을 위로해 주셨다고 한다. 결국 히데는 렌터카로 라스베가스에 가셨고 우리 가족도 가고 싶다면 차량을 알아봐 주겠다고 하셨지만, 연달아 발생한 접촉사고가 마치 장거리 여행을 가지 말라는 경고처럼 느껴져서 결국 나는 포기했다. 대신 우리의 차사고와 여행 취소를 전해 들은 여러 집에서 근사한 크리스마스 식사에 초대해 주어 아쉬움을 달랠 수 있었다.

정말 황당한 사건 사고도 많았지만 적재적소에 친구들이 짜잔~하고 산타처럼 도움의 손길을 내밀었다. 그래서 "에잇~ 빨리 여기를 떠서 말 잘 통하고 이방인 취급 안받고 뭐든 빨리빨리 되는 내 나라에서 살아야지" 싶다가도 사람들 때문에 그 곳이 또 그리워진다.

★

Many people will
walk in and walk out
of your life.
but only

true friends

will leave
footprints
in your heart

많은 사람들이 너의 인생에 들어 오고 또 나갈 것이다.
하지만 오직 진실한 벗만이 너의 가슴에 발자국을 남길 것이다.
– 엘리너 루즈벨트 –

★

사람 People

GOD와 RAIN을 사랑하는 77세 베스트 프렌드 히데(Hide)

세계여행과 자원봉사로 바빠서 늙을 시간이 없네

신(God)을 믿고 하늘에서 내리는 비(rain)를 사랑하는 분이 아니다. 한국 가수 그룹 지오디(GOD)와 비(RAIN)를 너무 사랑하는 1941년생 일본계 미국인2세 히데(Hide). 미국에서의 삶은 히데를 빼고 상상할 수 없다. 가장 소중한 인연이 되어 버렸고 우리 가족 인생의 많은 부분을 바꾸어 놓은 분이다.

히데는 5남매 중 '귀여운' 막내로 미국 뉴저지에서 태어나셨고, 언어치료사(speech-language pathologist)로 공립학교에서 35년간 일하셨다. 학창 시절 학교 테니스 선수로 활약할 정도로 여러 스포츠에 능하시고, 지금도 고난이도의 요가 자세가 가능할 정도로 유연하여 요가를 가르치는 발룬티어를 하실 정도이다. 결혼하면서 캘리포니아 LA에 정착하셨고, 퇴직 무렵 황혼 이혼하셨다. 자녀는 없으시지만, 2살 터울 언니인 키쿠(Kiku)를 비롯한 형제자매 가족간의 우애가 깊어 자주 가족모임을 가지신다.

자원 봉사 활동을 활발하게 하시는데, 지역에서 가장 큰 병원인 포모나밸리 병원(Pomona Valley Hospital)의 선물가게에서 물건을 판매하기도 하고, Meals on Wheels에서 거동이 불편한 노인들에게 도시락 배달도 하시며, 우리가 미국에 있는 동안에는 민주의 교실에서 책을 읽어주는

히데가 자원봉사하는 포모나밸리 종합병원 내 선물가게 'Tender Touch Gift Shop'

히데는 이 곳에서 선물 진열, 판매, 포장 등을 담당한다. 웃음을 찾아보기 어려운 병원이라는 공간 안에서 유일하게 사람들이 설레임과 미소로 드나드는 선물가게의 자원봉사는 히데와 참 잘 어울리는 일이다. 이 곳에서 예쁜 물건은 죄다 우리 가족 선물로 사 가지고 오신다.

봉사활동도 하셨다.

한국을 비롯한 베트남, 일본 등의 아시아, 프랑스 등의 유럽 전역, 페루, 브라질 등의 남미, 알라스카, 캐나다 등 전세계를 두루 여행하셨다. 직접 스케줄을 짜기도 하고, 온라인으로 티켓을 구매하고, 더운 곳에 가도 추운 곳에 가도 가방은 핸드캐리어 딱 하나만 챙겨 가시는 전문 여행 '꾼'이다. 군더더기를 싫어하고 매우 실용적이며, 배려는 깊되 상대가 부담을 느끼지 않게 하는 법을 잘 아신다. 누군가 나이 들면 무엇을 하든 무엇을 먹든 새로울 것 없고 설레임이 없어 인생이 재미가 없다고 하던가. 하지만 히데는 여전히 새로운 것에 호기심도 많고, 작은 것에도 감탄하고, 감사하고, 즐거워하며, 눈물도 많고, 값비싼 명품은 하나도 없으면서 아기자기한 예쁜 소품을 보면 너무 좋아하는 소녀 같은 분이다.

콘서트장의 같은 테이블에 앉은 우연이 인연이 된 첫 만남

첫 만남은 정말 우연이었다. 학교 기숙사 뒤편에 위치한 식물원에서는 해가 긴 여름이 되면 매주 작은 야외 콘서트가 열린다. 입구에는 십여 명이 탈 수 있는 작은 전동 카트가 입장객을 숲 속 콘서트장으로 바쁠 것 없이 쉬엄쉬엄, 하지만 활기차게 실어 나른다. 매주 락, 재즈, 컨트리 등 다양한 장르의 콘서트가 열린다. 한 주 수업을 잘 넘겼다는 안도감에 우리는 거의 매주 목요일 오후에 도시락을 싸 들고 가서 간단한 저녁식사 겸

기숙사와 맞닿아 있는 식물원의 입구에서부터 숲속 야외콘서트장까지는 덜컹덜컹 작은 카트를 타고 간다.

매주 다양한 장르의 콘서트가 열리고 사람들은 간단한 저녁식사와 와인을 가져와 즐긴다.

와인을 한 잔 즐기며 일주일을 마무리 하고는 했다.

그 날은 남편이 선약이 있어 나와 딸아이만 파스타와 치킨 도시락을 사 들고 갔다. 한 테이블에 예약석이라는 사인보드가 올려져 있었다. 그 옆으로 두 자리가 비어 있어서 나와 딸이 마주보고 앉았다. 미국에 간지 두 달밖에 되지 않았던 때라 민주는 한글 책을 열심히 읽고 있었다. 콘서트가 시작될 무렵 연세 지긋한 동양인 네 분이 우리 옆의 예약석 자리로 안내를 받아 앉았다. 평소 그 곳에서 동양인을 마주친 적이 없었기 때문에 나는 호기심을 가지고 잠시 시선을 보냈지만 유창한 영어로 대화하시는 것을 보고는 미국인이구나 짐작하고 다시 콘서트에 집중했다.

쉬는 시간에 잠깐 화장실에 갔다가 그분들 중 한 노부인과 마주쳤다. 짧은 은발의 커트머리에 웃음 지을 때의 선 그대로 주름이 곱게 생기신 걸 보니 항상 웃는 표정에 온화하고 유쾌한 분인 듯 보였다. 나도 살짝 미소를 지어 보이며 인

보태닉 가든의 야외 콘서트장에서 우연히 같은 테이블에 앉게 된 히데. 이날부터 소중한 인연이 시작되었다.

사했더니 기다렸다는 듯 인사를 건네시며 수다가 이어졌다.

"우리 옆자리에 앉지? 너희는 어디에서 왔니? 오오~한국? 나도 한국에 여행가 본 적이 있단다. 미국에는 언제 왔어? 그으래? 가족끼리? 오호~남편 공부 때문이라고? 아하~ 기숙사에 살아?"

질문과 감탄사를 연발하시며 친근하고 기분 좋은 대화가 이어졌다. 콘서트 즐겁게 감상하라는 인사와 함께 밖으로 나왔다. 시간이 남아 기념품점에서 아이와 잠시 구경하는 사이 그 할머니와 함께 이번엔 일행 중 다른 할머니도 같이 마주쳤다.

"여기는 내 동생 히데. 아까 보니 아이가 책을 굉장히 좋아하는 것 같더구나. 영어는 잘 하니? 못한다고? 그럼 내 동생한테 영어 좀 배워 볼래? 내 동생이 speech-language pathologist거든. 히데, 너 이 아이 가르쳐 줄 거지?"

히데라고 본인을 소개한 분은 언니가 낯선 가족과 쉴 새 없이 대화를 이어나가고, 본인 의사를 묻기도 전에 아이를 가르치는 것으로 결정난 이런 상황이 익숙하다는 듯 싱긋 웃으셨다. (후에 히데로부터 키쿠가 늘 "클로이네 가족과 너를 연결시켜준 건 나라는 거 잊지마." 라며 생색 내신다는 말씀을 듣고 웃음을 터뜨렸다.) 나는 pathologist가 무슨 뜻인지 몰랐지만, 스피치와 랭귀지라는 단어가 들어가고, 일단 아이에게 영어를 가르쳐 주시겠다고 하니 인상 좋아 보이는 두 분에게 흔쾌히 감사하다며 제안을 받아들였다. 순식간에 이메일을 교환하고 집주소까지 알려주시더니 다음 주에 집으로 찾아 오라는 것이었다.

공연 쉬는 시간이 끝났다는 벨소리에 서둘러 자리로 돌아갔다. 아이는

깔끔하고 정갈한 히데의 집. 예술가인 큰 언니를 비롯해 가족들이 힘을 합쳐 집의 페인트칠부터 인테리어나 서랍 하나하나까지 직접 만들고 꾸민 집이다.

그 날 공연은 본인 취향이 아니라며 시끄러운 연주에 아랑곳 않고 계속 책을 읽었고, 히데와 키쿠 그룹은 그런 아이를 흐뭇하게 바라보셨다.

다음 주 목요일, 나는 아이를 데리고 두근거리는 마음으로 기숙사에서 차로 15분 정도 떨어진 업랜드(Upland)로 향했다. 집은 매우 조용하고 깨끗한 동네에, 안전한 게이트 시설이 되어 있는 단지 내의 하우스였다.

35년 언어치료전문가의 민주 영어 개인 교습

히데는 우리를 매우 반갑게 맞아주셔서 마치 오랫동안 알고 지낸 사이 같았다. 가지고 있는 여러 전문 교재를 이용하여 아이의 영어수준을 먼저 파악해보고 매우 노련하고 재미있게 수업을 진행하셨다. 오는 길에 아이에게 물으니 수업이 대만족이란다.

다음 수업 시간. 히데는 온갖 종류의 과일 사진과 이름을 칼라로 출력해 놓고 기다리고 계셨다. 그림을 보며 발음을 몇 번 따라 해보고 나서 히데의 차를 타고 오가닉 식품을 주로 판매하는 Sprout 마켓으로 향했다. 나는 몇 발짝 떨어진 곳에서 둘러보는 척 했고, 히데와 아이는 출력해 온 과일사진과 실물 과일을 일일이 비교해보고 있었다. 아이가 좋아하는 바나나, 베리, 수박 등등의 과일을 골라 저울에 올려 눈금을 함께 읽어보고, 봉투에 담고, 끈으로 묶는 과정을 아이의 속도와 눈높이에 맞추어 직접 해보도록 하셨다.

점원에게 가서 뭔가를 물어보고 오라는 심부름도 시키셨다. 민주는 낯선 점원에게 영어로 말거는 것은 상상도 못할 때였는데 살짝 망설이다가 점원에게 가 용기 내어 묻는 것이었다. 아이는 대답을 듣고는 살짝 상기된 표정으로 뒤돌아 히데에게 다가갔고 아낌없는 칭찬을 받았다.

계산하려는 나를 밀어내고 히데가 계산하고 운전까지 해서 집으로 돌아갔다. 나는 거실 테이블에 앉아 발을 까딱이며 비스킷과 치즈를 먹으며 기다리고, 민주는 과일을 작게 잘랐다. 과일 샐러드를 만들어 나누어 먹으니 훌쩍 세 시간이 지나있었다. 그 다음 주에는 야채 순서라 과일수업과 같은 과정으로 콩줄기, 아스파라거스, 아보카도 등을 사와 샐러드를 만들어 먹었다. 책상 앞에 앉아 외우려고 할

히데가 시키자 수줍음 많은 민주가 망설이다가 직원에게 가서 뭔가를 묻고는 볼이 빨갛게 상기되어 돌아 왔다.

때는 그리도 헷갈려 하더니 그후로 마켓에 가서 어려운 과일 야채 이름을 척척 대는 달라진 아이를 보며 감탄을 금치 못했다.

나중에야 알고 보니 히데가 평생 해오신 언어치료사라는 직업은 전공과목 학위에 국가고시에 합격해야 하며, 치료실에서 장시간의 실습경험을 쌓은 후에야 자격증이 주어진다. 히데는 인디애나 주립대 졸업, UCLA에서도 수업을 들으셨고, 프리스쿨부터 초, 중, 고교에서 언어나 말하기, 목소리에 장애를 가진 아이들을 35년 동안이나 가르쳐 오신 전문가였던 것이다.

하루는 히데가 작은 틴케이스와 종이 한 장을 들고 나오시더니 본인이 어렸을 때 쓰던 케이스라며 열어보라셨다. 수십년 세월의 흔적이 묻어 있는 곳곳이 찌그러진 작은 케이스였다. 안에는 은행에서 바꿔오신 동전 꾸러미가 여러 개 있었다. 동전은 수업 중 정답을 말할 때마다 주어지는 상이었고, 종이는 매일 받은 상금액수를 적기 위함이었다. 돈이 충분히 모이면 언제든지 클로이가 원하는곳에 사용할 수 있다고 하셨다.

과일이름을 배우고 마트에 가서 직접 사보고, 그것으로 음식을 만들어 먹으니 책상앞에서는 그렇게도 안 외워지던 과일이름이 입에서 술술 나온다.

그때까지 나는 공부는 본인의 의지와 성취감으로 하는 것이지, 물질적 보상, 특히 돈으로 보상을 줘서는 안 된다! 라며 시험결과에 선물을 걸어 본 적이 없었다. 하지만 역시 칭찬과 당근-그 중에서도 콕 집어 돈-이 최고의 명약이라는 것을 깨닫는 데에는

3초도 걸리지 않았다. 그때까지 돈 개념이 없었던, 또는 없는 거라 착각했던 아이였는데 용돈이 주어진다는 말에 갑자기 눈이 번쩍이는 것이다.

히데는 일방적인 설명이 아니라 쉼 없는 질문과 대답의 방식으로 수업을 하셨다. 주눅들게 만들거나 대답하기 모호한 질문이 아니라 간단하고 명쾌한 대답을 유도하는 질문들이다. 나도 옆에서 지켜보며 공부를 가르칠 때 효과적인 질문의 스킬을 많이 배웠다. 아이의 대답도 점점 자신있게 바뀌었다. 아이가 답할 때마다 '쨍그랑~' 1원짜리 페니 동전이 유리테이블 위로 떨어졌다. 모든 대답 하나하나에 동전이 날아들었고 어려운 질문에 대답했을 때에는 good~! 칭찬하시며 세 개, 네 개를 휙휙 던지셨다. 아이는 눈이 동그래지고 입이 헤벌쭉 벌어졌다. 저렇게 돈을 주다가는 히데가 파산하는 게 아닐까 걱정될 정도였다.

수업이 끝나고는 산수 시간으로 바뀌었다. 페니 5개는 니켈(nickel: 5센트)로, 10개는 다임(dime: 10센트)으로, 100개는 1달러 지폐로 바꿔주니 영어숫자세기와 덧셈 뺄셈이 동시에 되는 효과가 있었다. 모두 계산해보니 불과 1달러가 조금 넘었다. 100번 대답을 해도 1달러인 것이다. 그 1달러를 위해 아이는 수업 시간 내내 눈에서 레이저빔을 쏘며 귀는 당나귀귀처럼 쫑긋해졌고, 본인이 외우는 줄도 모른 채 단어가 저절로 머릿속으로 걸어 들어가 뇌에 자리잡고 앉아 버렸다.

누군가 가장 효과적인 공부법을 묻는다면 유리 테이블과 동전이 필수라고 말하고 싶다. 반짝거리는 금색 동전이 수북이 쌓이는 시각적 효과, 쨍그랑거리는 청각적 효과가 어우러지는 공감각적 효과 덕분에 아이는 짭짤한 수입을 거둘 수 있는 수업 시간이 끝나자 오히려 아쉬워했다.

히데는 아이가 혹시 학교적응에 어려움을 겪을지 모르니 본인이 도움을 주시겠다며 학교에 발륜티어를 신청하셨다. 우리로서는 너무 안심이 되고 감사한 제안이었다. 매주 가서 봉사활동을 해주시는 것의 가장 좋은 점은 아이와 공통 이야기주제가 생겼다는 것이었다. 히데와 민주는 나란히 앉아서 카드게임을 하며 루크는 동생이 생겼다, 조이는 아트클라스를 만들었다, 찰리는 캐나다에 갔다 등등 친구들 이야기를 조잘거렸다.

히데가 발륜티어를 시작하시는 날 아침, 남편과 나도 동행했다. 수업 시작 전 교실 뒤편에 앉아있다가 히데는 우리에게 민주의 학교생활에 있어 목표가 무엇인지 물었다. 우리는 잠시 생각하다가 농담 반, 진담 반으로 민주가 수업 중에 손을 들고 발표하는 것을 한 번 보았으면 좋겠다고 했다. 아이는 한국에서도 수업 시간에 발표를 해 본 적이 없었다. 아이의 성향을 인정하기 때문에 강요하거나 속상하게 여겨본 적은 없었으나, 아이가 좀더 자신감을 가졌으면 싶은 바람도 한 편에 있었던 것이다. 히데는 웃으며 말릴 틈도 없이 즉시 "클로이~" 부르셨다. 귀에 뭔가를 속닥속닥 하셨고 아이는 고개를 가볍게 끄덕이고 자리로 돌아갔다.

그 날 집에 와서 아이는 별일 아니라는 투로 "나 오늘 발표했어."

"뭐라고? 발표했다고? 누가? 너가?"

"그렇다니까."

"왜? 어떻게??"

"히히~ 발표하면 히데가 25센트 주기로 하셨거든."

하하하……게임 오버.

난 입은 귀에 걸린 채 눈만 흘기며 히데에게 말했다.

한국에서 수업 시간에 발표를 한 번도 해 본 적이 없던 아이가 자청해서 반 친구들 앞에서 요세미티 여행에 대한 발표를 했다. 히데도 발표를 지켜보기 위해 참석하셨다.

"You're making Chloe a greedy little girl."(클로이를 탐욕스러운 꼬마 아가씨로 만들고 있잖아요!)

35년 베테랑도 포기한 Frank, 혓바닥에 버러(Butter)가 필요해

35년 베테랑의 언어치료사도 포기한 사람이 있었으니, 바로 청국장 혓바닥을 가진 남편 프랭크다. 기본적인 P/F, B/V, R도 안되니 난이도 상급인 ir, oo 같은 모음 발음은 말할 것도 없다.

미국에서 남편의 발음 때문에 가족오락관을 여러 차례 찍었다. 요세미티 국립공원에서 말을 타보려고 horse(홀스)를 물어봤지만 두번세번 말해도 직원이 알아듣지 못했다. 직원은 양손으로 물 뿌리는 흉내를 내며 호스hose가 필요하냐며 물었고, 남편은 농농(No No! -No발음도 잘 못한다)하며 손을 휘젓고는 한국어로 '다그닥다그닥'하며 말 타는 시늉을 했다. 그제서야 직원이 손뼉을 탁 치며 퀴즈 정답!

마트에 나무장작을 사려고 들어간 남편이 한참이 지나도 나오지를 않았다. "Where can I find wood?" 우드(wood)라고 한글 그대로 또박또박 정직하게 발음했지만 직원은 갸우뚱하며 옆직원을 불러와 남편에게 다시 발음해 보라고 시키고는 서로 들어보고 상의해보더니 도저히 모르겠다고 고개를 절레절레 했다. 결국 마트 카운터에서 도끼로 장작패고 바비큐 굽는 시늉을 하고 나서야 아~~오케이!! 우워어~즈(woods)하더니 직원들이 장작을 찾아다 주었다.

이렇듯 '몸으로 말해요' 퀴즈를 푸는 일이 수시로 벌어지다 보니 히데에게서 발음교정을 받아보자며 마음을 단단히 먹고 특별수업 시간을 가졌다. 하지만, 수업시간에는 진지한 히데도 남편이 긴장한 나머지 닭똥집처럼 입을 오므리고 입술을 발발 떨며 코를 벌름거리면서 woods발음하는 것을 듣다가 침이 다 튀어나오도록 웃음보가 터져서 교정을 포기하셨다. 다음 발음으로 넘어가서는 웃다가 눈물을 줄줄 흘리시더니

"Frank, 넌 그냥 말하는 건 포기하고 대신 글쓰기를 열심히 하는 게 나을 것 같다. 미안하다"

우리가 어떻게 베프가 되었냐면

히데는 날씨가 화창한 주말, 필드트립을 제안하셨다. 말리부에 위치한 게티 빌라(Getty Villa)를 둘러본 후 산타모니카 비치를 거쳐, LA에 위치

한 장 폴 게티 뮤지엄(Getty Museum)까지. 게티 뮤지엄과 게티 빌라는 철강 사업으로 거대 갑부가 된 Jean Paul Getty가 본인의 이름을 따서 만든 박물관이다. 게티 빌라에는 역사책에서 보던 고대 그리스 조각상과 조각품이 많았는데, 특히 말리부 바다가 배경으로 어우러진 아름다운 빌라의 모습에 넋을 잃고 바라봤다.

체험관에서 아이와 한참 그림 그리기를 하는데 남편이 시선은 딴 데를 향하고 입술만 옴짝 거리며 옆에 유명한 연예인이 있다고 말했다. 도통 연예인에 관심이 없는 남편인데 웬일로 연예인을 알아보았나 신기해서 쳐다봤지만 안면인식 장애가 아닐까 의심스러울 정도로 사람얼굴을 못 알아보는 나로서는 큼직한 명품 썬글라스를 낀 여자분이 누구인지 도무지 알 수가 없었다. 남편은 이름은 모르겠다며 드라마나 광고에 많이 출연한 유명 연예인이란다. 지척에서 서로의 아이들이 같이 노는 통에 한참을 같은 공간에 머물면서 불과 2미터 앞에서 360도 빙글빙글 돌아봐도 누군지 모르는 나를 남편이 오히려 답답해했다. 가방 보관함과 복도에서도 두 번을 더 마주치고 나서야 나는 이마를 쳤다. "오마이갓! 김희선씨잖아. 당신은 김희선 이름을 모르다니 말이 돼?" 괜히 알려주고도 타박만 받은 죄 없는 남편은 눈만 꿈뻑 거렸다.

히데는 한국 드라마의 열혈 팬이자 Kpop을 사랑해서 한국 연예계 동향을 줄줄 꿰고 계신다. 히데에게 아까 우리 옆에 있던 사람이 김희선씨였다고 하자 할머니는 한국의 대스타를 자세히 볼 기회를 놓쳤다며 너무 아쉬워 하셨다. 히데와 나는 의기투합하여 탐정처럼 근처 식당과 주변을 샅샅이 뒤졌지만 결국 찾지 못하고 낙심했다. 포기하고 커피나 한 잔 마

말리부 해변에 위치한 게티 빌라(Getty Villa). 온라인에서 시간대별로 사전 예약을 받아 입장객 수를 조절하기 때문에 북적이지 않고 한가롭게 감상할 수 있다.

시자고 뒤돌아 서는 순간, 맞은 편 복도에서 다시 한번 지나쳐가는 김희선씨를 발견했다. 나는 민망함과 실례도 잊고 전속력으로 김희선씨를 뒤쫓아 달려가 "헉헉~저기요~" 불러 세웠다. "친구가 김희선씨의 열성 팬인데 인사 한 번 해 주실 수 있을까요?" 하자 아이와 다른 가족들도 동반했음에도 흔쾌히 잠시 기다려 주었다. 나보다 뒤쳐져오고 있던 히데에게 빨리빨리~ 손짓하자 할머니는 우사인 볼트에 버금가게 전력질주 해오셨다. 연예인 보고 달려오는 모습은 영락 없이 실제 나이 빼기 60년을 한 17세 소녀인 것만 같다. 김희선씨는 히데가 일본 사람이라고 생각하고 일본어로 인사를 해주었고, 일본어를 모르는 히데는 영어로 김희선씨의 드라마를 많이 보았고 오래 전부터 팬이라며 매우 정중하고 우아하게 인사 하셨다. 서로 반갑게 인사를 나누고 뒤돌아 서자 히데는 셀러브리티 앞에서의 침착함은 사라지고 나와 두 손을 짝짝 마주치며 방방 뛰셨다. 아~ 뿌듯해라. 그럴 가능성은 없지만 언젠가 김희선씨를 또 만날 기회가 있으면 그때 고마웠노라고 인사하고 싶다.

히데와 우리의 만남은 점점 잦아졌다. 적어도 주 1회 민주의 영어 수업을 했고 민주가 학교 간 사이 나를 위한 영어수업을 한 시간 별도로 해 주셨으며, 주말에는 다같이 박물관, 미술관, 유명식당 등에 갔다. 평일 저녁에는 "클레어, 저녁 식사 준비 할 필요 없다. 우리 집 와서 먹으렴" 하시며 초대해 근사한 테이블 셋팅에 맛있는 음식을 해 주시고, 남은 음식은 다음 날 먹으라며 모두 싸주셨다. 주방보조인 민주 외에는 주방 접근금지 명령이 떨어져 히데 집에 가면 나는 늘 주방의 높은 바 의자에 앉아 애피타이저를 먹으면서 요리 중인 히데와 수다를 떨었다. 매일 만나 매일 이야기 하는데도 이야깃거리가 끊이지 않아 "너가 먼저 얘기 해", "이번엔 히데가 먼저 해요." 서로 말할 순서를 정해야 할 지경이다. 코올스(Kohls)백화점의 정기 할인쿠폰이 날아오는 날에는 어김없이 나를 픽업해서 서로 물건을 고르고 골라주며 80% 할인가격으로 쇼핑을 했다. 나이도, 살아온 환경도, 국적도, 직업도 다르지만 우리 가족 모두가 각자의 방식으로 히데와 어울렸다. 남편은 남편대로, 나는 나대로, 민주는 민주대로, 유진이는 유진이대로 할머니를 본인의 베스트 프렌드라 여기며 좋아하고 따랐다.

히데와 함께한 시간은 마치 가족 시트콤처럼 재미난 에피소드로 가득하다. 마트에서 3불이면 큰 봉지 하나 가득 살 수 있는 마쉬멜로우를 직접 만들어 보자며 열 배도 넘는 금액의 재료를 사 와서 두 시간 동안 만들다가 온 집이 마쉬멜로우로 난장판이 된 날, 주걱에 묻은 마쉬멜로우를 유진이부터 히데까지 모두가 달라붙어 할짝할짝 강아지처럼 핥다가 바닥을 데굴데굴 굴러가며 웃었다.

샌디에고 근처의 테메큘라(Temecula) 지역 와이너리에서 맛보기용 와인을 치어스~외치며 신나게 짱짱 잔 부딪히고 마시다가 낮술에 취해 벌건 얼굴로 나무 그늘에 나란히 앉아 꾸벅꾸벅 졸기도 했다.

내게 몇 번의 힘든 일이 생겼을 때 히데는 누구보다 먼저 달려와서 손 잡아주었

히데는 아이 둘을 혼자 데리고 있느라 정신없이 바쁘던 나에게 여유 있는 휴식시간을 갖자며 보기만 해도 기분 좋아지는 예쁜 티룸에 데려가 달콤한 디저트와 홍차 세트를 사주셨다.

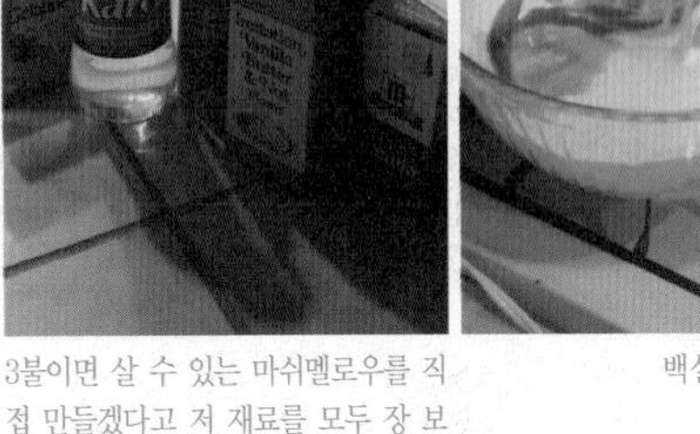

3불이면 살 수 있는 마쉬멜로우를 직접 만들겠다고 저 재료를 모두 장 보아왔다.

백설기 떡 느낌 나는 홈메이드 마쉬멜로우

고, 함께 코를 패~~엥 풀어가며 울다가 그 모습에 서로 웃음을 터뜨리기도 했다.

웃고 우는 시간만이 아니라 진짜 가족 같은 평범한 일상도 함께였다. 균형을 잃고 위태롭게 매달린 액자를 고정시키기도 하고, 꺼진지 오래된 거실의 조명등을 교체하기 위하여 넷이서 시커먼 썬글라스를 척 끼고 마켓 앞에 차를 끼~익 세우고는 우르르 들어가 손가락만한 전구 하나를 골라 들고 볼트가 맞냐 아니냐로 실강이 하다가 겨우 맞는 걸 찾아 들고 돌아와서 프랭크가 사다리에 올라간 동안 아래에서 여자 세 명이 달라붙어 사다리를 부여잡고 마침내 전구 갈기 성공. 바퀴가 빠져버린 드레스룸 전신거울을 양쪽에서 밀고 당겨가며 고쳐 드리기도 하고, 수십년 올라가본

포도밭에서 직접 포도를 재배하여 와인을 제조, 보관하는 와이너리 투어에 가서 테이스팅을 하다가 취해버려 히데와 나란히 앉아 달디단 포도향 나는 꿀잠을 즐겼다. 히데는 와인을 좋아해서 여러 와이너리의 회원으로 가입하여 정기적으로 와인을 배송 받으신다. 본인 집에서 파티를 하실 때에도, 친구집에 식사 초대를 받아 갈 때도 항상 와인 담당은 히데이다.

적 없다는 다락방에 기어올라가 내 나이만큼 오래된 서류 뭉치를 꺼내 버리기도 했다. 히데와 같은 기종의 애플 컴퓨터를 사용하는 민주는 저녁 내내 쫑알거리며 컴퓨터 사용법을 알려 드렸다. 같이 밥해 먹고 집안일 정리하는 그저 흔한 가족 풍경인데 그래서 더 특별하게 느껴졌다.

게티 뮤지엄. 조각상 하나도 그냥 지나치지 못하고 유쾌한 장난이 이어져 히데와는 가는 곳마다 웃음이 끊이질 않는다.

게티 뮤지엄 Getty Museum. 셔틀 트램을 타고 언덕길을 한참 올라가는 산등성이에 있기 때문에 다운타운과 말리부 해변까지 한 눈에 들어온다. 시간이 날 때마다 자주 게티 뮤지엄에 갔다. 어떤 날은 도슨트 해설을 듣기도 하고, 어떤 날은 자유롭게 각자 감상하기도 하고, 어떤 날은 정원을 걷다가 테라스에서 커피만 마시고 오기도 하고, 어떤 날은 잔디밭에서 데굴데굴 구르며 뛰어 놀다 오기도 했다. 흰색 건물에 곡선이 살아 있는 건물이라 해의 방향에 따라 그림자가 달리 지고 자연의 색을 그대로 흡수한다.

히데는 민주를 위해 Room10에서 1년 동안 책읽기 자원봉사를 해주셨고, 봉사 마지막 날에는 아이들에게 피자 파티까지 열어 주셨다.

히데는 우리를 LA 시내의 일본인 거리인 리틀도쿄(Little Tokyo)에 위치한 일본계미국인 박물관(Japanese American National Museum)에 데려가셨다. 2차 세계대전 당시, 일본이 하와이 진주만을 공격하자 미국은 대륙 곳곳에 수용소를 지어 미국 내에 거주하고 있던 모든 일본인들을 이 곳으로 강제 이주시켰다. 히데의 가족도 애리조나주 Poston의 집단수용소에 1942년부터 1945년까지 수용되었다. 1941년에 태어난 히데는 당시 워낙 어린 나이였기 때문에 기억이 없다고 했지만 언니인 Kiku는 어렴풋이 기억하고 있었다. 히데는 박물관에 전시된 수용소 내부를 찍은 사진 가운데 한 사진을 가리키며 그분들이 히데의 부모님이라고 했다. 살아있는 역사의 산 증인과 함께 있는 기분이었다.

2차 세계 대전 당시, 미국 내 거주하던 일본인을 가두어 두었던 집단수용소의 일부를 박물관에 그대로 옮겨두었다. 얇은 나무판자로 비바람도 막기 어려울 정도의 열악한 시설이다. 히데의 가족은 이 수용소에서 3년을 살았다.

당시의 수용소 실제 사진*

집단 수용소의 식당**

*사진출처 : theartnewspaper.com
**사진출처: http://japanese-american-internment-tas.weebly.com/

닮은 듯 다른 두 살 터울의 자매. 친한 친구가 워낙 많은 히데에게 "인생 최고의 베스트프렌드가 누구에요?" 여쭤보니 고민 없이 "Kiku!" 라고 대답하신다. 히데의 생일날 우리가 준비해 간 파티용 고깔모자를 파티에 참석하신 모든 분이 기꺼이 써 주셨다. 히데는 Birthday Girl(생일 소녀) 뱃지와 플라스틱 왕관을 저녁 내내 쓰고 즐거워하셨다.

히데의 가장 큰 취미 중 하나는 겜블이다. 본인의 생일이나 크리스마스 같은 특별한 날에는 카지노에 가서 블랙잭, 슬롯머신 등을 즐기신다. 한국에서 종종 연예인들이 겜블을 하다가 사법처리 되는 것을 도무지 이해할 수 없다며 "훔친 돈도 아니고 본인 돈을 가지고 게임 하는 것이고 다른 사람에게 해를 끼치는 것도 아닌데 그게 왜 불법이지?"라며 흥분 하신다.

매년 크리스마스에는 히데의 언니, 오빠, 형부의 가족 등 대가족이 라스베가스에서 모여 함께 식사도 하고 겜블도 하며 연말을 보낸다. 크리스마스를 몇 달 앞두고 우리 가족에게

"너희도 같이 가자. 호텔은 내가 잡아줄게."

우리도 사양않고 감사해하며 참석하기로 했다. 하와이에서 방학을 맞아 놀러 와 있던 조카 에리카도 함께였다. 라스베가스 대로변에서 가장 위치가 좋은 하라스(Harrah's) 호텔에 우리의 방을 하나 예약해 주신 덕분에 밤늦도록 거리를 쏘다니며 마음껏 구경하고(라스베가스는 워낙 관광객이 많아 밤에도 꽤 안전하다) 저녁이면 스무 명 가까이 되는 히데의 가족과 친구들이 모두 모여서 맛집투어를 했다.

히데는 우리 가족이 한국으로 돌아온 후에도 생일 때마다 혹은 크리스마스에도 수십 벌의 옷을 비롯한 여러 가지 깜짝선물을 우편으로 보내 주신다. 늘 많은 것을 베풀어 주시는 히데를 보고 나의 주변 사람들은 돈이 주체할 수 없을 만큼 많으신게 아닌지 묻는다. 하지만, 실상은 그저 퇴직 연금을 아껴 생활하시면서 아주 작은 개인 비즈니스를 하실 뿐이다. 집은 수십년 되었고, 차도 수십년 사용하다가 더 이상 수리가 불가능하여 교체하셨다.

소중한 사람들에게 베푸는 것은 아끼지 않으시지만 본인 것은 정작 고가의 물건 하나 없고 세일이 아닐 때는 구매하는 법이 없다. 검소하지만 깔끔하고 합리적인 소비를 한다. 평소에는 티셔츠에 운동화의 편한 옷차

히데가 하나하나 정성껏 포장하여 크리스마스 전날 밤에 건네주신 선물. 아침까지 기다리려니 좀이 쑤셔서 흔들어보고 주물러보며 선물이 뭘까 행복한 상상을 하다보니 내가 다시 어린 아이로 돌아간 느낌이었다 아침에 눈도 채 뜨기 전에 하나씩 포장을 풀어보는 데만도 한참이 걸렸다. 킹 사이즈 침대 가득 크리스마스 선물을 주시다니 진짜 산타도 놀랄 듯.

림을 하다가도 고급 레스토랑에 갈 때는 하이힐에 클러치백을 들고 보석 악세서리로 포인트를 주고 나오셔서 세련된 모습에 깜짝 놀랐다. 식사에 초대받으면 바구니에 품질 좋은 와인을 담아 가시고, 작은 선물 하나도 예쁜 포장지에 리본을 묶어 손으로 쓴 카드와 함께 주신다. 우리가 히데의 집에서 하룻밤 묵을 때에는 매일 만나는 사이임에도 게스트룸 침대위에 우리 가족 각각의 샤워타올, 수건, 가운 등과 작은 선물, 환영카드를 적어서 고이 놓아두셨다. 하룻밤 묵는 것 조차 환대받고 귀하게 느끼게끔 만들어주신다.

우리나라에는 1941년 즈음해서 태어난 여성 중 평생 전문 직업을 가지고, 경제적으로 자립하고, 수준 높은 여가와 문화활동을 즐기고, 전통적인 가족관계에서 벗어나 결혼과 이혼 등의 선택을 주체적으로 하신 분을 만나기 쉽지 않다. 그런 분을 처음으로 만나 보면서 나의 노년의 모습에 대해 좀더 구체적으로 상상하고 그려보게 되었다.

둘이 합쳐 112세,
LA에서 K-pop콘서트에 열광하다

내 생일이 있는 8월이 다가오자 히데는 한 달 전부터 생일맞이 대형 프로젝트를 '기획' 하셨다. 그 이벤트는 바로 'K-POP 콘서트'.

테일러 스위프트나 아델 등 최고 가수들이 공연하고, 그래미 시상식을 개최하기도 하는, 수용 가능 인원 2만 명의 대형 콘서트장 스테이플스 센터(Staples Center)에서 한국의 인기 가수들이 출연하는 공연이었다. 한국에서도 아이돌 공연에는 가 본 적이 없는데 미국 LA에서 한국 공연이라니. 적지 않은 티켓 가격을 보고 헉 놀랐지만, 히데는 온라인에서 직접 두 장의 티켓을 구매하셨다.

콘서트 당일, 히데와 나는 일찌감치 집을 나서 LA 시내로 향했다. 젊은 친구들 사이에서 공연을 볼 것을 감안하여 최대한 '어려' 보이게 꾸몄으나 둘이 합쳐 나이가 112세이니 아무리 후하게 쳐도 합쳐서 90 아래로 만들기는 어려웠다.

한국 노래를 흥얼거리며 스테이플스 센터에 도착했는데 너무 놀랐던 점은 길게 늘어선 줄에서 한국인을 거의 찾아볼 수 없다는 점이었다. 다

미국 한가운데에서 열린 K-POP콘서트에 2만 여 개의 좌석이 꽉 찼다.

영원한 오빠, 장수그룹 신화 등장에 히데와 나의 돌고래 소리와 물개 박수는 절정에 달했다.

양한 인종의 관객들을 보면서 전 세계적인 K-POP의 인기를 체감할 수 있었다.

이른 저녁을 먹기 위해 미국의 스타셰프가 운영하는 맛집으로 유명한 울프강 퍽 (Wolfgang Puck) 레스토랑에 갔다. 과연 명성대로 피자 맛이 일품이었다. 토핑이 심플해 오히려 재료 본연의 맛을 느낄 수 있었고 좋은 음악에 와인을 곁들이니 최고의 생일파티였다.

기분 좋게 취기도 올라왔겠다, 단짝 친구와 LA 한복판의 최고 공연장에서 콘서트도 보겠다, 흥이 머리 꼭대기까지 올라 있었다. 한창 인기 있던 드라마의 주인공인 배우 김수현이 사회자로 나서자 나는 용수철처럼 튀어올라 꺄아~~~소리를 질러댔다. 자이언티와 크러쉬의 무대에 어깨를 들썩이며 스웩~~ 인기 아이돌 그룹 블락비에 열광했다. 피날레로 장수그룹 신화가 나오자 히데와 나의 흥은 절정에 달했다. 자리에서 일어나 춤 추고 노래 따라 부르며 소녀팬 못지 않게 열정적으로 즐기다가 공연이 끝나자 기진맥진해서 털썩 주저앉을 지경이었다. 집으로 돌아오는 내내 흥분을 가라앉히지 못하고 차 안에서도 엉덩이를 들썩였다. 다음 번에는 한국에서 아이돌 콘서트를 같이 보러 가려면 체력을 키우자 다짐하며!

얌얌 트리에서
얌얌 맛있게 선물 따먹기

히데는 가족같이 지내는 친구가 많다. 그 분들에게 항상 우리 가족을 소개시키고 함께 식사하거나 어울리게끔 해주셔서 그 분들과도 또 새로운 친구가 되었다. 50년 지기 친구이자 애리조나주에 살고 있는 셰리(Sherry)와 남편인 빌(Bill)이 히데의 집에 놀러와 우리 가족을 초대했다. 약속한 시간에 히데 집에 가자 뒤뜰의 큰 나무에 여러 개의 줄이 늘어져 있었고 줄의 끝에는 포장된 선물꾸러미들이 대롱대롱 매달려 있었다.

수건 줄다리기를 하는 민주 vs 히데와 유진

"우와~ 이게 다 뭔가요?"

"이건 바로~~ 얌얌 트리(YumYum Tree)! 지금부터 다같이 게임을 할 건데, 게임을 하나 할 때마다 클로이와 유진이가 선물을 하나씩 골라서 풀어볼 수 있단다."

애들은 신이 나서 폴짝폴짝 뛰었다. 70대의 숙녀 두 분과 신사 한 분, 3살 꼬마, 9살 꼬마와 젊은 부부는 두 아이를 기준으로 편을 나누어 수건 줄다리기, 숟가락으로 씨리얼 빨리 옮기기, 이인삼각 달리기 등을 콧등에 땀이 맺히도록 열심히 하고, 몸짓으로 말해요 게임에서 뒤뚱거리며 펭귄 흉내를 내는 남편을 보고 모두 한바탕 배꼽을 잡고 웃었다. 눈을 가리

빌이 안대로 눈을 가리고 걸어가 당나귀에 꼬리를 붙이는 놀이를 하고 있다. 당나귀 엉덩이에 가장 가까이 꼬리를 붙이는 사람이 우승이다. 미국 파티에서 자주 하는 놀이이다.

고 당나귀에 꼬리 붙이기까지 하고 나니 어린이날 운동회라도 마친 기분이었다. 안대를 감고 당나귀에 꼬리를 붙인다며 허우적대던 빌은 알고 보니 전세계의 군부대 내 매점(PX)에 물건을 납품하는 큰 비즈니스를 하시는 분이고, 숟가락으로 씨리얼을 퍼서 유진이와 달리던 셰리는 Art&Craft 예술가이시다.

게임을 마칠 때마다 아이들은 승패와 상관없이 나무에 매달린 선물을 하나씩 풀러 보았고 귀여운 썬글라스, 스티커, 그림도구 등이 나올 때마다 탄성을 질렀다. 맛있는 선물을 하나씩 맛보듯 얌얌트리의 선물을 실컷 따먹으니 밥 안 먹어도 배 부를 법 했다.

어린아이 둘을 위해 여러가지 게임을 준비하고, 선물을 사고, 하나씩 포장하고, 나무에 매달아두신 세 분. '놀아준다'기보다 모두 함께 즐겁게 '논다'.

우리나라에서는 어른과 아이가 함께 어우러져 놀이하는 것이 익숙하지 않다. 가족 단위 모임에서는 대개 술상을 차려 어른들끼리 이야기 꽃을 피우고, 아이들은 방에 들어가 너희끼리 놀아라 할 때가 많다. 심지어 어른들 사이에서도 남자끼리는 따로 거실에서 술자리를, 여자끼리는 따로 주방식탁에 앉아 차를 마시기도 한다.

부모도 아이들과 함께 논다기보다는 '놀아준다'고 표현한다. '같이 놀자' 보다는 '너희끼리 놀으렴' 또는 '내가 놀아준다'는 마음가짐으로 시간을 보내다 보니 그 시간이 아이와 어른이 동등하게 즐거운 시간이 되기 어렵다.

내가 미국 가족들의 집에 초대받아 갔을 때 가장 낯선 풍경이 성별, 연령 상관없이 다같이 앉아 게임을 즐기는 것이었다. 돌아가며 단어설명 맞추기, 주사위 놀이, 블럭빼기, 퀴즈맞추기, 카드게임 등. 처음에는 아이를 동반한 우리를 배려하여 일부러 '놀아주는' 것인 줄 알고 송구스럽기까지 하였다. 하지만, 우리 가족이 늦게 합석한 날에도 어김없이 고등학생 딸과 50대 부모가 함께 먼저 보드게임을 하고 있고, 30대 딸과 70대 부모가 카드게임을 하는 집들을 보면서 단지 손님 접대 차원에서 급히 준비된 것이 아니라는 사실을 깨달았다. 민주와 히데도 단둘이서 워드 스크램블(단어 철자를 맞추는 퀴즈)이나 카드게임을 자주 했다. **히데가 민주를 위해 놀아주는 것도 아니고, 민주가 히데를 위해 놀아드리는 것도 아니다. 그저 둘 다 재미있게 즐기는 것뿐이다. 나에게 세대를 뛰어넘어 함께 하는 놀이문화는 상당히 신선한 충격이었다.** 내 기억으로 친할머니와 했던 '놀이'는 민화투 치시는 할머니 옆에서 화투로 짝 맞춰 보는 정도였는데……

오후 3시부터 퇴근차량으로 인한 교통 체증이 시작되는 미국과 여전히 야근이 밥 먹듯이 이루어져 같은 집에 살지만 서로 얼굴을 보지 못하는 우리나라 가족의 일상을 비교하는 것이 무리일 수 있지만, 언젠가는 우리도 여가시간을 제대로 갖게 되는 날이 오면 아이들과 좀더 친구 같은 부모가 될 수 있지 않을까?

졸업식 축하파티는 SURF AND TURF 육해진미로

결코 올 것 같지 않던 남편의 졸업식을 일주일 남겨두고 히데와 키쿠가 축하 파티를 열어 주시겠다고 했다. 아낌없는 칭찬과 격려와 함께 최고의 음식을 만들어 주시겠다며 기대하라던 두 분은 바지런히 움직였다. 내가 일손을 도우려 했지만 역시나 나는 테이블에 앉아 치즈와 크래커에 와인이나 마시라는 명령을 받았다. 냉장고에서 꺼내지는 재료를 보고 우와~~~방금까지 펄떡펄떡 살아있던 바닷가재와 최고급 스테이크용 고기, 싱싱한 재료를 위해 미리 마켓에 주문해 놓으셨단다. 이름하여 서프앤터프(Surf and Turf: 실제로 이 메뉴의 이름이다) 바다에서 가장 맛있는 음식과 육지에서 가장 맛있는 음식이 만난 최고의 조합이다. 통통하고 싱싱한 속살에 올리브오일과 녹인 버터와 몇몇 양념을 섞어 마사지를 하고 오븐에 통째 구워 뜨거운 김이 모락모락 날 때 입에 넣는 그 맛은 유치한 과장과 허풍 실력을 총동원해 보아도 도무지 표현할 수 없는 맛이다. 살이 탱글탱글하고 야들야들해서 식감도 훌륭했다.

랍스터가 부드럽고 고기가 쫄깃할 것 같았으나 반대로 랍스터가 쫄깃하고 스테이크는 입에서 살살 녹았다. 나파밸리 레드 와인과 곁들이니 둘이 먹다 하나 꼴까닥 죽어 나가도 모를 맛이었다.

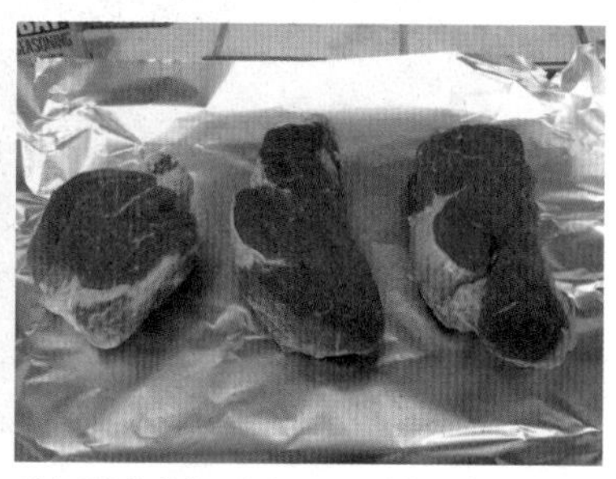

랍스터와 동시에 오븐 속으로 들어간 스테이크 고기는 너무 두툼해서 과연 속까지 잘 익을까 걱정이 될 정도였으나 속이 촉촉한 미디엄 굽기로 잘 익어 나왔다.

가장 따스한 곳으로 기억되는 곳. 히데의 테이블이다. 매번 다른 테이블보와 다른 냅킨, 다른 그릇을 정성스럽게 세팅해 따끈한 음식을 내어 주신다. 생각만 해도 기분좋아지는 곳. 나에게 히데의 테이블에서 먹는 한 끼 식사는 힐링장소이자 소울푸드이다.

10년째 화요일마다 타코 데이를 함께 하는 체력단련장 패밀리

웰컴, 한식은 처음이지?

하루는 기숙사 주변을 산책하다가 기숙사 바로 뒤에 위치한 클레어몬트고등학교에 딸린 체력단련장을 발견했다. 호기심에 불빛이 새어 나오는 문을 살그머니 열어보니 적막하고 어두운 바깥과 달리 활기찬 음악이 귀를 쾅쾅 때리고, 쇠로 된 낡은 운동기구 냄새가 코에 스민다. 열 명 남짓한 사람들이 운동 중이다가 우리가 문 앞에서 서성이는 것을 보고 다가오셨다. 헬로! 친근하고 따뜻한 미소와 함께 인사를 건넨다. 우리는 운동할 곳을 찾는데 문의를 하고 싶다고 하니 헬스장 코치인 마이크(Mike)가 다가와 간단한 설명을 해 주었다. 오래된 고등학교의 체육관이다 보니 시설은 낡았지만 기숙사와 가깝고 운동하는 분들이 모두 굉장히 다정해 보이는 로컬분들이라는 점이 왠지 끌렸다. 한동안 대형 프랜차이즈 헬스장에

클레어몬트 고등학교(Claremont High School)내에 있는 체력단련장. 낮에는 고등학생들이 사용하고, 저녁에는 시에서 운영하는 성인반 헬스장으로 변한다. 오른쪽이 코치인 마이크(Mike)

서 트레이닝을 받아 보았지만 마침 등록기간이 끝났고 그다지 만족스럽지 않았기에 다음 날 바로 이 곳에 등록을 하고 매일 저녁 운동을 가게 되었다.

하루는 운동을 마칠 때쯤 짐이라고 본인을 소개한 할아버지가 오시더니 매주 화요일마다 다같이 타코(멕시칸 음식) 모임을 하는데 같이 가겠느냐고 물었다. 우리는 흔쾌히 좋아요! 를 외치고 따라 나섰다. 그 후로 매주 화요일 저녁마다 Village에 위치한 타코가게인 타코팩토리로 향해서, 익숙하게 줄을 서서 주문도 계산도 각자가 해서 자리를 잡고 앉았다.

"우리는 이 타코 모임이 9년째야." 코치 마이크가 아닌 또다른 마이크(Mike Ramirez)는 별 거 아니라는 듯이 말씀하셨지만 나는 "9년이요?" 입을 딱 벌렸다. 타코를 먹으며 자연스레 이야기 주제는 한국음식으로 넘어갔다. 마이크(Mike)는 "로이초이(Roy Choi)가 운영하는 '고기KOGI'라는 LA에서 제일 유명한 푸드 트럭에서 불고기 타코를 먹어본 적이 있어. 한국식 BBQ와 멕시칸 타코의 콤비네이션인데 줄이 너무 길어 1시간 이상 기다리다 먹어본 그 맛은 먹어 본 음식 중 최고였어! 꼭 한 번 같이 가자." 라며 한국음식을 극찬했다. 후에 알고 보니 로이초이의 푸드트럭 성공기는 '아메리칸 셰프'라는 영화로도 만들어진 바 있다. 다른 분들은 한국음식을 한 번도 접해 본 적이 없었기 때문에 불고기의 재료와 요리법이 무엇인지 물어보시며 부족한 상상력을 총동원하여 그 맛을 상상해 보고 계셨다. 나는 구글에서 사진도 찾아 보여 드리고 열심히 설명을 하다가 안되겠다 싶어 "다음 주말에 저희 집에 오시죠!! 한국음식을 맛보여 드리겠습니다."하고 초대를 해버렸다.

깜짝 놀라시면서도 모두 기뻐하고 기대감에 들떠 하셨다. 연세가 많은 분들이지만 대부분은 한국에서 온 친구들과 가깝게 대화해 보는 것도 우리가 처음이고 (10년 전 회사의 같은 부서에 한국인이 한 명 있었지, 50년 전 한국인과 군대생활을 해 본 적이 있었지 등 한국인과의 작은 인연의 기억을 죄다 끄집어 내신다), 한국인에게 식사 초대를 받아보는 것은 더군다나 처음이고, 한국음식도 처음이셨다.

단체 이메일로 다시 한번 정식 초대를 하고 보니 내가 준비하기에는 꽤 많은 인원이라 살짝 막막해졌다. 남편과 상의 끝에 기숙사의 넓은 커뮤니티룸을 예약하고, 정성도 중요하지만 두세 가지 음식을 준비하기보다는 다양한 조리법의 주요리와 푸짐한 반찬의 한국식 식사를 보여드리는 것이 더 좋겠다는 결론을 내렸다.

30분 가량 고속도로를 달려 롤렌하이츠라는 한국인들이 많이 거주하는 지역에 위치한 꽤 큰 한국음식점에서 불고기, 비빔밥, 잡채, 오징어볶음, 김치찌개, 파전 등 다양한 음식을 2인분씩 골고루 시키고, 특히 콩장,

호박무침, 콩나물, 배추김치 등의 반찬을 넉넉하게 부탁했다.

당일 아침 일찍 남편이 한인 마트에서 소주와 막걸리, 주전부리를 사고, 주문해 둔 음식을 가져 오는 동안 나는 커뮤니티룸에 테이블을 차리고, 마실거리와 일회용 접시들을 준비했다. 이 날 하이라이트는 한국에서 가져간 고운 한복을 차려 입고 문 앞에서 손님들을 맞이하는 딸아이였다.

한 분씩 도착할 때마다 민주가 문 앞에서 반갑게 인사하고, 선물로 가져오신 꽃다발을 받아 가지런히 두고, 자리로 안내했다. 다들 열광적인 반응이었다. 예쁜 전통한복에 한번 놀라시고 준비된 푸짐한 음식에 두 번 놀라시며 "Beautiful"을 연달아 외치셨다. 처음 시도해보는 음식인데도 불구하고 호기심을 가지고 이것저것 골고루 맛보시며 맛있게 드시는 모습을 보니 내가 오히려 감사한 마음이 들었다. 피비 할머니는 간장으로 졸인 콩장이 너무 맛있다며 어디서 살 수 있는지를 물으셔서 그 후로도 한국 마켓에 갈 때마다 콩장을 사다 드리고는 했다.

이후로도 우리가 미국에 있던 내내 이분들은 새로운 친구에게 우리를 소개하실 때면 늘 그 때의 한국 음식 얘기를 꺼내신다. 아마도 감히 짐작

Gym친구들은 한국음식을 난생 처음 드셔보시는 것임에도 불구하고 골고루 맛있게 드셨다.

하건데 이 분들의 평생에 한국이라는 나라에 대한 작고 즐거운 추억을 안겨 드리지 않았나 싶다.

다음 날 기숙사로 선물이 배송되었다. 깜짝 놀라서 열어 보니 여러 과일을 꽃처럼 만들어 장식한 과일바구니였다. 안에는 짐(Jim)과 딸 모린(Maureen)이 보낸 감사카드가 들어있었다. 다른 분들도 식사 초대에 대한 감사 카드를 주었다. 열린 마음으로 한껏 즐겨주신 분들께 우리 또한 감사한 마음이었다.

스스럼없이 할아버지들 다리에 매달리고 품에 쏙 안기는 애교덩어리 유진이는 사랑을 듬뿍 받았다.

할리우드 하이킹- 정상(peak)에서의 피크닉(picnic) Peaknic!

체력단련장 친구들과 분기에 한 번씩 그 유명한 할리우드 사인(HOLLYWOOD)이 보이는 그리피스 공원으로 하이킹을 떠났다. 땀을 식힐 그늘 한 점 없이 쨍한 햇빛 아래 흙 길을 구불구불 따라 올라가는 것이 쉽지는 않았지만 한국에서도 종종 등산에 데려간 덕분인지 민주는 불평 한 마디 없이 곧잘 따라다녔다. 말을 타고 올라가는 사람들도 있기 때문에 곳곳의 말똥을 밟지 않으려고 까치발을 하기도 했다.

LA시내를 포함한 360도 전경을 발아래 두고 우리 동네에서 생산한 (즉, 캘리포니아산) 와인과 아몬드, 건포도, 치즈, 잘 익은 포도와 수박까

1896년 조성된 그리피스 공원(Griffith Park). 정상에는 말을 묶어두고 휴식을 취할 수 있을 정도의 넓은 평지가 나온다. 가운데 펜스가 쳐있는 작은 공간이 피크닉 장소이다.

지…… 웃음이 절로 나왔다.

마이크가 짊어지고 온 가방은 터질 듯 불룩하고 무거워서 나는 벽돌이라도 짊어지고 온 것이냐며 놀렸는데 가방 안에 든 물건을 테이블에 꺼내는 순간 자동으로 오~땡큐, 마이크~! 감사인사가 터져 나왔다. 온도 유지를 위해 얼음을 한가득 채운 주머니에서 꺼내진 와인이 무려 세 병.

마이크가 와인을 가져올 것이라는 말에 나는 100년 역사의 파머스마켓

자그마한 정상의 피크닉 장소는 장애물 없이 우뚝 솟아 있어 저만치 아래 풍경을 두루 내려다볼 수 있다. 땀 흘려 올라간 이곳에서 맛보는 모든 캘리포니아산 음식-싱싱한 과일과 견과류, 와인과 치즈는 어떤 고급레스토랑에도 비할 수 없다.

왼쪽에 빌딩이 밀집한 곳이 LA 다운타운, 가운데 돔 형태의 하얀 건물이 그리피스 천문대 Griffith Obsevatory

한국으로 떠나올 때 송별회를 열어준 Gym Family

(LA다운타운 그로브 몰 내에 위치)에 들러 여러 종류의 치즈를 사 갔다. 하나하나 맛보고 신중하게 고른 치즈와 함께 화이트와인부터 레드와인까지 골고루 입 안에서 도로록 굴려가며 마신다.

다리에 힘이 풀려 하산길에 마이크가 와인병 대신 나를 업고 내려가야 하는 불상사가 생길까 하는 걱정만 아니라면 병을 싹 다 비울 참이었다. 막걸리에 파전을 먹기 위해 등산한다는 우리나라 등산객들의 우스개소리처럼 피크(peak, 정상)에서의 피크닉(picnic)이 하이킹의 목적이 된 것 같았다. Picnic 대신 Peaknic.

기막힌 피크닉이 끝나고 하산하면 그때부터 또 다른 파티의 시작이다. 미리 정해둔 근처 맛집으로 우르르 차를 나눠 타고 가는 것이다.

마음 속에 묻은 친구,
73세 최고령의 익스트림 스포츠 BASE jumper, 짐(Jim)

하이킹 참석자를 체크하고 있을 때, 짐(Jim)이 슬쩍 옆에 오시더니 "클레어~ 하이킹 갈 수 있니?" 물으셨다. 당연히 "가야죠!" 하니 짐도 "그럼 나도 가야겠다. 너가 못 가면 나도 이번에는 빠지려고 했지" 하며 좋아하신다. 단짝 친구 챙기는 어린아이 같은 모습에 웃음이 나왔다. 하이킹 때도 몇몇씩 그룹 지어 가는데 짐은 항상 우리 가족 옆에서 나란히 걷고 싶어하셨다. 한국에서의 회사 생활은 어떤지, 가족의 의미를 어떻게 생각하는지, 어떤 인생을 살고 싶은지, 여가 시간에는 무엇을 하는지……이런저런 얘기를 하다 보면 하이킹이 짧게 느껴졌다.

저녁 8시 반이면 코치 마이크가 80년대 락음악이 나오는 오래된 CD플레이어를 끄고, 집에서 가져온 몇 가지 운동기구를 수명이 한참 지나 보이는 낡은 차의 트렁크에 싣는 뒷정리를 하고 문을 잠그고 퇴근한다. 우리는 짐과 헬스장 문 앞에서 한참을 더 서서 얘기를 나누기도 하고, 그러다가 너무 늦어지면 차 타고 가는 동안만이라도 더 수다를 떨자며 원래는 걸어서 왕복하는 짐을 집 앞까지 차로 모셔다 드렸다.

하루는 운동을 마치고 사람들과 다같이 아이스크림을 사먹던 중 마이크가 동영상을 하나 보여주겠단다. 자세히 보니 몇해 전 짐이 출연한 V8라는 유명한 야채음료의 광고였다. 당시 66세의 짐이 스카이 다이빙을 즐기는 모습과 V8로 건강을 유지한다는 내용의 광고였다. 우와~~~ V8은 전세계에서 판매되는 유명한 야채음료인데 짐이 출연한 광고와 촬영 뒷이야기가 유튜브에 올라온 것이 신기하기만 했다.

짐은 LA시청에서 회계사로 평생을 일하고, 퇴직 후 64세에 스카이다이빙을 시작하여 10여년 동안 3000회의 스카이다이빙을 했다. 고소공포증으로 3층 높이에서 아래를 내려다 보는 것도 어려운 나로서는 아빠보다 연세 많은 짐이 수만 미터 상공에서 깃털처럼 가볍게, 새처럼 빠르게 뛰어내리는 광고 속의 모습을 보고 말 그대로 입이 딱 벌어져 나도 모르게 입안의 아이스크림이 흘러나올 뻔 했다. 그로부터 얼마 후 더 놀라운 이야기를 들어서 그때는 들고 있던 아령을 놓칠 뻔 했다.

짐이 헬스장 한 켠에서 조용히 얘기하길, 일반 사람들의 90%가 스카이다이버를 미쳤다고 생각하는데, 사실 그 스카이다이버의 90%가 미친 짓이라고 생각하는 베이스점프(BASE JUMP)를 가장 즐긴다고 했다.

이름도 난생 처음 들어본 베이스점프(BASE JUMP)는 Buildings(빌딩), Antennas(첨탑), Spans(교량), Earth(절벽)의 줄임말이다. 높은 건물, 안테나 첨탑, 다리, 절벽에서 낙하산 하나를 매고 맨 몸으로 뛰어내리는 익스트림 스포츠로 전세계 모든 스포츠를 통틀어 가장 위험하다고 손꼽힌다.

베이스 점프가 위험한 이유는 첫째, 만약의 경우를 대비해 낙하산을 두 개 매는 스카이다이빙과 달리 몸을 가볍게 하기 위해 하나만 맨다. 의외로 낙하산이 펴지지 않는 경우가 아주 드물지는 않단다. 짐도 지금껏 스카이 다이빙을 하면서 두 번의 비상 낙하산을 사용할 일이 생겼었다고 한다. 만약 베이스점프 중 낙하산이 펴지지 않는 일이 발생한다면 바로 땅에 충돌이다.

둘째, 비행기보다는 훨씬 고도가 낮은 곳에서 맨몸으로 뛰어 내리기 때문에 낙하산을 펼치는 타이밍이 매우 중요하다. 단 몇 초라도 늦어지면 낙하산 펼치는 속도보다 중력이 끌어당기는 속도가 훨씬 빠르므로 이 또한 땅에 충돌하는 것을 피할 수 없다.

셋째, 베이스점프는 도심 한가운데나 산악지역에서 뛰어 내리므로 주변 장애물이 없는 곳에서 뛰어내리는 스카이 다이빙보다 충돌 위험이 훨씬 크다.

들어보니 점프만이 위험한 것이 아니었다. 짐은 매일 팔 근육 운동에 집중했는데 알고 보니 고층건물의 외부 사다리를 타고 밤새 올라가기 위해 꼭 필요한 훈련이란다. 어떤 날은 6시간 동안 사다리를 타고 올라가는데 초저녁에 잠을 청하고 일어나 깊은 밤중에 출발해서 동틀 무렵 꼭대기에 도달한다. 너무 고단할 때는 잠깐씩 사다리에 매달린 채로 졸거나 간식을 먹으며 허기를 달래고 다시 출발한다는 것이다. 상공 100미터에서 새벽 4시에 두 팔의 힘에만 의지해 꾸벅거리며 조는 모습을 상상하니 간담이 서늘해지고 소름이 끼쳤다. 사고위험 때문에 높은 다리나 고층빌딩 외부 사다리를 오르는 것이 원래는 불법이다. 뛰어내리는 것은 물론 더더욱 불법이다.

한번은 지인이 관리인으로 있는 고층 빌딩에 짐이 올라갈 것을 알고는 지인이 엘리베이터를 타고 올라갈 수 있도록 편의를 봐 주었단다. 하지만 고마운 제안을 거절하고 굳이 사다리를 이용해 올라 갔단다. 그것이 바로 베이스 점프이기 때문에.

짐이 스카이다이빙을 한다는 사실은 모두 알고 있었지만 베이스점프를 한다는 것은 자세히 밝히기를 꺼려하셨다. 심지어 심장이 약한 와이프에게는 비밀로 하고 계셨고, 미혼의 대학교수이면서 강인한 외동딸 모린은 아버지의 취미를 정확히 알고 있었지만, 아버지가 얼마나 그 취미를 사랑하시는지 알기 때문에 말리지 않았다. 괜한 구설수에 오르는 것이 싫다며 유튜브에 동영상을 올리거나 활동이 드러나는 동호회 활동도 거의 하지 않으셨다.

얼마 후 한 프랑스 잡지에 실린 기사와 사진을 보여주셨는데 거기에는 짐이 스카이다이빙을 하며 낙하산을 불 태우는 장면이 있어 합성이 아닌지 내 눈을 의심했다. 첫 번째 낙하산을 펴서 불 태우고, 불탄 낙하산은 줄을 끊어버리고 재빨리 두 번째 낙하산을 펼쳐서 땅에 랜딩하는 것이다.

프랑스 잡지에 실린 짐(Jim)의 스턴트 장면. 첫 번째 낙하산을 불 태우고 두 번째 낙하산으로 착륙한다.

전세계에서 이 스턴트를 할 수 있는 사람은 오직 5명뿐인데 짐이 그 중 한 명이라고 했다. 도대체 낙하산을 왜 불에 태우냐고 여쭤보자 스릴이 높아지기 때문이란다. 점점 고난이도의 스턴트를 도전해 보시는 듯 했다. 동료가 무릎에 액션캠 고프로를 매달고 촬영해 준 동영상 속에는 심지어 야간에 낙하산을 불태우는 묘기를 하는 장면도 담겨 있었다.

당시만 해도 나는 짐이 십 년 이상 그 취미를 안전하게 즐겨 오고 계신 분이었고 본인이 너무나 진지한 마음으로 열정을 다해 즐기셨으므로 충고와 걱정보다는 존경과 찬사를 보냈다. 하루는 마이크가 진지하게 짐에게 이제 정말 그만했으면 좋겠다고 부탁과 간곡한 강요를 하는 것을 옆에서 듣고 있던 나는 짐이 베이스점프는 본인이 살아가는 이유라 말씀하시는 것을 듣고 더 이상 충고는 어렵겠다는 생각이 들었다. 매일 꾸준히 걷고, 운동하고, 식단조절을 하는 그 모든 것이 스카이다이빙과 베이스 점프를 위해서이고, 만약 그것을 하지 못하는 순간이 온다면 건강을 위한 노력이 의미 없으므로 모두 그만둘 것이라고 하셨다.

내가 안심했던 또 다른 이유는 짐이 계획적인 완벽주의자라는 것을 잘 알았고 그 철저함을 믿었기 때문이다. 취미로만 판단하면 짐의 모습이 충동적이고 다혈질이고 과격할 것 같지만, 그와 정반대였다. 항상 차분하고 따스하면서도 계획적이고 철두철미하다. 집에서 헬스장까지 평소 걸음으로는 몇 시간 몇 분, 잰 걸음으로는 몇 분이 걸린다거나 운동을 할 때 기구를 잡는 손 위치가 끝에서 몇 인치인지, 등등의 사소한 것도 매우 정확했다. 점프를 할 때도 초단위로 모든 계획이 머릿속에 준비되어 있다.

짐은 나에게 아버지 같기도 하고, 친구 같기도 하고, 인생의 선배 같기도 한 특별한 분이었다. 내가 나이가 어리고 경험이 적고 미숙하다고 가르치려 하지 않으셨다. 짐에게서 나는 사람의 이야기를 듣는 방법을 새롭게 배웠다. 어떤 때는 누군가와 대화하고는 있지만 듣고 있지 않을 때도 있다. 귀로는 듣고 있지만 마음은 다른 곳에 있어서 그 사람과 온전히 함께 있는 것이 아닐 때도 많다. 하지만 짐과 얘기할 때는 항상 진심을 다해 주시는 느낌을 받았다. 가령 이사했어요 하면, 그래? 좋겠다. 렌트비는 얼마니? 깨끗하니? 정도로 끝나고 다른 화제거리로 돌리는 것이 아니라, 머릿속으로 내 말을 상상하며 들으시고 서두르지 않으며, "수영장은 어떤 모양이니, 클로이(민주)가 거기에서 어떻게 노니? 그럼 친구들도 자주 오겠구나. 그게 있어서 너의 생활이 더 즐거워졌니?" 하며 경청하신다.

본인이 공무원으로 성실히 일하며 본인이 하고 싶은 일보다는 해내야 하는 일만을 하며 평생을 살아온 경험, 퇴직 후에 가슴이 뛰는 새로운 취미를 찾게 된 것. 이런 것들을 얼마 살지 않은 너에게 인생교훈으로 전해줄게 라는 거창한 수식어를 붙여 전하기보다는 내 마음 깊은 곳에서 스스로 느끼게끔 해 주셨다.

하루는 오래 다니던 회사를 퇴직하고 미국으로 떠나있는 나의 불안한 마음을 아시고는 네가 한국에 돌아가면 정말 가슴이 원하는 것을 찾아보고 도전해 보라는 따뜻한 격려와 응원에 울컥하는 마음이 들었다. 그런 대화 후에는 따뜻한 포옹과 토닥임으로 응원해 주셨고 나의 불안함이 편안함과 여유로 바뀌었다.

종종 짐은 일주일 가량의 장거리 여행을 떠나곤 했는데 그 때마다 나는 "행운을 빌어요. 즐겁게 다녀 오세요!" 인사를 건넸고 짐은 다녀온 후에 여행이 어땠는지 얘기해 주시고는 했다.

10월 어느 날, 우리 가족은 브라이스와 자이언 국립공원으로 캠핑을 떠났고 짐은 친구들과 아이다호로 여행을 가신다고 했다. 두 장소가 같은 프리웨이 선상에 있기 때문에 출발 전날, 문자 메세지로 "하늘에서 뛰어내리기 전에 손 흔들어 주세요. 그럼 저도 손 흔들 테니 눈 크게 뜨고 잘 보시고요." 하는 유쾌한 농담을 주고 받았다.

미국의 모든 국립공원 안에는 마트와 우체국이 있다. 언젠가부터 나와 딸은 국립공원 여행지마다 우리 스스로를 포함해, 히데, 짐, 레이, 마이크 등 친한 친구 몇몇에게 엽서를 써서 공원을 떠나기 전 우체통에 넣었다. 그러면 우리가 여행지에서 집으로 돌아온 며칠 후 국립공원의 소인이 찍힌 엽서를 받아볼 수 있다. 자이언 캐년 국립공원에서 떠나는 날도 엽서를 써서 우체통에 넣었다.

집으로 돌아온 그 주 금요일에 민주와 같은 반 친구 매넌의 가족과 함께 집에서 멀지 않은 조슈아트리 국립공원에서 만나기로 하고 하룻밤 짧은 캠핑을 가던 중이었다.

국립공원 정문에 막 다다른 순간, 마이크에게서 전화가 왔다. 반가운 목소리로 인사하며 전화를 받으니 마이크는 평소와 같지 않은 느릿하고 무거운 음성으로 대답했다.

"Clair, I have bad news." 라고 말하는 순간 갑자기 머릿 속에 한 가지 불길함이 스치며 가슴이 쿵쾅거렸다. 설마? 설마?…… 아니겠지 아니겠지 했다. 길게만 느껴진 마이크의 짧은 침묵.

"Jim Hickey died(짐 히키가 목숨을 잃었다)."

그 말을 듣는 순간 나는 완전히 무너져 내려 통곡하기 시작했고, 그 후로 마이크가 아이다호, 다리, 사고… 말을 이어갔지만 내 귀에는 아무 소리도 들리지 않았다. 결국 마이크는 설명을 포기하고 나중에 다시 전화하겠다며 전화를 끊었다. 운전을 하던 남편은 나의 모습에 소스라치게 놀라 왜? 왜??를 연발했고 내가 짐의 죽음을 전하자 갓길에 던지듯이 차를 세우고, 딸아이와 셋이 한참 동안 그곳에서 울음을 토해냈다. 도무지 여행을 계속할 수 없어 2시간 반 운전해 방금 도착한 공원 입구에서 그대로 차를 돌렸다.

딱히 종교가 없는 우리는 어디서 슬픔을 달래야 하나 고민하다가 종종 에드와 함께 갔던 유대인 교회당을 떠올렸다. 그 곳에서 한참을 앉아 짐이 부디 좋은 곳으로 가시기를 마음 깊이 기도했다.

뉴스를 검색해보니 캘리포니아 출신의 73세 남성이 아이다호의 트윈폴스 다리 위에서 낙하산에 불을 붙인 채 하강하는 스턴트를 선보이다 낙하산이 늦게 펴지면서 추락사했다는 기사를 찾을 수 있었다. 기사에는 '캘리포니아 출신의 73세 남성'이라고만 언급되어 있었다. 그 분이 얼마나 마음 따뜻한 분이었는지, 얼마나 열정을 가진 분이었는지, 얼마나 좋은 아버지이자 남편이자 동료이자 친구였는지, 많은 사람들이 얼마나 사랑했던 분인지에 대한 설명은 없었다. 지극히 사실적이고 짧은 기사에 더 마음이 아팠다. 이전에 숱하게 뉴스에서, 영화에서, 소설에서 죽음을 접해 보았지만, 익명의 수많은 죽음에는 의연했는데 마음을 나누었던 단 한 명의 친구의 죽음에는 정신이 혼미해질 정도로 슬픔과 자책과 무기력에

짓눌렸다.

며칠 후 짐이 사망 당시의 실제 영상이 구글과 유투브에서 검색되기 시작했다. 베이스 점프를 할 때에는 항상 동료들이 동영상을 촬영하여 남겨놓는 것이 관례인 것 같다. 아마도 그것이 그 사람의 생전 마지막 모습일 수도 있기 때문이 아닐까 하고 지나고 보니 짐작한다……

짐은 강이 구불구불하여 스네이크 리버라고 이름 붙여진 강의 다리에서 뛰어내린 직후 낙하산에 불을 붙였고, 잠시 후 두 번째 낙하산을 펼쳤지만 그것이 완전히 펼쳐진 때는 수면에 충돌 직전이었다. 짐은 그대로 강물 속으로 빨려 들어갔고 근처에서 대기하고 있던 동료들의 보트가 서둘러 구출하러 가는 것을 끝으로 동영상은 짐을 애도하는 한 마디와 함께

자이언캐년 국립공원에서 짐(Jim)에게 보냈던 엽서가 짐(Jim)의 사망 소식을 들은 며칠 후 집으로 배달되었다. 끝내 전달되지 못한 마지막 엽서

종료됐다. 아마도 강물에 부딪히는 순간의 강한 충격으로 인한 심장마비가 사인인 것 같았다.

짐을 더 이상 볼 수 없다는 상실감과 더불어서 이상하게도 죄책감마저 들었다. 내가 말렸더라도 물론 그만두시지 않았으리라는 것은 잘 안다. 하지만, 걱정 대신 감탄사와 엄지를 척 세우며 열광했던 내 모습이 마치 손톱만큼이라도 짐의 열정을 더 부추긴 건 아니었나 하는 죄책감……

힘겹던 주말이 지나고 월요일에 자이언 캐년 국립공원에서 보냈던 엽서가 도착했다. 짐에게 보낸 엽서도 도착했을 것이다. 그 엽서를 적을 당시만 해도 여행 즐겁게 하고 계시냐고 글로 안부를 물었는데……괜히 남은 가족을 더 힘들게 만든 것은 아닌지 또 한번 죄송해졌다.

그 후로 한동안은 가만히 있다가도 눈물이 흐르기도 하고 짐과 가졌던 추억들이 생각나 많이 힘들었다.

"Clair, I'll open my eyes super big to find you on a mountain top in Bryce or Zion. We can then wave to each other. See you in a couple of weeks."(클레어, 눈 크~게 뜨고 브라이스나 자이언 산 꼭대기에서 너를 찾아볼게. 우리 서로 손 흔들 수 있겠다. 곧 다시 보자.)

짐의 마지막 문자 메세지를 보니 더욱 마음이 시리고 그리웠다.

늦은 밤 혼자 짐과 찍었던 사진들을 열어 보다가 문득 짐을 보내 드려야겠다는 생각이 들었다. 누군가에게 보여주기 위해서가 아니라 나 스스로가 친한 친구와 이별 의식을 할 필요가 있었다. 함께 찍은 수십 장의 사진을 한데 모으고, 출력하고, 질 좋은 가죽 앨범을 사서 끼워 넣었다. 각각의 사진마다 내가 하고 싶은 말을 한 글자 한 글자 꾹꾹 눌러 썼다.

LA시내에 위치한 75년 된 핫도그 명물 Pink's Hotdog

"짐! 핑크스 핫도그(Pink's hotdog)에서 할아버지가 주문하셨던 칠리빈 제가 다 먹어 치워서 죄송해요. 너무 맛있어서 멈출 수가 없었어요. 50/50에서 햄버거 사 주셔서 감사해요. 몰래 계산해 주실 줄 알았으면 2개 먹을 걸 그랬어요"

그리고는 앨범의 맨 앞장에 짐에게 보내는 마지막 편지를 썼다. 마트에 가서 짐이 가장 좋아하던 음식인 초콜릿 아이스크림 대신에 초콜릿을 하나 사고, 선물가게에 가서 낙하산을 타는 스턴트맨 인형을 하나 샀다.

짐의 73번째 생일이었던 1월 초, 나는 운동이 끝난 후 깜짝선물로 2015년 새 달력과 낙하산 스턴트맨 인형, 함께 찍은 사진을 예쁜 액자에 넣어 선물로 드렸었다. 큰 선물이 아니었음에도 너무나도 감동받으시던 모습이 생생했다. 달력은 포장을 뜯어 짐의 생일날에 큰 동그라미를 그려 넣고 Jim's Birthday 라고 표시해두었다. 짐은 사진 액자는 서재의 가장 잘 보이는 곳에 두었다고 하셨고, 선물을 드린 날 밤에 딸 모린과 함께 뜰에서 낙하산 스턴트맨 인형을 한참 동안 날려보았다고 하셨다.

생일 당일에는 짐이 가장 좋아하는 아이스크림 레스토랑에서 나와 나란히 앉아 생일파티도 했었다. 모두 다같이 생일을 축하하고 건강을 빌고 보기만 해도 입안에 침이 고이는 거대한 아이스크림을 나눠 먹었었다. 그게 생애 마지막 생일이 될 줄이야……그 때 선물로 드렸던 낙하산 스턴트맨 인형을 다시 한번 샀다.

검은색 큰 종이박스에 앨범과 인형, 초콜릿과 카드를 담았다. 마이크에게 그 상자를 유족에게 주는 것이 좋을지, 아니면 우리끼리 추억하고 그냥 간직하는 것이 나을지 의견을 물었다. 마이크는 헬스장 사람들 모두가 사진을 같이 보고, 추도사를 적고 싶은 사람은 적어서 유족에게 드리는 것이 좋을 것 같다고 했고, 그렇게 했다.

짐(Jim)의 73번째이자 마지막 생일 파티

마이크는 짐을 아는 모든 사람, 심지어 매주 화요일 가던 타코가게 점원에게까지 그 앨범을 가지고 가서 마지막 인사의 글을 받았다. 장례식은 가족만 참석한 채로 비공개로 진행되었다. 아마도 생전 고인의 뜻이지 않았을까 싶다. 헬스장 사람들이 조의금을 가족에게 전달하려 했지만 가족들은 조의금을 받는 대신, 짐이 생전에 가장 좋아하시던 요세미티 국립공원에 그의 이름으로 기부하기를 원하셨고, 우리들은 가족의 의사에 따랐다.

정말이지 희한하게도 그 상자의 뚜껑을 마지막으로 덮은 그 순간 이후로 나는 더 이상 전처럼 많이 울지 않았다. 어쩌면 그 상자를 마이크에게 전달하고 마이크에게 안기어 큰 소리로 울고 서로 슬픔을 나눈 이후였던 것 같기도 하다. 소중한 사람의 부재에 대해서 여전히 슬프기는 하지만 슬픔을 함께 하는 사람들과 공유하고, 대화하고, 내 마음을 정리하고, 사진을 정리하고, 마지막 편지를 쓰면서 놀랍게도 내 마음이 위로 받고 편안해졌다.

야드세일에 내놓은 해적모자를 쓰고 밝게 웃던 Jim

그로부터 한달 후, 짐의 와이프가 숨졌다는 소식이 들렸다. 딸 모린과 함께 매년 가족모임을 하는 요세미티 국립공원에 갔다가 심장마비가 왔다고 했다. 마음이 많이 아팠다. 하지만, 모린은 며칠 후 아침에 조깅을 시작할 정도로 일상을 유지해 나가려고 애쓰는 듯 보였다. 얼마 후에는 혼자 살던 집을 처분하고 부모님이 살던 집을 수리하여 다시 클레어몬트로 이사한다는 소식도 들었다. 모린은 이후로도 헬스장 사람들과의 이벤트나 우리 가족의 송별회 때도 참석하곤 했다.

어디선가 누군가에 무슨 일이 생기면 틀림없이 나타나는 우리 동네 마반장 마이크(Mike)

마이크를 생각하면 항상 숨 막힐 정도로 꼭 끌어안아주는 빅 허그와 볼에 뽀뽀해줄 때의 까칠한 턱수염이 떠오른다. 처음 미국에 가서는 지인들과 살짝 허그하며 반갑게 인사하는 미국식 인사가 익숙하지 않았다. 누군가를 만나면 이 사람과는 끌어안아야 되나, 그냥 악수만 할까, 허그 한다면 어느 순간에 얼싸안아야 하나 눈치를 봐가며 쭈뼛 거렸다. 그러다가 언젠가부터 가벼운 신체적 접촉이 있는 이 방식이 너무 좋아졌다. 나중엔 반가운 이를 만나면 내가 먼저 꼭 끌어안고 함박웃음을 지었던 것 같다. 특히나 미국을 떠날 때쯤에는 한국가면 너무 그리워질 것 중의 하나가 바로 이 빅 허그일 것 같다는 생각이 문득 들었다.

우리나라에서는 예의 바르게 45도 정도 허리와 머리를 숙이며 인사하거나, 특히 악수를 하다가도 여성은 건너뛰고 하는 경우가 많다. 내가 만약 남편의 친구들이나 회사 동료를 만나 반갑다고 포옹하자고 양 팔을 벌리는 장면을 상상해보면, 상대는 몹시 당황한 표정을 지을 것이고 이 상황을 생각하면 나도 모르게 민망해지고 팔이 움츠려든다.

희한하게도 요즘도 마음이 힘들 때는 마이크의 베어허그(bear hug. 큰 포옹)와 까칠한 수염이 닿는 볼뽀뽀가 그리워진다. 예전에는 따뜻한 대화와 시선을 맞추는 것이 전부라고 생각했지만 지금은 그만큼이나 손을 꼭 잡아주고 포옹해주는 것이 마음을 나누는데 너무나도 중요하게 느껴진다.

마이크는 열정이 넘치는 멕시칸의 피가 흐르고 클레어몬트에서 평생 살아오셨으며 부동산 중개업을 하고 있다. 누군가에게 무슨 일이 생기면 어디선가 짠 나타나는 캐릭터이다. 저렇게 다른 사람 일을 다 봐주다가는 어찌 생업을 할까 싶을 정도로 헌신적이지만 정작 본인은 진심으로 그것을 좋아한다. 우리 가족에게도 하나라도 더 재미난 일을 소개해주고 경험하게끔 해 주고 싶어하여 매번 새로운 이벤트를 꾸몄다.

헌팅턴 비치에서의 Bonfire(모닥불)과 바비큐파티

헌팅턴 비치에서 오후 4시부터 시작된 파티는 밤 늦도록 끝날 줄을 몰랐다.
마이크는 항상 앞치마 두르고 바비큐를 담당한다.

모닥불에 마쉬멜로우 구워먹기. 통돼지 바비큐를 해도 될 만한 화력이다.

미국 4대 스포츠 결승전은 농구의 NBA파이널, 미식축구 슈퍼볼, 아이스하키 스탠리컵, 야구 월드시리즈이다. 코치 마이크(Mike)의 집에 모여 슈퍼볼 경기를 관람했다. 매년 큰 화제가 되는 하프타임쇼에는 마이클잭슨, 마돈나, 비욘세, 브루노 마스 등 가장 인기 있는 가수가 등장하는데 이 날은 케이티 페리가 모형 사자를 타고 나오며 Roar를 부르는 인상적인 공연을 펼쳤다. 슈퍼볼은 세계에서 가장 비싼 광고무대이다. 시청자 수가 전세계 1억명이 넘기 때문에 30초당 최고 광고비는 500만 달러(약60억원)에 달한다. 슈퍼볼 광고에 한해의 모든 에너지를 쏟아붓는 기업도 많으므로 이 광고들을 보는 것만도 큰 재미이다.

각자 음식을 하나씩 준비해가서 나누어 먹는 팟락 potluck. 내가 만들어 간 김치해물 파전과 온갖 종류의 베리를 새콤달콤한 소스와 섞은 샐러드는 금세 품절이 되었다.

포모나 지역에서 열리는 드래그 레이싱은 우리나라에서는 보기 어려운 경기. 튜닝한 차를 이용해, 불과 0.4km의 거리를 달려 먼저 결승점에 도착하는 차가 우승하는 방식이다. 출발 몇 초 내에 시속이 500킬로를 넘어서기 때문에 귀마개를 해도 엄청난 굉음에 땅을 통해 진동이 느껴질 정도이다. 남녀 불문 인기 레이서들이 대거 참가하는 규모가 엄청난 경기였다. 곳곳의 부스에서 각자 차를 정비하고 듀닝하는 과정을 바로 옆에서 볼 수 있어 매우 흥미롭다.

한국에서 카레이싱 경기를 보기 쉽지 않다고 했더니 Car Drag Racing(드래그레이싱)에 데려가고, 미국 떠나기 전 이것만은 반드시 경험해 봐야 한다며 헌팅턴 비치에서 모닥불을 피우고 다같이 바비큐 파티를 하고, 코치 마이크의 집에서 팟락 (potluck: 여러 사람이 각자 조금씩 음식을 가져와서 나눠먹는 식사)파티를 하며 미국 풋볼 경기인 슈퍼볼을 함께 시청하고, 75년 된 유명한 Pink's 핫도그 가게에 데려가 핫도그를 사주며 Pink's가 큼지막하게 써진 티셔츠를 선물로 주었다.

헬스장은 시에서 운영하는 것이라 등록비가 저렴하여 늘 재정이 부족하다. 3개월 마다 한번씩 재수강신청 기간인 2주 동안 휴식기를 갖는데 운동을 매일 꾸준히 하는 분들이라 이 휴식기를 많이 아쉬워한다. 그래서, 대안을 낸 것이 별도의 운영기금을 마련하여 이 기간에 시설대여비를 지불하고 휴식기를 없애자고 의견이 모아졌다. 운영기금 마련의 방법은 야드 세일(Yard Sale).

미국의 하우스에는 정원이나 뜰이 있는데 그 곳에 본인에게는 필요 없으나 쓸만한 물건들을 펼쳐두고 행인에게 판매한다. 우리로 치면 벼룩시장인데 그것을 본인의 집 마당에서 한다는 게 다른 점이다. 홍보를 위해 미리 야드 세일하는 집의 주소와 전화번호를 도로 여기저기에 붙여두기도 하고 지역신문에 작게 광고를 내기도 한다.

이번에도 역시 마당발 마이크가 야드 세일을 계획하고 주도했다. 일단 친구들은 물론이고, 지인의 지인의 지인까지 이메일을 보낸다. 야드 세일에 내놓을 물품을 기증받기도 하고 홍보도 하기 위함이다. 그러면 수십 명의 사람들이 기증 의사를 밝히고, 그 때부터는 일일이 물건을 수거하러 돌아다닌다. 직접 가지고 오는 사람도 있지만 마이크가 직접 가기도 한다. 우리는 살림살이를 최소화 했기 때문에 기증할 물품은 없었고 대신 자원봉사를 하기로 했다. 야드 세일 전날, 장소를 제공해주실 댁의 뜰에 모든 물건을 종류별로 구분하여 펼쳐두고 가격을 매겨 가격표 스티커를 붙이

헬스장 기금마련을 위해 재활용품만으로 무려 1100불을 벌어들인 벼룩시장의 주역들

전문 핫도그 가게를 연상케하는 완벽한 준비와 셋팅. 맛도 일품이었다.

는 게 주된 임무였다. 여러 다른 사람에게 기증을 받다 보니 물품도 각양각색이고 품질이 아주 좋은 것부터 과연 이런 물건을 누가 사가기나 할까 싶을 정도의 것도 있다. 책과 옷이 가장 많았고 신발, 아이들 장난감, 인테리어 소품, 음악 CD, 소형 가전제품부터 식탁, 매트리스 등 물량이 어마어마했다.

당일은 아침 6시 30분부터 손님들이 들이닥쳤다. 이 날의 하이라이트는 마이크 브라더스가 준비한 핫도그 바베큐였다. 마이크와 그의 형은 바비큐 그릴, 소시지, 얼음, 음료, 일회용 접시 등 어마어마한 재료를 차에 한가득 싣고 왔고 이 핫도그가 가장 인기였다. 우리도 눈코 뜰 새 없이 일하다가 새로 온 봉사자들과 교대를 하고는 마이크가 그냥 가져가라는 핫도그를 굳이 돈을 내고 짐과 바닥에 주저 앉아 먹었다. 한 입 크게 베어 물고

음식을 사랑하는 마이크와 한국마켓에 종종 가서 짬뽕과 만두를 나누어먹기도 하고, 각종 맛집에 함께 다니기도 했다. 먹는 동안 주요 화제거리는 다음 번에 뭐 먹을까이다.

물건들이 점점 비어나가는 자리를 흐뭇하게 보고 있었다. 그 날 우리는 평균 1불, 비싸도 20불을 넘지 않는 기부물품들을 팔아 무려 1100불(130만원)이 넘는 수익을 올렸다. 헬스장 사람들은 운동을 계속 할 수 있어서 좋고, 기증해 준 분들은 안쓰는 물건을 처리하여 좋고, 손님들은 저렴한 가격에 물건을 살 수 있어 좋으니 일석 삼조였다. 오후 늦게까지 수고한 사람들 모두 왁자지껄 피자 파티를 즐기러 갔다.

인종, 종교, 문화의 차이는 틀린 게 아니라 다를 뿐

유대인이 사는 법

미국에 가기 전 유대인에 대한 나의 경험과 지식은 책 '안네프랑크의 일기', 영화 '인생은 아름다워'와 '쉰들러 리스트', 가장 친한 친구 나미와 결혼한 유대인 남편 애덤(Adam). 딱 그 정도였다.

나미는 중국 유학 중 애덤을 만나 5년의 장거리 연애를 했다. 유학 후 중국어 통번역가로 일하던 중 결혼하면서 변호사가 된 애덤을 따라 뉴욕에 정착하게 되었다. 거의 매일 만나던 친구와 일 년에 한번 밖에 못 보게 된 게 아쉬워 한국에 잠깐 나온 둘에게 맛있는 음식을 만들어 대접하고 싶었다. 애덤이 워낙 건강에 신경 쓴다는 것을 알고 있던 터라, 메뉴가 고민스러웠다. 아시안 음식, 그 중에서도 건강에 좋은 음식을 즐기니 생야채를 한가득 싸먹는 월남쌈을 대접하기로 했다. 야채 사이에 넣어먹을 먹음직스러운 돼지고기도 자글자글 구웠다. 나미와 애덤은 다행스럽게도 "우리 월남쌈 좋아해~~고마워!" 외치며 맛있게 몇 쌈 먹더니 "유대인은 '원래는' 돼지고기를 먹으면 안 돼" 했다. 순간 얼음이 되어 "웬일이니, 어떡하지?" 놀랐더니 "그런데! 애덤은 돼지고기를 먹기도 해. " 유대인에 대한 이해가 부족하다 보니 실수를 한 것 같아 식사하며 둘에게 설명을 듣기도 하고, 좀더 자료를 찾아보기도 했다.

미국인구의 약 2%를 차지하는 유대인은 크게 정통파(Orthodox Jews), 보수파(Conservative Jews), 개혁파(Reformed Jews)로 나뉜다(더 세분화 하기도 하고, 스스로를 어느 그룹이라 정의하지 않는 유대인들도 있다).

그 중 약 10%에 해당되는 정통파 오써독스 유대인은 철저하게 율법을 따르며 수세기 전의 생활방식을 고집한다. 안식일이 토요일이기 때문에 금요일 해 진 후부터 토요일 저녁까지는 일을 해서도 안되고, 차를 운전해서도 안되고, 전화기를 비롯한 전자제품도 쓰지 않는다. 결혼도 반드시 정통파 유대인과 해야 하고, 혈통을 잇기 위하여 일찍 결혼하고 가능한 자녀를 많이 낳아 자녀가 열 명씩 되는 경우도 적지 않다. 유대인의 명절을 빠짐없이 기념하기 때문에 유대인이 많이 사는 뉴욕은 유대인 명절에 회사나 학교에 빠지는 사람이 많다.

개혁파인 리폼 유대인은 종교법에 크게 구애 받지 않고 인종, 문화적으로 스스로를 유대인이라고 정의하는 사람들이다. 애덤처럼 타 인종과 결혼하기도 하고, 유대인 명절도 하누카(Hannukkah), 로쉬하샤나(유대인 신년), 유월절(Passover; 이스라엘인들이 모세를 따라 이집트의 노예 상태에서 해방된 것을 기념하는 절기) 등의 주요 명절만 지키는 사람이 많다. 보수파인 컨서버티브 유대인은 정통파와 개혁파의 중간쯤이라고 보면 된다.

정통파는 집의 주방도 두 개로 꾸미는 사람이 많다. 식재료를 선택하고 조리하는 과정에서 엄격한 절차를 거친 코셔(Kosher)에 따라서만 먹을 수 있기 때문이다. 코셔의 세부 규정에는 육류와 유제품은 같이 먹으면 안 된다, 동물 도축 시 랍비가 입회해야 한다, 병에 걸리지 않은 동물을 고통 없이 죽이고 소금으로 문질러 피를 제거한 후 먹을 수 있다, 지느러미와 비늘이 갖춰진 물고기만을 먹을 수 있다 등 철저한 종교적 신념 없이는 도저히 지키기 어려운 내용들이다.

이에 따르자면, 치즈버거는 고기와 치즈가 같이 들어 있으므로 먹을 수 없고, 버터도 유제품의 일종이라 빵을 만들 때 썼다면 그 빵은 고기와 함께 먹을 수 없다. 우유와 버터를 쓰지 않고 밀가루와 소금, 물로만 만드는 베이글이 유대인들의 주식인 것도 이 때문이다. 음식뿐 아니라 칼, 도마, 접시 등을 모두 별도로 사용해야 하기 때문에, 주방의 용품

가장 인기메뉴인 패스트라미 샌드위치. 엄청난 양의 햄 때문에 마치 포기김치를 한 통 썰어넣은 듯한 비주얼이다. 나이프로 한참을 썰어 들어가야 겨우 접시를 만날 수 있다.

을 모두 두 개씩 두거나 아예 두 개의 주방으로 나누어 유대인이 아닌 손님맞이를 할 때 사용한다.

미국과 유럽 등지에는 코셔마켓과 코셔레스토랑을 어렵지 않게 찾아볼 수 있다. 하지만 여행 중에 코셔를 따르기가 쉽지 않다. 히데는 정통파 유대인 친구와 여행을 계획했다가 식사문제로 결국 포기한 적이 있다고 했다. 삶이 너무 피곤하지 않을까 생각도 들었지만 한편으로는 극소수의 인종이 전세계를 쥐락펴락하는 영향력을 가지게 된 힘은 저런 고집과 절제에서 나온 것이 아닐까 싶다. 따르기가 거의 불가능에 가까워 보이는 이러한 엄격한 율법도 결국에는 유대인의 순수 혈통을 보존하기 위한 목적이 크다고 한다. 유대인으로 태어나지 않은 다음에야 누가 이런 코셔의 방식을 따르는 배우자와 결혼할 수 있겠는가.

헬스장에는 에드(Ed)라는 이름의 개혁파 유대인 할아버지가 계신다. 우리가 유대인 음식을 궁금해하자, 할리우드 하이킹을 마치고 모두를 켄터스Canter's라는 레스토랑으로 데리고 갔다. 70년이 넘은 LA에서 가장 유명한 유대인 음식 전문 레스토랑인데, 문 입구에는 버락 오바마 대

개혁파 유대인Reformed Jew인 에드는 일흔이 넘으셨지만 항상 새로운 사건이나 업데이트 된 소식을 많이 전해주시고 심지어 한국 케이팝에 대해서도 잘 알고 계신다. 그 비결은 "Google!" 에드가 가장 자주 하는 말이다. 영어권 사람들은 검색포털로 무조건 구글을 사용한다.

에드가 초대해서 가보게 된 유대인 교회당. 유대인이 아니라면 들어갈 수 없는 줄 알았지만 개혁파 교회라 누구에게나 열려 있다. 예배를 마치고 간단한 다과와 함께 사교의 시간도 있는데 뜻밖의 따뜻한 환영에 얼떨떨했다. 이곳에서 민주의 같은 반 친구이자 아버지가 유대인인 조이의 가족을 우연히 만났다. 조이의 엄마도 유대인이 아닌 아르헨티나 인이다.

통령이 방문했던 사진이 걸려있다.

난생 처음 접하는 유대인 음식이라 온통 호기심이 가득 했다. 한참을 고민하던 끝에 에드의 추천을 받아 몇 가지 음식을 주문했는데 모든 음식의 맛이 훌륭했으나 맛이나 조리법이 대단히 독특한 것은 아니었다. 특히 전통음식 랏커스(Latkes)는 우리의 감자전과 거의 같았다.

미국인들은 가족끼리도 음식 나누어 먹는 일이 없더라는 내 편견을 보기 좋게 깨뜨리며 같이 간 일행들이 내 것도 한 입 먹어보라며 너도 나도 우리에게 접시를 내밀며 모두 다른 종류의 음식을 권하셨다. 이런~ 정 많은 미국인들 같으니라구!

Robin은 유대인 하누카,
Dennis는 기독교 크리스마스, 둘 다 즐겨봐

한 번은 할리우드 하이킹에 마이크의 이웃인 로빈(Robin)이라는 여자분이 함께 왔다. 그 날 민주는 멀찌감치 에드와 함께 빠른 속도로 앞서가고 있었고 나는 마이크와 함께였다. 체중이 매우 많이 나가는 로빈은 우리와 같이 출발했지만 걷기조차 힘들어하며 가쁜 숨을 헐떡였고, 숨을 고르기 위해 자주 멈춰서야 했다. 본인 때문에 다른 사람들도 늦어질까 마음 쓰였던지 옆으로 비켜서서 길을 내어주고 있었다. 나와 마이크는 앞으로 나갔다가도 로빈이 많이 뒤쳐지면 되돌아가 같이 쉬며 속도를 맞추었다.

정상을 몇백미터 앞두고는 로빈이 탈진상태가 되어 짐가방도 내가 대신 매고 다른 일행들과 헤어져 나무 그늘에 둘이 앉아 꽤나 오랜시간 대화하며 휴식을 취하고 나서야 겨우 기력을 회복하여 정상에 다다를 수 있었다. 무사히 산을 내려와 다같이 저녁식사까지 한 후에 헤어졌고, 로빈은 매우 고마웠다며 메세지를 보내왔다. 그날부터 인연이 시작되었다.

몇 달 후, 하이킹에서 낯이 많이 익지만 전혀 달라 보이는 사람이 있었다. 처음에는 긴가민가하여 선뜻 말을 걸지 못하고 있었는데 로빈이었다! "세상에~ 무슨 일이 있었던 거에요?" 하니 그동안 위절제수술을 받고 운동과 식이요법을 병행한 결과, 몸이 딱 반쪽이 되었다고 했다. 하이킹도 지난 번과 달리 거뜬하게 해내며 훨씬 더 건강해진 모습을 보니 박수가 절로 나왔다. 그 후로 연락과 만남이 잦아지던 중 전문 사진작가인 로빈은 남편이 한국으로 떠나기 얼마 전 우리에게 한 가지 제안을 했다.

"너희는 내가 너무나 사랑하는 가족이야. 내가 선물로 가족사진을 찍어 주고 싶은데 어떠니?"

미국에서 사진을 수천 장 찍었지만 정작 가족 넷이 함께 찍은 사진은 거의 없었다. 우리는 감사한 마음으로 호의를 받아들였고, 로빈은 어디에서 찍고 싶은지 물었다. 잠시 고민하다가 문득 학교 캠퍼스를 떠올렸다. 우리가 가장 많은 시간을 보냈고 가장 많은 추억이 담긴 곳이었다. 거기라면 행복했던 일상을 꾸밈없이 자연스럽게 남길 수 있을 것 같았다.

편안한 옷차림으로 로빈과 학교 캠퍼스에서 만났다. 수없이 들락거렸던 도서관 앞에서, 코요테가 앉아 있던 도서관 앞 잔디밭에서, 매주 주말 공연을 즐겼던 콘서트홀에서, 샌드위치로 점심을 먹던 나무 그늘 아래에서, 식당 직원 모두와 늘 반갑게 인사했던 카페테리아 앞에서, 중세 유럽의 작은 수도원 같은 느낌이 들어서 마음이 차분해지는 분수대 앞에

클레어몬트 컬리지 중 유일한 여자 대학인 스크립스 컬리지 내부의 작은 분수대

사진 액자에 고무줄을 묶어 9개의 프레임으로 나누고 피사체를 프레임 안에 넣는 법을 민주에게 가르쳐 주고 있다. 재주가 많은 로빈은 민주에게 사진과 뜨개질을 가르쳐 주었고, 직접 뜬 모자와 목도리를 우리에게 선물해 주기도 했다.

유대인 명절 하누카. 하누카는 8일간 계속되는데 이 기간에는 집집마다 하누키야라는 촛대에 메노라라고 부르는 초를 꽂아 불을 켜둔다. 하누키야에는 9개의 초를 꽂는데 매일 하나씩 불을 켜서 8일째 되는 마지막 날 총 9개의 촛불이 모두 켜지게 된다.

서…… 이 장소들을 한 곳 한 곳 차분히 걸어보며 추억에 젖고 사진에 담고 마음에 담았다. 가족끼리 함께 한 미국 생활을 심적으로 정리할 수 있는 고마운 시간이었다. 로빈은 정성껏 셔터를 눌렀고 우리가 원하던 대로 가장 자연스러운 모습을 프레임에 담아주었다.

며칠 후, 각각 두 장씩 인화한 사진과 사진파일을 저장한 USB 두 개를 건네며 하나는 한국으로 돌아가는 남편을 위해, 하나는 미국에 남는 나를 위해 건네 주었다. 그 사진은 남편과 떨어져 지내던 6개월 동안 많은 힘이 되었다.

로빈도 개혁파 유대인이다. 유대인은 메시아로서의 예수의 존재를 인정하지 않기 때문에 크리스마스를 기념하지 않고 하누카라는 유대인만의 명절을 기념한다. 로빈은 하누카에 우리 가족을 초대해 주었고 유대인 전통 음식들로 차려진 명절을 함께 보낼 기회가 생겼다.

하지만 로빈의 남편 데니스는 유대인이 아니기 때문에 크리스마스를 기념한다. 그래서 하누카 뿐 아니라 크리스마스에도 우리를 초대하여 트리 아래에 한 보따리의 선물을 놓아 주었고, 사진 여행 차 갔던 이태리에서 사 온 귀한 와인과 크리스마스 음식을 차려주셨다. 아이들은 로빈이 녹화해 둔 영화 메리포핀스에서 쥴리 앤드류스가 우산을 타고 날아다니는 장면을 보고 키득거리면서 로빈이 구워낸 크리스마스 쿠키를 먹었다.

주로 '손맛'이라 표현하며 경험으로 배우는 한식의 눈대중식 조리법과 달리, 미국의 요리 레시피는 매우 정확하게 계량화, 수치화 되어 있다. 연세 많은 할머니들도 저울과 계량스푼을 들고 레시피 대로 계량하여 음식하는 모습이 나에게는 낯설었다. 집집마다 대대로 내려오는 패밀리 레시피가 존재하는데 비밀스런 특제비법은 공유하기를 꺼려하는 사람도 많다. 로빈은 맛있게 잘 먹는 나에게 언제든 오늘의 이 식탁이 생각날 때면

추수감사절 칠면조를 멋지게 구워낸 데니스. 맛도 기가 막히고 모양도 완벽했다. 크랜베리 소스를 비롯해 펌킨 파이까지 최고의 홈메이드 음식을 만들어 주셨다.

로빈은 대학에서부터 사진을 전공하며 전문 포토그래퍼로 활동해왔고, 컴퓨터 회사에 다니는 남편 데니스와 함께 1년 중 약 한 달은 사진을 위해 해외에 간다. 얼마 전 이태리 여행 중이라며 메세지로 몇 장의 사진을 보내왔다.

집에서 만들어 보라며 패밀리 레시피를 이메일로 보내 주었다.

"엄마 된장찌개는 왜 내 거랑 맛이 달라? 어떻게 했수?"

엄마에게 여쭤보면

"멸치 큰 손으로 한 움큼 넣어 끓이고, 된장 적당히 풀고, 고춧가루 조금, 마늘은 좀 많이……"

이렇게 설명해주시는 엄마의 음식도 언젠가는 엄마가 직접 해주지 못하는 날이 오고, 미치도록 그 맛이 그리운 날이 올까 봐 어떤 숟가락으로 정확히 몇 스푼이나 넣으시는 건지 자세히 적은 패밀리 레시피북을 하나 만들어야겠다는 생각이 문득 들었다.

이슬람 라마단 기간에 예멘 외교통상부 장관 아흐메드와의 저녁식사

영어 ESL수업에 새로 온 나이 지긋한 아흐메드라는 학생이 있었다. 사우디, 이라크 등에서 온 학생들은 있었지만 예멘인은 처음이었다. 옷을 단정히 입고 거의 매일 출석을 하셨는데 지정좌석이 정해져 있지는 않지만 주로 나와 나란히 앉는 경우가 많았다. 영어가 썩 유창하지 않아서 수업시간에 선생님이 내린 지시사항을 잘 이해하지 못하고 허둥대실 때가 많았고, 그때마다 내가 살짝 눈짓이나 손짓으로 알려드렸기 때문이다.

나는 예멘에 대해서 지도상 위치 외에는 지식이 전무했다. 미국에 오시게 된 계기를 묻자 딸이 CGU에서 정치학 박사 과정을 수료하게 되어 졸업식 참석 차 오셨다가 두달 가량 머물 예정이라며 나도 남편이 CGU에서 공부하고 있다니 매우 반가워하셨다.

수업시간에 돌아가며 하는 자기 소개에 아흐메드 차례가 되었다. 느릿하고 유창하지는 않았지만 떨지 않으며 발표를 잘 이어 나갔고, 어려운 단어나 설명은 이라크인 알리가 아랍어를 영어로 통역해주었다. 딸은 미국에서, 아들은 영국에서 유학 중이며, 종교는 이슬람교, 이슬람 문화권에서는 일부다처제를 인정한다 등의 흥미로운 기본 소개 후, 예멘에서 무슨 일을 하고 있느냐는 마니의 질문에 정치인이란다. 에? 정치인? 우리는 마침 수업시간에 미국의 상/하원 제도와 입법부, 투표방식 등에 대해 배우고 있던 중이었는데 그 분이 "나는 방금 수업시간에 배운 것과 같은 정치활동을 예멘에서 하고 있습니다. 1992년 이래로 현재까지 정치인으로 선출되었습니다" 라고 하는 게 아닌가.

헉~~수업 중 지시사항을 잘못 알아 들어서 마니 선생에게서 은근히 구박을 받던 할아버지가 25년째 정치를 해오고 계신 분이라니! 놀라움을 안고 학생들의 질문공세가 이어졌다. 예멘은 어떤 산업이 발달해 있는지, 정치상황은 어떤지, 여성의 인권이나 위치가 어떠한지, 일부다처제면 부인들끼리 시기 질투가 심하지 않은지, 급기야는 부인이 몇 명인지 여쭤봐도 실례가 안되겠냐며 사적인 질문까지 쏟아졌다. 끝이 없는 학생들의 질문을 마니가 시간상 이유로 결국 중단 시키고 다음 수업을 진행하였다. 아쉬운 마음에 쉬는 시간에 더 이야기를 나누다가 우리 집에서 저녁식사를 하시겠냐고 초대하자 흔쾌히 승낙 하셨다.

정치학과 출신인 남편은 평생 만나보기 어려운 예멘 원로 정치인을 만나본다는데 흥분했고, 나는 미리 여쭤보았던 이슬람교의 금기 음식인 돼지고기를 넣지 않은 한국음식 몇 가지를 차려냈다. 딸도 함께 초대 하였는데 머리에는 스카프를 두르고 살을 모두 가리는 긴 검정 드레스를 입고 왔다. 드레스 사이로 청바지가 살짝 보였다. 신고 온 하이힐과 루이뷔통 신상 가방을 보니 '여느 또래들처럼 미니스커트와 스키니 진, 화장품을 좋아하겠지?' 하는 생각이 들었다.

마침 그때가 이슬람의 라마단(Ramadan) 기간이었다. 라마단은 이슬람력으로 9번째 달로, 이슬람교의 창시자인 모하메드가 천사 가브리엘로부터 코란을 받은 달이라 하여 의무적으로 한 달 간 금식과 금욕 생활을 하며 신성하게 지낸다고 한다. 라마단 한 달 간 해가 떠 있는 시간에는 (약 15시간) 물을 포함한 모든 음료, 음식이 금지된다. 단, 노령자, 어린이, 건강이 좋지 않은 사람, 임신부 등은 제외된다. 세계 인구의 25%, 즉 인구 4명 중 1명이라는 16억 명의 무슬림 대부분이 라마단을 지킨다. 남편의 MBA과정 중 수업시간이 늦은 저녁인 과목이 있었다. 무슬림 친구들이 라마단 기간이라 종일 굶어 너무 힘들기 때문에 해가 지면 즉시 식사를 해야 해서 저녁으로 예정되어 있는 시험 시간을 조정해달라는 요청을 하기도 했다. 배고픔과 갈증을 잊기 위해 낮에는 가능한 한 잠을 자고 밤중에 일어나 밤새 고열량 음식으로 에너지를 보충한다고 한다.

라마단 때문에 약속시간을 저녁 7시로 정하고 아무런 음식이나 차 한 잔도 없이 대화하다가 8시가 거의 다 되어서야 식사를 시작했다. 오랜 금식이 끝나자마자 먹는 첫 번째 음식은 주로 속을 달래기 위한 간단한 간식이라고 했다. 데이트(Date)라는 음식을 우리에게도 권하셔서 맛보니

예멘 외교통상부 장관인 아흐메드와 두바이 대학의 정치학 교수가 된 딸. 남편은 예멘의 통일 과정과 통일 후의 사회 변화에 대하여 관심있게 듣더니 대한민국도 통일만이 팍팍한 현실의 돌파구라고 외치고 있다. 남편은 한국에 돌아와서는 회사내에서 탈북자와의 1:1 매칭 멘토 프로그램도 신청해서 참여했다.

모양은 대추와 같지만 전혀 다른 품종인 대추야자인데 너무 달아 여러 개를 먹기가 어려울 정도였다. 칼로리와 영양가가 높아 라마단 금식이 끝나면 가장 흔히 먹는 간식이라고 한다.

아흐메드는 딸이 아랍어를 통역해주니 수업시간보다 훨씬 편안해 보였고 소박한 주방에서 만들어 낸 소박한 음식을 감사하게도 맛있게 많이 드셨다. 딸은 진작에 두바이 대학에 정치학 교수로 임용되어, 졸업식을 마치는 대로 두바이로 갈 예정이라고 했다. 두 분이 가장 관심 있어 하는 부분은 예멘도 오랜 기간 남과 북으로 나뉘어져 있다가 통일이 되었는데 여전히 분단 국가인 우리나라는 통일을 어떻게 예상하며 어떠한 노력을 하고 있는지, 한국에서 여성의 지위나 교육수준은 어떤지 등이었다. 예멘도 통일 후에 여러 문제들이 발생하여 융합에 어려운 점이 많았고 정치인으로서 신변의 위협을 느낄 때도 많았다고 했다.

아흐메드는 부인이 한 분이고 결혼도 단 한 번만 하셨다고 한다. 일부다처제라는 좋은 기회에 왜? 라고 생각했지만 법적으로 일부다처제가 가능하기는 하지만 실제로 사회적 지위가 높고 교육수준이 높은 사람들-특히 정치인-의 경우 오히려 평생 한 부인과 가정을 꾸린다고 한다. 법적으로는 인정받을지라도 여러 부인을 두는 것이 과히 존경받을 만하다고 여겨지지는 않는 모양이다. 물론 무엇보다 부인을 사랑하기 때문이라고 하셨다. 내 눈에는 딸과 친근감 있게 대화하고 상의하며 가족에 대한 사랑이 깊어 보이는 그분에게 무엇보다도 가장 큰 이유로 보였다. 위험한 정치 상황 속에 오래도록 안전하게 정치생활을 이어나가시면 좋겠다는 생각이 들었다. 그 날의 소박한 밥상을 기억이나 하실런지 모르겠지만 그때 받은 명함의 이메일로 안부나 한번 여쭈어 봐야겠다.

독일 혈통의 위스콘신 출신,
코리안 스피릿을 가진 레이(Rae)

가뭄이 심한 LA지역에 반가운 빗소리가 가득한 밤, 한국 학생들을 기숙사 뜰로 초대해 뜨끈한 어묵탕을 끓이고 한국에서 가져간 초록 소주병을 기울이고 있을 때였다. 등 뒤에서 천둥 치는 큰 목소리로 "오우~~~쏘

쥬우~~~캬아~~코리안!" 외치는 소리가 들렸다. 오랜만에 정겨운 한국 말을 나누며 둘러앉아 오붓하게 소주를 마시는데 끼어드는 영어가 살짝 짜증스러웠다. 그게 레이와의 첫 만남이었다.

작지 않은 체격인 남편조차 한 아름에 폭 안길 정도의 큰 키와 체격 - 레이는 여자이다- 노란 머리, 화통한 웃음소리에 혼자서라도 2주에 한번은 한국 음식점에 찾아가 뚝불(레이는 뚝배기 불고기의 줄임말인 뚝불이라고 부른다)과 비빔밥을 시켜먹어야 하는 한국인스러운 입맛을 가진 미국인, 중부 위스콘신 출신의 친구이다.

레이는 2년간 한국에서 영어를 가르친 적이 있다. 강원도 태백의 한 초등학교에서 원어민 영어 교사로 1년, 안산의 영어학원에서 1년. 다시 미

기숙사 커뮤니티 중에서 피터팬 뮤지컬을 보는 레이와 민주

국으로 돌아가 현재는 CGU에서 교육학 박사 과정을 밟고 있다. 아마도 세상에서 아기를 가장 좋아하는 사람이 아닐까 생각될 정도로 아이들을 사랑하고 교육학을 전공한 레이는, 한국에 대해 전혀 알지도 못하고 아이들을 썩 좋아하지 않았으며, 누구를 가르쳐 본 적 없는 가장 친한 친구 나탈리를 설득해서 영어교사로 한국에 발을 디뎠다. 하지만, 정작 나탈리는 강원도 산골에서 핸썸하고 스마트한 한국 남자를 만나 결혼해 가부장적이고 보수적인 집안의 시부모님을 모시고 살면서 아기까지 낳게 되었고, 레이는 혼자 미국으로 돌아가게 되었다.

레이와 기숙사 뜰에서 짧은 만남을 한 후 두 번째 만남은 기숙사 앞 대로인 66번 도로에서 갑자기 차가 전복되는 큰 사고를 우연히 같은 자리에서 목격하면서였다. 사고 장소 주변을 지나던 사람들이 무슨 일인지 궁금해하자 사건 취재나온 리포터 마냥 레이는 사람들에게 일일이 사고 당시 상황을 생중계했고, 나는 같이 있던 민주를 안심시키고 있었다. 경찰이 불과 1분 만에 도착해 사고를 수습하고 생중계를 듣던 사람들도 하나 둘씩 자리를 뜨고 레이와 우리만 남아 아직 가시지 않은 흥분을 가라앉히며 함께 기숙사 안으로 들어갔다. 레이가 그날 저녁에 NBC사에서 피터팬 뮤지컬을 라이브로 하는데 민주가 아주 좋아할 것이라며 커뮤니티 룸에서 같이 보겠느냐고 제안했다. 워낙 레이가 아이에게 친근하게 대하니 민주도 레이를 썩 좋아하는 눈치였기에 얼른 그러겠다고 대답했다. 그때부터 레이와의 인연은 시작되었다.

며칠 후 누가 기숙사 문을 똑똑 두드리기에 문을 열어 보니 레이가 먹음직스럽게 윤기가 좔좔 흐르는 한국식 갈비찜을 만들어온 것이 아닌가.

나도 해본 적 없는 갈비찜을! 미국인이 만들었다는 점을 감안하지 않더라도 아주 훌륭한 맛이었다. 역시 맛있는 음식을 나누어 먹는 것은 다른 언어와 문화를 뛰어넘어 관계가 깊어지는 최고의 방법인 것 같다.

한번은 레이의 방에 놀러 갔는데 사진이 한 장 걸려있었다. 007영화에서 볼 법한 금발의 늘씬한 미녀가 환한 미소를 짓고 있는 게 아닌가. 나는 "세상에! 설마 이게 너야???" 외쳤다. 레이는 멋쩍게 웃으며 그렇다고 했다. 지금도 아름답고 세상 다 얻은 듯한 큼지막한 미소는 그대로이지만 사진 속의 모습은 지금의 절반 정도로 날씬한 체격이었다.

알고 보니 레이는 선천적으로 허리에 많은 문제를 가지고 있었다. 학창시절에는 발리볼, 소프트볼, 농구 등 여러 운동에 능하고 대학에서는 럭비도 했던 활달한 성격의 만능 스포츠우먼이었다. 하지만 그는 동안에는 잘 몰랐던 척추전위증이라는 병이 있다는 것을 알게 되었고, 이것이 점점 심해지면서 두 차례 허리 수술을 받았다. 수술 후 1년 간 좋아하던 운동은 커녕 꼼짝없이 누워만 있어야 했고, 이 때 체중이 급격하게 늘었다.

앞으로도 살면서 남아있는 척추도 차례차례 수술을 받아나가야 할 것이라며 우걱우걱 피자를 씹는 레이를 물끄러미 쳐다보니 마치 남의 얘기하듯 풀어내는 담담한 설명 뒤로 얼마나 많은 고통과 절망을 이겨내고 인내하며 살아왔을까 싶다. 지금도 하루도 빠짐없이 진통제를 한 움큼씩 집어 삼켜야 견딜 수 있지만 그런다고 해서 고통이 없어지는 것이 아니라 그저 겨우 견딜 수 있는 정도라고 한다. 부모님이 계신 집에서 멀리 떨어진 서부까지 와서 박사과정을 훌륭하게 밟고 있는 것을 보니 여러 감정이 교차했다.

그 후로 우리는 늦은 밤에도 서로 방을 드나들며 음식을 나누어 먹고, 같이 음악을 듣고, 영화 얘기를 하고, 각 나라의 교육시스템의 문제와 정치에 대한 토론을 했다. 다른 점도 많지만 한국에서 살았던 경험도 있고 나와 동갑내기라 통하는게 많았다.

레이는 위스콘신에서 태어났지만 독일 이민자 가족의 독일 혈통이다. 위스콘신은 치즈와 같은 낙농제품이 가장 유명하며 특히 수제 맥주가 일품이다. 한번은 첫 조카의 천주교 세례 때문에 위스콘신에 다녀온다고 했다. 가까운 온타리오 공항을 이용한다기에 우리 차로 데려다 주었는데, 돌아오던 날 밤 '똑똑' 노크소리에 문을 열었더니 레이가 양 손 가득 맥주병과 위스콘신 풋볼팀 마스코트인 배저스(Badgers)가 그려진 우리 각각의 티셔츠를 들고 있었다. 열 병이 넘는데도 같은 라벨이 하나도 없는 모두 다른 맛과 향의 맥주였다. 내가 한국에서 가장 싫어하는 술 중의 하나가 맥주였다. 대학 때 처음 맛 본 맥주는 맛을 따질 것도 없이 무조건 가격이 가장 저렴한 생맥주 3000cc를 시켜 여럿이 나눠 먹느라, 식어 빠지고 김도 빠진 밍밍한 맛의 기억 뿐이다. 그 때의 기억 때문인지 실제로 맛의 문제인지 늘 맥주는 기피대상 1호였다. 레이가 가져온 맥주는 IPA, 페일에일, 필스너 등 모두 다른 종류였고, 맥주에 이렇게 다양한 맛의 종류가 있다는 것은 신세계였다. 맥주병

맥주 대회에서 최고상을 받았다는 위스콘신 적맥주 Wisconsin Belgian Red Beer. 체리향이 입안 가득 퍼진다. 처음 맛보는 기가 막히는 맥주였다.

을 열 맞춰 세워두고 한 병씩 차례로 뻥 따서 남편과 셋이 나누어 마시며 별점을 매기기 시작했다. 얼큰하게 흥이 한껏 오른 채로 "IPA는 별이 다섯 개~" 외치며 서로 좋아하는 음악을 틀어 같이 감상하면서 밤이 깊어 갔다. "내가 위스콘신 맥주가 최고라고 말했지!" 어깨를 으쓱하는 레이에게 엄지를 척 들지 않을 수 없었다.

기숙사에서 외부로 이사를 결정하는데 망설였던 이유 중 하나에 레이도 포함되어 있었다. 한밤중에 약속 없이 찾아와 똑똑 문 두드리기가 어렵게 된 것이다. 하지만 레이는 이후에도 주말마다 이사한 집으로 와서 함께 시간을 보냈고, 민주와 레이는 해리포터 매니아로 더 깊이 맺어졌다. 민주와 해리포터 내용으로 진지하게 토론하고, 마법의 주문을 번갈아 연습하고, 이미 여러 번 보았다는 '인사이드아웃' 영화를 같이 보며 봉봉이 죽는 장면에서 어김없이 또 울어버리고, 보드게임을 해도 어린아이라고 절대 봐주지 않고 열 번 하면 열 번 다 이겨버리고 좋아하는 모습은 영락없이 열 살 소녀다. 내가 레이를 사랑할 수 밖에 없는 이유다.

이번 캘리포니아 방문 때 민주는 레이와 유니버셜 스튜디오에 새로 제작된 해리포터 세트장을 보러 갔다. 호그와트로 출발~

남편이 한국으로 떠나는 날, 레이는 아침 일찍 계란, 팬케이크가루, 잼, 심지어 접시까지 모두 싸들고 와서 마지막 식사를 정성들여 차려주어 우리를 감동시켰다. 우리가 미국을 떠나기 얼마 전 레이는 세 번째 척추수술을 받았고, 회복기간 동안 장을 보거나 음식을 만들 수조차 없이 누워만 있어야 했다. 배달피자 외에는 딱히 먹을 것이 없어서 내가 기숙사에서 살지 않던 때였지만 2주간 매일 저녁마다 음식을 만들어 가져다 주거나 레이의 소울푸드-한국음식-를 사 갔다. 그게 레이가 종일 먹는 음식의 전부였다. 하지만 그저 한 끼 식사일 뿐 고통을 줄여주기 위해 내가 해 줄 수 있는 일은 없었다. 다만 두 아이들이 가서 깔깔거리면 고통을 잠시 잊는 듯 보였다. 늘 누구보다 밝은 표정으로 누구보다 크게 웃는 화통한 웃음소리에 놀라 고통이 레이의 인생으로부터 멀찌감치 도망가 버리길 바랄 뿐이다.

클로이(민주)! 고교 졸업하면 알렉스처럼 한 달간 오지로 무전여행 가렴

대학 캠퍼스 내에 인터내셔널 플레이스(I-Place)라는 이름의 사무실이 있다. 누구든 캠퍼스를 오다가다 들러서 소파에 늘어져 신문을 보기도 하고, 과제를 하기도 하고, 간식을 먹기도 한다. 세계 각지에서 온 유학생들이 학교 생활에 잘 적응하고 즐거움을 찾을 수 있게 도움을 주는 것이 이 곳의 역할이다.

이 곳의 분위기를 편하게 만드는 가장 큰 존재는 대형 스크린으로 보는 TV도 아니고, 달콤한 간식도 아니고, 소파도 아니다. 이 곳에서 일하는 수

(Sue)이다. 문을 열고 들어가면 정면에 수의 자리가 있다. 문을 여는 순간부터 수의 환한 미소와 포옹, 유머 넘치는 말투가 낯설음과 피로감을 녹여버린다. 내가 둘째를 한국에 두고 왔다는 이야기에 본인이 더 안타까워하며 유진이의 사진을 한참 같이 들여다보고, 민주에게 장난감을 한아름 안기며 바닥에서 함께 놀이를 하기도 했다. 그 때부터 I-Place는 학교 내 우리의 아지트가 되었다. 남편이 없어도 나와 민주는 짬이 생기면 이 곳에 가서 피아노 연습도 하고 수와 이야기를 나누다가 돌아왔다. 수는 특별한 학교 행사가 있을 때마다 우리를 초대해 주어서 7월 4일 독립기념일 밤에는 캠퍼스 뜰에서 폭죽놀이도 같이 구경하고, 강당에서 스타 셰프 초청 만찬을 함께 즐기기도 했다.

하루는 남편 밥(Bob)과 고등학생인 딸 알렉스(Alex)와 함께 식사를 하자며 집으로 초대해 주셨다. 미국 아이들에게서 대부분 느끼는 점이지만, 특히 알렉스는 고등학생임에도 우리와 대화해도 전혀 어리게 느껴지지 않고 동등하게 대화를 이어나간다.

캠퍼스 내에 있는 International Place. 이름 그대로 각국에서 온 유학생들이 오며가며 들러서 간식도 먹고, 스포츠 중계도 보고, 서로 친구가 되기도 하고, 필요한 정보도 얻어가고 한다.

알렉스의 방에서 고양이 미씨와 놀기를 좋아하는 유진

알렉스는 고등학교에서 고적대(marching band) 멤버였다. 알렉스가 졸업한 후이기는 했지만 수가 우리를 고적대 공연에 데려가서 볼 기회가 있었는데 상상했던 것을 훨씬 뛰어 넘는 규모와 실력이었다. 한 치의 오차도 없이 열 맞춰 합주와 춤과 대오가 완벽한 것을 보니 군대에 버금가는 훈련이 아니고는 그 정도의 결과물이 가능하지 않을 것 같다는 생각이 들었다. 실제로 알렉스는 고교 내내 고적대를 하며 밤늦도록, 주말도 없이 연습에 연습의 강행군을 해내며 열정을 쏟아 부었다. 고등학생이 학업과 무관한 활동에 에너지를 쏟을 수 있다는 자체가 나에게는 놀라움과 부러움이었다. 이러한 활동을 통해 아이들은 단체생활과 강도높은 훈련을 견디기도 하고 다양한 경험을 해 볼 수도 있다.

알렉스의 고교 졸업 후 첫 방학. 총 다섯 명의 여학생이 의기투합하여 요세미티에서 휘트니 산까지 22일에 걸친 배낭여행 계획을 세웠다. 5월 말이었지만 고지대에서는 종일 눈이 많이 내려 걷기조차 어려웠고 발자국을 놓쳐 길을 잃을까 봐 야간산행도 마다할 수 없었다. 짐을 최소화하기 위해 중간중간 기착지를 정해두고 부모들이 교대로 때가 되면 그 곳에 가서 물품을 보충해주고 돌아왔다. 휴대폰도 가져가지 않았기 때문에 누군가 물품을 보충해주러 다녀오는 날에야 아이들의 소식과 건강상태를 들을 수 있었기 때문에 그날은 수가 종일 전화기를 꼭 붙들고 기다렸다. 휴대폰이 없으니 언제 정확히 여행이 끝나는지도 모른다. 대략 끝나는 시점을 전후해서 수와 밥은 휴가를 내고 도착지에 가서 숙박을 하며 아이들을 기다렸고, 상거지 꼴로, 하지만 한층 더 독립적이고 성숙해져 돌아오는 아이들을 반겨주었다.

알렉스의 여행이야기를 들으며 나는 잠시 멍해졌었다. 그녀는 여행에서 가장 기억에 남는 순간으로 낯선 여행자들과 밤 늦도록 모닥불 주위에 둘러앉아 각자의 사는 이야기를 나눈 때를 꼽았다. 멕시코에서 캐나다까지 장장 6개월이 걸리는 트레일을 걸은 사람, 콜로라도에서 샌프란시스코까지 한 달간 자전거로 여행한 사람…… 이들을 보며 경탄하는 알렉스를 보면서 나는 이제 겨우 갓 고등학교를 졸업한 소녀가 넓은 세상으로 나아가 길 위의 사람들로부터 인생을 배우고 삶의 방향을 잡아가는 첫 발걸음을 지켜보는 흥분이 일었다. 대학생이 된 알렉스는 교내 각종 리더쉽 프로그램에서 큰 역할을 하며 대학생활을 알차게 보내고 있고, 교환학생으로 선발되어 지금은 독일에 가 있다.

하루는 저녁식사를 위해 향 좋은 레드와인을 한 병 꺼내 오셨는데 밥과

작은 텐트와 옷, 식량까지 넣어 엄청난 무게의 백팩을 등에 지고 22일간의 여행길에 나선 5명의 여학생

내가 서로 빈 잔을 채워주려다 내 손이 그만 와인잔을 탁 쳐 버렸다. 안돼~~! 생각과 동시에 풀바디의 질척한 레드와인이 하얀 식탁, 하얀 벽, 하얀 카페트로 분무기를 뿌린 듯 방울방울 튀었다. 순식간에 벌어진 일이었지만 내 머릿속에서는 영화의 슬로모션 장면 같이 와인잔이 한참을 날아갔다. 거의 울 지경이 되어 카페트를 벅벅 닦아댔지만 수와 밥 두 분은 나에게 해당 구역 접근 금지를 외치며 아무 일 없었다는 듯 식사를 마쳤고, 거실에서 게임을 하자며 나를 떠밀어 데리고 나가셨다. 죄송하다는 사과에도 수는 덕분에 오랜만에 카페트 청소를 하게 됐으니 오히려 고맙다는 농담을 던졌다. 카페트 얼룩을 빼는 약품이 별도로 있다는 것은 얼마 후 히데집에서 켄이 나와 똑같이 와인잔을 엎질렀을 때 알게 됐다.

얼마 후 수 집에 또 식사 초대를 받아서 갔다. 수는 유기견 써니와 고양이 미씨를 입양하여 가족처럼 지내는데, 유진이가 활발한 성격의 코카스패니얼인 써니와 신나게 놀기 시작했다. 강아지와 그렇게 마음껏 놀아보는게 처음이라 평소보다 정신 없이 장난치고, 다리를 배배 꼬고, 까르륵 허리가 꼬부라지도록 웃던 유진이가 갑자기 "엄마……" 외마디와 함께 얼굴이 돌처럼 굳어졌고 아래로 옮겨간 내 시선에는 유진이 바지에서 물이 줄줄 새고 있는 것이 보였다. 화장실 변기에 앉히기까지는 아무리 빨라도 10초는 걸린다는 판단이 나왔고, 애를 내 옆구리에 끼고 그나마 가까운 현관 매트 위로 달려갔다. 그 위에 위태롭게 디디고 서서 유진이를 안고 있었다. 다들 코미디 영화의 한 장면처럼 입을 딱 벌리고 미동도 않은 채 우리를 지켜보고 있었고, 물줄기는 강물처럼 흘러내려 내 옷과 카펫 일부, 매트를 골고루 적신 후에야 그쳤다. 그대로 얼음이 되어 서 있던 나는 또 한 번 울 지경이었다. 이번에는 큰 비치 타올을 빌려서 유진이를

밥과 수 덕분에 또다른 좋은 인연을 만났다. 이웃에 살고 계시는 패트릭과 캐런. 두 분의 대화를 듣고 있으면 말도 굉장히 빠르고 유머러스하고 표정도 풍부해 시트콤을 보고 있는 관객이 된 듯 넋을 놓고 구경하게 된다. 알렉스가 방학을 맞아 집에 오면 알렉스의 고교 친구들이 함께 모인다. 성장한 딸의 친구들과 부모와 이웃에 사는 부모의 친구가 다함께 식사하며 대화하고 보드게임하는 것을 보니 지난 세월 이 가족이 어떻게 살아왔으며, 앞으로 50년을 어떤 모습으로 살아가실지 그려져 미소짓게 된다.

아이들과 함께 크리스마스 트리를 장식하고, 우리 선물도 나무 아래에 몰래 놓아두셨다. 장작불이 타고 잔잔한 캐롤이 흘러나오는 평화로운 밤이었다.

우리가 도착하니 이미 밥, 수, 알렉스는 주사위 놀이를 시작해 한창 게임에 집중하던 중이었다. 호시탐탐 주사위를 물고 도망갈 기회를 노리는 강아지 써니 때문에 한바탕 소란이 벌어졌다.

둘둘 말아 카시트에 앉히고, 내 옷은 흠뻑 젖은 채로 또 죄송하다는 사과를 거듭하며 서둘러 집으로 왔다.

그 이후로 수 집에 갈 때마다 애들에게 미리 화장실을 두 번씩 다녀오게 하고, 식탁 끄트머리에 뭔가가 놓여있으면 바쁘게 안으로 밀어 넣는다.

물걸레질 몇 번이면 반짝반짝 윤이 나는 한국의 마룻바닥이 그리워지는 날이었다.

미국에서 더 반가운 한국인

남미 야시레타 댐 수력발전소 건설의 유일한 한국인 설계사, 자랑스러운 이민1세대 구암 선생님

한국에서 골프를 치려면 수천에서 수억하는 골프 회원권을 가지고 있지 않은 이상 과정이 험난하다. 라운딩 한 번에 20-30만원, 서울 외곽으로 차를 몰고 나가야 하고, 일찌감치 예약을 해야 한다. 반드시 네 명을 맞추어 가야 하기 때문에 흔히 하는 농담이 골프는 본인상(본인이 죽은 경우)을 제외하고는 빠져서는 안되며, 골프장이 붐비는 날이면 급히 공을 치고 뛰어다녀야 하는 것이 흔한 풍경이다. 식사와 음주가 골프 못지 않게 중요한 사교활동이므로 이동시간까지 더하면 골프치는 시간보다 이동시간과 식사시간이 더 길다.

미국도 대도시에서는 물론 다르겠지만, 대개의 골프장은 저렴하고 예약이 필요 없으며 접근성이 좋다. 굳이 멤버를 구성할 필요 없이 혼자 가

인근에 위치한 마샬캐넌 골프장에는 아이가 필드에 동행하는 것이 가능하다. 홀컵이 있는 그린 주변만 제외하면 어디든 카트를 타고 다닐 수 있기 때문에 민주는 카트라이더 게임이라도 하듯 신나한다. 잔디가 잘 정돈되어 있기까지 바라는 것은 무리이다. 곳곳에 사슴의 배설물이 있어 장애물 피하기 운전실력이 필요하다.

도 되고, 붐비지 않는다.

기숙사에서 차로 15분 거리에 LA카운티에서 운영하는 마샬 캐넌 골프장이 있다. 카트비를 포함해도 약 30불, 오후 4시 이후에는 20불만 내면 되기 때문에 한국에서의 비용 대비 10%에 불과한 금액으로 여유롭게 칠 수 있다.

이 곳을 좋아하는 이유는 또 한 가지 있다. 골프장이라기보다 흡사 야생동물공원 같기 때문이다. 사슴떼가 여유롭게 풀을 뜯고, 고슴도치, 두더지, 토끼, 다람쥐, 까마귀 등 다양한 동물을 가까이에서 볼 수 있다. 사슴에게 2m 앞까지 다가가도 피할 생각이 없는 것을 보니 사람에게 위협 받아본 적이 없는 듯 하다. 직원들도 입장 시 주의를 주는 것은 단 하나, 카트로 절대 사슴을 쫓아다니거나 괴롭히지 말라는 것뿐이다. 국립공원이 아닌, 사람들이 많이 이용하는 골프장에서조차 동물보호가 우선이다. 아이도 동반할 수 있기 때문에 종종 민주를 데리고가서 퍼팅연습을 같이 해보기도 하고, 카트 운전과 아기사슴 보는 재미로 시간가는 줄 몰랐다.

하루는 웬일인지 라운딩이 평소보다 붐벼서 진행이 더뎠다. 우리 뒤에서 혼자 공을 치시던 분이 조인하는게 어떻겠냐고 제안하셨고, 흔쾌히 그러자고 대답했다. 함께 하고 보니 한국 분이었다. "하이"했던 처음 인사와 달리 한국식으로 다시 반갑게 인사를 나누었고, 성은 심씨이고, 불심이 깊으셔서 구암이라는 불명을 가지고 있으니 그렇게 부르면 된다 하셨다. 몇 홀을 같이 하다가 우리에게 조심스럽게 물으셨다.

"그런데 두 분은 어떤 사이이신가?"

"부부입니다. 한국에서 온지 얼마 안됐어요."

선생님의 이민 생활 이야기가 재미나 시간가는 줄 모르고 함께 하다 보니 어느 새 민주를 데리러 갈 시간이 되어 먼저 떠나야 할 것 같다고 양해의 말씀을 드렸다. 그러자 껄껄 웃으시며

"정말 부부로군요. 나이차가 좀 있어 보이는데 사이가 무척 좋아 뵈는 커플이 평일 낮에 운동을 와서 잠깐 오해했습니다. 미안합니다" 하셨다.

사슴떼가 낮에는 나무그늘 밑에서 한가로이 쉬다가 해 질 녘이면 필드를 제 집 마냥 돌아다니며 풀을 뜯는다. 사슴들이 여간해서 자리 양보를 안 해주려 하기 때문에 티 박스에서 풀 뜯고 있는 사슴에게 잠시 양해를 구하고 공을 쳐야 한다.

골프장의 땅 속 주인은 두더지. 으리으리한 땅 속 10층 저택에 로스트 볼을 잔뜩 숨겨 놓고 있는 게 아닐까? "두더지야 두더지야, 헌 공 줄게, 새 공 다오" 노래하면 왠지 새 공 하나를 퉤 뱉어 줄 것 같다.

전화번호를 교환하고 그 후로도 종종 마샬캐넌에서 만나 함께 운동을 하며 선생님의 인생 이야기를 듣는 시간이 골프보다도 더 기다려졌다.

43년생인 선생님은 한양대학교 건축공학과를 졸업하시고, 국민은행 설계실에서 부산, 돈암동, 동두천 등 전국 각지의 은행지점을 설계하셨다. 삼청동 금융단연수원 증개축에도 참여하시는 등 현재도 남아있는 많은 현대식 건물들의 초석을 쌓은 주역이셨다.

그러던 중 당시에는 최고의 직장이던 은행을 그만두고 세계 3대 폭포 중 하나인 남미의 이과수 폭포 댐 설계를 위하여 남미행 비행기를 타셨다. 이과수 폭포 댐 설계는 시기가 맞지 않아 대신 파라과이와 아르헨티나의 국경에 위치한 야시레타(Yacyreta) 댐 설계에 유일한 한국인으로 4년 간 참여하신 후 한국으로 돌아오는 대신 이번에는 미국행 비행기에 오르셨다. 그렇게 시작하신 미국 이민 생활이 벌써 40여 년이 다 되어간다.

국내에서 가장 인기있던 문구점을 미국에 처음 들여가 여러 곳에 지점

1976년에 한국과 LA 간에 맺어진 자매도시 결연을 기념하여 우정의 종각이 세워졌다. 우정의 종이라는 이름에 걸맞게 자유의 여신상과 한복 입은 여인이 손 맞잡고 있는 모습이 종에 새겨져 있다.

을 내면서 사업에도 크게 성공하셨다. 내가 하와이에서 지내던 2000년도, 그 선물가게 앞을 자주 오가며 문구를 샀던 기억이 있는데 알고 보니 하와이 지점도 심선생님이 직접 오픈하고 여러 차례 왕래 하셨다고 한다. 세상이 좁다는 걸 또 한번 느낀다.

얼바인에 살고 계신 심선생님은 뉴포트 비치의 산페드로에 일출과 일몰을 동시에 감상할 수 있는 기가 막히는 곳이 있다며 우리를 데려가 주셨다. 과연 주차장에서 이어지는 작은 도로를 따라 걸어가니 사방이 타악 트인 바다. 가장 위치 좋은 곳에는 한국과 미국의 '우정의 종'이 자리하고 있는데 머나먼 미국 땅에서 한국식 종각과 종을 만나니 괜히 더 반갑다.

일대에서 가장 맛있는 씨푸드 레스토랑에 데려가 남미 스타일의 새우 요리를 사주시기도 하고, 부인께서 한땀 한땀 정성들여 만드신 인형들을 아이들에게 선물해 주시기도 했다. 사모님은 여전히 꽃처럼 단아하고 고우신데 동양화 그림과 뜨개질 솜씨가 강사를 하실 정도로 수준급이시다. 쉽지 않은 타국 생활을 하며 고향의 향수에 젖고는 하셨겠지만 한국에서 산 날보다 미국에서 산 날이 훨씬 더 길어진 지금은 간간히 보내드리는 한국 풍경 사진에 친근함보다는 낯설음이 더 크실 것 같다.

얼마 전 광화문에 갔다가 선생님께서 설계에 참여하신 우리나라 최초 31층의 고층 건물 삼일빌딩의 사진을 찍어서 보내드리자 옛 추억이 아련하신지 빌딩에 대한 자세한 설명을 곁들여 반가운 안부를 보내주신다.

지금의 내 나이보다도 훨씬 더 젊으셨던 그 때에 안정된 직장을 버리고 어떤 마음으로 남미행 비행기에 오르셨을지, 인생을 통째 바꾼 선생님의 도전과 용기에 대해 다시 한번 생각해 보게 된다.

강남스타일 들으며 눈물 흘리는 이민자의 삶, 그래도 인생은 아름다워

클레어몬트에 간지 얼마 되지 않아 혼자 자전거를 타고 동네 구경에 재미를 붙였다. 빌리지에서 커피를 한 잔 마시고 싶어 몇 곳을 기웃거리다 Full of Life(활기 넘치는)라는 간판을 보았다. 카페 문을 열자 이름이 무색하게도 조용한 클래식이 흘러나오는 내부는 시간의 옷을 덧입어 많이 낡았고 긴 세월 드나드는 손님들의 무게를 버텨낸 나무 바닥은 닳아서 반짝거렸다. 밟으니 삐그덕 소리가 난다. 그 소리에 끌리듯이 카페 안으로 들어갔다. 자전거를 한 켠에 놓아 두고 카운터에 선 동양인 여자분에게 영어로 커피 한 잔을 주문한 후, 한국어 책을 펼쳐 들었다. 갑자기 들려오는 한국말, "한국사람이에요? 반가워요."

"어머! 한국분이시네요. 와~ 클레어몬트에 오고 한 달 만에 한국사람 처음 만나봐요."

"지금 방학이라 학생들이 별로 없어서 그래요."

한국말소리를 듣고 머리가 하얗게 센 남편이자 주방장이자 사장님이 주방에서 앞치마를 두른 채로 뛰어 나와 반가워하신다. 빌리지에서 수제 샌드위치 카페를 운영한지 10년째라는 사장님은 1990년도에 한국을 떠나 와 벌써 25년이 되어 가는데, 떠나온 후에는 한 번도 가 본 적이 없다고 하셨다.

사장님은 코리안드림을 가지고 많은 노동자들이 미국으로 이주하던 시절, 특별한 기술 없이 미국에 살고 있다는 누나 이름 세 글자만 들고 비행기를 타셨다. 매형의 주유소에서 일하며 강도에 총으로 맞서서 목숨 걸고 가게를 지키기도 하고, 동시에 두세 개의 마트에서 밤근무, 낮근무 해가며 찬 시멘트 바닥에 누워 쪽잠 자고 몸이 부서져라 일했지만, 영어를 못하고 신분이 불안정하던 때라 정당한 보수도 받지 못하고 쫓겨나는 일이 허다했다고 한다. 그러던 중 코리아타운에서 일하시던 아주머니를 소개 받아 마흔이 다 되어서야 결혼하셨다. 미국에 사는 30여 년 동안 여행 가 본 곳이라고는 신혼여행으로 갔던 팜스프링 정도, 장거리 여행은 꿈도 못 꾸신다고 했다.

두 분은 인종차별의 서러움을 많이 당하여 동양인이 백인을 상대로 사업하는 것이 얼마나 어려운지에 대해서 뼈저리게 느껴오셨다. 두 분이 처음 미국에 자리 잡을 당시만 해도 한국인 이민자들이 지금처럼 IT전문가 같은 고급 인력이나 재정이 뒷받침되는 투자이민보다는 밀입국이나 허드렛일을 하는 노동자가 대부분이었다. 그러다 보니 한국인 이민자에 대한

인식이 분명 지금과 또 달랐을 것이다. 그런 분위기에서 영어도 안되고, 문화차이에 대해 설명해줄 만한 가깝게 지내는 미국 친구나 마음을 털어놓을 가족 한 명 없이 수십 년간 그저 속으로 삭이며 지내온 하루하루를 우리 세대가 온전히 알기는 어려울 것이다.

한국 드라마 속에 보여지는 번화한 길거리와 고층건물이 즐비한 스카이라인을 보면서 한국이 저렇게 잘 살게 되었구나 신기해하시는 모습을 보니 두 분은 여전히 25년 전의 타임캡슐 안에 살고 계신 느낌이다. 몸은 미국에 있지만 늘 한국 드라마와 뉴스를 가게 한 켠에 틀어두고 깡마른 몸으로 구슬땀을 흘리며 밀가루를 반죽하는 어깨 너머로 이제는 인생의 절반을 살아온 미국에도, 태어난 땅 한국에도 완전히 소속되지 못하는 오랜 이민자의 고독과 고단함이 느껴진다.

가게-집-마켓이 생활의 전부인 사장님이 몇 해 전 무심하게 라디오를 틀어둔 채로 가게에서 집으로 프리웨이를 운전해 가고 있을 때였다. 갑자기 라디오에서 한국 노래가 흘러나왔다. 너무 놀라 머리를 망치로 맞은 듯 멍해지고 샘솟는 눈물을 참을 수 없어서 얼른 갓길에 차를 세우셨단다. 혼자 볼륨을 최대로 올리고 노래를 듣고는, 노래가 끝난 후에도 그 자리에서 한참을 흐느껴 우셨다고 한다. 그게 바로 싸이의 강남스타일이었다. 그날부터 라디오에서 하루에도 몇 번씩 강남스타일이 나올 때마다 빵 굽는 것도 멈추고 미친 사람처럼 홀에서 말춤을 따라 추었고 미국손님들도 웃으며 엄지손가락을 척 세웠단다. 수십 년간 늘 차별 당하고 무시 당한다고 생각해 오다가 한국노래와 한국인에 열광하는 미국인을 보니 통쾌하고 그 동안 억눌려왔던 기가 펴지는 느낌이셨단다. 정작 한국에서는 강남 클럽에서 젊은이들이 술 마시며 신나게 말춤을 따라 하고, 웃기는 가수의 웃기는 노래 정도이지만 타국의 한 고속도로 위에서는 오랜 이민자가 차 안에서 혼자 눈물 흘리며 듣는 노래이기도 하다.

그 이야기를 듣고 나니 Kpop의 돌풍이 단순히 외화벌이에 도움이 된다거나 곧 사그라질 거품 인기라고 가볍게 여길 수 없게 되었다. 한류 드라마와 노래는 이민자들의 움츠린 어깨를 펴게 해주는 자존심이 되었고 한국에 대한 모든 것에 우호적인 시각을 만들어 주었기 때문에 한류 연예인이 상업의 목적이든 애국의 목적이든 나라 이름을 드높인데 대하여 명예훈장을 줘도 아깝지 않겠다는 생각이 들었다.

사장님은 바쁜 와중에도 바닷가 수산시장에서 대게를 푸짐하게 사와서 가게 문을 걸어 잠그고 대게파티를 열어 주시기도 하고, 우리 가족에게는 언제나 무료로 무제한 음식 제공을 해주셨다. 음식값을 내고야 말겠다와 절대 받을 수 없다로 항상 옥신각신 하다가 결국 몰래 놓아둔 돈마저 다음 번에 돌려주시기를 여러 번, 우리도 돈 내기를 포기하고 마음 편하게 얻어먹기로 했다.

사장님이 만드는 샌드위치는 한 끼 식사로 손색이 없다. 질 좋은 밀가루를 써서 온 체중을 실어 직접 반죽하고 일주일에 두 번씩 매장에서 식빵, 파니니, 크로아상 등을 구워낸다. 오븐에서 빵을 구워낸 날은 우리 몫으로 한 덩어리를 따로 두었다가 싸 주시기도 했는데 고소하면서도 묵직한 맛이 일품이다. 신선한 연어, 칠면조햄, 로스트 비프, 두툼한 로스트 치킨 등의 메인 재료에, 아보카도, 파프리카, 모짜렐라 치즈 등 몸에 좋은 부재료를 잔뜩 끼워 넣고, 아주머니가 직접 올리브오일, 마늘, 신선한 바질

풀오브라이프 카페 내부에 우리 가족의 지정 좌석. 주말 아침이면 느긋하게 나와 따끈한 에그포치, 직접 만드신 그래놀라, 요거트와 과일, 살살 녹는 크레페를 먹고는 했다.

잎 등을 갈아 만든 수제 페스토 소스를 바르면 저절로 건강해지는 느낌이다. 원가가 너무 높으니 재료를 조금 덜 좋은 걸 써보시는 건 어떤지 슬쩍 떠보아도 절대 재료의 질은 타협하지 않으신다.

주말 오전이면 눈 뜨자마자 카페로 향해 볕이 적당하게 들어오는 큰 창문 앞 테이블에 앉아 한국신문을 읽고, 가져다 주시는 따끈한 에그포치, 소시지, 직접 만드신 그래놀라, 요거트와 과일을 먹었다. 학교에 가다가도 잠깐씩 들러 "잠이 안 깨요~커피 한 잔 주세요" 하면 갓 내려 주시는 향긋한 커피를 들고 서둘러 학교에 갔다.

가게 한 켠에는 몇 년째 같은 요일, 같은 자리에서 늘 같은 메뉴를 드시는 백인할머니 한분이 계셨다. 아주머니는 그 분이 연세대학교의 설립자 언더우드 박사의 손주며느리인 원진희 여사라고 알려주시고는 우리를 데려가 한국에서 온 유학생이라며 소개시켰다. 그러자 반가워하시며 악수를 청하셨고 백발이 성성하지만 여전히 건강해 보이셨다.

두분은 원래 프랑스인이 하던 샌드위치 가게를 시세보다 훨씬 비싼 값에 샀다는 것도 가게를 인수한 후에야 알게 되셨다. 오래된 메뉴판과 안내판 등은 수정된 내용을 흰 종이로 덕지덕지 가려 두었고 그나마 스펠링이 틀린 것들도 보인다. 나에게 빵 만드는 일이 가장 어려운 일 중 하나이듯 나에게는 어렵지 않은 문서 만드는 일이 두 분에게는 샌드위치 백 개 만들어 내는 것보다 더 어려운 일이라는 것을 알기 때문에 새로운 메뉴판과 안내문을 만들어 드리기도 하고, 가끔 졸업식이나 빌리지 축제 때문에 일손이 딸릴 때에는 앞치마를 두르고 서빙과 설거지를 돕기도 했다.

두 분 나이에 비해 한참 어린 열 다섯 살 딸 한나는 한국말도 서툴고, 한글은 ㄱ,ㄴ 조차 알지 못했다. 도저히 한국어학당에 데리고 다닐 시간이 없었다며 한국어를 제대로 가르치지 못한 것이 가장 후회스럽다고 하셨다. 영어를 하지 못하는 아빠와 한국말이 서툰 사춘기 딸. 점점 대화가 없어진다고 했다. 그래서 일주일에 한번, 내가 한글을 가르쳐 보기로 했다.

"한나! 이래 봬도 내가 대학교 방송국에서 아나운서 하던 사람이야. 후배들에게 가나다라부터 발음 트레이닝을 하던 사람이니, 나 믿고 같이 열심히 한번 해보자."

그때부터 금요일 오후에 한두 시간씩 한글공부를 같이 하였는데, 워낙 학업성적이 뛰어난 한나는 이해도 빠르고 기억도 잘해 한 번 수업을 할 때마다 실력이 쑥쑥 늘었다. 그러더니 점점 한국어 신문에서 더듬거리며 단어를 읽어내고 뜻도 물어보며 흥미를 붙이기 시작했다. 한국 드라마와 노래도 더 많이 접하니 한국말이 많이 늘었다며 두 분도 굉장히 기뻐하셨다. 갑자기 한나는 한국이라는 나라에 가보고 싶다고 했다.

그 해 여름방학에 십 수년간 연락을 끊고 살았던 한국 친지들의 집에 연락을 해주면 혼자서라도 가보겠다며 아빠를 졸라댔다. 한국 드라마에서 보던 음식, 쇼핑, 연예인, 화려한 거리를 직접 보고 싶었던 것이다. 연락이 끊긴지 오래 되어 형제들의 주소도 모르고 전화번호도 맞는지 모르겠다며 조심스럽게 번호를 눌러보신 사장님은 마침내 큰 형님과 연락이 닿았다며 흥분하셨다. 한국에 가서 표지판이라도 볼 수 있어야 한다며 한국어 공부에 박차를 가했고, 한나는 마침내 태어나 처음으로 부모님의 고향 한국 땅을 밟게 되었다. 처음 보는 친지들이지만 같은 핏줄이기에 오랫동안 같이 살아온 듯 금세 적응하였다.

한나가 한국에 가있는 두 달 사이, 태어나 처음 만나 본 외할머니가 노환과 지병으로 세상을 뜨셨다. 아주머니는 영어를 전혀 못하는 남편에게 가게를 맡겨두고 한국에 갈 수가 없어서 결국 장례식 참석을 포기했다. 생전에 찾아 뵙지 못했다며 많이 슬퍼하셨지만, 한편으로는 한나가 대신해서 마지막 가시는 길에 외할머니께 인사드리고 장례식까지 지킬 수 있었던 것에 위로를 받으셨다.

한나는 이제 인기아이돌과 드라마 때문에 한국에 가고 싶어하는 것 같지는 않다. 부모님이 늘 가게에 나가고 혼자 집을 지키던 미국에서와 달리 늘 대가족이 북적거리는 한국 친지의 집이 너무 좋단다. 핏줄의 정을 처음 느껴본 것이다. 늦은 나이에 아이를 낳아서 벌써 환갑이 다 되어가는 두 분은 한나가 대학에 입학하면 카페를 처분하고 한국으로 돌아오겠다며 그 날만 손꼽아 기다리고 계신다.

"사장님, 한국 와서 제일 해 보고 싶으신 게 뭐에요?"

"밤늦게 포장마차에서 싱싱한 꼼장어에 소주 한 잔 하고 술 취해 골목에서 고래고래 노래 부르며 전봇대에 시원하게 오줌 싸는 거!"

수십 년 떠나있던 고국에서 하고 싶은 일 치고 희망사항도 참 소박하다. 이것도 예전 드라마를 너무 많이 보신 탓인 듯싶어,

"요즘에는 한국에도 그런 사람 없어요." 말씀 드리려다가 그저 빙긋 웃고는 "네~다음에 한국 나오시면 남편이랑 꼭 포장마차 한 번 가세요." 했다. 매일 저녁 술 없이는 잠 못 드는 사장님이 그 날까지 건강하시길 바랄 뿐이다.

미국에서 만나니 반가움이 두 배,
학창시절 친구들

어렸을 때 학원 친구로 만나 20년 지기도 훨씬 넘은 남자 둘, 여자 셋의 모임. 사춘기 시절을 함께 보내며 아웅다웅 지내다가 이제는 같이 가족 여행도 다니고, 남자 둘은 마침 동갑내기 와이프를 만나서 여자 다섯이 또 자연스럽게 친구가 되었다. 와이프끼리 만나 남편들을 안주로 삼아 질겅질겅 씹으며 맥주도 한 잔 하고. 남편들끼리 짜장면 내기당구도 치며 같이 나이 들어가는 친구들이다. 남자 둘 중 한 명인 나라가 혼자 샌디에고로 6개월 간 장기 출장을 와 있다고 했다. 지역적 거리에 대한 감이 없어 처음에는 흘려 들었지만 지도 검색을 해보니 2시간 거리. 미국에서 두 시간은 옆 동네 수준이다.

"우리 놀러 가도 돼?" 라는 말을 나라는 농담으로 듣고 건성으로 "그래라"고 대답했다. 그 주 금요일에 수업이 끝나자마자 침낭 3개만 달랑 들고 샌디에고로 출동. 퇴근도 전이었던 나라가 호텔 프론트에 연락을 해주어 우리가 방주인 대신 키를 받아 들고, 침낭을 거실에 던져둔 채 수영장으로 직행했다. 퇴근한 나라를 수영장에서 반갑게 맞아 주었다. "여어~먼 타국에서 뵈니 반갑수다. 혼자 외로울 텐데 우리가 퇴근길 맞아주니 엄청 고맙지?" 어이없어 웃어버리는 나라와 근처 한국마켓에 가서 푸짐하게 장을 봐다가 호텔 바비큐장에서 싱싱한 타이거새우, 두툼한 삼겹살을 구워서 김치와 실컷 먹었다. 거실에서 자게 하는 게 짐짓 마음에 걸려 침대를 내어 주려는 나라에게 신경 쓰지 말라고 손을 휘휘 젓고는 침낭

속에 들어간 지 1분 만에 코를 곯았다.

나라를 보러간다는 핑계로 몇 번 가다 보니 샌디에고에 푹 빠져버렸다. 가까운 거리인데도 LA와 기후가 또 다르다. 1년 내내 15-20도 정도의 쾌적한 기온이기 때문에 여행하기도, 살기도 좋다. 미국 최대 규모의 동물원, 박물관 14개가 밀집해있는 발보아파크, 미국에 단 3개 있는 씨월드 중 하나, 레고랜드 등이 있어 가족단위 여행에 최적화 되어 있다. 아름다운 해변가도 여러 곳이다. 만약 누군가 딱 일주일만 미국 여행을 할 수 있는데 어디를 갈까 묻는다면 여러 곳 이동하느라 길에서 시간을 허비하지 말고 샌디에고에서만 일주일간 머물라고 추천해주고 싶을 정도이다.

나라가 출장을 마치고 한국으로 돌아간 후에도 우리는 여전히 샌디에

씨월드 연간 회원권을 구매해 샌디에고 갈 때마다 들러 범고래쇼를 보았는데 우리가 다녀온 이듬해부터 동물 학대 논란으로 모든 씨월드에서 범고래쇼가 중단되었다. 우비를 사 입고 앞좌석에 앉아서 돌고래쇼를 보면 돌고래들이 꼬리로 물을 퍼부어 몸과 소지품이 흠뻑 젖는다. 쇼 시작 전 바람잡이가 나와 기타를 치며 흥겹게 노래를 부른다. "당신은 곧 물에 젖을 거야~젖을 거야~~휴대폰이 젖으면 누구 책임? 자, 다같이~" "내 책임~!!" 관객들도 즐겁게 노래를 따라하게 만든다. 미국에서 흔한 고소고발을 유쾌하게 피해가는 방법이다.

델마비치. 바다를 옆에 두고 기차가 오간다.

고에 갔다. 갈 때마다 특별히 새로운 것을 하는 것도 아니었다. 그저 지난 번 갔던 놀이터에 가서 또 그네를 타고, 지난 번 앉았던 잔디밭에서 풀오브라이프 사장님이 싸주신 샌드위치를 먹고, 지난 번 갔던 바닷가에서 모래놀이를 하다가 돌아왔다. 늘 새로운 것을 구경하는 여행만 좋은 것이 아니라 여행지에서 좋아하는 무언가를 그저 일상처럼 반복적으로 하는 것도 편안하고 익숙해서 좋다.

중학교 때 또다른 보습학원에서 만나 시험문제 틀린 개수대로 손바닥을 맞았던 그 때를 함께 추억하는 25년지기 친구 현정이가 보스톤에서 경

델 마 비치. 세상 어떤 유명 놀이기구와도 비교할 수 없는 바닷가 그네. 드러누워 다리를 쭉 뻗어 올리면 하늘로 날아오르는 듯 하고 다리를 뒤로 구르면 바다로 다이빙 하는 듯 하다. 아름다운 풍광으로 유명한 델 마 비치이지만 그곳에 있다보면 멀찌감치서 사진만 찍고 돌아서는 사람이 많다. 그네에서 직접 발을 굴러보고, 시원한 바닷바람에 머리를 흩날려보고, 바람 속 바다내음을 맡아보고, 갈매기 소리를 듣다 보면…… 이 곳을 훨씬 더 사랑하게 된다.

라호야 비치에 가면 해변가에 늘어져있는 바다사자 떼를 만날 수 있다. 하지만 상상을 초월하는 비릿한 냄새 때문에 오래 머물 수가 없다.

제학을 전공한-하지만 지금은 한의사가 된- 남편과 결혼하면서 얼바인에 정착했다. 클레어몬트와 한 시간 거리이다. 현정이가 대학 졸업반 때 미국공인회계사 (AICPA) 공부를 하겠다며 모임에 뜸할 때만 해도 뭐 그런 어려운 시험을 보느냐며 같이 여행이나 가자고 꼬드겼는데 이제는 미국에서 어엿한 직장을 가지고 있는 친구가 대단하고 부럽게만 보였다. 하지만, 현정이가 미국 회사에서 언어 장벽 때문에 내성적인 성격인 척 하며 조개처럼 입 꽉 다물고 모니터 속의 숫자만 노려보며 개미처럼 일한다는 이야기를 듣고 폭소했다.

현정이는 한국에서도 금융회사에서 회계업무를 오래 했기 때문에 미국과 한국 회사간에 어떤 차이를 느끼는지 궁금했다. 일단 미국 회사는 업무 시간이 짧고 눈치 보지 않고 칼퇴근하는 분위기이지만 업무시간 내에 일의 강도가 너무 세서 퇴근하고 사무실을 나오면 다리가 휘청할 정도란다. 업무 시간에 커피와 간식 타임을 가지며 동료와 수다를 떨거나 여유 있는 점심은 꿈도 못 꾼다. 넥타이 맨 미국 직장인들이 공원 벤치에 앉아 샌드위치로 점심을 먹는 것이 낭만적으로 보였으나 이것도 다 이유가 있었다. 나가서 음식을 주문하고 먹을 시간을 아끼기 위해서 집에서 간단한 샌드위치를 싸오거나 출근길에 빵을 사서 모니터를 보며 입에 우겨넣거나, 혹은 근처 벤치에 앉아서 급히 먹고 오는 것이다. 공식적인 회식은 일 년에 한두번 손에 꼽을 정도이고 회식은 한 달 전쯤 미리 공지한다. 오늘 저녁에 술 한잔 하게 다 모여! 라고 했다가는 정신이 멀쩡한 사람이냐는 이야기를 들을 거란다.

가장 충격적이었던 것은 팀동료가 해고될 때였다고 한다. 영화에서 보면 보스가 "You're fired!" 말한 다음 장면에서 주인공이 그 즉시 개인물품을 넣은 작은 종이박스 하나 달랑 들고 나가는 장면이 있는데 그게 진짜라고 했다. 심지어 해고당사자만 빼고 주위 모든 사람들에게는 미리 해고를 알려서 업무에 공백이 생기지 않도록 미리 중요 업무와 서류를 건네받게 한 후 해고 당일 아침에야 당사자에게 알린다. 회사의 기밀 서류를 없애거나 빼갈 수 있기 때문에 해고를 알리는 그 순간부터 컴퓨터를 비롯한 어떠한 회사 자료에도 손댈 수 없고, 종이박스에 개인소지품만 챙겨들고 나가게 한다. 혹은 회사 출입문에서 출입카드를 압수하고 개인용품은 다른 직원이 포장하여 택배로 보낸다. 업무적으로 보자면 타당한 것 같지만 정나미 떨어질 정도로 지독한 방법인 것 같기도 하다.

업무의 효율성은 높지만 철저하게 일을 중심으로 돌아가는 조직과 친밀감을 기반으로 탄탄한 팀워크는 있지만 시간낭비가 많고 단체를 위해 개인의사는 묵살되기 쉬운 조직. 어느 쪽이 더 좋은 건지는 모르겠다.

업무중심이되 팀워크도 좋고, 구내식당에는 몸에 좋은 메뉴가 준비되어 있으며, 사무실에는 에스프레소 커피기계와 과일이 간식으로 구비되어 있고, 개인의 의사를 존중해주며, 야근수당 빠짐없이 주고, 야근수당 주지 않으려면 칼퇴근을 할 수 있게 해주고, 사내 어린이집이 있으며, 회식은 한달 전 사전조사하고, 퇴사할 때는 수고했다고 꽃다발을 건네주는 회사…… 어디 없나요?

첫째 딸의 학교 친구들

축구신동 프랑스 꼬마 아가씨 매넌(Manon)

민주가 학교 다닌 지 얼마 되지 않았을 때, 남편과 나도 아이들과 같이 카페테리아 점심을 사 먹을 참이었다. 우리를 보더니 반갑게 인사하며 민주보다도 먼저 카페테리아로 우리를 안내하고 이용방법을 차근차근 설명해주더니 쾌활하게 뛰어가는 꼬마아가씨가 매우 인상적이었다. 씨캐모어에서 가장 축구를 잘하는 아이 중 한 명이자 민주와 가장 친한 친구가 된 매넌. 민주도 매넌과 친하게 지내면서 난생 처음 축구를 시작했다.

매넌이 하루는 "우리 아빠도 한국에 가 보신 적 있대." 해서 "무슨 일로?" "공연 때문에" "에~?? 공연? 아버지 뭐하시는데?" "가수는 아니지만 가수와 같이 일해." "가수 누구?" "Red Hot Chili Peppers." 왓!!??

레드핫칠리페퍼스라면 그래미 상을 휩쓸고 전 세계 순회 공연을 다니며, 국내 락페스티벌에도 메인가수로 초대되며 당대 최고 인기가수들만

설 수 있다는 슈퍼볼 하프타임 공연에서 브루노마스와 합동공연을 하기도 했던~~ 바로 그 락밴드? 유튜브에서 굳이 공연을 찾아서 매넌에게 확인하자 맞다며 웃어 보인다. 어제까지만 해도 그저 같은 학부모로 아이들 소풍에 따라가 나란히 서서 애들 가방이나 들어주었는데 그 얘기를 들으니 갑자기 팬심이 발동하여 사진 한 장만 같이 찍어달라고 부탁했다.

프랑스인 엄마 덕분에 매넌은 집에서는 불어를 주로 사용한다. 크게 애쓰지 않아도 태어날 때부터 이중언어를 구사할 수 있게 되는 것은 다문화가정 아이들의 큰 복인 것 같다. 매넌의 엄마는 'Across Generations Day'에 프랑스 남서부 시골마을 보르도의 농장에서 지냈던 어린 시절 이야기를 맛깔 나게 해 주었는데 듣는 사람 모두를 이야기 속에 푹 빠져들게 만드는 굉장히 입담 좋고 유쾌한 분이다. 2016년 여름 우리나라의 지산락페스티벌의 공연 차 한국에 방문하는 아빠를 따라서 매넌도 한국을 방문하여 민주와 함께 묵고 싶어했지만, 보르도 와인 수입업을 하는 엄마

짧은 머리의 사진 왼쪽이 매넌, 머리가 긴 오른쪽이 남동생인 테일이다. 레드핫칠리페퍼스 락밴드와 함께 전세계 공연을 다니시는 매넌의 아빠는 2016년에도 지산락 페스티벌 참석차 한국에 방문했다.

매넌의 열번째 생일을 맞아 매넌 집에서 하룻밤 자는 슬립오버sleep over에 초대받아 갔다. 미래가 가장 궁금한 꼬마아가씨, 언젠가 피파 여자월드컵에 출전한 매넌을 보게 되는건 아닐까.

와 프랑스에 두 달 동안 가게 되었다며 한국에서의 만남은 잠시 미뤄두었다.

생일날짜도 일주일 차이로 비슷한 둘은 서로의 생일파티에도 오고갔는데, 매넌의 생일에는 집에서 하룻밤 묵는 파티에 초대받았다. 집 안에는 세계 각국에서 수집한 악기며 기념품으로 가득했다. 아이 방도 독특하고 자유로운 스타일이 그대로 보인다. 반려 고양이 다섯 마리를 위해 집 안 곳곳의 높은 곳에 고양이들이 걸을 수 있는 좁다란 선반을 붙여둔 것이 인상적이었다. 머리는 보라색으로 물들이고 축구를 잘 하고 자유로운 영혼의 당찬 이 꼬마 아가씨는 과연 성인이 되면 어떤 모습이 되어 있을지 미래가 가장 궁금한 친구이다.

해양생물학자와 곤충학자의 만남,
자연가족 멜리나(Mellena)

멜리나의 아빠이자 해양생물학자인 에드(Ed)는 긴 꽁지머리를 휘날리며 배가 푸근하게 나온 아저씨인데 얼핏 무뚝뚝해 보이지만 성격은 개구쟁이 소년 같고, 곤충학자인 엄마 존(Joan)은 늘 밝게 웃는 표정이 매력적인 분이다.

멜리나의 집은 매우 이색적이다. 유심히 보지 않으면 그냥 지나치게 되는 작은 도로 안쪽의 우거진 수풀 사이에 집이 숨어 있다. 현관이 길가를 등지고 반대쪽으로 나 있는 것도 독특하다. 집 안으로 들어가면 바닥은 벽돌로 되어 있고, 옛날방식 그대로 실내에서 신발을 신고 생활하며, 산타가 당장 쿵 떨어져도 전혀 이상할 것 같지 않은 오래된 벽난로에, 멜리나

존이 일하는 칼폴리 대학 내에 자연 생태관이 있어서 매우 자세한 설명을 들을 기회가 있었다. 일반인 출입이 안 되는 연구실까지 안내해주어 뱀과 파충류들을 직접 보고 만져볼 수 있었다. 내 평생 그렇게 다양한 파충류와 곤충들을 처음 보았다.

의 방에는 도드레에 매달린 양동이가 다락방으로 장난감을 싣고 바쁘게 오르락내리락 한다. 집 바깥으로 별채가 있는데 게스트룸으로 쓸 수도 있고 만들기 재료, 과학 실험 도구 등이 널려 있어서 어지럽힐까 걱정없이 마음껏 놀이를 할 수 있다. 멜리나의 집은 50년쯤 된 오랜 주택인데 실력있는 건축가가 그 동네에서 단 몇 채의 집을 각각 전혀 다른 설계로 개성있게 만들었다고 한다.

존과 에드는 아이들을 교수로 재직 중인 대학의 연구실로 초대해 직접 파충류를 만져볼 수 있도록 해 주거나 해양연구관에 데려가기도 했고, 나비전시관, 자연관찰 투어에 조인할 수 있도록 늘 초대해 주었다.

LA시내의 자연사박물관에 함께 가서 분야별로 두 교수님의 설명을 듣자니 백만불 짜리 개인 도슨트 해설을 듣는 것 같았다. 에드는 개인 요트를 가지고 있어서 아름답기로 유명한 카타리나 섬까지 종종 항해를 한다

다음번에는 반드시 캡틴 에드의 지휘로 카타리나 섬까지 요트 항해를 해 보리라 다짐하며 아쉬움을 뒤로 하고 집으로 돌아왔다.

낡지만 내부에는 작은 침대, 테이블, 화장실 등 없는 게 없는 에드의 요트

고 했다. 아이들은 요트를 타보고 싶다며 플리즈~플리즈~ 애걸복걸이었고 결국 박물관에서 한 시간을 달려 요트를 정박해 둔 토랜스 바닷가에 갔다. 극심한 가뭄인 LA에 몇 달 만에 반가운 비가 억수같이 퍼 부었는데, 그 가뭄해소의 날이 불행히도 이 날이었다. 그치기를 기다리며 배 안에서 핫초코도 끓여 마시고 게임도 했지만 도무지 그칠 기미가 보이지 않았다. 결국 포기하고 밖으로 나오니 비가 잦아들고 있었지만 날이 어스름해지고 있어서 아쉬움을 뒤로 하고 항해를 포기했다. 언젠가 멋진 비키니를 입고 카타리나 섬으로 가는 요트의 뱃머리에 앉아 샴페인을 홀짝이는 모습을 혼자 상상해보며 키득거렸다. 늘 그렇듯이 현실은 뱃멀미로 토악질을 하며 요트 바닥에 기절해 있을지 모르겠지만.

독특한 건축설계를 한 집이라 내외부가 특이하다. 직접 만든 아이의 다락방과 작은 작업실은 과학, 미술용품, 놀이용품들로 발 디딜 틈 없고, 그래서 부담없고 편안하게 느껴진다. 언젠가부터 미국에서 가장 재미있는 일 중의 하나가 친구들의 집을 방문하는 것이 되었다. 집은 가족 특유의 성향과 느낌을 놀랍도록 반영한다. 한국인들도 단조롭고 똑같이 생긴 네모진 아파트에서 사는 것을 벗어나야 가족만의 개성과 느낌이 집에 스며들 수 있지 않을까.

실크로드 끝자락의 위구르족 혈통 아이프리(Aiperi), NASA우주탐험 가볼까?

아이프리는 책을 사랑하는 소녀다. 처음에는 머리를 수십 가닥으로 나누어 쫑쫑 땋은 스타일이 특이해서 시선이 갔다. 책을 좋아하는 두 소녀-아이프리와 민주-는 점심시간에 식사를 마치고 학교 뜰 테이블에 앉아 책을 한 페이지씩 번갈아 소리내어 읽으며 책내용에 대한 이야기꽃을 피우고는 했다.

아이프리는 동생이 둘 있고, 막내 니아와 유진이가 같은 나이라 둘둘 짝지어 노니 가장 조합이 잘 맞는 집이라 자주 서로의 집을 오가며 친해졌다. 어느날 아이프리의 엄마 리즈 번이 1년에 딱 한번 열리는 JPL의 오픈하우스 행사가 있으니 가보자고 했다. JPL이 뭔지 몰라서 그러자고 대답은 일단 하고 검색해 보았다. 와우! Jet Propulsion Laboratory(JPL)는 미국항공우주국 나사NASA의 무인 탐사 우주선을 연구 개발하는 연구소였다. 배우 맷데이먼이 출연한 화성탐사 영화 '마션'에서 우주비행사 맷데이먼을 화성에서 구출하기 위하여 우주선을 만들던 JPL이 바로 이 곳이었다니. MIT와 함께 미국 최고의 공과대학으로 손꼽히며 알버트 아인슈타인도 1931년부터 3년간 방문교수로 있었다는 캘리포니아 공과대학(Caltech, 칼텍)에 의해 운영되고 있다. JPL이 뭔지도, 집에서 가까운 패서디나에 위치해있다는 것도, 일 년에 한 번 오픈하우스를 한다는 것도 전혀 몰랐다가 좋은 정보를 얻고 기대감에 들떴다.

아이프리네와는 시간이 맞지 않아 히데와 가게 되었는데 과연 리즈번이 일러준대로 이른 아침부터 주차장으로 들어가는 길이 끝도 없이 밀려 길이 곧 주차장이었다. 여러 건물로 이루어진 연구소는 건물외관, 무료 홍보물과 기념품 하나하나까지 모든 것이 실용적이고 깔끔했고, 화려함이나 겉치레와는 거리가 멀었다. 입장객들은 실제 연구소 내부를 들여다 볼 수도 있고, 연구원들의 설명과 함께 영상자료들을 보기도 하고, 직접 체험해 볼 수 있는 것들도 많아서 하루에 둘러보기 어려울 정도였다.

내가 가장 인상적이었던 것 중 하나는 어린아이의 천진난만한 질문에도, 전문가적 지식을 가진 성인의 예리한 질문에도 쉽고 성의있게 대답해주는 연구소 직원들이었다. 그 중에는 나이가 아주 많은 사람도 있고, 휠체어 탄 사람도 있고, 물론 여자도 있고, 인종도 다양했다. 캐주얼한 차림에 편안하게 설명하는 모습이 오히려 "이 분야 전문가는 나야!" 하는 느낌이 들게 했다.

돌아오는 길, 문득 부럽다는 생각이 들었다. 꿈 때문이다. 이 나라에서 과학을 좋아하는 아이들은 실제로 우주선을 만드는 곳을 구경하고, 직접 만드는 사람들과 대화하면서 꿈을 꾸겠구나, 만져보고 체험해 보면서 우주탐사는 영화에서나 보는 또는 다른 강대국에서나 가능한 먼나라 이야기가 아니라 내가 열심히 하면 저 연구원처럼 될 수 있겠구나, 하는 구체적이고 실현가능한 꿈을 꿀 수 있을 것 같았다.

평소에도 나에게 다양한 교육 프로그램의 정보를 주는 리즈번에게 이런 좋은 정보의 소스가 어디인지 묻자 아이프리 아빠가 클레어몬트 컬리지 중 하나인 하비머드컬리지의 공대 교수라 동료들로부터 많이 얻는다고 했다. 하비머드는 최고의 사립 공대 중 하나인데 매우 젊은 나이에 교수가 된 것을 보니 대단히 촉망받는 학자임에 틀림없다. 리즈번은 중국 소수민족인 위구르인이다. 고등학교를 졸업할 때까지 퉈커쉰(지금의 중국 신장 위구르 자치구)에 살다가 베이징대학교에 입학했고, LA에 위치한 USC대학원을 졸업했다. 중국은 위구르족에 대한 인종적 차별이 여전히 심한데도 불구하고 중국 최고의 대학에 들어가고, 미국 대학원에 장학금을 지원받아 온 것을 보면 리즈번도 대단한 사람이라는 생각이 들었다. 리즈번의 종교는 이슬람교이지만 종교적 규율을 크게 따르지는 않는다. 줄곧 일을 해오다가 아이 셋을 출산하고는 잠시 쉬고 있지만 곧 다시 일을 하고 싶다며 의욕적이었다.

얼마 후 아이프리네 집에 저녁식사를 초대받아 다같이 식사를 하면서 자연스럽게 연애와 결혼에 대한 이야기가 나왔다.

"그럼 미국으로 유학 오면서 남편과 처음 만난 건가요?"

"아니에요. 내가 살던 곳은 실크로드 상에 있어요. 남편이 실크로드를 따라서 친구와 배낭여행 중 우리 동네의 마켓에서 우연히 만났죠. 그 곳에서 영어를 할 줄 아는 사람이 많지 않다 보니 나와 내 친구와 금세 친하게 되었고, 그 날 친구 가족의 집으로 저녁식사 초대를 해서 식사도 함께 했어요. 남편이 미국으로 돌아간 후에도 이메일로 가끔 연락을 주고 받다가 내가 USC로 유학을 오게 되면서 이번에는 캘리포니아에 있던 남편이 여러 가지 도움을 주었어요. 그렇게 친해져서 결혼까지 하게 되었죠."

영화 같은 러브스토리였다. 실크로드에 사는 꿈 많고 능력 있고 강인한 위구르족 여성과 배낭여행 간 핸썸하고 똑똑한 미국 남성이 몇 년 후 미국에서 재회하여 국제결혼까지 이어지다니! 로맨틱 영화의 한 장면이다.

그 후로도 리즈번은 자주 우리를 초대했고 놀러간 김에 리즈번이 저녁식사 준비하는 동안 나는 같이 차를 마시거나 아이들과 놀다가 저녁식사까지도 같이 하고 오고는 했다. 리즈번은 나에게 동양인 사이에서의 친근함을 느끼는 듯 했다. 사전 예고없이 갑자기, 또는 너무 정중하지 않게 편히 서로 도움을 주고받으며, 리즈번은 "이런 건 미국인들에게서 기대하기 어려운 거잖아?" 하며 눈을 찡긋 한다. 우리는 친정 가족 얘기부터 직장 이야기, 육아 이야기 등을 끝도 없이 나누다가 차를 마시기 위해 주전자에 물 끓여둔 것을 계속 잊어버리고 네 번을 다시 끓인 후에야 겨우 찻잔에 뜨거운 물을 붓는데 성공하고는 또 한참을 웃었다.

리즈번은 검소함과 엄격함이 몸에 배어 있다. 물건 하나를 사면 가진 것 중에 하나를 반드시 버리는 것을 원칙으로 하기 때문에 작은 물건 하나를 사더라도 정말 필요한 것인지 매우 신중하게 된다고 했다. 아이프리의 방에 가보니 책이 10권 남짓 꽂혀있고 남동생 카이는 레고를 무척 좋

아이프리 집 내부 뜰. 정원 겸 놀이터에서 한참을 뛰어 놀았다.

아하는데 카이 방에도 레고가 기껏해야 서너 세트 뿐이다. 왜 책이 별로 없냐고 아이프리에게 물으니 책은 도서관이나 교실에 있는 것을 빌려보고, 두고두고 여러 번 반복해서 읽고 싶은 책만 산다고 했다. 레고도 몇 개 세트만으로 만들고 부수는 것을 반복하며 본인이 창의적으로 새로운 것을 만든다고 했다. 한국에서 다른 건 몰라도 책과 레고는 창의성과 학습에 좋다는 이유로 엄마가 먼저 사재기하여 책장에 빈틈없이 채워두는 것이 흔한 풍경이라 이 또한 매우 놀라웠다. 막내 니아도 당시에 유진이와 같은 나이인 만2살이었지만 장난감이 거의 없었다.

리즈번은 가능한 모든 음식을 직접 만든다. 빵도 작은 제빵기계에 2-3일에 한번 직접 구워 먹는다. 홈메이드로 갓구운 식빵을 처음 먹어 봤는데 여러 허브와 잡곡을 많이 섞은 빵은 향이 기가 막혔다. 어디서도 먹어본

연구원의 설명과 함께 JPL홍보영상을 본다.

3D 안경을 쓰고 우주 체험하는 사람들. JPL 오픈하우스를 통해 미래의 우주탐험가가 배출될 수도 있지 않을까. 아이프리 동생 카이에게 살짝 기대를 걸어봐야겠다.

적 없는 향긋한 빵을 내가 너무 좋아하자 리즈번은 구워놓은 빵을 모두 싸서 직접 만든 페스토 소스와 함께 건네 주었다. 막내 니아는 7시면 제 방에 들어가 혼자 잠들고, 아이프리도 늦어도 8시에는 자야 하기 때문에 저녁식사를 다 마치고도 6시 30분이라 서둘러 작별인사를 하고 나왔다.

리즈번은 얼마 전부터 소아 종양 환자에 대한 생물 통계학 일을 시작했다. 새벽 4시 반에 일어나 출근하고 오후 2시에 돌아와 아이들을 하교시키고 여전히 저녁식사를 위해 빵을 굽는다. 스스로 인생을 개척해나가며 자신만의 실크로드를 닦아 나가고 있는 리즈번에게 절로 존경심을 갖게 된다. 리즈번과 차를 한 잔 마시고 싶어지는 밤이다.

미국도 조부모가 양육하는 추세,
화목한 대가족 프리다(Frida)

프리다는 민주보다 한 학년 아래지만 같은 Room10이고, 방과후 돌봄 프로그램을 같이 하면서 더 친해졌다. 동생 둘까지 아이 셋이 모두 씨캐모어를 다니고 있는데, 인근의 초등학교 교사인 엄마 미스티를 대신해 외할머니 로키가 매일 아이들을 데리러 오고 학교 행사에도 모두 참여하신다. 로키는 날렵하고 탄탄한 몸매에 굉장히 젊어 보여 도무지 세 손주를 둔 할머니 같아 보이지 않는다. 역시나 운동마니아에 세계 여행을 즐기신다며 컴퓨터로 근사하게 여행사진을 편집하여 제작한 앨범을 나에게도 보여주신다.

잘 구워진 칠면조 고기와 다양한 땡스기빙 음식

프리다는 우리네 추석과 비슷하게 가장 큰 명절인 땡쓰기빙을 앞두고 직접 만든 초대장을 건네주었다. 땡쓰기빙 식사 초대에 나는 무엇을 가져가는게 좋을지 미리 여쭤보았고, 한국음식을 한가지 가져와주면 좋겠다는 말씀에 큼지막한 고기손만두를 쪄서 대나무찜통에 담아 갔다. 외할머니인 로키의 집은 오래됐지만 아주 깔끔했고 거실은 아늑해 보였다. 자매가 결혼전까지 평생 살아온 그 집에서 아이들이 또 자라고 있고 엄마가 쓰던 방은 아이들의 놀이방이 되었다. 여전히 자매의 어렸을 적 사진이 많이 걸려있는 집 벽면에는 손주들의 사진이 하나둘 늘어가고 있었다. 젊은 세대가 대부분 맞벌이를 하기 때문에 혹은 좋은 직장을 잡기가 어려워지면서 노인들이 손주를 돌봐 주는 풍경은 미국에서도 점점 늘어가고 있다. 성인이 되면 부모로부터 독립하는 것이 일반적인 미국에서도 자녀양육 때문에 부모에게 되돌아가게 되는 상황이 아이러니하다.

마침 미스티의 여동생 가족도 명절을 함께 보내기 위해 와 있었다. 여동생의 파트너도 여성 분이었는데 직업이 소방관이라고 했다. 대롱대롱 매달려보고 싶은 충동을 느끼게 하는 엄청난 팔뚝 근육에 내가 입을 다물지 못하고 감탄하며 소방관은 처음 만나봐 사인이라도 받고 싶다고 농담

부모님, 두 딸 내외와 손주 넷, 우리 가족 셋까지 대가족이 함께 하는 식사라 거실에 있는 탁구대에 테이블보를 덮어 근사한 식탁을 만들었다. 주운 낙엽을 식탁 위에 가지런히 놓으니 추수감사절 느낌이 물씬 난다.

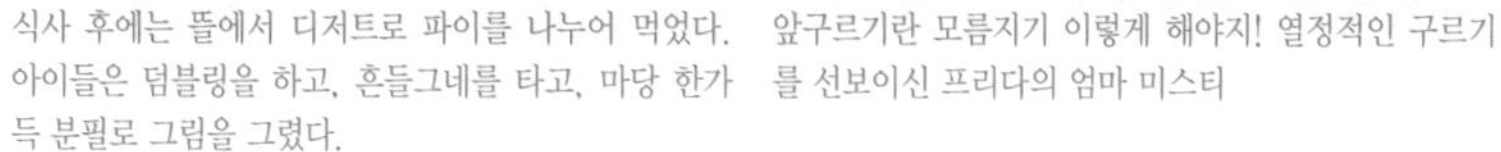

식사 후에는 뜰에서 디저트로 파이를 나누어 먹었다. 아이들은 덤블링을 하고, 흔들그네를 타고, 마당 한가득 분필로 그림을 그렸다.

앞구르기란 모름지기 이렇게 해야지! 열정적인 구르기를 선보이신 프리다의 엄마 미스티

을 했다. 근육과 어울리지 않게 아기도 너무 세심하게 잘 돌보더니 교대 근무 시간 때문에 먼저 일어나야 한다며 이번에는 근육을 한껏 뽐내며 무거운 짐을 번쩍 들고 먼저 자리를 떴다. 어느 나라나 소방관이라는 직업이 쉽지 않은 것은 마찬가지인 듯 하지만 미국에서는 특히나 군인이나 소방관처럼 목숨을 담보로 하는 직업을 가진 이들에게 최고의 예우를 해 준다. 가족들에게도 많은 혜택이 주어지고, 그만큼 보람과 명예로움을 느낄 수 있는 직업이다.

즐거운 만찬과 넓은 뜰에서 아이 5명이 뒤엉켜 뛰어 놀고 집으로 돌아오는 길, 로키는 마치 우리네 명절 풍경처럼 남은 음식을 바리바리 싸주시며, 영어로는 정확하게 표현이 안되는 '정'도 한꾸러미 같이 넣어 주셨다.

★

워낙 장거리 여행지를 다니다보니 집에 닿는 시간은 대부분 해가 진 후이다. 불빛 하나 없는 어두운 사막길을 차 헤드라이트에 의지해서 한참을 달려 눈이 아른거릴 때쯤 멀리서 엘에이 다운타운의 화려한 불빛이 보이기 시작한다. 그때쯤이면 눈이 피로해서인지 갑자기 불빛을 봐서인지 불빛들이 환상적인 아지랑이처럼 보이면서 기분이 묘하다. 여행 후 집에 돌아가는 길의 아쉬움과 편안함. 그런데 돌아가는 집도 캘리포니아다. 편안함만 있고 아쉬움이 없는 귀환이다.

★

여행 Travel

첫 여행지, 라스베가스가 특별한 이유

미국 프리웨이에 호된 신고식, 모하브 사막에서의 노상방뇨

팝스타 브리트니 스피어스가 깜짝 결혼식을 올리고 55시간 만에 이혼한 곳, 자동차 안에서 10분 만에 드라이브쓰루 결혼식을 할 수 있는 곳, 미국 제일의 카지노 도시, 카지노장 안에서 무제한 공짜 술을 주는 곳. 유흥과 쾌락과 향락의 도시!! 무엇을 기대하든 그 이상이 있는 사막 한 가운데의 오아시스! 라고 소개하기에는 가족 단위 여행으로 적절치 않아 보이니, 화려함과 재미와 유쾌함의 도시라고 해 두자.

라스베가스, 우리의 첫 번째 장거리 여행지였다. 집에서 약 400km거리라 한국으로 치면 가까운 거리라고 볼 수 없지만, 뻥 뚫린 프리웨이를 달려 3시간 반이면 도착할 수 있기 때문에 가벼운 마음으로 출발했다. 빨리 가고 싶은 마음에 출발한지 얼마 되지 않아 보이던 몇몇 식당과 주유소도 모두 지나쳐갔다. 황량한 사막을 내달리며 흥흥~~~하던 흥얼거림은 앞차들이 서행하기 시작하며 잦아들다가 차들이 아예 멈추어 서면서 콧노래도 멈췄다. 끝이 보이지 않는 사막은 거대한 주차장이 되었고 그때만 해도 스마트폰을 가지고 있지 않을 때라 현지 교통상황을 알 길이 없었다. 친구에게 전화를 걸어 상황을 알아봐 달라고 하니 수십 킬로미터 떨어진 곳에서 발생한 교통사고가 원인이었다. 다행히 기름은 가득 채워 두었고 물도 있었지만 지루한 체증은 좀처럼 풀릴 기미가 없었다. 도착 예정 시간은 속절없이 뒤로 미뤄지면서 절반도 못 갔는데 예정시간인 3시간이 훌쩍 지났다. 차도의 양 옆은 야트막한 구릉 하나 없는 평지에, 나무 한 그루 없는 자갈과 모래밭이다. 화장실과 주유소와 식당, 카페는 말할 것도 없는, 말 그대로 '사막'이었다. 모하브 사막(Mohave Desert) 표지판이 보였다. 8월 한여름 사막의 지열은 아스팔트가 이글거릴 정도로 뜨거웠고, 모하브사막은 데스밸리와 함께 북미에서 가장 뜨거운 곳이라는 것을 나중에야 알았다. 차 안에 에어컨을 틀어놓아도 105도(약 40도) 넘는 바깥 기온에 입이 바싹 말라 물을 들이켰다. 화장실이 안 보인지가 한참 되었다는 것을 깨닫고 이내 물 마시기를 중단했지만 이미 늦었다. 사막 감옥에 갇힌 보잘것없는 인간 방광의 수용능력은 이미 한계를 넘어섰다. 화장실이 없고, 앞으로도 한참 동안 화장실 구경을 못하게 될 것이라는 것을 인지하자 아랫배는 더욱 긴장하여 빠르게 수축과 팽창을 거듭했다. 거북이 속도로 느릿느릿 조금씩 앞으로 나가는 차 안에서 '이제 난 글렀어' 나지막이 중얼거리며 정신줄과 함께 아랫배의 긴장을 놓으려는 순간 저 멀리 높이가 3-4미터쯤 되는 언덕이 나타났다. 사막의 오아시스를 만났을 때 이런 기분일까!!! 그러고도 한참이 더 걸려 언덕에 다다랐다. 남편과 나와 민주가 동시에 차 문도 잠그지 않은 채로 길 한가운데 차를 그대로 내버려두고 허둥지둥 달려 나와 바지춤을 부여 잡고 다소 가파른 모래자갈 언덕을 네 발로 엉금엉금 기어 올라갔다. 어렸을 때 이후로 해 본 적 없는 노상방뇨를 그것도 미국 사막 한가운데에서…… 더 당황스러운 것은 언덕 앞에 다다른 차량 행렬 여기저기에서 사람들이 쏟아져 나오는 것이었다. 그 긴급한 상황에서도 나름 질서가 있었다. 언덕형태만 있을 뿐 그 너머도 칸막이나 나무 같은 장애물 없이 뻥 뚫린 공간이므로 남자가 언덕을 오르면 여자들은 언덕 아래에서 좀 기다렸다가 올라가고, 여자가 올라가면 남자들은 아래에서 서성거리다 여자들이 내려온 후에 올라갔다. 나는 어린 민주를 앞세워 상황 볼 것 없이 직진했다. 아~내려오는 언덕길이 어쩜 그리도 꿈결처럼 행복하던지. 생리현상을 해결하고 나니 이제는 열 시간이 더 걸려도 상관없을 것 같이 마음이 편해졌다. 어디서든 "하이!" 인사하는 매너좋은 사람들, 남편이 소변을 보는 사이 멀찍이 떨어진 곳에서 나란히 같은 방향을 향해 볼일을 보던 한 남자는 심지어 그 와중에도 가볍게 손을 흔들며 인사를 하더란다. 호된 신고식을 치른 미국에서의 첫 장거리 여행이었다.

미국이라고는 제주도 같은 작은 섬 하와이에 살아봤거나 본토라봐야 도시에만 가봐서 직접 프리웨이를 운전해 볼 일이 없던 나로서는 이런 실상을 몰랐다. 20-30km 마다 맥반석 오징어구이, 핫바, 우동, 얼큰한 육개장에 피로를 풀어줄 안마의자까지 완비되어 있는 한국의 고속도로만 생각했던 것이다. 후에 장거리 여행을 많이 다니다보니 100km를 가도록 주유소를 구경도 못해보는 구간도 많다. 사실 도심 인근이 아닌 프리웨이에서의 교통정체는 이후 2년 동안 한 번도 경험해보지 못했을 정도로 드문 일이기도 하다. 하필 그 드문 일이 첫 번째 여행에서 벌어지다니.

첫 라스베가스 여행에서의 이틀은 그저 눈이 휘둥그래져서 혼이 쏙 빠지기에 충분했다. 라스베가스는 주된 수입원인 카지노의 이용객을 끌어들이기 위해 호텔의 시설과 식사 수준은 최고인데 비하여 가격은 매우 합리적인 수준이다. 약 6km구간에 걸쳐 벨라지오 Bellagio, 윈 Wynn, 앙코르 Encore 등 최고급 호텔이 자리 경쟁을 벌이는 메인 도로(스트립)에는 각 호텔 앞에 마치 전세계를 축소해 놓은 듯 파리 에펠탑, 뉴욕 자유의 여신상, 이집트 피라미드 등 각 나라 대표 건축물이 세워져있다. 호텔 로비는 수백억원에 호가하는 유명 예술가들의 작품들로 화려하게 장식되어 있고, 로비의 카지노장에는 24시간 불이 꺼지지 않고 사람들을 유혹한다. 각 호텔에서 머라이어캐리, 셀린디옹 등의 유명 가수들이 공연하고, 거리에는 무료로 분수쇼, 화산쇼, 해적선쇼가 시간대별로 보여지며, 세계에서 가장 높고 큰 대관람차가 돌고, 공중에는 각 호텔 사이를 통과하며 메인 스트립을 한 눈에 볼 수 있는 모노레일이 지나가고, 전 세계 유명 셰프와 각국의 음식이 이 곳에 모두 모여있다.

이 화려한 스트립에서 한 블록만 떨어져도 호텔가격이 훨씬 저렴해진다. 첫번째 여행에서는 투스카니라는 호텔에 묵었는데, 한 블록 떨어져있다는 이유로 일반 객실도 스위트룸 수준으로 널찍하고, 냉장고와 싱크와 테이블이 있으며, 큰 야외 풀장이 있음에도 호텔비가 100불이 되지 않았다(시즌에 따라, 요일에 따라 다를 수 있음) 라스베가스에 다섯 번 가량 여행가면서 가장 럭셔리한 윈 호텔 스위트룸에도 묵어보고, 메인 스트립의 중앙 가장 좋은 위치에 자리 잡은 하라스 호텔에도 묵어보았지만, 우리 가족에게 여행지에서의 숙박은 주로 잠만 자고 나오는 곳이기 때문에 투스카니 호텔의 가격 대비 만족도가 가장 높았다.

호텔 수영장에서 재미있게 게임하며 물놀이를 하던 민주와 남편을 지켜보던 옆 테이블 아이들도 어울려 놀기 시작했다. 자세히 보니 여러 아이들이 모두 한 가족이다. 돌도 되지 않은 갓난아기를 안고 그늘에 앉아 있는 엄마와 자연스럽게 얘기하다 보니 아이가 모두 아홉이고 유타(Utah)주에서 왔다고 했다. 무려 아홉이라는 자녀 수를 듣고 놀라는 나에게 맏딸을 소개해주었는데 막내와의 나이차가 엄마와 딸 뻘이다. 나이대별로 쪼르르 있는 아이들이 너무 밝고 사랑스러워 한참을 수영장에서 더 어울려 놀았다. 다음 날 m&m 초콜릿 상점에서 우연히 다시 마주친 아이들에게 9명이 사이좋게 나눠먹을 수 있도록 넉넉하게 들은 초콜릿을 선물해 주기도 했다. 당시에는 무심코 넘겼는데 나중에야 생각해보니 유타는 동계올림픽이 열렸던 솔트레이트시티가 수도이자 몰몬교의 중심지이다. 몰몬교 신자들은 다자녀 출산을 장려하여 열 명 이상의 아이를 낳는 경우도 많다고 하니 몰몬교 가정이 아니었을까 추측해보게 된다. 한국에서는 자녀를 셋 가진 집도 찾아보기 어려운 요즘인데 아홉을 키우면서도 가족 여행도 다니고 아이들끼리 우애 좋아 보이는 가족을 보니 내심 부럽다. 다같이 대형 밴을 타고 다닌다고 했는데 우리나라처럼 다둥이 신용카드를 발급받아서 주차비 할인이라도 받는지 어떤지, 복지 혜택 한번 물어볼 걸 하는 아쉬움이……

구걸하던 노숙인도 옹기종기 모여 앉아 포커 치는 곳

스트립의 한편에서 구걸하던 노숙인 몇이 둥글게 모여 앉더니 포커를 치는 모습을 보고 터져나오는 웃음을 겨우 참았다. 라스베가스의 모든 호텔에는 로비 가장 좋은 자리에 카지노가 들어서 있다. 별도로 공간이 분리되어 있지도 않고 일부러 레스토랑 가는 길에, 공연장 가는 길에 통과해서 지나가게끔 되어 있다. 심지어 주유소나 마트에도 작은 슬롯머신이 있고, 라스베가스 공항에서 떠나는 관광객에게도 마지막 딱 한 번만 더 해보라며 화려한 빛을 내뿜는 기계들이 유혹한다.

겜블 기계 앞에 앉아 10센트(110원) 짜리 배팅을 하면서 몇 불은 따고 몇 불은 잃으면서 운 좋으면 10불로 한 시간도 놀 수 있다. 그런 적은 돈을 가지고도 할 수 있기 때문에 누구나 손쉽게 기계 앞에 앉아 보게 된다. 음료나 고급 칵테일을 무료로, 무제한 제공해 준다는 점 때문에 계속 앉아서 시간을 보내는 경우도 많다. 곳곳을 돌아다니며 주문 받고 서빙 해주는 웨이트리스가 있어서 자리에 앉아 손만 들면 주문을 받으러 온다. 음료값은 무료, 팁으로 1불만 내면 된다.

각각 다른 특징이 있는 호텔별 카지노를 구경해보는 것도 재미다. 최고급 호텔은 센트 단위의 적은 금액을 배팅하는 기계보다는 테이블에 앉거나 별도 룸에 들어가서 하는 게임장이 많고, 최근에 지어진 LINQ나 코스모폴리탄 호텔은 카지노 내부도 매우 화려하고 옷차림부터 예사롭지 않은 트렌디한 젊은 층이 많이 보인다.

윈이나 앙코르 같은 고급호텔은 음료도 최고급이다. 호텔 바에서 제 값에 판매한다해도 전혀 손색없는 맛과 장식이 된 피나콜라다, 블루하와이, 마티니 등을 골고루 시켜서 1불에 맛보는 재미가 쏠쏠하다. 그러다가 누군가 잭팟을 터뜨리면 직원들이 몰려가 축하해주며 한껏 흥분한 위너에게서 두둑하게 팁을 받기도 한다.

헉, Topless가 이런 거였어?

조카인 에리카와 동행한 크리스마스 시즌의 라스베가스 여행에서 아이들은 방에서 영화를 보고 싶다기에 나와 남편은 이때가 기회다 싶어 아이를 동반해서는 들어갈 수 없는 카지노에 가보았다. 남편이 1불 지폐를 넣고 20센트짜리 게임의 버튼을 단 한번 누르는 순간, 또로로록 당첨숫자가 계속 올라가더니 우리의 어어어~~!!!!하는 추임새가 낮은 도에서 높은 도로 점점 올라가는 사이 화면에는 최종 60불이 당첨금액으로 나왔다. 우리가 환호를 지르며 팔딱팔딱 뛰자 옆에 앉아 있던 사람들이 6만불 쯤 당첨되었나 싶어 구경 왔다가 "별 거 아니네" 하는 표정으로 웃으며 돌아갔다. 우리는 머쓱하여 옆에서 박수 쳐주던 청소직원에게 약간의 팁을 건네고, 그 돈으로 공연을 보기로 했다. 빨리 티켓을 구매해야 했기에 티켓박스에서 가장 라스베가스다운 공연이라는 리뷰와 공연 시간 임박으로 50% 핫딜이라는 안내만 보고 얼른 '쥬빌리' 티켓을 구매했다.

공연이 시작하자 신나는 음악이 귀를 꽝꽝 울리면서 커튼이 양쪽으로 촤~~악 걷히는데 밝은 조명에 눈을 뜨기가 힘들 정도였다. 정신을 차려 보니 70여 명의 몸매가 끝내주는 쇼걸들이 가슴을 홀딱 내놓은 채 보석으로 꾸며진 화려한 옷을 입고 일렬로 서 있었다. 순간 당황해서 눈은 개구리처럼 커지고 입이 딱 벌어진채로 일시 정지. 티켓에 'Topless'라고 써 있는 것을 보고도 나는 그때까지 topless가 top=상의, less=없음. 을 의미한다는 것을 생각지 못했던 것이다. 그때 갑자기 우리 쪽으로 시커먼 양복을 입은 덩치 좋은 보디가드가 다가와 긴장했다. 철근도 씹어먹을 험악한 표정으로 다가오더니 나의 옆자리 남자관객에게 휴대폰을 달라고 요구했다. 나는 처음에는 이것도 쇼의 일부인가 의심했다. 알고보니 관객석 뒷편의 부스에서 지켜보고 있다가 휴대폰 액정이 밝은 빛을 내며 촬영 모드에 들어가는 순간 곧바로 다가가 압수하는 것이다. 동양인 남자관객이 매우 머쓱해하며 그 자리에서 촬영 파일을 삭제했고 보디가드는 제대로 삭제되었는지 철저하게 확인했다. 그 사이에도 계속 쇼는 진행되고 있었다. 처음의 충격과 달리 의상, 댄스, 음악, 무대, 메이크업 등이 매우 화려하고 수준이 높아 아주 볼 만 했다. 라스베가스에 간다는 사람이 있으면 꼭 '쥬빌리'와 '오쇼'를 보기를 추천했는데, 아쉽게도 쥬빌리가 많은 대기록을 남긴 채 2016년에 막을 내렸다. 라스베가스 최장이라는 34년 공연기간, 천 명이 넘는 쇼걸들이 공연해왔고, 1981년 처음 공연을 시작할 당시 최고 디자이너들이 만든 의상 한 벌의 가격이 현재 가치로 따지면 7,000-21,000달러(710만원-2300만원)에 달했다. 참고로, 댄서들의 가슴 확대수술은 엄격히 금지되어 있다고 한다. 워낙 의상과 무대가 화려하고 많은 쇼걸이 출연하다 보니 라스베가스 공연들 중에서도 가장 예산이 비싼 공연 중 하나라 1040석의 좌석을 매진시켜 왔음에도 적자 문제에 허덕이게 되었다고 한다. 20센트짜리 단 한번 게임으로 60불을 딴 덕분에 운 좋게 보았던 최고의 성인쇼 쥬빌리를 더 이상 보지 못하게 되어 아쉽다.

가장 라스베가스다운 화려한 성인쇼를 볼 수 있었던 "쥬빌리Jubilee". 쇼를 시작하자마자 커튼이 걷히면서 70명의 무희들이 이와 같은 탑리스 Topless 드레스를 입고 화려한 댄스를 춰서 눈을 아예 떼지 못하거나 혹은 반대로 당황하여 시선이 갈 곳을 잃게 된다.

최고의 감동을 안겨 주었던 공연은 태양의 서커스팀(Cirque de soleil)의 "O Show". "O"는 불어로 물을 뜻한다. 물을 이용하여 1인치의 오차도 허락하지 않는 놀라운 무대장치부터 기술, 음악, 의상 등 모든 것이 완벽하게 합을 맞춘다. 85명에 달하는 세계 각국에서 온 싱크로나이즈 선수들과 공중곡예사, 다이버, 아크로바트에 더하여 보이지 않는 곳에서도 다이빙한 선수들을 물속에서 건져 올리는 스킨스쿠버 등 수백명의 스태프가 함께 만드는 공연이다. 공연자 중 올림픽 메달리스트도 있다. 초연이 1998년인 꽤 오래된 공연임에도 지금도 거의 매회 매진이다. 특수 무대 장치 때문에 라스베가스 벨라지오호텔의 'O' 전용극장 외에는 이 공연을 볼 수 없다. 각 호텔마다 자존심을 걸고 공연을 준비하는데 MGM호텔에서 하는 태양의 서커스팀의 또다른 공연 'KA'도 보았으나 'O'만큼의 감동을 느끼지는 못했다. 가장 저렴한 티켓이 120불부터 시작해 200불이 넘는 티켓가격이 부담스럽지만 - 아이도 티켓 가격은 동일하다- 공연이 끝난 후에는 너무 감동받아 아깝다는 생각이 들지 않았다. 공연이 끝난 후 홀린 듯 음악CD, DVD, 책자를 모두 사들고 나왔다.

10개 국립공원에서 한 달간 캠핑을!

미니멀리즘 캠핑, 손은 가볍게 가고 마음은 꽉 채워 돌아오기

미국에서 가장 인기있는 여행지, 엘에이에 살면서도 끊임없이 길고 짧은 여행을 떠났다. 수천km 운전의 피로감과 불편한 야외 취침도 우리 가족의 여행 사랑을 막지 못했다. 1년 여 동안 미국 전역 총 59개의 국립공원, 그 중 미서부 본토에 있는 30개 중 열 곳(그랜드캐년, 데쓰밸리, 요세미티, 옐로스톤, 그랜드티톤, 자이언, 브라이스, 세콰이아, 킹스캐년, 조슈아트리)을 총 14번 방문했고, 국립공원에서 캠핑으로 보낸 날을 셈해보니 한 달이 넘는다.

두세 시간 거리인 샌디에고와 팜스프링은 장거리 여행이 부담스러운 주말에 잠깐의 짬이 생길 때마다 갔고, 라스베가스도 다섯 번에 걸쳐 약

열흘을 보냈고, 하와이에서 열흘을 보냈으며, 남편이 일주일간 중국에서 수업을 듣는 동안 나와 아이는 뉴욕으로 떠났다. 레이크타호는 기회가 된다면 반드시 다시 가고 싶은 곳이고, 샌프란시스코는 그럭저럭 좋았지만 한번 가 본 것으로 만족했으며, 솔뱅, 산타바바라, 빅베어, 애로우헤드 등은 유명 관광지임에도 우리 가족에게는 그다지 인상적이지 않았다.

처음에 미국에서 캠핑을 하겠다고 고집을 부린 것은 나였다. 한국에서는 지인들 초대로 캠핑장에 몇 번 가서 숯불구이 바비큐와 술을 거나하게 얻어먹은 후 잠들 무렵 집에 돌아가 뜨끈한 물에 샤워하고 폭신한 침대에서 잔 경험이 전부다. 하지만, 미국에서는 반드시 캠핑을 해봐야겠다는 고집이 생겼다. 일단 남편으로 말할 것 같으면 차에 한 가득 짐을 싣고, 풀고, 싸고, 다시 싣고, 다시 풀고 하는 일련의 모든 과정을 그야말로 질색하는 스타일이다.

집에 형광등 하나 갈아 끼워본 적 없어서 일흔이 넘으신 친정 아버지가 항상 만능해결사 역할을 해 주시고, 심지어 남편은 어린이용 놀이 텐트조차 조립하기 싫어한다. 결혼 전엔 모든 남자가 레고에 환장하고 라디오 몇 개쯤은 분해해서 박살내는 줄 알았다. 나의 이 편견을 보기 좋게 깨뜨려 준 남편은 어렸을 때도 그 흔한 건담 프라모델 하나 조립해 본 적이 없단다. 영 내켜 하지 않는 남편을 등 떠밀어 간 곳은 REI(Recreational Equipment Inc.). 캠핑부터 스포츠 용품까지 야외 활동에 필요한 모든 장비를 갖추고 있는 아웃도어 전문용품점이다.

그곳에 텐트를 구입하러 가서 우리의 요구사항은 단 하나, 설치가 가장 쉽고 빠른 것. 남편은 바닥에 탁 던지면 1초 만에 펼쳐지고 돌돌 말면 끝나는 텐트를 원했다. 나는 한강 시민공원에서 햇빛 가리개용으로 펼치고 낮잠 잘 것이 아니고, 아이와 함께 비바람과 야생동물을 피하며 국립공원에서 잘 텐트이니 좀더 안전한 것을 원했다. 다행히도 1초 만에 펼쳐지는 마법 텐트 같은 건 REI에서 취급하지 않아서 남편과 불필요한 신경전을 피할 수 있었다. 가격은 조금 더 비쌌지만 10분이면 충분히 설치할 수 있다는 4인용 텐트를 500불에 구입했다. 랜턴, 버너, 침낭 4개까지 총 구매 금액이 맞춘 듯이 정확하게 1000불에서 몇 달러 빠졌다. 한국에서 사계절용 텐트 가격이 수백만원인 것에 경악을 금치 못했는데, 미국에서는 우리가 구매한 금액의 텐트와 침낭도 꽤 비싼 축에 속했다. 코스트코나 월마트 등에서는 100-200불대의 텐트가 흔하다.

SUV도 아닌 일반 승용차 트렁크에 텐트, 침낭, 아이스박스, 버너, 랜턴, 접이식 의자, 집에서 사용하던 그을린 후라이팬, 쇠젓가락과 수저. 더도 말고 덜도 말고 딱 이렇게만 싣고 겁도 없이 우리의 캠핑은 시작되었다. 그렇게 간소하게 간 이유는 뭘 몰라서이기도 했고, 이사짐 같이 많은 짐을 싣고 갔다가는 남편이 다시는 캠핑을 가지 않겠다고 할까 지레 겁을 집어 먹어서이기도 했다.

텐트와 침낭, 약간의 옷가지를 제외하고는 며칠의 캠핑이 든 저 짐이 전부다. 간소하게 떠나니 또 떠날 수 있는 에너지와 용기가 생긴다. 모든 캠핑장소에 대형 테이블과 불을 피우는 파이어링 fire ring이 기본적으로 설치되어 있는 덕분에 짐이 훨씬 줄어 든다.

이 얼마 안 되는 짐조차 몇 차

자이언 국립공원에서 거대한 붉은 암석절벽을 등뒤에 두고 텐트를 치고 있으니 마치 전략 요새에 주둔하는 느낌이다. 저 넓은 공간에 우리뿐이라 한없이 고요하고, 모든 자연의 소리를 그대로 들을 수 있다.

례의 캠핑으로 노하우가 쌓이자 더욱 간소해졌다. 바람막이 있는 2구 버너는 한국 식당에서 찌개 먹을 때 사용하는 폼 안 나는 휴대용버너와 부탄가스로 대체했고, 큰 아이스박스도 빼고 부피가 작은 천으로 된 아이스백만 챙겼다. 나중에는 버너 사용할 일이 없어져 그것마저 뺐다. 그 이유는 아주 혁신적인 방법을 찾았기 때문. 처음에는 물을 끓여 한국마트에서 사 간 즉석밥을 익혀 먹었다. 하지만 2천 미터 넘는 고지대에서 물을 끓이는데도 한참, 밥을 익히는데는 더 오랜 시간이 걸렸고, 작은 냄비에 즉석밥 세 개 덥히자고 싣고 가는 가스통과 물 또한 짐이었다. 그런데 다니다

그 많은 RV중에 똑같은 것이 하나도 없다는 것이 너무 신기했다.

보니 어디든 작은 편의점 하나는 반드시 있었고, 아주 작은 마트라도 냉동식품 조리를 위한 전자레인지가 반드시 있었다. 30분씩 걸리던 즉석밥 익히는 일이 전자레인지를 이용하니 2분만에 끝. 유레카! 처음에는 살짝 점원의 눈치를 봐가며 전자레인지를 이용했지만 나중에는 아침에 추운 몸을 녹여줄 따끈한 커피 한 잔을 사면서 자연스럽게 이용했다. 점원들도 전혀 개의치 않는다. 오히려 뜨거운 물도 마음껏 쓰란다. 다음 여행에는 즉석밥에 더하여 컵라면까지 가져가서 뜨끈한 라면국물에 밥을 말아 먹었다.

평소보다도 캠핑갈 때 오히려 밥과 밑반찬을 잘 챙겨갔다. 일주일 여행 동안 한 가족이 삼시세끼를 사 먹는 것을 계산하면 그 비용도 적지 않다. 7일×3끼×4명=무려 84인분이다. 사 먹는 메뉴라봐야 대개 샌드위치, 피자, 샐러드류인데 종횡무진 여행지를 누비고 다니기에는 든든하지가 않다. 결국 여러 종류 음식을 마구 시켜 무리하게 칼로리를 섭취하고도 허전한 느낌이 들어 하얀 쌀밥 생각이 간절해지는 경험을 몇 번 한 후 가능한 한 밥을 먹을 수 있도록 준비해 다녔다.

미국과 우리나라 캠핑 문화의 가장 다른 점을 찾자면, 캠핑의 목적과 즐기는 방식인 것 같다. 우리나라는 캠핑장 자체를 즐기는 경우가 많다. 특히 음식이 큰 부분을 차지한다. 삼시세끼를 거하게 만들어 먹고, 밤 늦도록 음주와 수다가 빠질 수 없다. 캠핑장에 텐트가 빽빽하게 들어차다 보니 옆 텐트와 가깝고, 그러다보니 서로간에 장비와 브랜드를 비교하기도 하고, 원치 않게 음악이나 소음을 같이 들어야 할 때도 많다.

미국에서의 캠핑장은 자연을 100% 즐기기 위한 목적이 크다 (국립공원 캠핑은 물론이고 국립공원이 아닌 곳에서 해보았던 몇 번의 캠핑도 크게 다르지 않았다) 음식도 빵이나 씨리얼, 즉석 수프 등으로 간단히 먹고, 해 뜨는 시간이면 일찌감치 나갈 채비를 해서 종일 주변의 자연을 즐기고 돌아오거나 캠핑장 내에서 책을 읽으며 여유롭게 휴식을 취하고, 해 지기 전에 들어와 간단히 식사하거나 바비큐를 해먹고 해가 지면 일찍 잠자리에 든다. 9시가 넘으면 캠핑장이 쥐죽은 듯 조용해진다. 캠핑용품도 아주 간소하다. 사람 몸만 겨우 들어갈 정도의 작은 텐트도 많고, 우리나라처럼 거실, 부엌 개념의 공간까지 가진 큰 텐트를 치는 사람은 찾아보기 어렵다. 캠핑카를 가진 경우가 아니라면 전기시설도 없기 때문에 휴대폰이나 카메라 충전은 화장실이나 식당에서 잠깐씩 할 수 있다. 처음에는 불편했지만 국립공원 내에는 전화가 연결되지 않는 곳이 많기 때문에 어차피 충전을 할 필요도 없어졌다.

불편함을 최소화하여 캠핑하고 싶는 사람은 텐트 대신 R/V (Recreational Vehicle, 캠핑카나 트레일러)를 이용한다. 길이 혼잡하지 않고, 주차 공간도 넉넉하다 보니 RV 이용이 흔하다. 하지만, 단점은 장거리 이동 시에 안락함이 떨어지고, 프리웨이에서 제한속도가 일반차보다 낮기 때문에 이동시간이 오래 걸린다.

캠핑카도 형태가 모두 제각각이라 똑같은 모양을 찾아보기 힘든다. 자이언 캐년 국립공원에서 새벽 동이 트기 전 잠이 깨 혼자 아직 잠들어 있는 캠핑장을 한 바퀴 걸어보았다. 그 많은 캠핑카 중 같은 모양이 하나도 없는 것이 신기해서 캠핑카의 수만큼이나 많이 카메라 셔터를 눌렀다. 거대한 암석에 여명이 비춰 들어오는 순간을 감상하기 위해 그러고도 한참을 더 거닐었던 기억이 있다.

몇몇 미국 친구들은 캠핑 경험이 전혀 없던 우리에게 KOA(Kampgrounds of America)를 추천해주었다. KOA는 미국 전역에 500개 있는 프랜차이즈 개념의 사설 캠핑장으로, 컨셉에 따라 가족, 친구들과 쉴 수 있는 홀리데이형(수영장과 놀이터, 작은 동물원 등이 있음), 다양한 액티

비티가 준비되어 있는 리조트형(승마, 버기카 체험 등), 장거리 여행자가 쉬어갈 수 있는 져니형(프리웨이 가까이에 위치)으로 나뉜다. 기본적으로 샤워실, 바베큐시설, 와이파이, 전기를 사용할 수 있어 편리하고, 어지간한 관광지 근처에는 반드시 KOA가 자리해 있다. 하지만 몇 번 KOA에서 묵어 보니 편하기는 하였으나 인위적인 공간이라 그다지 매력적이지 않았고, 주요 관광지에서 30분-1시간 가량 벗어나는 위치에 있기 때문에 자연 속에 완전히 파묻혀 24시간을 느끼고 싶은 우리는 이용할 일이 많지 않았다.

따져보니 미국 생활 중 텐트에서 잔 시간이 1년 중 한 달은 되었다. (남편이 한국으로 돌아간 후에는 장거리 여행이나 캠핑을 하지 않았다.) 월세가 2천불에 육박하는 집은 덩그러니 비워두고 하루 15-30불 하는 캠핑 그라운드에, 500불 짜리 천막 안에서 한 달을 지냈다니. 경제학적 관점에서는 바보 같은 짓이지만 그 시간 우리 가족에게 새겨진 추억은 2만 불을 주고도 사지 못할 것이다.

죽기 전에, 죽더라도, 죽어서도 꼭 봐야 할 그랜드캐년 국립공원

죽기 전에 반드시 봐야 할 세계 명소로 매번 1위에 오르는 그랜드 캐년. 그 유명세만큼이나 정말 좋을까? 실제 어떤 모습일지 감히 상상조차 되지 않았다. 캠핑용품을 구입하고 겁도 없이 우리의 첫 번째 캠핑지를 그랜드캐년으로 정했다.

우리가 사는 곳에서 애리조나주의 그랜드캐년까지는 약 500마일(800킬로미터). 서울-부산 왕복 거리를 과연 하루 만에 무리 없이 잘 갈 수 있을까 걱정이 되었다. 멀게만 느껴졌던 라스베가스도 그랜드캐년 경로에서는 중간지점일 뿐이었다. 영화에서 보던 사막의 끝없이 펼쳐진 직선도로를 쉼 없이 달리기를 몇 시간. 앞뒤로 차가 거의 없어서 브레이크 한 번 밟을 일이 없고 속도 변경할 일도 없다. 몇 시간 동안 마냥 직진. 한국에서는 무용지물인 차의 크루즈 기능(핸들과 엑셀레이터 조작 없이 차량이 일정속도로 가는 기능)이 이렇게 유용할 수가. 아침8시에 출발하여 주유를 위해 멈춘 것을 제외하고는 쉬지 않고 부지런히 갔는데도 도착하니 오후 3시였다.

방문자 센터 방문도 뒤로 하고 궁금증을 도저히 참을 수 없어서 "그랜드캐년 너 대체 어떤 녀석인지 일단 얼굴 한번 보자" 하는 심정으로 전망포인트로 향했다. 그저 편평한 직선도로를 따라 왔을 뿐인데 대체 어디에 어떤 모습으로 깎아지른 협곡이 있다는 것인지 상상이 되지 않았다. 마음이 급해 앞서 가던 남편이 허어억 탄성을 내뱉는 소리가 들렸고, 얼른 뒤돌아 다시 오더니 양손으로 내 눈을 가렸다. 엉거주춤 눈을 가린 채로 따라가던 나를 도착지에 세워두고서야 남편은 살그머니 손을 뗐고 강렬한 태양빛에 눈을 꿈뻑이다 흐릿한 초점을 맞추었다. 도무지 어떤 특별한 광경도 펼쳐질 것 같지 않던 고요한 그 곳에서 태풍의 한 가운데에 서있는 듯한 전율이 느껴졌다. 그랜드캐년의 전체 조망이 한 눈에 들어왔고, 한 번도 본 적 없는 낯선 눈 앞의 광경에 숨이 훅 막혔다. 굽이쳐 흐르는 콜

말이 필요없이 겸손하게 바라보게 되는 그랜드캐년 대협곡

로라도 강이 만들어 낸 대협곡이었다. 길이만도 447km, 깊이가 1.6km에 달하고, 형성된 지 20억 년이 되었다는 모든 숫자의 기록은 머릿속에서 사라지고 눈 앞에 펼쳐진 장관을 말없이 한참 동안 감상했다.

첫 날은 무리하지 않고 쉬엄쉬엄 가기로 했다. 볼 것 많은 여행지에서 아무것도 하지 않고 나무 그늘 아래에서 쉰다는 것은 좀이 쑤시고 어려운 일이다. 하지만, 이 때 캠핑 의자를 한껏 젖히고 한참 동안 하늘을 올려다 보았던 순간이 여전히 또렷하다. 나무가 울창한 캠핑장 사이로 나뭇가지가 두껍지 않은 그늘을 만들어주어 곳곳에 빛이 스며들고 있었다. 한여름인 7월인데도 해발 2100m되는 높은 지대라 탄산수 같은 청량한 시원함

워낙 광활해서인지 관광객이 많이 몰리는 몇몇 장소를 제외하고는 절벽에 낮은 펜스 하나 쳐 있지 않다. 시야를 가리는 철조망이 없어 탁 트인 전망을 감상할 수 있기는 하지만 순간 발을 헛디디면 절벽 아래로 그대로 떨어질 수 있다. 실제로 떨어져 죽는 사고가 종종 발생한다.

이 느껴졌다. 거대한 캠핑장 임에도 한없이 조용하고 평화로웠다. 오감이 깨어나 작은 바스락거림 하나에도 귀가 기울여졌다.

첫 날은 가장 유명한 장소에서 일몰을 보려니 인파가 많아 사람들 뒷통수만 질리도록 감상했다. 다음 날은 차를 몰아 미리 한적한 곳에 자리를 잡고 바위 틈에 앉아 일몰을 보았다. 시시각각, 심지어 분 단위로 풍광이 달라진다. 거대한 협곡의 사이 사이, 개미 한 마리 들어가지 못할 작은 틈에도 빛은 깊게 스며든다. 수백 만년 간 빛을 머금고 토해내는 과정이 반복되었을 것이다.

우리옆에 나란히 한 가족이 앉았다. 아빠와 중학생 딸과 고등학생 아들이었다. 호주에서 왔다는 가족은 지난 1년간 온 가족이 함께 미국 여행을 위해 준비해 왔다고 한다. 여행 루트와 일정을 짜고, 숙소와 렌터카를 예약하며, 자료를 찾아보고 책을 보며. 그 1년 동안 가족이 얼마나 이 순

캠핑장에서의 여유로운 휴식. 2100미터의 해발에서 텐트 사이로 다니는 엄청난 크기의 까마귀와 엘크를 자주 볼 수 있다.

간을 꿈꾸며 많은 대화와 상의를 하고 행복해 했을까. 문득 하루 휴가 내기도 쉽지 않은 한국의 직장인들이 떠올랐다. 평일에는 얼굴 보기 어렵고 주말이면 피곤에 절어 곯아 떨어지는 아빠와 아이 학교 행사 한번 참여하기 어려운 늘 바쁜 워킹맘 대신에 가족이 함께 여유로운 한달 짜리 여행을 계획하고, 경험할 수 있는 때가 언제쯤 올까……

그랜드캐년은 서부패키지 상품으로 많이 나오는 곳이라 유독 한국인 단체 관광객이 많이 보인다. 사진을 찍는 잠깐 조차도 가이드의 "빨리빨리" 라는 말이 여러 번 들려온다. "여기보다 저 쪽이 사진이 더 잘나오니

길에서도 흔히 마주칠 수 있고 심지어 텐트 사이를 저벅저벅 누비고 다니는 엘크. 큼지막한 눈망울에 순해 보이는 엘크이지만 사실 큰 뿔로 공격할 수 있기 때문에 이렇게 가까이 접근해서는 안 된다는 것을 나중에야 알았다.

지체하지 말고 빨리빨리 움직이세요"하더니 그랜드캐년을 처음 마주하는 순간의 감동을 느낄 새도 없이 이동한다. 어느 국립공원에서든 제일 유명하고 사진찍기 좋은 뷰포인트에서 조금만 벗어나면 한국인 관광객을 만나보기 어렵다.

그 날은 보름달이 떴다. 잠들기 전에 한밤중의 협곡을 보기 위해 낮에 갔던 뷰포인트에 다시 가보았다. 가로등 하나 없는 그 곳에 오직 달빛만으로 몸의 그림자가 선명하게 생겼다. 피터팬이 웬디의 집에 가서 잃어버렸다가 웬디가 바느질해준 그림자를 몸에 달은 것 마냥 신나게 그림자밟기 놀이를 해 본다. 낮에 보았던 그 곳이 맞나 싶을 정도로 해가 진 후의 그랜드캐년은 적막하기만 하다. 돌멩이를 하나 던지면 협곡의 바닥까지 수 킬로를 굴러 떨어지는 소리가 들릴 것 같다.

협곡을 마주하고 서자 마치 거대한 우주 한 가운데의 진공 상태에 있는 것 같은 느낌이다. 움직임을 멈추고 귀를 기울이면 우우웅~하며 우주의 기운이 마치 협곡 저 깊은 곳에서 소용돌이 치고 있는 것 같다. 나는 종교가 없지만 신이 있다면 저절로 무릎 꿇고 기도 드리게 될 것만 같았다. 1870년까지 거의 미지의 세계였던 이 곳은 1919년에야 국립공원

그랜드캐년이 가장 장관일 때는 어느 때보다도 해질 무렵이다. 하지만, 대부분의 관광객은 낮에 들러서 협곡 전체가 한눈에 들어오는 뷰포인트에서 사진만 찍고 서둘러 떠나버린다.

으로 지정되었지만 사실 수천 년 전부터 살아온 원주민들이 있었다고 한다. 원주민들은 수천 년 전, 이런 기분으로 무릎 꿇고 그들의 신께 기도 드리지 않았을까.

국립공원 안의 마켓에는 고기, 과일, 야채 등의 식재료부터 옷, 바비큐 용품, 장작까지 없는 게 없다. 가격도 외부에 비해 그다지 비싸지 않기 때문에 안에서 어지간한 장보기가 모두 가능하다. 캠핑이 처음이라 무엇을 사야 할지도 막막해 마켓 안을 서성거리다가 직원으로 보이는 여성 분에게 다가가 "캠핑이 처음인데, 꼭 사야 할 것이 있을까요?" 묻자 "장작은 샀겠죠? 스모어 재료는 있어요?" "에? 스모…..? 그게 뭔가요?" "오마이갓. S'more를 먹지 않으면 캠핑을 했다고 말할 수 없죠. 자, 따라와요." 앞장서서 우리를 데려가 초콜릿, 비스킷, 마쉬멜로우와 긴 쇠꼬챙이 몇 개를 우리 쇼핑 바구니에 망설임 없이 척척 집어 넣었다. 비스킷 사이에 초콜릿과 마쉬멜로우를 차례로 끼워 넣고 불에 살짝 구워 먹으라는 설명을 잘 기억했다. 나이가 지긋하고 유쾌한 그 직원은 "굿럭~!" 하는 인사도 잊지 않았다.

어둑어둑해질 때 장작에 불을 지펴 두툼한 돼지고기와 소시지를 구웠다. 우리 말고 과연 다른 캠핑자들이 있는게 맞나 싶을 정도로 적막한 가운데 타닥타닥 나무 타는 소리와 육즙은 품고 기름만 뚝뚝 떨어내며 지글지글 굽히는 고기 냄새가 허기를 더욱 자극했다. 맑은 공기와 함께 삼키는 담백한 고기의 맛은 한 점 한 점 먹을 때마다 감탄을 자아내기에 충분했다.

드디어 야심 차게 준비한 디저트 시간. 비스킷 한 장 위에 네모판 모양

해가 지면 캠핑장도 완벽한 어둠 자체이다. 침침한 전등이 켜져 있는 화장실을 찾아갈 때도 작은 손전등 하나 들고 돌부리에 걸리지 않게 살살 더듬어 가야 한다. 날이 저물면 어두워지고 활동하기에 불편한 것이 당연하다. 하지만 어두울 때 다른 활동을 굳이 하려고 애쓰지 않고 잠을 자면 어둠은 전혀 불편한 것이 아니라 숙면을 돕는 감사한 환경일 뿐이다. 어두워지면 잠을 자야 한다는 것을 캠핑을 하면서 또 배웠다.

의 초콜릿, 그 위에 하늘에서 금방 따온 구름같이 뽀송한 마쉬멜로우를 얹고 비스킷 한 장을 더 얹으면 준비 끝. 첫 번째는 너무 가까이서 센 불에 구운 탓에 새까맣게 태워서 실패. 두 번째는 초콜릿과 마쉬멜로우가 적당히 녹아 접착제처럼 모든 재료를 하나로 만들어 주었다. 오우~~~그 달콤함이란…… 그날부터 우리의 캠핑용품 리스트에는 늘 스모어가 빠지지 않았다. 다음 날 스모어를 잘 먹었다고 후기를 전하러 마트에 다시 가서 이름을 기억해 두었던 그 직원을 찾아보았지만 마침 쉬는 날이라 인사는 하지 못했다. 하지만 우리의 이후 미국 캠핑 내내 스모어를 먹을 때마다 생각나는 분이다.

우리 생애 첫 스모어 S'more

캠핑을 할수록 장비와 기술이 점점 업그레이드 된 완벽한 S'more 스모어

그랜드캐년을 앞에 두고 협곡의 생성과정과 특징에 대해 레인저의 설명을 듣고 있다.

자연을 그대로 품은 액자. 큰 통유리 창문에 액자모양 줄을 그려두니 한 폭의 명품 그림이 되었다. 어떠한 값비싼 사진기로 이 풍광을 온전히 담아낼 수 있으며, 어떤 훌륭한 예술가가 이보다 아름다운 그림을 그릴 수 있을까. 유리에는 풍경을 해치지 않으려는 듯 보일 듯 말듯한 하얀 글씨로 테오도르 루즈벨트 대통령의 명언이 쓰여 있다.

Do nothing to mar its grandeur…keep it for your children, your children's children, and all who come after you —Theodore Roosevelt—

이 장엄함을 해치는 그 어떠한 것도 하지 말아라. 당신을 뒤따라 올 후손, 후손의 후손을 위해 지켜라.

- 테오도르 루즈벨트 -

자전거로 구석구석,
두 번 가니 더 좋은 요세미티 국립공원

그랜드캐넌에서도 두 번의 캠핑을 했지만, 요세미티도 두 번을 갔다. 첫번째는 레이크타호, 샌프란시스코, 나파밸리와 묶어서 여행일정을 잡았다가 너무 좋았던 기억에 다음 해 요세미티 한 곳에서만 오래 묵을 생각으로 다시 갔다. 그래서 봄과 여름 두 계절, 약 일주일간 요세미티를 만날 수 있었다. 요세미티를 다시 간 이유 중의 하나는 늦은 여름이었던 첫 번째 여행때 북미에서 가장 높다는 폭포의 물이 거의 말라버려 제대로 볼 수 없었기 때문이다. 두번째 봄에 방문했을 때에는 여러 폭포에서 흐르는 물소리가 계곡 전체에 퍼져 마치 모든 생명이 푸드덕 깨어나는 느낌이었다.

첫 방문에서는 워낙 넓은 공원을 골고루 보기 위해 거의 정반대에 위치한 두 개의 캠핑사이트를 옮겨가며 지냈고, 다음 방문에서는 캠핑용 짐을 포기하는 대신에 접이식 자전거 세 대만 욱여 넣고 갔다. 이 두 번째 여행이 미국에서 모든 여행을 통틀어 가장 기억에 남는 아름다운 여행이었다고 손꼽히는 순간이 되었다.

더 많이 보아서? 더 재미있는 프로그램을 많이 해서? 더 맛있는 것을 먹어서? 오히려 그 반대였다. 별다른 것을 하지도 않았고 특별한 것을 먹지도 않았다. 새벽 상쾌한 공기에 저절로 눈을 떠 폭포로 가는 오솔길에서 귀여운 아기 사슴 가족을 만나기도 하고, 자전거로 숲 구석구석 오솔길을 달리다가 힘들면 계곡물에 발 담그고 쉬기도 했다. 미국에서 가장

유명한 자연주의 사진 작가인 안셀 아담스(Ansel Adams)는 요세미티에 반해 처음으로 사진을 찍기 시작했는데 공원 안에는 그의 갤러리가 있다. 이 곳에서 운영하는 카메라 워크 프로그램(Camera walks)에 따라 나서기도 하고 자연해설 프로그램에는 다른 참여자가 없어서 해설사가 우리 가족 셋만 숲 곳곳을 데리고 다니며 두 시간 동안 설명을 해 주기도 했다.

우리는 하루 80불하는 통나무집에서 잤지만 1박에 500불에 달하는 요세미티 내의 유일한 호텔아와니의 뒷뜰에서 한가로이 맥주 한 잔 마시고 짧은 낮잠을 자고 자전거로 돌아 나오는 길이 아쉽지 않았다.

숙소인 커리빌리지에서 구불구불한 산길을 약 한 시간이나 달려 글래시어스 포인트(Glacier's Point)에 도착했다. 도착지에서 아래를 내려다 보니 숙소까지 직선거리로는 불과 1km남짓. 꼭대기에서는 요세미티의 명물인 하프돔과 엘캐피탄이 손에 닿을 듯 가깝게 보인다. 일몰시간에 맞춰 모여든 사진작가들과 관광객들로 뷰포인트는 꽤 붐볐다. 회색빛 화강암의 하프돔과 거대한 폭포들이 점차 핑크색 빛으로 물들기 시작한지 얼마 되지 않아 이내 해는 꼴깍 넘어갔다. 폭포의 물소리만이 해와 상관없이 우렁찬 소리를 뿜어내며 계속 흐르고 있었다. 사진을 찍던 사람들도 하나둘 자리를 뜨고 완전히 어둠이 깔리자 남아 있는 사람이 거의 없었다. 우리는 일몰을 본 후에 밤하늘을 보기 위해 준비를 단단히 하고 갔다. 음악을 다운로드 받아 둔 아이패드, 담요 세 장, 간단한 저녁 식사, 접이식 의자. 딱 적당했다.

밤이 깊어가자 우리 외에는 단 한 커플만이 남아 있어서 서로 의지하며 같이 별을 보자고 농담을 주고 받았다. 이야기 하다 보니 우연히도 우리

미국 최고의 자연주의 사진작가 안셀 아담스 갤러리에서 카메라 워크 투어 프로그램을 진행한다. 한 번에 최대 15명이 참여 가능하고 선착순이므로 사전예약을 해야 한다. 각자 카메라를 가지고 모여서 사진 찍기에 좋은 위치, 앵글안에 사물을 어떻게 담아내는 것이 좋은지 설명을 듣고 직접 찍어보기도 한다. 꽤 긴 거리를 이동하며 1시 반 동안 해설이 이어졌다.

자연해설사가 숲에서 채집한 솔방울 안의 씨앗을 까서 보여주고 있다. 다른 참가자가 없어 우리 가족만 숲 곳곳을 데리고 다니며 2시간 동안 설명을 해주었다. 레인저와 자연해설사들은 공원 내의 사택에서 거주한다.

1927년 세워진 아와니 Ahwahnee호텔. 요세미티 밸리의 한가운데 세워져 요세미티의 주요 전망을 한 눈에 볼 수 있다. 애플사의 창업자인 스티브잡스가 이곳에서 결혼식을 올렸다.

가 사는 클레어몬트에서 아주 가까운 동네에 살고 있었다. 요세미티 산꼭대기에서 이웃사촌을 만날 줄이야. 어둠 속에서 우리와 각자의 여행 얘기를 나누며 즐겁게 시간을 보내다가 반팔을 입고 있던 둘은 우리의 담요를 부러워하더니 결국 추위 때문에 아쉬워하며 먼저 떠났다.

'완벽한 어둠'이 내려 앉자 성인 여럿이 동시에 누워도 될 만한 크고 편평한 바위에 셋이 나란히 담요를 깔고 덮고 누웠다. 그 때부터 별별 쑈가 시작되었다. 내 평생 그토록 많은 슈팅스타, 별똥별을 본 것은 처음이었다. 너무 빨리 떨어져서 처음에는 잘못 보았나 싶었지만, 어!! 어?? 하는 사이에 또 여러 개의 별똥별이 긴 꼬리를 그으며 떨어졌고, 셋이서 한 별똥별을 같이 목격하고는 동시에 탄성을 지르기도 했다. 하얀 별무리는 난생 처음 보는 은하수였다. 보름달이 떴던 그랜드캐년에서와 달리 요세미

아와니 호텔 내부. 곳곳에 네이티브 아메리칸의 정교하고 독특한 핸드메이드 작품들을 전시해 두어 그것들만 둘러보아도 마치 뮤지엄에 와있는 듯하다.

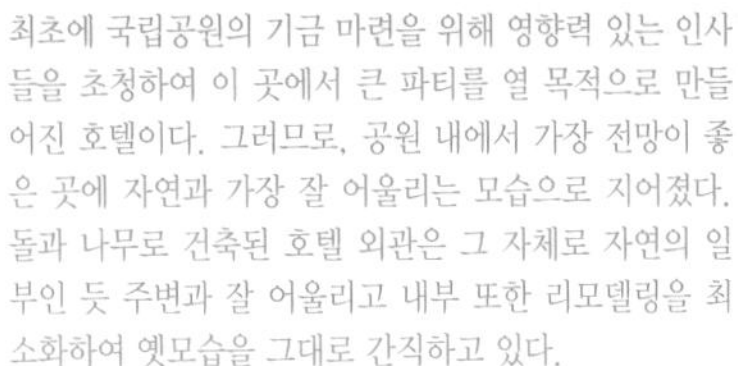

최초에 국립공원의 기금 마련을 위해 영향력 있는 인사들을 초청하여 이 곳에서 큰 파티를 열 목적으로 만들어진 호텔이다. 그러므로, 공원 내에서 가장 전망이 좋은 곳에 자연과 가장 잘 어울리는 모습으로 지어졌다. 돌과 나무로 건축된 호텔 외관은 그 자체로 자연의 일부인 듯 주변과 잘 어울리고 내부 또한 리모델링을 최소화하여 옛모습을 그대로 간직하고 있다.

티에서는 별빛보다도 약한 달빛 덕에 은하수와 별똥별을 헤아릴 수도 없이 많이 볼 수 있었다. 음악을 들으며 각자의 소원을 빌기도 하고 별자리를 찾아 보기도 하다 보니 저녁 6시 무렵 도착했었는데 어느새 자정이 되었다.

애플 컴퓨터 사용자라면 눈에 익을 사진이다. 스크린 세이버로 담겨 있는 요세미티의 명물 하프돔. 마치 돔을 절반으로 정확히 가른 듯한 모양이지만 실제로 절반이 잘린 것은 아니다. 하프돔과 엘케피탄에 등반하는 것은 전 세계 암벽등반가들의 꿈이다. 하프돔은 북미에서 난이도가 가장 높은 루트로 유명하다. 엘캐피탄에 점 같이 작은 색깔이 있어 망원경으로 들여다보자 절벽 한귀퉁이에 1인용 텐트를 설치하고 휴식을 취하고 있는 등반가가 보인다. 절벽에서 먹고 자며 몇 날 며칠 등반을 계속하는 것이다.

희미한 랜턴을 켜고 더듬거리며 주차장에 도착하니 차 한 대가 막 주차장으로 들어오고 있었다. 세상에! 먼저 자리를 떴던 젊은 커플이 되돌아온 것이다. 우리와 같이 별을 더 보려고 담요를 챙겨 들고 다시 왔다고 했다. 밤이 깊어 돌아가야 할 것 같다고 하자, 커플은 너무 아쉬워하며 우리를 따라 다시 내려 가겠다는 게 아닌가. 결국 두 대의 차가 서로의 헤드라이트에 의지하며 나란히 꼬불꼬불한 산길을 달렸다. 내려오는 길에 어둠 속에서 순간 번쩍이는 야생동물의 눈을 보고 얼어붙어 차를 잠시 세우자 늑대로 보이는 동물이 긴 꼬리를 저으며 숲으로 사라져 버렸다. 전화도 터지지 않는 산꼭대기에서 별 보며 누워 있다가 밤 마실 나온 늑대와 마

일몰을 감상한 후에도 별빛을 완전히 볼 수 있을 정도로 완전히 어두워질 때까지 한참을 더 기다렸다. 기다리는 사이 민주는 마지막 남은 희미한 빛을 조명 삼아 또 책을 집어 든다.

주치기라도 했으면 어땠을까 등골이 오싹해졌다.

다음 날 저녁은 프로그램을 살펴 보니 파크레인저(공원관리인)가 만든 영화시사회가 눈에 띄었다. 셸튼 존슨이라는 레인저가 직접 제작에 참여하고 출연과 나레이션까지 담당한 이 영화는 미국 국립공원과 파크레인저의 역사에 대한 다큐멘터리였다. 영화가 끝나자 출연자였던 셸튼 존슨이 직접 무대에 나와 관객과의 대화를 가졌다. 국립공원의 산 증인이 하는 증언과도 같은 다큐멘터리 형식의 영화가 매우 인상깊었다.

다음 날 아침, 어린이를 위한 숲 해설 프로그램에 참여하기 위해 아침 일찍부터 서둘렀다. 캠핑장에서 오솔길을 따라 꽤 많이 걷고서야 도착지에 다다르자 다른 몇몇 아이들과 부모들이 기다리고 있었고, 해설을 해줄 레인저도 곧 도착했다. 앗!!?? 눈이 번쩍 뜨였다. 어제 밤 영화관에서 보았던 그 레인저다. 큰 키에 매우 하이 톤의 목소리에 금색 귀걸이를 하고 유머감각이 돋보여서 대번에 알아차릴 수 있었다. 후에 다른 국립공원에 가니 그의 영화가 요세미티 뿐 아니라 다른 많은 곳에서도 상영되고 있었다. 그가 근무하고 있는 요세미티에서, 직접 제작한 영화를 보고, 숲 해설까지 듣는 행운이!

셸튼존슨(Shelton Johnson)은 우리가 만나본 이듬해인 2015년에 28년의 레인저 경력을 접고 은퇴했다는 기사를 보았다. 아마도 우리가 그의

그가 28년의 경력을 접고 은퇴하기 직전 그의 영화를 보고, 대화해보고, 숲 해설을 들어볼 수 있어 영광이었다.

인생에서 가장 빛나는 마지막 경력의 순간을 함께 했던 것 같다. 그가 숲에서 해줬던 설명과 그 순간이 아직도 기억난다.

"요세미티에서 가장 중요하고 소중한 것이 무엇일까요?"

그가 아이들에게 물었다.

"조용히 귀를 기울여서 들어봅시다."

아이들도 바스락 소리조차 내지 않고 놀라우리만큼 집중했다. 그러자 더 잘 들리는 경쾌한 물소리. "물!!!" 아이들이 소리쳤다. 가뭄으로 물의 양이 많이 줄기는 했지만 여전히 깊은 산골짜기에 흐르는 물 소리가 숲을 깨우고 있었다. 새소리, 물소리를 들어보게 하고, 나무 향기를 맡아보게 하며, 나무 껍질을 하나하나 찬찬히 보여주던 그의 명강의는 숲을 진심으로 사랑하는 사람이 아니고는 연습하여 될 수 있는 것이 아니었다. 다음 번에 요세미티를 가도 마치 그가 여전히 그 자리에서 "요세미티에서 가장 중요한 것이 무엇일까요?" 하고 물을 것만 같다.

여행을 많이 다녀보기도 하고, 다른 많은 여행자들을 지켜보기도 하고, 그러다가 문득 여행 중에 '멈추는 것'이 쉽지 않다고 느낀다. 바쁜 일상에서 벗어나고 싶어 여행을 가는데 정작 여행을 가서도 다음 장소로 이동, 다음 스케줄로 이동, 다음 숙소로 이동, 다음 맛집으로 이동. 계속 전진이다. 멈춰서 오랫동안 보고 감상하고 즐기는 것이 어렵다.

무거운 카메라를 둘러맨 목이 뻐근하고 다리가 붓고 지쳐 도저히 못 걸을 상황에서 어쩔 수 없이 멈추는 것이 아니라, 오래 감상하고 싶은 아름다운 장소에서 커피도 한잔 마시고, 꾸벅꾸벅 졸기도 하고, 사랑하는 사람

셸튼존슨은 2009년 PBS방송국에서 방영된 'The National Parks: America's Best Idea'에 출연했다. 이 다큐멘터리의 백악관 시사회에 참석하여 버락 오바마 전대통령에게 영화에 대하여 설명하였다.
출처: Wikipedia

자전거로 요세미티 국립공원의 작은 오솔길을 샅샅이 다니며 아름다운 풍광을 가슴과 눈에 담았다. 공원 전체에 흐드러지게 핀 도그우드 Dogwood

아이와 자전거를 타고 여행 다닐 때 좋은 점은 서두르지 않고 시속 10km 속도로 구경하며 쉬고 싶을 때 쉬고, 앉고 싶은 장소에 앉고, 멈추고 싶을 때 멈추는 것이다.

들에게 엽서도 쓰고, 읽고 싶던 책도 읽고, 아무 것도 안하고 그냥 앉아 있기도 하면서 '멈추는 것'.

그랜드캐년에서 몇 시간 한자리에 앉아 태양 빛과 그림자가 시시각각 만들어내는 전혀 다른 캐년의 모습을 감상하면서 처음 깨달았다. 요세미티에서 바위에 드러누워 일몰과 별똥별을 꼬박 6시간 동안 보면서 확신했다. 여행지에서 돌아와 한참이 지난 후에도 가장 기억에 남는 순간은 어디에선가 '멈추고 있었던 순간'이었다.

아무리 유명한 장소도 차로 무심히 스쳐 지나가며 마음을 담지 않은 10분은 훗날 서둘러 찍었던 사진 속에만 남아있고, 멈추어 감상하였던 10분의 순간은 보잘것없는 벤치에 앉아 있었더라도 2시간짜리 영화를 봤던 것처럼 마음 속에 깊은 여운을 남기며 사진보다 더 선명하게 남는다.

두 번째 요세미티를 방문했을 때에는 캠핑 대신 커리빌리지의 통나무집에서 묵었다. 나무 향이 커버빌리지 전체에 깊숙이 스며있다. 내부는 아주 단순하다. 침대, 모포, 의자 하나, 작은 냉장고, 전등. 딱 이렇게만 있다. 문만 열고 나가면 비현실적이도록 아름다운 자연이 펼쳐져 있는데 이것 말고 다른 무엇이 더 필요하겠는가.

도그우드 나무가 우거진 숲의 카페, 흔들의자에 앉아 커피 마시며 나 자신과 친구들에게 엽서를 써서 보낸다. 여행으로부터 집에 도착할 때쯤 요세미티 소인이 찍힌 엽서를 받아보게 된다.

요세미티 골짜기마다, 캠핑 그라운드에, 식당 앞에, 곳곳에 하얀 목화솜이 살포시 내려 앉아 있다. Dogwood 나무다. 나무를 그대로 깎아 만든 의자는 닳고 닳아 맨질거리고 앉기에 편안할 정도로 둥글어졌다. '아낌없이 주는 나무' 라는 동화책이 생각난다.

2014년 한 해에만 공원에서 곰으로 인한 사건이 132회 발생하였다는 야생 곰 주의 안내문이다. 실제로 한 친구는 바비큐 후에 테이블 위에 그대로 음식을 두었다가 밤에 곰이 내려와 음식을 모두 먹어 치우고 가족이 자고 있던 텐트를 공격해 혼비백산한 경험이 있다. 공원 관리소에 신고했다가는 곰 잘못이 아니라 음식을 그대로 둔 사람 잘못으로 오히려 벌금을 물어야 해서 기물 파손 신고도 하지 못했다고 한다. 국립공원은 너무 하다 싶을 정도로 철저히 사람 위주가 아니라, 야생동물과 야생 상태 보존이 최우선이다.

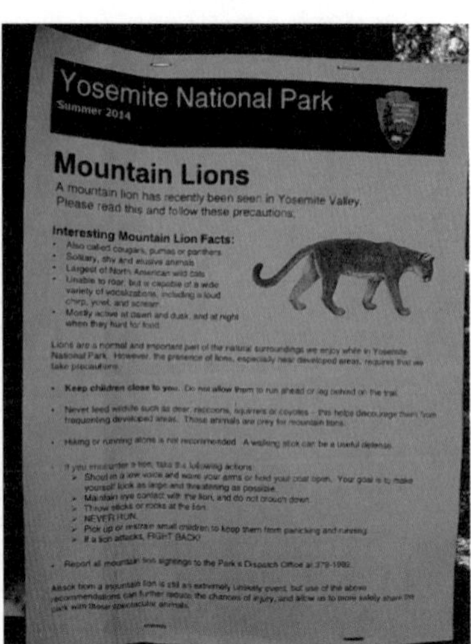

퓨마 (Mountain Lion) 주의 안내. 혹시나 마주치면 절대 뛰지 말 것. 몸집이 크게 보이게끔 팔을 벌리거나 코트를 펼치고 크게 소리를 지를 것. 막대기나 돌맹이를 던질 것. 마지막이 압권이다. 만약 퓨마가 공격하면, FIGHT BACK! 맞서 싸워라! 퓨마나 곰을 만나게 된다면 우리의 작전은 아빠 위에 엄마, 엄마 위에 민주를 목마 태우고 막대기를 휘두르며 다같이 비명을 지르자는 것이었다. 실전 대비 연습을 해 보다가 남편 목이 부러질 뻔 했다.

국립공원 캠핑장에는 쇠로 된 단단한 베어박스가 있어서 모든 음식물, 화장품, 치약 등 향이 있는 모든 것을 이 곳에 넣고 잠궈 두어야 한다. 차 안에 둔 아이스박스를 보고는 창문을 부수고 박스를 열어 음식을 꺼내먹는 영리한 곰의 동영상을 보고 기가 막혔다.

초밀착 심쿵 유발자 버팔로, 미남이시네요.
옐로스톤 국립공원 /그랜드티턴 국립공원

2016년은 미국 국립공원 100주년이 되는 해였다. 미국의 첫 번째 국립공원은? 정답은 1872년에 국립공원으로 지정된 옐로스톤이다(참고로 두 번째는 요세미티이다. 지정순서가 인기도나 공원의 가치를 의미하는 것은 아니다) 미국인들이 가장 가보고 싶은, 혹은 가장 좋아하는 국립공원으로 손꼽히는 옐로스톤. 나와 남편도 가장 가보고 싶은 곳이면서도 지난 1년간 망설여왔던 곳이기도 했다. 이유는 거리와 시기. 캘리포니아 남부에서 유타주를 거쳐 와이오밍까지 980마일, 약1600km 거리, 하루에 8시간 꼬박 운전해도 왕복에만 4일이 걸리는 엄청난 거리이다. 또한 폭설로 1년 중 절반만 개장되기 때문에 여행시기를 맞추기가 쉽지 않았다. 결국 남편이 한국으로 떠나기 전 마지막 장거리 여행을 이 곳으로 가기로 결심했다.

여행을 결심하면 첫 번째 할 일은 숙소를 잡는 것이다. 숙소를 잡기 위해서는 전체 여정을 정해야 했다.

중간에 묵을 장소는 출발지에서 8시간 걸리는 도시에서 찾았다. 프리웨이에서 가까워야 하고, 저렴하며, 전자제품 충전을 할 수 있는 곳이어야 했다. 한참을 검색한 끝에 유타주에 위치한 필모어의 KOA를 예약해서 오고 갈 때 모두 이 곳에서 묵었다. 샤워시설은 공동이지만 깨끗하게 관리되고 있었고, 전기 사용이 가능하며, 4명이 한 방에서 잘 수 있는 침대가 있는 통나무집이었다. 침구는 본인 것을 써야 하기 때문에 침낭을 꺼내

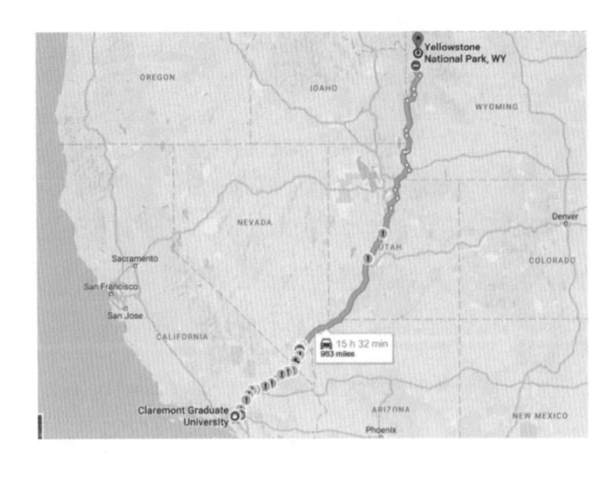

사용했다. 하지만, 하루 종일 차 안에서 다리를 구겨 넣고 있다가 뜨거운 물에 샤워하고 다리 뻗고 누우니 세상 부러울 것이 없었다.

유타주의 시골 동네를 구경해 보고 싶은 마음에 몸은 피로했지만 숙소 내에 있는 작은 마트 대신 지도를 검색하여 인근의 마켓에 갔다. 집들은 간격을 한참 두고 뚝뚝 떨어져 있었고, 마켓은 한적했다. 장보던 동네 사람들의 시선이 일제히 낯선 동양인 가족에게 꽂혀 살짝 당황스러웠다. 한 점원이 우리에게 어디서 왔는지, 이 동네는 어떻게 오게 됐는지, 어디로

그랜드티턴 국립공원에서 30분 거리에 있는 잭슨홀/스네이크리버 KOA에서 하룻밤을 묵었다. 민주는 이 날 아침 일찍 졸린 눈을 비비며 KOA의 매점에서 사먹었던 따끈하고 달콤한 핫초코의 맛을 지금까지 먹어본 모든 핫초코를 통틀어 가장 맛있었다고 기억한다. 아마도 긴 자동차 여행 중 잠깐의 휴식이 꿀맛같이 느껴졌으리라.

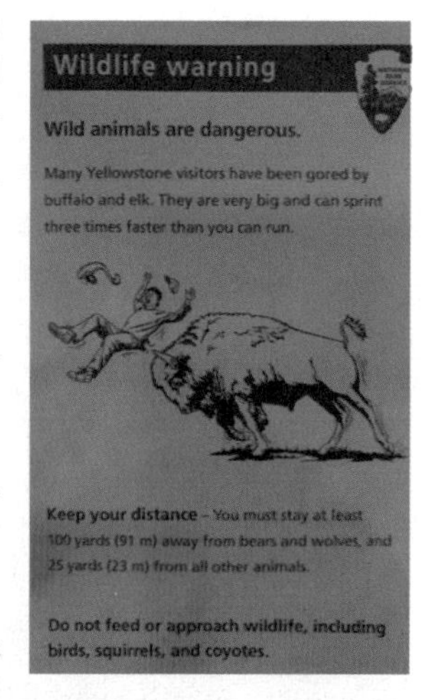

야생동물 주의: 버팔로와 엘크의 뿔에 들이받히는 사고가 많이 발생하고 있습니다. 이 동물들은 매우 크고, 사람이 달리는 속도보다 3배 더 빠르게 돌진할 수 있습니다. 곰과 늑대로부터는 적어도 100야드(91m), 다른 동물로부터는 25야드(23m) 떨어져 있어야 합니다. 새, 다람쥐, 코요테를 비롯한 어떤 야생동물에게도 절대 음식을 주지 마십시오.

여행하는지 등을 흥미로워하며 물었다. 마트에서 사 온 고기를 굽는 동안 아이들은 놀이터에서 고무타이어 그네를 빙글빙글 타며 놀고 있었다.

드디어 목적지 옐로스톤이 코앞에 다가왔다. 하지만, 옐로스톤에서 불과 16km 떨어진 곳에 자리잡고 있는 그랜드티턴 국립공원, 이곳에서 하루를 꽉 채워 구경하고 옐로스톤으로 넘어가기로 했다. 처음에는 옐로스톤과 가까운 곳인데 왜 별도의 국립공원으로 지정하였을까 의문이 들었으나 두 곳을 모두 보고나니 특징과 모습이 너무나 달라 이해가 되었다.

그랜드티턴은 제일 높은 산봉우리가 13,779피트, 무려 4,198미터라 만년설과 빙하를 볼 수 있고, 약 1만 년 전 빙하가 녹아 만든 호수가 곳곳에 자리하고 있다. 가장 큰 호수인 잭슨호수에서 배를 타고 호수를 돌아보는 투어도 했지만 그보다는 제니레이크라는 아주 평화롭고 작은 호수가 그림처럼 아름다웠다. 작은 보트를 타고 선착장에서 내려 작은 트레일을 따라 걷다보면 히든폴스(숨겨진 폭포)라는 이름처럼 뜻밖의 장소에서 폭포를 만나 볼 수 있다. 풍광에 취해서 하루를 이 곳에서 캠핑 할 걸 그랬다는 아쉬움이 들 정도였다. 아쉬움을 뒤로 한 채 옐로스톤으로 출발했다.

지나다 풍광이 좋은 곳이 보이면 어디든 차를 세우고 잠시 쉬어간다. 옐로스톤 국립공원에서

전세계 간헐천의 60%가 모여있는 옐로스톤. 수증기를 뿜어내는 간헐천(위)과 광활한 들판 여기저기에서 볼 수 있는 버팔로 떼(아래)

큰 기대 없이 옐로스톤 가는 길에 들러 가는 정도로 생각했던 그랜드티턴 국립공원은 상상 외의 아름다운 풍경을 가지고 있어 마음을 빼앗겼다. 한라산 두 개를 포갠 것보다도 더 높은 해발 4198미터의 산에 쌓인 빙하가 녹아 만든 호수와 쭉쭉 뻗은 초록의 나무, 산 꼭대기의 만년설이 그림 같은 풍광을 자랑한다.

드디어 1년간 벼르고 벼르던 옐로스톤이다.

우리가 가기 얼마 전 옐로스톤 공원 내에서 한 직원이 회색곰에 공격당해 사망했다는 기사를 보았다. 기사를 보고 나는 소름이 끼쳤지만 아이들은 그저 야생동물을 만날 생각에 들떠서 곰과 마주쳤다치고 깨꼬닥 죽은 척 연습을 해보자며 서로 막대기로 쿡쿡 찔러가며 간지럼 참기 훈련을

작은 보트를 타고 들어가 나무 데크로 된 소박한 선착장에 내리면 아름다운 산책길이 연결된다. 나무 계단과 좁은 산책길을 따라가며 숨이 가빠지려고 할 때쯤 폭포를 만날 수 있다.

했다. 공원에 도착하자 입구에서부터 3명 이상 공동 등산 권장, 등산로 이탈 금지, 곰 퇴치 스프레이 휴대 등, 곰으로부터 보호할 있는 수칙을 안내해 긴장감이 고조되었다. 실제로 마켓에서 곰 퇴치 스프레이를 판매하기도 하고 스프레이 대여소도 있다.

옐로스톤에는 전세계 간헐천의 약 60%에 해당하는 500여 개가 모여 있다(간헐천이란 일정한 간격을 두고 뜨거운 물이나 수증기를 뿜어내는 온천). 그 중 가장 유명한 올드 페이스풀은 대개 94분± 10분의 간격을 두고 최대 약 3만 2천 리터의 온천수를 내뿜는다. 물 기둥 높이만도 평균 40m, 물의 온도는 95도에 달한다. 짧게는 90초에서 최대5분간 이어지는 이 분수쇼를 보기 위해 많은 관광객들이 올드 페이스풀에 모여든다. 우리도 첫번째 목적지를 이 곳으로 정했는데 한시간 가량 기다리다가 하늘로 솟구쳐 오르는 물기둥을 보니 과연 놀라운 광경을 말로 형언하기 어려웠다.

수많은 간헐천들이 수만 년 전부터 현재까지도 지독한 유황냄새를 뿜

수증기가 펄펄 나는 간헐천. 겉에서 보기에는 그저 에메랄드 색 물빛이 아름답게만 보인다.

얼마 전 20대 젊은 남성이 노리스 온천에 음식을 데워 먹으려다 물에 빠져 결국 사망했다는 기사를 보았다. 악천후로 다음 날 시신 인양을 하려 하였으나 시체는 이미 용해되어 흔적조차 찾지 못했다고 한다. 이 지역 온천수는 유황 산이 섞인 물이기 때문에 강산성을 띤다.

옐로스톤 호수는 북미의 고지대 호수 중 가장 크다. 둘레가 227km, 최대 수심125미터, 평균 수심42미터에 달한다.

으며 부글부글 끓기도 하고, 갑자기 솟구쳐 오르기도 하고, 강으로 철철 넘쳐 흘러 들기도 한다. 마녀가 도마뱀 혓바닥와 개구리 눈알과 박쥐 날개를 넣고 끓이는 수프처럼 부글부글 끓고 있는 잿빛 진흙구덩이를 보면, 아! 지구가 꿈틀대는구나. 지구가 살아있구나. 라는 것을 느낄 수 있다.

해질 무렵 언덕에서 내려와 차도를 건너 들판으로 대거 이동하는 버팔로 무리를 마주치기도 했다. 무리가 모두 이동할 때까지 차들도 꼼짝없이 기다리고 서있어야 한다.

버팔로 무리를 마주친 후에 산길을 따라 숙소로 돌아가던 중이었다. 해질 무렵이라 관광객들도 대부분 빠져나가고 한참을 달려도 차 한 대 만나기가 어려운 외진 곳이었다. 운전하던 남편이 갑자기 끼~~익 브레이크를 밟아 멈추어 섰다. 덕분에 나와 아이들은 앞으로 튕겨 나갈 듯 몸이 쏠렸

석양으로 황금빛이 된 들판에 도로를 가로질러 지나가는 버팔로 무리. 수백 마리의 버팔로 떼가 낮에는 언덕에서 풀을 뜯다가 해질녘 편히 몸을 누일 수 있는 평야로 이동하는 모습이 장관이다.

아름다운 풍경에 홀려 계속 차를 몰다가 막다른 길에 접어들었다. 그 곳에 노부부가 캠핑카를 세워두고 캠핑 의자에 앉아 차 한 잔 마시며 그림 같은 풍광을 감상하고 계셨다. 흙먼지를 일으키는 우리 차 소리에 뒤돌아보며 가볍게 "하이"하며 손 흔들어 주신다. 두 분의 은발머리 뒷모습과 평화로운 황금빛 들판이 완벽한 한 편의 그림 같았다.

고 "뭐야~~"소리를 내질렀다. 왕복 2차선 도로 위의 우리 차 맞은 편에서 버팔로 한마리가 유유히 걸어 내려 오다가 정면으로 맞닥뜨린 것이다. 소리를 질렀다가는 버팔로를 흥분시킬까 봐 유진이의 입까지 틀어막고 손가락도 까딱하지 않은 채 그대로 얼음이 됐다. 꼼짝없이 서서 버팔로와 간격이 점차 좁혀졌다. 짧은 시간 머리 속에서는 여러 경우의 수가 휙휙 빠르게 지나갔다. 옆으로 피해서 빨리 달려야 하나, 헤드라이트를 끄고 지나갈 때까지 조용히 기다려야 하나, 안 가고 제자리에 버티고 서 있으면 어쩌지, 갑자기 렌터카를 들이받으면 어떡하지, 렌터카 업체에 보험은 잘 들어 두었던가??? 30미터…… 20미터…… 10미터…… 1미터……

정확하게 차를 마주보고 오던 버팔로는 다행히 장애물(우리 차)을 들이받는 대신에 살짝 피하는 쪽을 택했고, 유진이와 눈이 마주칠 정도로 바로 옆을 스쳐 차 뒤로 완전히 지나가고 나서야 모두 큰 한숨을 내쉬었다. 아이들은 버팔로가 완전히 사라진 후에야 흥분해서 야단 법석이었다. 유진이는 버팔로가 더 가까이 왔으면 주먹으로 한 방 쳐서 기절을 시켰을 텐데 아쉽다는 둥 버팔로 등에 타고 산을 내려갈 걸 그랬다는 둥, 군대에서 맨손으로 간첩을 열명 잡았다는 수준의 메가톤급 뻥튀기를 해댔다. 무리에서 왜 이탈한 것인지, 이 높은 지대에 꼬불꼬불한 길을 도대체 어디서

부터 내려온 것인지 의문이었지만 초밀착 지점에서 버팔로를 한참 동안 보는 행운을 가졌다. 차 안에서 움직이거나 번쩍 후레쉬가 터지면 버팔로를 자극할까 싶어 사진을 못 찍은 것이 못내 아쉬웠다. 몸무게는 1톤에 달하지만 털복숭이 얼굴에 비해 앙증맞은 작은 뿔이 양옆으로 뾰족 나와 귀

엘크 무리도 쉽게 만나볼 수 있다. 크기는 말 만하고, 외모는 사슴이다. 수컷은 큰 뿔을 가지고 있어 때때로 공격하기도 하므로 접근을 금지시킨다.

종종 무리에서 이탈해 혼자 거니는 버팔로를 도로에서 마주친다.

엽게 생기고 털조끼를 입은 듯 상반신이 털로 덮여 있어 패셔너블한 버팔로, 너 참 잘 생겼다~!!

옐로스톤에서 약 일주일 동안 머물며 사건사고도 많았다. "우리는 야생곰 탐험대~~"라고 신나게 노래를 부르며 블랙베어를 찾아보겠다고 인적 드문 비포장 자갈밭을 내달렸다. 다음 날 아침 늦잠을 자고 텐트에서 나오자 옆 텐트의 일행이 우리에게 차 바퀴가 완전히 주저앉은 것을 알고 있느냐고 물었다. 너무 당황해서 어쩔줄 모르고 있는데 마침 그때 남편은 레이가 위스콘신에서 사다 준 위스콘신 풋볼팀 마스코트인 배저스Badgers 티셔츠를 입고 있었다. 그 사람들은 티셔츠를 보더니 자신들도 위스콘신에서 왔다고 매우 반가워하는 것이었다. 친한 친구가 그 곳 출신이라 선물받았다고 하니 친절 한 줌과 미소 한 바가지다. 그 일행은 한참 동안 우리 차 바퀴에 바람도 넣어주고 차를 주차장에서 빼는 것도 이쪽저쪽으로 지켜서서 잘 봐주어 공원 안에 위치한 차 수리점까지 무사히 이동할 수 있었다.

여행에서 돌아와 영문도 모르는 레이에게 위스콘신 티셔츠 덕분에 우리가 살았다며 끌어안고 고맙다는 인사를 했다. 렌트한 밴을 바위에 긁어 큰 스크래치를 내고 우울해지기도 했지만 차수리를 잘하는 친구가 자칫 복잡할 뻔했던 일을 잘 처리해주기도 하고, 프리웨이를 달리다가 갑자기 중앙차선에서 솟구치는 불길을 서커스 마냥 뚫고 지나가기도 했다. 옐로스톤에 사는 야생동물만큼이나 야생의 스펙터클한 여행이었다.

여행을 마치고 돌아오는 길에도 같은 장소, 유타의 필모어KOA에서 묵었다. 늦은 시간 숙소에 도착하니 관리자도 퇴근하고 우리 방 열쇠만 덩

그러니 책상서랍에 넣어져 있었다. KOA 전체에 우리 가족만 있어서 괜히 오래된 서부의 유령도시가 떠올라 공용 샤워장까지 가는 발소리도 필요 이상으로 크게 저벅저벅 내며 다녔다. 장소가 어디든 그저 신나기만 한 둘째의 깔깔거리는 웃음소리가 어둠과 적막을 깨고, 늘 우리를 낭만과 감상에서 깨어나 현실 속으로 돌아오게끔 만들어준다.

지구상 가장 어두운 밤하늘, 데쓰밸리에서 쏟아지는 별이 심장에 꽂히다

죽음의 계곡이라 불리는 데쓰밸리는 미국에 가기 전부터 가장 기대하던 곳이었다. 우리나라에서는 전혀 볼 수 없는 사막이라는 낯선 장소에 대한 호기심이었다. 역시나 이 곳에서도 캠핑을 하기로 했는데 대개 여러 곳의 캠프 그라운드가 있는 다른 국립공원과 달리 데쓰밸리에는 퍼니스 크릭(Furnace Creek)이라는 단 한 곳뿐이다.

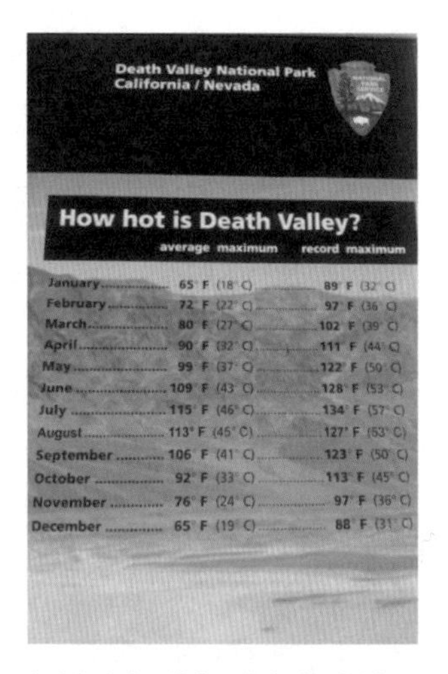

우리가 갔던 11월과 12월의 평균기온은 24도, 19도였지만 바람이 심해 체감온도는 춥게 느껴질 정도였다. 7월은 최고 온도가 57도에 달한 적도 있다. 그 정도면 자동차 위에서 계란후라이를 해먹어도 될 듯 하다.

캠핑장 맞은 편에는 척박한 사막 한 가운데 풀과 나무가 초록 빛을 풍요롭게 내뿜고 있어 황당했다. 무엇인지 물어보니 공원 내에 딱 하나 있는 호텔이었다. 당연히 일 박에 500불이 훌쩍 넘는 가격이다. 데쓰밸리는 인적이 있는 주변 마을로부터 100km 가까이 떨어져 있는 곳이라 숙박비가 매우 비싼 편이다. 텐트를 치면서도 주변이 너무 황량해서 과연 내일 아침을 무사히 맞을 수 있을까 살짝 걱정이 될 정도였다.

오밤중에 딸아이가 단잠을 자고 있던 나를 깨우더니 화장실이 너무 급하단다. 귀찮은 마음에 짜증이 밀려왔는데 남편이 슬그머니 텐트 지퍼를 내리고 따라 나섰다. 아이는 화장실까지도 못 가겠다며 눈을 감은 채로 손으로 더듬어 나가 텐트 주변에서 대충 볼 일을 해결하고와 곧바로 다시 잠이 들었고, 내 귀에는 잠깐 열린 텐트 문 사이로 밖에서 들려오는 엄청난 바람소리가 감겼다. 퍼뜩 파이어링 근처에 펼쳐 둔 힘없는 접이식 의자들과 테이블 위에 대충 올려둔 후라이팬이 떠올랐다. 설마 날아가겠어 모른 척 하고 싶어 눈을 질끈 감았지만 머릿속에서는 의자가 날아가 텐트 줄에 감기며 텐트가 폭삭 주저앉거나 후라이팬이 부메랑처럼 날아가 옆집 캠핑카 앞유리를 산산조각 내는 장면이 꼬리에 꼬리를 물고 영화처럼 생생하게 그려져 그 상태로는 밤새 편히 잠을 잘 수 있을 것 같지가 않았다.

엉덩이에 캠핑 트레일러라도 매단 것 마냥 침낭에서 몸이 떨어지지 않았지만 겨우 바닥에 엉덩이를 질질 끌며 텐트 지퍼를 열었다. 그 순간, 정말이지, 숨이 턱 막혔다. 우리가 볼 수 있는 지평선 최대의 시야는 180도다. 그 전체가 별. 별. 별로 덮여 있었다. 그토록 완벽한 상태의 어둠을 처음 보는데 놀랐고, 그 어둠 속에서 수천 수만 수억 개의 별이 가슴에

데쓰밸리가 한 눈에 들어오는 단테스뷰 포인트

내려 꽂혀서 윽 하고 통증이 느껴지는 듯 했다. 그것은 요세미티의 높은 산꼭대기에서 손에 닿을 듯 하여 저절로 팔을 뻗게 되는 하늘과는 또 다른 하늘이었고 희한하리만큼 또 다른 어둠이었다. 바람에 쉽게 펄럭거리는 얇은 천막 한 장에 의지해서 가족끼리 온기를 나누어 잠을 청하면서 천막 하나로 바깥 세상과 안의 세상이 이토록 분리될 수 있다는 것이 놀라웠다. 마치 텐트라는 비행선을 타고 우주 한가운데 떨어져 저 멀리서 지구를 내려다보는 느낌이었다. 마음 같아서는 그 흥분을 그대로 안고 캠핑의자가 꺼지도록 깊숙이 앉아 커피 한 잔 마시며 밤새 우주여행을 즐기

해수면보다 855미터 낮은 지대

고 싶었지만, 코요테인지 늑대인지 수십 마리가 울부짖는 소리가 멀지 않은 곳에서 들려와 포기해야 했다.

날이 밝고 관광 안내소 어딘가에서 익숙한 한국말이 들렸다. 한 가족이 며칠 간 미국 캠핑카 여행에 도전 중이란다. “간밤에 바람이 굉장했죠? 캠핑카라 바람 불어도 끄떡 없고 마음 편하셨겠어요. 저희는 텐트가 날아가거나 동물들이 공격해 올까 봐 무서웠어요.” 했더니 “아휴~말도 마세요. 캠핑카 처음 렌트 해 봤는데 바람 부니 차 안의 모든 그릇이며 집기들이 너무 덜컹거려서 밤새 한 숨도 못 잤습니다.”

그 정도로 지난 밤 바람이 많이 불어 주는 덕분에 후라이팬이 날아갈까 하는 걱정으로 내가 죽어 별이 될 때까지 잊지 못할 별별 추억을 만든 것 같아 데쓰밸리의 바람에 진심으로 감사했다.

마치 하얀 눈이 온 것처럼 보이지만 알고 보면 소금. 민주와 에리카는 굳이 확인하겠다며 손가락으로 찍어 먹어보았다. 바로 퉤퉤 뱉어냈지만. 남편까지 합세해 소금쟁이 쑈를 벌인다.

사막이라 하면 흔히 떠올리는 모래 사막. 하지만, 데쓰밸리에서도 이런 모래 사막을 볼 수 있는 곳은 일부 지역일 뿐이다. 데쓰밸리는 사막의 여러 형태를 다 볼 수 있는 사막 종합선물세트 같은 곳. 전혀 다른 뷰와 특징을 가진 한 곳 한 곳을 방문할 때마다 어린 시절 종합선물세트의 과자를 하나씩 열어먹는 설레임이 든다.

태양처럼 붉은 절벽 아래 캠핑장에서 태양을 맞이하다, 자이언국립공원

눈으로 지켜 보면서도 현실이 아닌 것 같은 아름다운 풍경에 자꾸 눈을 깜빡이게 된다. 붉은 암석과 초록빛 숲과 하얀 구름과 맑은 물빛이 이토록 아름답게 어울릴 수 있다니.

일부러 빚어 놓은 듯 물결 무늬가 그대로 살아있다.

레인저 프로그램에서 자이언캐년에 살고 있다는 퓨마에 대한 설명을 듣고 실제 퓨마의 뼈와 가죽을 만져보았다.

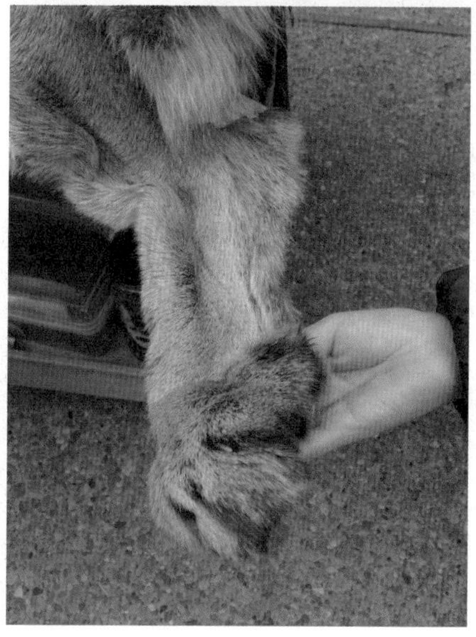

살아있을 때는 먹잇감을 꼼짝도 못하게 움켜쥐었을 앞발. 민주의 손보다도 훨씬 두툼하고 크다.

세상 가장 행복해 보이는 다람쥐. 도토리 점심 가지고 소풍을 왔나 보다. 나란히 앉아 도시락을 먹고 싶어지는 경치이다.

자이언국립공원에서 가장 매력적이고 독특한 하이킹 코스가 바로 이 곳이다. 강을 계속 따라올라가 달라지는 풍광을 감상하며 하이킹을 할 수 있다.

여기가 지구 맞아?
브라이스 캐년 국립공원

캐년의 최고봉은 그랜드캐년이라 생각했지만 브라이스캐년에 가서 전혀 색다른 모습을 보고 또 한번 넋을 잃었다. 자연은 어쩌면 이렇게 창의적인지. 사람도 모두 다르게 생겼듯 돌멩이 하나도 똑같이 생긴 것이 없다. 브라이스캐년만의 장관인 바위기둥, 후두Hoodoo. 바위 틈에 얼음이 얼고 녹는 과정을 반복하며 이런 창의적인 모습으로 태어났다.

2200살, 아직도 자라고 있어요.
세계에서 가장 큰 생명체, 세콰이어/킹스캐년 국립공원

민주가 한국에서 1학년 영어시간에 미국 과학 교과서로 수업을 했었다. 그때는 tallest가 뭔지 해석도 안되고 발음할 줄도 모르던 때라 미국 세콰이어 국립공원에 세계에서 가장 큰 제너럴 셔먼이라는 이름의 나무가 있다고 내가 설명해주고 딸아이는 "우와~~~이 사진 진짜야?" 물으며 감탄했었다. 미국에 갈 때 일부러 그 교과서를 챙겨갔었고, 다시 세콰이어 국립공원에 가져갔다. 딸은 가는 차 안에서 그 사진을 펼쳐 요리조리 살펴봤다. 그때와 똑 같은 질문. 설마 이게 진짜일까? 가서 봤더니…허억~~ 진짜네!!!

제너럴셔먼 뿐 아니라 전세계 10위 안에 드는 나무 중 다섯 그루가 이 공원 내에 있다. 또한, 전세계에서 두번째로 큰 나무인 제너럴 그랜트는, 세콰이어 국립공원과 맞닿아있는 킹스캐넌 국립공원에 있다.

세콰이어 나무가 2천 년이 넘는 세월 살아남을 수 있었던 이유는 번개 등으로 인한 자연 산불이 나서 나무 내부가 타더라도 새살이 돋아나 상처를 메우기 때문이다. 이곳의 많은 세콰이어 나무들 곳곳에서 불에 탄 흔적을 발견할 수 있다. 인간들이 인위적으로 산불을 통제하자 세콰이어의 씨앗 또한 딱딱한 껍질을 깨고 싹을 틔우지 못한다는 것을 알게 되었다. 그때부터 자연발생적인 화재는 진압하지 않고 자연적으로 소멸될 때까지 그대로 두기도 한다. 시련을 겪으며 더 단단해지는 것이 세콰이어 나무가 수천년 살아낼 수 있었던 비결이다.

지구상의 가장 큰 생명체, 제너럴셔먼 트리.
제너럴 셔먼은 나무의 둘레만도 31미터, 지름이 11미터, 무게는 1385톤이다(하지만, 지구상에서 가장 키가 큰 나무는 아니다). 나무의 몸통에 물을 채운다고 가정하면 27년간 매일 샤워를 할 수 있을 만큼의 양을 담을 수 있다.

여러 차례 불에 탔던 흔적을 품고 살아가는 제네럴셔먼 트리

나무가 뽑혀 나가도 자연상태 그대로 둔다. 뽑힌 나무는 뽑힌 대로 가치가 있다. 거대한 나무 뿌리를 볼 수 있는 좋은 기회. 국립공원 안의 모든 것은 첫째도 보존, 둘째도 보존, 셋째도 보존이 최우선이다.

터널로그 Tunnel Log.
나무가 쓰러져도 치우지 않고 차 높이의 구멍을 만들어 오갈 수 있게 하였다.

주니어 레인저,
국립공원 지킴이가 될 것을 선서하다

모든 국립공원에는 주니어 레인저 프로그램이 있다. "Explore, Learn, and Protect"(탐험하고 배우고 보호한다)라는 모토 아래 5세-12세 아이들을 대상으로 하여 아이들의 흥미를 불러 일으키고 자연보호에 대한 인식을 심어주고자 하는 목적이다. 공원안내소에서 요청할 경우 책자를 무료로 주는데 (유일하게 옐로스톤에서는 3달러에 구매했다) 책자의 문제를 풀어서 안내소로 다시 가지고 가면 레인저와 정답을 맞추어보고 설명을 듣고는 주니어 레인저 서약식을 한 후 그 공원의 이름이 적힌 뱃지 또는 패치를 받게 된다.

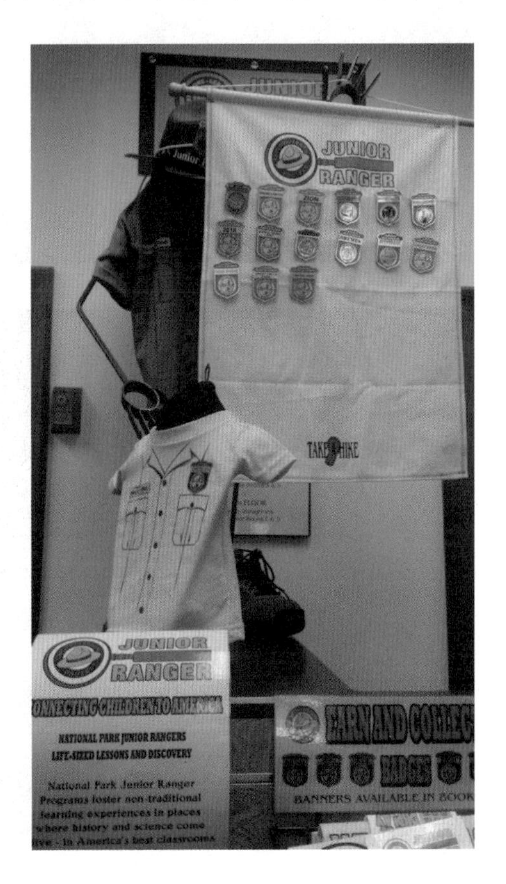

아이가 적극적인 자세로 국립공원을 보게 하는데 분명 도움이 된다. 자기 전에 밤마다 텐트 안에서 그 날 본 것을 되짚어보며 문제를 풀고 하루를 마무리 하고는 했다. 민주는 방문한 10개의 국립공원 중 9곳의 뱃지를 모았다.

자기 전 텐트 안에서 그 날 보았던 것의 기억을 되살려 주니어 레인저 워크북 문제를 푼다.

주니어 레인저 워크북을 풀어서 레인저에게 제출하면 답을 체크해주고 자세한 설명도 들을 수있다. 엄격한 레인저는 워크북을 나눠주면서 스펠링이 하나라도 틀리면 뱃지를 줄 수 없다고 엄포를 놓고 그러면 아이들은 매우 신중하게 답을 적는다.

국립공원마다 워크북의 내용은 물론 모두 다르지만 문제를 푼 후에 레인저와 함께 서약하는 방식은 동일하다. 레인저가 선창하면 아이도 그대로 따라 읊으며 자연보호를 위해 힘쓰는 주니어 레인저가 되겠다는 서약을 한다.

사람이 있는 여행

북미에서 가장 큰 고지대 호수, 에메랄드 빛 레이크타호

레이크타호는 한번도 들어본 적이 없었다. 샌디에고에 있던 친구 나라가 자주 미국 출장을 다니면서 가 본 몇 곳의 여행지 중 가장 아름답더라는 말에 덥썩 여행일정을 잡았다. 요세미티에서 사흘 간의 캠핑을 마치고 곧바로 레이크타호로 이동하는 계획을 짰다. 구식 네비게이션에 의지해서 별 생각없이 차에 주유만 빵빵하게 해서 요세미티에게 작별인사를 하고는 길을 나섰다. 손이 벌벌 떨릴 정도로 험난했던 이 코스가 당시에 스마트폰을 가지고 있지 않아서 스마트한 구글맵의 도움을 받지 않은 때문인지, 요세미티에서 타호로 가는 길이 하나밖에 없었던 것인지는 지금도 잘 모르겠다.

처음 몇 시간은 낯선 길도 신나게 갔지만 점점 주변에 다른 차들이 보이지 않고 있었다. 길은 점점 꼬불거렸고 점점 좁아졌다. 계속 오르막이기만 한 길은 도통 내리막 경사각이 보일 기미가 안 보였다. 그때는 마침 남편과 교대해서 내가 운전대를 잡고 있었다. 길은 점점 산으로 갔고 산 속을 따라난 도로에는 급기야 언젠가부터 중앙차선조차 사라져버렸다. 우리 앞뒤에도, 맞은편에서도 다른 차를 구경한지 한참 지났다. 왜 차선이 없냐며 남편이 갸우뚱 하자, 나는 "우리가 표지판을 못 봤나봐. 이쪽은 일방통행이고 반대방향의 차는 다른 길로 가고 있겠지" 대답하고 얼마 지나

타호는 해발 1897m에 위치하여 북미에서 가장 큰 고지대 호수이다. 호수 둘레가 152km, 깊이는 미국에서 두 번째로 깊은 501 m, 면적은 490km^{2}이다. 한국으로 치자면 한라산 꼭대기에 광주광역시의 면적만한 호수인 것이다. '톰소여의 모험'의 작가 마크트웨인이 지구상의 가장 아름다운 풍경이라고 극찬하며 이곳에서 집필 활동을 하기도 했다.

지 않아, 천만의 말씀. 갑자기 맞은 편에서 차가 나타났고, 상대운전자도 나와 같은 생각을 했던지 두 차 모두 거의 차도 중앙을 달리다가 화들짝 놀라 양옆으로 비켜났다. 남편은 너무 놀라 조수석에서 허공에 대고 헛발질을 하며 있지도 않은 브레이크를 밟아대고 있었다.

그건 시작이었다. 어느 순간 중앙차선이 갑자기 생겨나긴 했는데, 그 대신 왕복2차선 도로는 더 좁아졌고, 경사는 더 높아졌고, 아래는 천길 낭떠러지인데, 방어막이 되어 주리라는 기대는 안 해도 그저 심적 위안이라도 될만한 손바닥만한 가드레일 하나 없었다. 그냥 차도만 닦아 두고 선만 가운데 하나 죽 그어 놓은 모양새다. 그 곳에서 굴러 떨어졌다가는 정말이지 아무도 모르고 쥐와 새만 알게 조용히 사라질 것 같았다. 요세미티를 떠나면서 국립공원 안의 주유소라 몇 센트가 비싸기에 나중에 넣을까 망설이다가 기름을 가득 채운 것에 감사할 뿐이었다.

자전거를 타고 가다가 우연히 들른 아이스크림점. 먹어도 먹어도 줄지 않는 마법의 아이스크림. 첫 날은 두 개 사서 셋이 질리도록 먹었는데도 절반이 남아서 다음 날은 하나 사서 셋이 나눠 먹으니 양이 딱 맞았다.

나무 데크에 앉으면 바닥까지 투명하게 보일 만큼 맑아서 깊이를 가늠할 수 없다. 타호는 세계에서 물이 가장 깨끗한 호수 중 하나이다.

고도 안내 표지판이 나타났다. 8000피트. 내 눈을 의심했다. 무려 2400m였다. 한라산이 2000m가 안 되는데 그보다 훨씬 높은 곳을 가드레일 하나 없이 미시령 옛길 같은 꼬불꼬불한 도로를 가다니. 고도를 보고 나니 곁눈질 한번 하지 않고 정면만 보며 간신히 붙들고 있던 정신이 혼미해지면서 심적으로 무너져버렸다. 머리카락이 쭈뼛 서고 손이 떨릴 지경이었다. 차를 세워서 운전을 교대하려고 했지만 세울 곳조차 없어서 떨리는 손으로 엉금엉금 운전했다. 한참 만에야 겨우 작은 공간을 발견하여 그 곳에서 나보다 조~오금 담력이 큰 남편에게 운전석을 양보했다. 양보하고 나니 긴장이 풀려 그제야 주변의 경치가 눈에 들어왔다.

레이크타호 캠핑장은 유독 평화롭고 넓고 여유로웠다.

그 곳은 국립공원은 아니었지만 국유림(National Forest)이라는 안내가 있었고 쭉쭉 뻗은 소나무, 삼나무가 울창한 숲과 하늘인지 바다인지 구분이 안 갈 정도의 푸른 하늘이 압권이었다.

좀 더 가다 보니 작은 호수도 보였다. 하늘 가까이에 맞닿은 작은 호수였다. 이끌리듯 호수를 감상하기 위해 차를 잠시 세우고 차에서 내리는 순간, 말로는 도저히 표현이 되지 않는 처음 맛보는 상쾌하고 청량한 공기였다. 워낙 고지대에, 차나 사람이 거의 다니지 않고, 나무만이 가득하여 순도 100퍼센트 자연 상태 그대로의 공기였다. 인간이 차를 만들어내고 여러가지 원인의 대기오염이 발생하기 전, 불과 수백 년 전이겠지만 그 때의 공기가 바로 이랬었겠지 싶었다. 우리가 넘어온 곳이 바로 시에라 네바다 산맥이었다.

글자 그대로 산 넘고 물 건너 정말 어렵게 도착한 레이크타호. 우리를 맞이하는 풍경은 긴장감과 고생을 한방에 날려버릴만 했다.

캠핑장으로 들어가는 길에 봐두었던 자전거 대여점에 들어가 일단 자전거 3대를 대여했다. 때론 경주하면서 때론 느긋하게 페달을 밟으며 호수 주위를 돌다가 마음에 드는 곳에 들어가 얼굴 크기 만한 아이스크림을 먹기도 하고 커피를 한 잔 마시기도 했다. 맛있어서 다음 날 또 갔다. 한 장소에 여러 날 묵으면 좋은 점 중의 하나이다. 좋으면 다음 날 또 가서 또 볼 수 있고, 또 먹을 수 있다.

지도를 보니 캠핑장 안에서만 갈 수 있는 작은 호수가 두 곳 있었다. 아침에 눈을 뜨자마자 아침산책은 타호 대신 그곳으로 갔다. 물안개가 핀 호수 위로 비추는 아침 햇살에 숲 전체가 천천히 깨어난다.

캠핑장으로 돌아가니 아침 일찍부터 젊은 남자직원이 휘파람을 불며 본업인 청소를 세상에서 가장 좋아하는 일이라는 듯 즐겁게 하고 있다. 굿모닝 가볍게 인사하고 잠시 얘기를 나누며 "당신이 제일 좋아하는 장소

비치도 바닷가처럼 모래사장이다. 빙하가 녹은 물이라 발만 담궈도 온 몸이 얼어붙는 듯 하다. 물놀이를 제일 좋아하는 민주도 얼음물 수영은 포기

가 어딘가요?" 물으니 망설임없이,

"많은 관광객들이 에메랄드베이에 가는데 그 곳도 정말 좋지만 내가 가장 좋아하는 곳은 에메랄드베이 가는 길목에 있는 도로에요. 좁은 도로를 사이에 두고 양쪽 전체가 푸른 빛 호수죠. 짧은 구간이라 놓칠 수도 있으니 양쪽을 번갈아 잘 살펴야 해요. 그리고, 내가 친구들과 자주 가는 핫도그 가게를 알려줄 테니 떠나기 전에 꼭 거기서 먹고 가요." 하며 가는 방법을 상세히 알려준다.

눈에 불을 켜고 에메랄드베이로 갔다. 경사길을 오르며 좁은 왕복 2차선 도로가 나왔다. "여기다 여기!" 마음의 준비를 하고 재빨리 좌우로 머리를 돌린다. 친절한 그 직원에게 미리 듣지 않았으면 한 쪽만 보며 감탄하다가 마치 평행대를 건너듯 좁은 도로를 사이에 두고 양쪽으로 펼쳐진 최고의 명장면을 놓칠 뻔 했다. 한 번 보기에는 아까워서 유턴하여 두어 번을 더 왕복했다.

크루즈 선상에서 바라본 바이킹스홀름 대저택. 거부의 미망인이 여름별장으로 사용했던 성이다. 지구 상에서 가장 아름다운 전망을 가졌다는 레이크타호에서, 가장 아름답다는 에메랄드베이를 앞에 둔 숲 속에 자리잡고 있다. 지척에 보이는 작은 섬에 티하우스를 만들어두고 개인요트를 타고 그곳에 티를 마시러 갔다고 한다.

에메랄드베이는 과연 이름대로 보석같은 곳이었다. 아이는 혼자 수영복을 입고 물에 들어가 놀 참이었지만 발목까지 담그더니 이내 도망나왔다. 그도 그럴것이 빙하물이니 얼마나 차갑겠는가. 한여름인 8월인데도 도저히 발목 이상은 못 들어가겠다며 아이는 물은 포기하고 모래를 가지고 놀기 시작했다.

아이와 화장실을 찾아 가다보니 숲 속에 아름다운 저택이 보였다. 입장

투어프로그램은 여름에만 진행된다고 하는데 우리는 마침 8월에 방문하여 투어를 할 수 있는 행운을 누렸다.

바이킹스홀름은 미국 내에서 북유럽 스칸디나비아 양식으로 지어진 건축물 중 대표적인 곳으로 꼽힌다. 나무 등의 건축재료도 북유럽에서 직접 운반해왔다고 전해진다.

료 10달러. 시간만 맞추면 별도 비용없이 가이드해설 투어를 해 볼 수 있다고 해서 일단 티켓을 사고 비치에 머물다가 해설시간에 맞춰 갔다. 십여명 남짓한 사람들이 저택 앞에 모이자 설명을 시작했다.

1860년대 후반에 처음 이곳에 운송 사업의 거부 Ben Holladay의 집이 지어졌고 몇 번의 주인이 바뀐 끝에, 1928년 이 곳에 현재의 모습으로 재건축 되었다고 한다. 문을 열고 들어가니 완전히 다른 세상이었다. 총 38개의 방을 가지고 있다는 저택은 북유럽풍으로 꾸며진 내부가 원형 그대

크루즈 선착장이 있는 강변

로 잘 보존되고 있었고 뒷뜰 차고에는 1930년대 닷지Dodge의 올드카가 세워져 있다. 미국 내에서 스칸디나비아 양식의 건축 중 가장 잘 지어진 건축물로 평가받는다고 한다.

투어를 마치고 나가니 멀찌감치 지나가는 크루즈가 보였다. 오~~저거 재밌겠는데! 투어를 해주고 나가던 가이드를 붙잡고 크루즈가 어떤지, 어디서 탈 수 있는지 물어 정보를 받아 들고 곧바로 차를 타고 크루즈 선착장을 찾아 갔다. 크루즈도 종류가 몇 가지 있고, 시간대나 포함된 서비스에 따라 가격도 달랐다. 이번에는 매표소 직원에게 물으니 아이와 동반하기에는 일몰을 보며 뷔페식사가 포함된 타호 퀸의 크루즈가 좋다며 추천해준다. 타 본 후의 만족도는 120%!

아직 날이 밝을 때 배에 오르자 곧바로 샴페인이 서비스로 제공되었다. 이내 해가 저물어 만찬이 시작되자 석양을 보며 적당히 구워진 질좋은 립스테이크와 꽤 맛있는 씨푸드 파스타 등으로 저녁식사를 한다. 타호에 대한 선장의 설명이 중간중간 이어지고, 흥겨운 밴드 연주도 더해진다. 바다가 아닌 호수 위에서 무려 두시간 반이나 배를 타고 계속 항해했지만 전체 호수의 극히 일부만 돌아보았을 뿐이라는 사실이 놀라웠다. 낮에 이미 투어를 마쳤던 에머랄드베이의 바이킹스홀름을 안내하기 위해 크루즈가 해안가로 다가가자 술을 기분 좋게 한 잔 걸친 듯한 젊은 남성 넷이 일렬로 서서 동시에 바지를 쑥 내리고 엉덩이를 흔들어댔다. 벌거벗은 쪽도 환호성을 지르며 난리이고, 의도치 않게 벌거벗음을 본 쪽도 환호성이다. 한국으로 치자면 여중, 여고 시절 내내 담벼락에 자주 출몰하던 바바리맨과 살짝 비슷하기도 한데 이상하게 느낌은 참 다르다.

레이크타호에 대해서 미리 인터넷검색도 해보지 않고 안내책자도 구하지 않고, 사진 한 장 보지 않고 무작정 갔다. 하지만 안내소 직원이 본인이 자주 가는 곳이라며 알려준 동네 마트에 가고, 마트 직원이 알려준 음식점에 가고, 캠핑장의 청소직원이 알려준 에메랄드베이에 가고, 가보니 예쁜 저택이 있기에 가이드투어를 듣고, 투어를 하고보니 지나가는 크루즈가 있기에 가이드에게 또 물어서 선착장에 가고, 매표소 직원에게 추천받아 크루즈를 선택했다. 가이드책이 없어 아쉽다거나 미리 인터넷 검색

을 하지 않아서 아쉽다는 생각은 전혀 들지 않았다. 그저 시간이 되는대로, 마음에 드는 방향으로, 비치가 좋으면 그 곳에 오래 머물고, 숲이 좋으면 숲에 머물고, 좋았던 곳은 한번씩 더 가보고, 그러다 보니 며칠이 훌쩍 지났다. 레이크타호는 주로 요세미티 가는 길에, 샌프란시스코 가는 길에 잠깐 들르는 코스로 소개된다. 하지만 우리는 2박 3일 캠핑을 하고서도 떠날 때 아쉬움이 가득 들었다. 작가 마크 트웨인이 왜 이곳에서 집필활동을 했는지 알 것 같다.

레이크타호를 떠나 나파밸리로 향하기 전 청소직원이 추천해 준 핫도그 점에 갔고, 과연 그의 말대로 먹어 본 핫도그 중 (마이크 브라더스의 핫도그 다음으로) 맛이 최고였다.

나파밸리, 와이너리 포도밭에서 와인 한 잔 하실래요?

레이크타호에서 출발하여 곧바로 나파밸리로 향했다. 한국에서 마시던 캘리포니아 나파밸리 와인의 출생지가 바로 이 곳이라니! 애정을 듬뿍 주던 친구의 고향을 찾은 기분이랄까?

때마침 나의 생일을 맞이해 원하는 와이너리를 선택하여 마음껏 테이스팅 해봐도 좋다는 특별 선물을 남편으로부터 받고는 나파에만 400여 개 있다는 와이너리 중 어디를 택해야 할지 행복한 고민을 하고 있었다. 하지만 레이크 타호가 너무 좋아서 조금만 더! 하며 시간을 보내다가 나파밸리에는 거의 오후 5시가 되어서야 도착했다.

웰컴센터에 가보니 5시면 문을 닫아서 다운타운 거리를 구경해보며 어슬렁거렸다. 모두가 와이너리 때문에 찾아오는 지역에 거주하는 사람들은 어떤 모습으로 생활하고 있을까 궁금해서다. 정작 다운타운과 길거리는 꽤 소박했지만 아기자기한 샵들과 사람들이 붐비는 레스토랑, 와인바가 역시 곳곳에 있었다. 그러다가 여행자정보센터를 발견했다.

내부에 들어서자 온갖 와인용품과 기념품, 와인이 가득하다. 와인소품 몇 가지와 와인수첩을 구매하려니 남편이 4가지의 와인을 맛볼 수 있는 테이스팅 메뉴를 안쪽의 바에서 판매한다며 먹어보겠냐고 슬쩍 묻는다. 바에는 은발의 머리와 같은색의 콧수염을 멋지게 기르신 직원 한 분이 있었다. 운전을 해야 하고 와인보다는 막걸리를 더 좋아하는 남편은 와인의 향만 맡는 것으로 대신하고 민주는 그곳에서도 책을 펼쳐들었다. 짧게 테이스팅만 할 것이라 생각하고 바 의자에 앉았지만 노신사가 차례로 따라주는 와인을 맛보며 얘기를 나누다보니 시간이 점점 길어졌다. 나파밸리에서 나고 자랐다는 이 분은 손주 사진도 꺼내어 보여주시고 내 생일이 며칠 후라는 얘기를 듣더니 와인도 두가지 종류를 더 따라주시고, 치즈도 좀더 내어주신다. 멋진 옷을 차려입고 고급 와인바에서 일하는 젊은 소믈리에처럼 해박한 이론을 뽐내거나 와인에 대해 거창하게 조예가 깊다기보다는, 그저 본인의 고향인 나파밸리를 찾아온 손님을 유쾌하게 환대해주는 듯한 느낌이다. 고급 와인보다는 본인이 좋아하고 자주 마시는 와인을 추천해주며 나파밸리에서 사는 얘기, 한국에서 사는 얘기 나누다 보니 잘 숙성된 와인처럼 밤도 무르익어 갔다.

나파밸리에서도 역시 캠핑장에 숙소를 잡았다. 다만 나파밸리에서는 분명 음주 후일 것임을 예상하여 이미 설치되어 있는 텐트인 Yurt를 예약한 것이 신의 한수였다. 나파밸리 와이너리에서 생산된 두 가지의 까베르네 소비뇽, 쉬라, 진판델, 샤도네, 피노누아, 모두 다른 종류의 와인 6가지를 테이스팅하고 숙소로 돌아가는 길, 나른한 몸을 뉘여 바로 잘 수 있다는 것에 또 행복했다.

와인을 사랑하고 즐기며 나파밸리에서 오랜 세월 살아온 토박이 분이다. 저녁 내내 즐거운 수다가 이어졌고 생일을 맞은 나에게 축하한다며 몇 가지 와인을 더 맛보라며 따라 주셨다.

다음날 아침 해장용 매운라면을 끓여먹고 전날밤에 추천받은

Catello di Amorosa 와이너리로 향했다. 와이너리는 무려 아침 9시 반에 오픈해서 그때부터 모닝음주가 시작된다. 와이너리가 위치한 높은 언덕으로 가는 길부터 이미 완벽한 그림이었다. 포도밭 옆에 위치한 작은 교회당이 나파밸리 전체를 내려다보고 있고 길 양옆으로는 포도가 탐스럽게 매달려 있다. 13세기 중세 유럽의 건축양식을 본따 지은 이 아름다운 와이너리의 주인은 중세건축에 관심이 많아 직접 15년 동안 유럽을 드나들며 자료조사를 한 후에, 1995년에 건축에 착공해 2007년에야 비로소 이 곳을 완성시켰다고 한다. 거의 30년에 가까운 시간을 공들여 축조한 곳답게 모든 공간이 세심하고 아름답게 지어져 있었다.

오후에는 베린저(Beringer) 와이너리를 가보고 싶었지만 사전예약이 필수라 대신에 로버트 몬다비(Robert Mondavi) 와이너리에서 투어를 했다. 투어는 약속된 시간에 포도밭에 모이면 먼저 와인을 한 잔씩 따라

언덕 위에 자리한 작은 교회당은 나파밸리 전체를 내려다보고 있다. 도로 양 옆이 모두 포도밭

카스텔로 디 아모로사(Castello di Amorosa) 와이너리. 13세기 이탈리아 토스카나의 고성을 본따 지은 이 아름다운 와이너리의 주인은 중세건축에 관심이 많아 직접 15년 동안 유럽을 드나들며 자료조사를 한 후에, 1995년에 착공해 2007년에야 비로소 이 곳을 완성시켰다고 한다.

중세 고성의 지하 저장소에서 와인을 맛보는 기분이다. 성인은 5가지 와인을 맛보는데 25불, 6가지의 고급와인을 맛보려면 35불, 미성년자에게는 포도주스가 제공되며 15불. 인기 있는 와이너리일수록 물론 가격이 더 비싸다.

테이스팅 룸. 2시간 반 동안 와인에 대한 설명을 들으며 식사와 와인테이스팅을 하는 프로그램이 있다. 테이블 한가운데에 있는 고양이가 인형인 줄 알았다가 갑자기 움직여 깜짝 놀랐다. 수백개의 유리잔을 피해서 어떻게 저 한가운데에 들어갈 수 있었을까? 와이너리에 살려면 유리잔을 잘 피해다니는 법을 터득해야 쫓겨나지 않는다는 것을 알고 있는 고양이인 듯 하다.

주며 와이너리에 대한 설명을 하는 것으로 시작한다. 투어시간과 가는 장소, 테이스팅하는 와인 종류 등에 따라 금액이 모두 다르다.

와이너리란 원래 와인 만드는 양조장을 의미한다. 나파밸리 전체가 거대한 포도밭이기는 하지만 475개(2016년 기준)의 와이너리가 전세계에 판매하는 양에 비하면 충분하다고 볼 수 없어서 투어 도중 가이드에게 물었다. 그러자 그 곳 와이너리에서 수확하는 포도는 일부이고 실제 대량 재배하는 포도밭은 별도로 있다고 했다. 나파밸리에서는 와이너리 자체가 하나의 상품이자 브랜드마케팅의 수단이라 엄밀하게 말하면 와이너리보다는 와인 브랜드 홍보관이라고 하는 편이 더 정확할 것 같다.

와인을 숙성시키는 오크통으로 가득 찬 저장소 투어도 한다.

그 날 저녁 200여 개의 와이너리가 모여있는 또다른 와인도시 소노마 밸리로 이동했지만 그 곳에서는 와인 대신 그 지역 마켓 구경을 하며 여유롭게 휴식했다. KOA캠핑장에 묵으며 마지막 여행지 샌프란시스코로 갈 체력을 충전했다.

샌프란시스코에 도착한 날 새벽 3시경, 나파밸리의 지진 소식이 들렸다. 6.0 규모의 지진이 발생하여 1명 사망자, 200명 이상의 부상자와 최대 1조 원으로 추정되는 손해가 생기는 등 많은 피해를 입었다는 뉴스였다. 단 하루 차이로 지진을 피했다는 안도감과 함께 무엇보다 가장 먼저 여행자 센터의 노신사분이 무사하실지 걱정이 앞섰다. 와이너리 투어를 할 때

한국에서도 인기있는 로버트 몬다비 와인의 와이너리. 인기있는 와이너리의 입구에는 화려한 드레스와 턱시도를 차려 입은 사람들이 리무진을 타고 와 스페셜투어와 시음회에 참석하기도 한다.

주렁주렁 매달린 포도를 보며 수일 내로 수확을 할 것이라는 설명도 떠올랐다. 1989년 지진 이후로 가장 피해가 심했다고 한다. 아마도 2014년산 나파밸리 와인은 지진을 이겨내고 얻어진 귀한 와인일 것이다.

언덕도 높고 물가도 높은 샌프란시스코

샌프란시스코에 도착한 날은 토요일 오전이었다. 와아~금문교다아아~ 환호성을 지르다가 통행료 안내 표지판을 놓쳤다. 남편과 서로 방금 표지판에 뭐라 쓰여있더냐며 묻다가 결국 통행료를 어떻게 정산해야 하는지 모르고 그냥 지나가게 되어 당황했다 (나중에 몇 배의 벌금을 물었다). 금문교 통과 신고식을 호되게 치르고 샌프란시스코 현대미술관을 찾아갔더니 리모델링 공사 중. 2017년 개관 예정이라는 안내판만 보고 아쉽게 뒤돌아서야 했다. 갑자기 목적지가 없어져 잠시 고민하다가 미술관 앞에 위치한 호텔에 무작정 주차하고 들어가 컨시어지 데스크에서 투숙객인 듯 자연스럽게 인사하고 지도와 관광지 추천을 요청했다 (미래에 투숙객이 될 수도 있으니까). 여러 알짜배기 정보를 얻어 들고는 화, 목, 토요일에만 열린다는 부두의 파머스마켓으로 향했다. 운 좋게도 마침 토요일이라 장도 크게 열리고 사람들도 북적여 부두가 활기찼다. 날은 적당히 따뜻했고 햇살도 좋아 금문교를 바라보며 신선한 지역 농산물과 먹을거리들을 맛보고, 구경나온 관광객들을 구경하기 적당한 날이었다.

주차자리를 어렵게 구했기 때문에 주차한 김에 그곳을 좀더 다니기로 했다. 마침 부두 앞에 빨간색 2층 투어버스인 빅버스BIG BUS가 지나기에 버스를 타고 도시 전체를 돌아 보았다. 다운타운 상점과 건물마다 쇠창살이 덧대진 이중문을 보니 과연 대도시이구나 싶다. 옷을 다 벗고 가느다란 끈으로 중요부위만 가린 남자가 차도에서 달리기를 하고 차에 탄 친구들이 낄낄거리며 뒤따라가는 것을 보니 과연 샌프란시스코란 생각이 들었다.

너무 늦기 전에 숙소에 들어가 짐을 풀기로 했다. 숙박비를 비롯한 모든 물가가 비싼

마침 도착한 날이 토요일이라 화, 목, 토요일만 부두에서 열리는 파머스 마켓에 가볼 수 있었다. 각종 과일과 해산물, 핸드메이드 제품 등 먹을거리와 구경할 거리가 많다. 그곳에서 산 깜짝 놀랄 정도로 맛있었던 포도

샌프란시스코의 명물 케이블카. 케이블카가 언덕 꼭대기에 위치한 숙소 바로 앞을 지나가기 때문에 창문을 열면 케이블카 소리가 운치있게 또는 성가시게 (기분에 따라 다르게) 계속 들렸다.

샌프란시스코에서는 한국인 게스트하우스에 예약을 해두었다. 가장 인기있는 여행코스인 피셔맨스워프에서 차로 5분 거리라는 주소지에 따라 건물을 찾아갔는데 금문교와 함께 샌프란시스코를 대표하는 이미지, 엄청난 경사의 언덕, 그 언덕 중에서도 최고 꼭대기에 위치한 집이었다. 이왕 여행하는 거 도시 명물인 언덕 위의 집 정도는 경험해 봐야지! 하지만, 어디에 주차해야할지 난감해서 전화하니 근처 도로가에 알아서 세우고 오란다. 한국의 치열한 주차난을 여기서도 경험할 줄이야. 한참을 빙빙 돌다가 겨우 한 자리를 발견했는데 주차된 차들과 언덕의 각도를 보니 이 곳에 한 달면 살면 모두 주차의 달인이 될 듯싶다.

게스트하우스에 들어가니 지방 사투리가 많이 섞이고 조곤조곤한 말투의 한국인 아주머니 한 분이 우리를 맞아 주었다. 집은 길고 좁은 복도의 가운데 문을 사이에 두고 양쪽으로 나뉘어 있었다. 주방과 욕실도 양쪽에 하나씩 있다. 손님용 공간과 집주인용 공간을 분리한 듯싶다. 복도를 따라 침대가 있는 방으로 우리를 안내했고, 주방과 욕실, 인터넷 이용방법 등을 알려 주었다. 그때 민주와 또래로 보이는 남자아이 한 명이 새로 온 가족

역시 듣던대로 엄청난 경사각이었지만 남편과 나의 반응은 "한국에도 이 정도 비탈길은 꽤 많은데……" 일명 그 곳을 걷다가는 다리가 무가 된다고 하여 무다리 고개라고 불리는 곳들. 하지만 이 비탈길도 케이블카나 투어버스를 타면 그저 낭만과 스릴이 있는 즐거움의 공간이 된다.

이 궁금한 듯 빼쭉 고개를 내밀고 우리를 보고 있다. 반갑게 인사를 하고 묻는다. "안녕! 이름이 뭐니? 몇 살? 우와, 민주보다 한 살 많네!" 아이는 손님이 있는 곳에서 어떻게 행동해야 하는지 잘 안다는 듯 모든 행동이 조심스럽다. 매일 반복해왔을 집 이용방법 설명을 빠르게 척척 끝마친 엄마가 저녁 식사 준비를 해야 한다며 우리와 반대편에 위치한 부엌으로 가버리고, 남자아이도 데려간다.

나는 세탁기 사용법을 묻기 위해 몇 번을 왔다 갔다 하다가 아예 부침개를 준비하는 엄마 옆에 붙어 서서 얘기를 나누기 시작했다. 알고 보니 그 분이 집주인은 아니고, 주인 대신 손님을 받고 관리를 해주고 있을 뿐이라고 했다. 내 말소리를 듣고 부엌 안쪽에 있는 문을 열고 아들이 나와 본다. 문을 열어두어 의도치 않게 방안을 보게 되었는데 방에는 딱 침대 하나만 있었다. 방이 곧 침대이고 침대가 곧 방이어서 책상이나 의자 하나 들어갈 자리가 없다. 부엌 안쪽에 자리 잡아 창문도 없고 빛도 없고 환기도 되지 않았다.

아이아빠는 한국에서 IT회사에 다니고 있는데 기러기가족으로 지낸 지

벌써 2년이 다 되어 간다고 했다. 외동아들의 영어공부와 좀더 나은 교육 환경을 위해 부부가 적극적으로 선택한 기러기 생활이었다. 아이가 처음에는 너무 힘들어 했지만 지금은 친구도 많이 사귀고 좋아하는 축구도 마음껏 해서 이제는 이 곳을 더 좋아한단다.

"왜 물가 비싼 샌프란시스코를 택하셨어요?" 묻자 "미국에 아는 사람이 아무도 없어서 정보가 전혀 없었어요. 유학원에서 몇 개 지역을 추천해 주었는데 제가 운전을 못한다고 하니까 대중교통 잘 되어 있는 샌프란시스코로 가래요. 그래서 왔지요."

마음 속에서는 작은 한숨이 나왔다. 늘 운전을 해주던 남편 없이 만8살 아들만 데리고 홀로 낯선 땅에 올 때, 선택할 수 있는 옵션은 유학원 직원이 제안해주는 범위에서 크게 벗어나지 못할 듯도 싶었다. 하지만, 아이가 잔디밭 깔린 학교에서 영어를 배운다는 점 외에는 잃는 것이 너무 많은

샌프란시스코에서 가장 인상적이었던 순간은 2층 빅버스의 나이트투어였다. 낮에도 몇 번을 왕복하며 투어를 했었지만 밤에 금문교를 건너 맞은편에서 바라보는 샌프란시스코의 스카이라인과 바다물에 흔들리는 불빛이 더없이 아름다웠다. 언젠가 샌프란시스코를 다시 가게 될 기회가 생긴다면 관광객으로 너무 붐비는 부두쪽 보다는 금문교 건너의 작은 동네 소살리토에서만 지내다 오고 싶다.

듯도 싶었다. 정작 편리하다는 대중 교통을 이용하기 위해서는 언덕 꼭대기에 위치한 집에서 너무 많이 걸어야 했고, 생활비를 아끼기 위해 방값을 적게 내는 대신 손님과 집을 관리해 주느라 주말에도 아이를 데리고 여행은 커녕 외출도 어렵다고 했다. 조만간 기러기 생활을 청산해야 할 것 같은데 아이가 이제는 한국에 돌아가지 않겠다고 해서 남편이 미국의 IT회사로 이직을 알아보는 중이라고 했다. 그 분에게 미국생활은 아들의 자유와 기회를 위한 넓은 세상이기도 하지만 본인에게는 고단함과 제약과 외로움으로 기억될지도 모르겠다. 학교 외에는 늘 엄마와 단둘이 집에서 시간을 보내던 사내아이가 이제는 사춘기가 시작될 무렵일 텐데 아직 그곳에 있다면 행복하게 학교 다니고 건강하게 축구하며 잘 지내고 있기를 바라본다.

딸과 단 둘이 이번엔 뉴욕이다!

남편이 중국 베이징과 상하이에서 진행되는 일주일짜리 수업을 신청했다. 베이징대학교와 최대 IT 회사인 바이두 등을 직접 방문해 볼 수 있는 흔치 않은 기회라 꼭 듣고 싶은 수업이라며 일주일 간의 부재를 허락 받고 싶어했다. 나는 흔쾌히 잘 다녀오라는 말과 함께 즉시 뉴욕행 항공권을 검색했다. 결혼하면서 뉴요커가 된 베스트프렌드 나미와 뉴욕거리를 활보해보고 싶기도 했고, 아이에게 미국의 대표 도시 뉴욕을 보여 주고 싶기도 했다.

뉴욕은 몇 해 전 회사 출장으로 일주일 가량 다녀온 적이 있다. 당시에는 센트럴 파크 옆에 위치한 힐튼 호텔에 묵으며 고급 레스토랑에서 식사를 했지만, 이번에는 주머니는 가볍지만 마음만은 편하게 딸과 오붓하게 둘만의 여행을 계획했다.

항공권 다음은 숙소! 나미는 맨하튼에서 기차로 한 시간 가량 걸리는 롱아일랜드에 살고 있는데, 우리는 맨하튼 내에 머물러야 기차시간의 제약없이 자유롭게 다닐 수 있을 것 같았다. 맨하튼은 숙박비가 비쌀 수 밖에 없기 때문에 처음에는 BnB(가정집에서 침실과 아침식사를 제공하는 형태, Bed&Breakfast)를 알아보았다. 하지만, 몇 곳을 골라 아이와 동행이 가능할지 문의하니 거절하는 곳이 대부분이었다. 또 집렌트비가 비싸기로 손에 꼽히는 뉴욕에서 BnB를 할 정도로 넓은 집을 가진 곳은 맨하튼 중심가에서 약간 떨어진 곳이었다. 너무 저렴한 호텔은 안전과 청결이 의심스러웠고, 내부에서 음식을 먹는 것이 불가능하다는 단점이 있었다. 빈뜩 샌프란시스코에서 한인 게스트하우스에 묵었던 것이 생각났다. 기본적으로 밥과 라면 등을 제공해주고, 와이파이, 전기, 샤워, 세탁을 모두 이용할 수 있었기 때문에 여러 날 묵기에는 가격 대비 아주 훌륭했다.

최종 결정은 맨하튼에서도 가장 중심가, 그것도 타임스퀘어 한복판에 갓 오픈한 한인 게스트하우스였다. 출입 시 보안이 철저한 건물이라는 점도 안심이 되었다. 타임스퀘어는 교통중심지라 업타운을 가든, 다운타운을 가든 이동이 편하고, 브로드웨이의 공연이 늦은 시간 끝나기 때문에 지난 번 뉴욕에 갔을 때에도 밤 늦도록 길거리를 걸어다녀도 위험하지 않았던 기억이 있었다. 중저가의 호텔비와 비용면에서 크게 차이가 나지는 않지만 최적의 위치와 주방을 사용할 수 있다는 것이 최대 장점이다.

다만 2인실이 예약이 되어 있어서 3인실에 묵으며 다른 여행자와 룸셰어를 해야 한다는 점 때문에 망설이고 있었다. 하지만, 일부러 친구를 사귀려고 여러 명이 함께 묵는 도미토리에 묵기도 하는데 한 명과 룸 셰어를 하는 것쯤이야. 마음을 바꿔 먹고 결제를 했다. 항공과 숙소만 예약되면 여행 준비의 절반 이상은 끝.

LAX에서 JFK 국제공항으로. 두 공항은 미국에서도 가장 붐비고 규모가 큰 국제공항이라 꽉 찬 사람들로 정신이 없었다. 몇 해 전 보스톤 출장을 갔을 때, 환승지였던 뉴욕 JFK공항에서 짐가방이 분실되어 여행도 아닌 출장에서 화장품과 옷가지 하나 없이 며칠이 지나고서야 좀비 같은 행색으로 겨우 가방을 되찾은 사건이 있었기 때문에 JFK공항은 가기만 해도 일단 긴장이 되는 곳이다. 도착한 날부터 셋째날까지는 다른 예약자가 없어 딸과 둘이서만 방을 사용했고 나머지 절반은 다른 여행객과 함께 사용했다. 룸을 함께 쓰는 여행자들과 거실에 앉아 밤 늦도록 수다를 이어가는 것도 또 다른 재미였다.

온 거리를 가득 채우는 화려한 광고 전광판으로 눈이 부신 타임스퀘어에서 걸어서 5분 거리에 있던 숙소

혼자 온 20대의 대학 졸업반 아가씨는 방학 때면 필리핀에 있는 한국어린이 대상 영어학원에서 단기간 일을 한다고 했다. 한국 초등

맨하튼의 중심가 타임스퀘어에 위치하여 최적의 장소이고, 새로 생긴 게스트하우스라 청결하고 가격도 합리적이었다. 머무르는 기간의 절반은 다른 예약이 없어 딸과 둘이서만 방을 사용했고 절반은 다른 여행객과 함께 사용했다.

한인 게스트 하우스의 장점은 주방을 자유롭게 사용할 수 있다는 점이다. 쌀이나 씨리얼 등의 기본적인 음식을 제공해 주는 곳도 많다. 냉장고는 공동으로 사용하기 때문에 개인 물품과 음식에는 이름을 써 놓는다.

학생, 중학생 아이들이 방학을 이용해 단기영어연수를 가서 머무는 기숙사 형태의 학원이다. 아침 일찍부터 밤 늦도록 쉼없이 영어수업이 이어지고, 매일의 단어시험을 통과하지 못하면 다 외울 때까지 취침시간도 늦어진다고 했다. 밤12시까지 나머지 공부를 하면서 아이들은 울기도 하고 엄마에게 전화해서 집에 돌아가고 싶다며 애원하기도 하지만 몇 주가 지나면 그마저도 적응이 되어간다고 했다. 본인도 아이들의 학업스케줄 관리를 해주는 입장이기는 했지만 이렇게까지 해야 하나 싶은 심정이었다고…… 정작 본인의 고민은 눈앞에 닥친 취업이었다. 자신이 졸업한 대학의 이름으로는 서류전형도 통과하기가 어렵다며 두려워했다. 나는 아예 접어서 서랍속에 묵혀 두었던 걱정- 한국으로 돌아간 후 두 아이의 교육에 대한 두려움이 스멀스멀 살아났다. 하와이에 사는 조카 에리카는 버락 오바마 전 미국대통령이 졸업한 명문사립학교인 푸나후의 고등학생이다. 그런데 방학 때 친구들을 만날 수가 없다고 했다. 모두 해외나 본토로 여행을 가서 견문을 넓히거나 봉사활동을 가기 때문에 방학 동안 하와이에 남아 있는 친구가 없어서이다. 그런데 왜 우리 애들은 방학 때 해외에 나가 밤 12시까지 영어단어를 외워야 하는 것인지 착잡했다.

그 친구가 떠나고 새롭게 방을 나눠쓰게 된 서른살의 아가씨는 명문대 졸업 후 번듯한 대기업에서 직장생활을 하다가 사표를 던지고 혼자 며칠간의 여행을 떠나왔다고 했다. 생각했던 업무의 성격과 너무 달랐고 더 이상 버틸 수가 없어서 일단 직장을 그만두고 왔는데 돌아가면 새로운 일을 찾아볼 것이라고 했다. 아침부터 밤12시까지 영어단어를 외우던 아이들의 부모들이 가장 바라는 것이 자녀의 명문대 입학이고, 아이들을 영어학원에서 관리해주던 졸업반 학생이 가장 바라는 것이 대기업 입사일텐데 정작 그 회사를 다니는 직장인은 뒤늦게 자신이 하고 싶은 일이 아니란 것을 깨닫고 서른살이 다 되어서 사표를 던지고 본인의 미래에 대해 처음부터 다시 고민한다.

아이들도, 아이들의 학원비를 대느라 서로 얼굴 볼 시간도 없이 일해야 하는 부모들도, 대학 졸업반 학생들도, 직장 근로자들도, 모두 자신의 자리와 위치와 나이에 맞는 행복을 누릴 수 있기를.

짐은 역시 최소로 챙겼다. 두꺼운 점퍼 하나와 껴입을 얇은 옷 몇 벌,

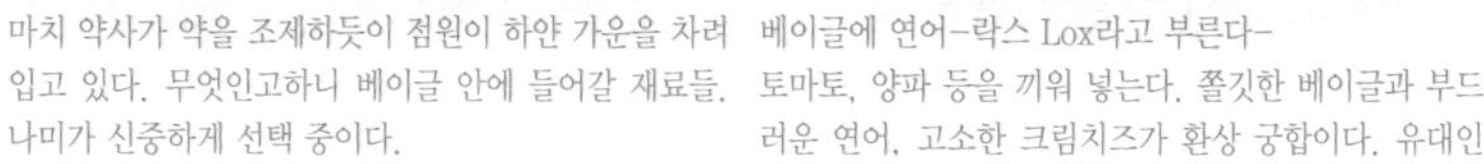

마치 약사가 약을 조제하듯이 점원이 하얀 가운을 차려 입고 있다. 무엇인고하니 베이글 안에 들어갈 재료들. 나미가 신중하게 선택 중이다.

베이글에 연어-락스 Lox라고 부른다- 토마토, 양파 등을 끼워 넣는다. 쫄깃한 베이글과 부드러운 연어, 고소한 크림치즈가 환상 궁합이다. 유대인이 많은 뉴욕이라 유대인 음식인 베이글을 제대로 맛볼 수 있는 레스토랑과 마켓이 많다.

잠옷, 게스트하우스에서 몇 끼는 먹을 셈으로 챙긴 간단한 밑반찬과 즉석밥, 아이 책 두 권이 전부였다. 단, 뉴욕은 워낙 많이 걸어야 하는 곳이라 아이를 위해 초경량에 손바닥 사이즈로 접히는 의자를 하나 구매해서 가방에 매달고 다니면서 틈나는대로 앉게 했다. 그 의자가 아니었다면 여행의 이동경로가 확연히 줄었을 것 같다. 줄을 서 있을 때에도, 박물관에서 몇 시간씩 해설을 들을 때에도 짬나는대로 계속 아이를 앉게 한 덕분에 체력을 비축할 수 있었다. 아이와 동행했거나 연세 많은 분들은 의자를 어디서 구매했냐며 같은 것을 구매하고 싶어했다.

미국 자연사 박물관, 메트로폴리탄 미술관, 현대미술관(MOMA), 911 메모리얼 뮤지엄, 락펠러센터 전망대, NBC 스튜디오, 성패트릭 대성당, 브루클린브릿지 야경투어 등의 일정은 고민없이 결정했지만 자유의 여신상에서 망설여졌다. 검색을 해 보니 자유의 여신상이 있는 리버티 섬까지는 배를 타고 가야 하는데 탑승을 위해 기다리는 시간이 오래 걸리기 때문에 멀찍이서 지나가며 자유의 여신상을 보고 비용도 아낄 수 있는 무료 통근용 페리를 타는 것을 많은 사람들이 추천하고 있었다. 하지만, 고민 끝에 결국 섬에 가보기로 결정했는데 막상 가서 보니 예상했던 것보다 훨씬 더 인상적이었다. 사실 자유의 여신상을 멀리에서 보나 가까이에서 보나 거리에 따라 크게 감흥이 다르지 않았지만, 레인저 프로그램에 참여하

자유의 여신상을 멀리에서 보나 가까이에서 보나 크게 감흥이 다르지 않았다. 하지만, 그 곳에서 레인저 프로그램에 참여하여 자유의 여신상에 대하여 자세하게 듣고 나니 듣기 전과 후가 달리 보였다.

여 자세한 설명을 들으니 설명을 들은 전과 후에는 동상이 달리 보였다. 무엇보다 리버티섬에서 다시 배를 타고 약 1km쯤 가야하는 엘리스 섬(Ellis Island)이 가장 인상 깊었다. 사실 엘리스섬에 대해서는 나는 듣거나 배운 적이 없었기 때문에 곧바로 맨하튼으로 돌아가려고 하였으나 민주가 마침 학교에서 미국의 역사와 뉴욕에 대해서 배우던 중 엘리스 섬을 비중있게 배웠다며 반드시 가보고 싶다고 했다.

엘리스 섬은 아주 작은 섬으로 1892년-1954년 사이 미국으로 들어가려는 이민자들이 입국 심사를 받던 곳이다. 그들의 운명이 이 곳에서 갈렸다. 돌아가야 하거나, 남거나. 그 때 입국심사를 기다리며 창문 밖으로 보이는 자유의 여신상이 그들에게 어떤 느낌으로 다가 왔을까. 입국불가

엘리스섬의 이민박물관 내 레지스트리 룸. 이 공간에 거의 매일, 입국심사를 받기 위해 많게는 약 5천명의 사람들로 가득 찼다. 60여년간 약 1200만명의 사람들이 거쳐가면서 미국인구의 약 절반이 이곳 이민관리소를 통해 입국한 이민자들의 후손이라고 추정된다. 그들에게 이 곳은 새로운 삶을 시작한 뿌리와도 같은 장소일 것이다.

판정을 받았을 때 과연 어떤 선택을 할 수 있었을까. 또는 입국허가서를 받아들고 어떤 각오로 맨하튼에 발을 내딛었을까. 이민자들이 건국한 미국이라는 나라의 관문이었던 엘리스섬의 이민박물관을 둘러보며 그 시간을 상상해보았다.

메트로폴리탄뮤지엄에 가는 날은 하루종일 걸을 것을 단단히 각오하고 접이식 의자를 잘 챙겨들고 길을 나섰다. 내부에 물론 입장객이 많기는 했지만 작품감상에 방해가 될 정도로 붐비지는 않았다.

미국의 박물관과 미술관, 국립공원 레인저들의 수많은 해설을 들어보면서 한국에서와 한가지 다른 점을 알아챘다. 휴대용 마이크를 사용하지 않는 것이다. 처음에는 마이크를 사용하면 끝에 있는 사람까지 모두 잘 들릴 텐데 장비가 없어서 그런가, 해설자가 챙겨오는걸 깜빡했나 싶었다. 하지만 장비 때문이 아니라 문제는 '모든' 사람들이 잘 들리기 때문이라는 것을 깨달았다. 해설에 참가하지 않는 주위의 다른 사람들에게 피해

911메모리얼 뮤지엄을 찾아가기 위해 걷다가 방향을 잃어 난감해하고 있는데 마침 NYPD(뉴욕경찰)이 보이기에 다가가 길을 물었다. 길을 상세히 가르쳐 주더니 어디서 왔느냐고 묻는다. 한국이라고 하자 본인도 한국인 이민2세라며 반가워했다. 처음 대화해 본 뉴욕경찰이 마침 한국인이라니! 아이는 악수한 손을 안 씻겠다며 호들갑이다. 기념 사진 한 장 찍어도 되겠냐는 요청에 흔쾌히 포즈를 잡아주고는 좋은 식당과 관광지를 알려주었다. 역시 세계 어디에서 만나든지 한국인은 무조건 반갑다.

메트로폴리탄뮤지엄. 근사하게 정장을 차려입고 가슴에 핑크색 손수건까지 꽂은 노신사분이 해설가이다.

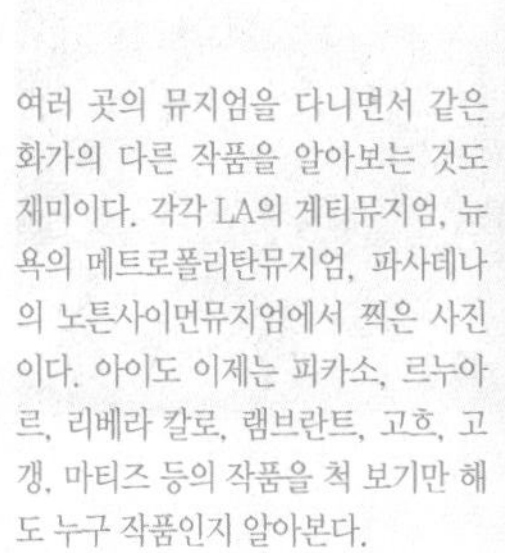

여러 곳의 뮤지엄을 다니면서 같은 화가의 다른 작품을 알아보는 것도 재미이다. 각각 LA의 게티뮤지엄, 뉴욕의 메트로폴리탄뮤지엄, 파사데나의 노튼사이먼뮤지엄에서 찍은 사진이다. 아이도 이제는 피카소, 르누아르, 리베라 칼로, 램브란트, 고흐, 고갱, 마티즈 등의 작품을 척 보기만 해도 누구 작품인지 알아본다.

가 되는 것이다. 한국에서는 국립중앙박물관에 가도, 경복궁에 가도, 해설사뿐 아니라 여행사 가이드도 모두 허리에 작은 마이크를 차고 설명한다. 인원이 많든 적든 공간이 야외이든 실내이든 내가 본 경우는 대부분 그랬다. 얼마전 한국을 방문한 일본인 친구들과 함께 경복궁에 가서 해설을 들을 때에도 인접한 곳에서 동시에 일본어, 한국어, 영어 등 여러 언어의 투어가 진행되다 보니 경쟁적으로 마이크 볼륨도 높아져 결국 모든 사람이 서로 방해를 받고 방해를 하게 되는 경험을 했다. 메트로폴리탄뮤지엄이나 자연사박물관 투어의 참여자 수도 결코 적지 않았다. 그랜드캐년에서 넓디 넓은 야외에서 레인저 설명을 들을 때에도 마이크는 사용되지 않았다. 아이와도 돌아오는 길에 이것에 대해 토의해 보았다. 국내외로부터

영화 '박물관이 살아있다'를 촬영했던 미국자연사박물관. 메인 전시실의 중앙에 실물 크기의 메갈로돈이 매달려 있어 반가웠다.

맨하튼 34번가에 위치한 메이시스 백화점 헤럴드 스퀘어점. 전 세계 700개가 넘는 메이시스백화점의 점포 가운데 이곳이 플래그샵이자 미국내에서 가장 큰 쇼핑몰이다. 1978년에 국립역사기념물(National Historic Landmark)로 지정되었다.

1902년에 생긴 메이시스 헤럴드스퀘어점은 당시 최초의 현대식 에스컬레이터를 설치했다. 지금도 전체 11층 중 일부 구간에서 나무 에스컬레이터를 운행 중이다.

락펠러센터의 '탑오브더락' 전망대. 가장 높은 엠파이어스테이트 빌딩 전망대에서 보는 경치도 좋지만, 맞은편에서 엠파이어스테이트를 바라보는 전망이 더 아름답다. 무엇보다 야외전망대만 있는 엠파이어스테이트는 춥고 바람이 심해 오래 머물기가 어려웠던 기억이 있다. 탑오브더락은 전망대가 실내와 실외로 이루어져 있기 때문에 오랜 시간 머물며 뉴욕의 석양과 야경을 모두 지켜 볼 수 있었다.

뉴욕을 떠나는 3월 17일은 맨하튼에서 세인트패트릭스데이(St.Patrick's Day)라 초록 물결의 페스티벌이 성대하게 열리는 날이었다.

의 관광객이 점차 많아지는 한국에서도 한번 생각해 볼 이슈인 것 같다.

히데가 뉴욕 여행 일정을 묻기에 3월 17일에 뉴욕을 떠나서 캘리포니아로 돌아온다고 하자,

"Oh~No~! 미리 알았더라면 하루 더 묵으라고 말해 줄 걸!"

하시는 것이다. 왜인지 묻자 그날은 맨하튼에서 세인트패트릭스데이 퍼레이드가 성대하게 열리는 날이라 재미있는 구경을 놓치게 되었다는 것이다. 아일랜드 성자를 기리는 날이기에 거리는 온통 상징색인 초록색의 물결이다. 히데는 뉴욕 여행 전날 민주에게 아이리쉬(IRISH)라고 쓰인 초록색 뱃지를 선물로 주셨고 우리도 마지막날 뱃지를 달고 잠깐이나마 흥분되는 분위기에 동참했다. 택시를 타고 공항으로 가는 길 멀리서 시끌

몇 해 전 뉴욕에 갔을 때 LE PARKER MERIDIEN 호텔의 레스토랑 NORMA'S 브런치에 반해 연속 세 번 매일 아침을 먹었던 기억에 꼭 다시 한번 가보고 싶었다. 메뉴 이름부터가 독특하다. "MOM CAN'T MAKE THIS"(엄마는 이거 못 만든다) 이름처럼 집에서는 절대 만들지 못할 비주얼과 맛이다. 대기업에 사표를 내고 온 Lee와 방을 함께 쓴 것도 인연이라며 떠나는 날 이곳에서 브런치를 함께 했다. 같은 대학 동문임을 우연히 알게 되었다.

벅적한 퍼레이드가 한창인 것이 보였다.

미국에서 달력이 두 바퀴 돌았다. 공휴일이나 축제일마다 학교에서 그날의 의미에 대해 배우고, 해당 기념일에 도서관에서 관련된 책을 대여해 읽다 보니 이제는 세인트패트릭스데이가 무엇인지, 마틴루터킹데이가 어떤 의미가 있는지, 독립기념일에 무엇을 하는지 알게 되었다. 그 나라의 기념일을 알면 역사가 보이고, 한 발짝 더 다가가고 좀더 이해하게 된다.

나만의 여행 노하우

많은 여행을 해온 우리 가족에게 만약 특별한 여행 노하우를 딱 하나만 꼽으라고 한다면? 뻔한 이야기겠으나 특별한 것은 없다. 단, 치밀한 계획을 세우지 않는다는 것을 꼽고 싶다. 예전에는 인터넷 검색이나 여행 가이드북을 숙지해서 어느 숙소에서 자고, 어디서 무슨 액티비티를 하고, 어느 유명 맛집에서 식사하고를 모두 계획해서 다녔다. 그렇게 하면 심적으로 안심이 되기도 하고, 목적지가 정확하므로 더 빠른 시간에 더 많이 볼 수도 있고, 만족도도 중간 수준은 보장된다. 하지만 일상에서 벗어나 새로움을 찾아 떠나는 여행에서조차 너무 뻔히 예상되는 일만 벌어진다면 재미없지 않은가. 경치로만 따진다면야 15시간 운전해가서 보는 것보다 단 몇 분이면 더 다양한 각도에서 찍은 동영상과 예술같은 사진을 찾아 볼 수 있는 요즘이다.

철저한 계획을 해도 막상 현지에 가보면 실상이 다른 경우도 많다. 유명한 곳이라 해서 찾아가보면 관광객들만 북적일 때도 있고, 어떤 장소가 너무 좋아서 더 머물고 싶어도 다음 예약 때문에 쫓기듯 일어나야 할 때도 있다. 누가 강요하는 것도 아닌데 스스로 정한 스케줄 때문에 발목이 잡힌다. 정작 내가 가장 행복한 곳 대신에 남이 블로그에 올린 장소를 그저 내 눈으로도 확인하기 위해 마치 미션 수행하듯 움직인다. 또는 내 SNS의 방문자들이 좋아할 만한 사진을 찍어서 보여주기 위해서 여행을 간다. 하지만 그건 내 여행이 아니라 남의 여행이라는 느낌을 지울 수 없다.

남편은 학기 중에는 학업 때문에 다른 곳에 신경을 쓰는 것이 불가능했다. 다만 어느 날짜에 여행을 갈 수 있다는 것만 나에게 미리 알려주고나면 그 다음 남편의 역할은 출발 당일에 짐을 차에 싣고 네비게이션에 찍어 둔 주소대로 운전하는 것이 전부였다. 여행 루트와 일정, 예약, 준비 등은 내 몫이었다. 하지만 나의 역할도 여행장소를 정하고 숙소 예약과 음식 준비를 하는 것뿐이었다.

숙소는 미리 예약하지 않으면 자칫 시간과 경비를 많이 낭비하게 될 수 있기 때문에 숙소는 대부분의 경우 반드시 예약하고 다른 정보는 일부러 웹서칭도 하지 않고 책자도 보지 않았다. 좋다는 경치를 미리 모두 봐버리면 김이 샐까봐서이기도 했다. 필요한 정보는 일단 그곳에 가서 현지인들에게 물었다. 매표소 직원에게, 안내센터 근무자에게, 마트 점원에게, 청소 직원에게, 식당 웨이터에게, 그분들이 좋아하는 장소를 묻고 좋아하는 음식을 물으며 다녔다. 그러자 여행이 생활이 되었고 생활이 곧 여행이 되었다. 그리고 그 가운데 늘 사람이 있었다.

지나고 보니 인생도 마찬가지다. 인생을 하나의 큰 여행이라고 본다면, 다른 사람이 써 둔 여행책자와 SNS글을 참고하여 철저한 계획을 세우고 그대로 실천하면 중간 정도는 살아지겠으나 남이 가지 않은 길을 물어물어 다니면서 맛보는 기쁨과 행복에는 비할 수 없을 것이다.

여행의 목적지와 큰 경로는 정하고 휴식을 취할 수 있는 숙소만은 미리 예약해두고 그 외에는 자유롭게 다녔듯, 인생에서도 큰 틀과 방향은 정하고 언제든 돌아갈 수 있는 안락한 가정이라는 울타리를 베이스캠프로 자유롭게 살아간다면 잭인더박스 같은 깜짝 선물이 튀어나오는 선물상자를 곳곳에서 발견하게 될 것이다.

★

1년 전 '나의 집'이라고 하지 않고 '우리 집'이라 부르고,
외동조차도 '우리 부모님'이라고 부르는,
우리나라로 돌아왔다. (……) 다만,
이제는 한국안에서 살더라도
내 이름 석자의 존재를 인지하며 산다.

★

문화 Culture

미국에서 되찾은 나의 이름

김치~치즈~ 입꼬리 Up! 기분도 Up!

하루는 거울을 보고 남편이 표정연습을 하고 있었다. 입을 양옆으로 쭉 찢어서 옆으로 누운 일자를 만들었는데 도무지 표정이 일그러진 것인지 미소를 지으려는 것인지 구분이 가지 않는다. 얼굴 절반 윗쪽은 무표정에 아래 입만 앙 다문 채 양옆으로 쭉 찢으니 불만을 억지로 참는 표정이 되어 버렸다. 40대 한국남자에게는 호탕한 웃음 또는 무표정이 익숙할 뿐 그 사이에 위치한 '미소'라는 영역의 표정을 짓는 것이 만만치 않아 보였다. 하지만 어디를 가나 모르는 사람과도 눈만 마주쳤다 하면 가벼운 미소가 돌아오니 처음에는 당황해 시선을 피하더니 이제는 안되겠다 싶던지 혼자 표정 연습을 해 보는 것이었다. 미국도 사람이 붐비고 관광객도 많은 대도시에서는 상대적으로 덜 하지만, 기본적으로는 복도에서나, 엘리베이터 안에서, 상점에서 서로 눈이 마주치면 살짝 미소를 짓는다.

미소를 주고받는 것이 익숙해지자 희한하게도 이것이 나의 감정 콘트롤에도 도움이 되는 것 같았다. 기분 상하고 화나는 일이 있더라도 일단 입꼬리를 올려야 하니 나도 모르게 표정에 맞게 감정에도 살짝 미소가 지어지는 느낌이다. 한국에서는 낯선 사람에게 미소를 지었다가는 관심의 표현으로 보이거나 이상한 사람으로 보일 여지가 있으므로 한국에서는 그러지 않지만 요즘도 혼자서 마인드콘트롤 목적으로 종종 거울을 보고 미소를 지어볼 때가 있다. 희한하게도 도움이 된다.

문에서 한번만 뒤돌아 봐 주세요

미국에서는 출입문을 오갈 때 항상 뒷사람을 위해 문을 잡아준다. 문을 닫기 전에 반드시 뒤를 한번 확인하여 누군가 있으면 그 사람이 통과할 때까지 혹은 뒷사람이 문을 건네 잡을 때까지 기다려주는 것이다. 어떤 경우에는 내가 멀찌감치에서 가고 있는데 진작부터 문을 잡고 기다려주어 미안한 마음에 허둥지둥 뛰어갈 때도 있다. 특히나 어린 아이들에게는 더욱 양보하고 배려해준다.

한국에 돌아온지 얼마 되지 않아서 아직 앞사람이 문을 잡아주던 습관에 익숙하던 민주가 대형유리문을 통과하려다가 앞사람이 놓은 유리문이 앞뒤로 심하게 요동치는 바람에 정통으로 얼굴을 부딪힐 뻔하여 가슴을 쓸어내렸다. 그때부터 나는 의식적으로 뒷사람을 대신해 문을 잡아주려고 더 많이 노력하는데 반응이 제각각이다. 물론 감사 인사를 건네며 본인이 문을 잡고 지나는 사람도 많다. 하지만, 자동문이라도 되는 것으로 아는지, 내가 잡고 있는 문 사이로 요리조리 빠르게 많은 사람이 스쳐 지나가 버려서 꽤 오랜 시간 계속 문을 잡은 채로 기다려야 할 때도 있다. 특히나 유모차를 끌고 가는 경우나 짐을 많이 들고 가는 경우에는 혼자 지나기 어려워 난감해 하다가 이런 작은 배려에 고마워하는 분들이 많다. 문화에 있어 누가 맞고 틀리다는 잣대를 대기는 어렵지만, 사람에 대한 배려라는 차원에서 생각한다면 이런 에티켓은 배울만하다는 생각이 든다.

너무 가까이 다가오면 버블이 터져요, 버블스페이스

미국인에게는 눈에 보이지 않는 버블스페이스(bubble space)가 있다. 미국인들이 한국에 여행 와서 가장 당황스럽게 느끼는 점이다. 우리는 붐비는 대중교통 안에서, 길거리에서 타인과 부득이한 접촉이 생기는 상황에 크게 불편함이나 불쾌감이 없다. 국토가 좁고 인구밀도가 높다는 물리적인 이유가 클 것이다. 하지만, 한국의 인구밀도가 높지 않은 지역에서도, 미국의 붐비는 지역에서도 동일하게 적용되는 것을 보면 기본적으로 문화와 정서에서 오는 차이가 큰 것 같기도 하다.

미국인은 몸으로부터 대략 팔 길이 정도의 버블이 있다고 생각하고, 그 공간 안으로 타인이 들어오면 매우 불편하게 느낀다. 북적거리는 공연장이나 꽉 들어찬 엘리베이터 안에서도 기가 막히게 서로 몸이 전혀 닿지 않게 움츠리고 피하는 것을 보면 감탄이 나올 정도이다. 어린 아이들도 마찬가지다. 교실 바닥에 옹기종기 모여 앉을 때에도 발끝 하나 닿거나 지나치게 가까이 앉는 것을 매우 불편하게 여긴다. 한때 사람들을 지하철 안으로 밀어 넣어주는 푸쉬맨까지 등장한 적이 있는 한국의 지옥철(지하철)이 이들에게는 이색 관광상품으로 여겨질지도 모르겠다.

한국인들은 낯선 사람과 밀착되는 상황에 크게 거부감을 느끼지 않지만 친한 사람과의 포옹은 오히려 조심스럽고, 미국인들은 낯선 사람과의 밀착은 극도로 거부하는데 반해 지인과의 스킨쉽은 매우 자연스럽다.

감기인 듯 감기 아닌 감기 같은
알러지라 죄송합니다

요즘은 많이 바뀌었지만 내가 학창시절일 때만 해도 다른 건 몰라도 개근상은 최고의 상이자 필수로 받아야만 하는 상이었다. 어린 마음에 책상에서 쓰러지는 한이 있더라도 한번 결석으로 개근상을 놓칠수는 없다는 욕심에 열이 펄펄 끓고 기침을 콜록이면서도 부득부득 학교에 갔던 기억이 있다.

미국에서 ESL수업 교실의 에어컨성능이 너무 좋은 탓에 찬 에어컨 바람 알러지가 있는 내가 재채기를 몇 번 했다 (재채기는 반드시 티슈나 본인의 소매로 입을 막고 해야 한다). 맞은 편에 앉아있던 마니선생이 질겁을 하며 매우 진지하게 나에게 감기에 걸렸는지 물었다. 난 나를 걱정해서 해주는 말인줄 알고 "괜찮아요. 그냥 알러지라 재채기가 나는 거에요." 라고 했더니 그제야 안심하며 감기에 걸리면 절대로 학교에 와서는 안된다고, 바이러스를 옮기지 말아달라는 것이었다. 심지어 작은 책상 두 개를 교실 구석으로 옮기더니 앞으로 몸이 조금이라도 좋지 않은 사람은 그곳에 앉아 달라고 모두에게 공지를 내렸다. 나는 전염성이 없는 알러지라 격리는 면했지만 수업시간에 컨디션이 조금이라도 좋지 않은 사람은 스스로 구석의 책상에 가서 앉아야 했다. 그후로도 내가 알러지성 재채기가 심할 때 수업에 방해가 될까 봐 교실 밖으로 잠시 나가면 마니는 다른 학생들에게 즉시 "클레어는 감기 걸린게 아니에요. 알러지 때문이니 걱정 말아요." 하며 안심시켰다. 재채기를 할 때마다 뒷통수가 따가워서 등에 '감기인 듯 감기 아닌 감기 같은 알러지'라고 써붙이고 있어야 하나 심각하게 고민했다.

아이들의 독립성,
혼자서도 잘해요

옐로스톤에서 캠핑 할 때 카페테리아에서 일곱 살쯤 되어 보이는 아이가 쟁반에 본인 몫의 사과, 우유, 빵 등을 챙겨 들고 아빠 엄마의 뒤를 졸졸 따라가고 있었다. 순간 아이의 발이 꼬여 와장창 소리와 함께 음식이 공중으로 부~웅 날아가고 있었다. 잘 보고 다니라는 혼쭐과 함께 엄마가 아이 몫을 다시 챙겨 오리라는 예상과 달리, 엄마는 아이에게 괜찮냐고 묻고는 떨어진 음식들을 함께 주워줬지만, 돌아가서 새로운 음식을 챙겨 들고 처음보다 더 조심스러운 발걸음으로 오는 것은 엄마가 아닌 아이였다. 아이가 떨어뜨릴까 봐 항상 음식을 대신 집어 주고 운반 역할까지 해주던 나로서는 신선한 충격이었다. 아이는 앞으로도 몇 번쯤 더 쟁반이 공중부양하고 음식을 뒤집어쓰는 경험을 하게 될 것이다. 그때마다 조금 더 주의를 기울이는 방법을 스스로 터득할 것이고.

미국 식당에는 아이들이 좋아하는 메뉴로 구성하고 양을 줄인 키즈 메뉴가 대부분 있다. 남길 것이 뻔한데도 남은 음식을 싸가는 한이 있더라도 아이의 메뉴를 별도로 주문한다. 반면 우리 부부는 딸 둘과 식당에 가면 다른 종류의 음식 세 개를 시켜서 테이블 가운데 두고 나눠먹는다. 아이들에게도 "뭐 먹을래?" 묻기는 하지만 메뉴를 자세히 보여 주지도 않고 "우동? 짜장면?" 묻고는, 짜장면이라는 대답이 돌아와도 밥을 먹여야겠다는 생각이 번뜩 들면 아이 대답과는 무관하게 "짜장면 대신 그냥 짜장밥

이랑 우동 먹자!" 하고는 메뉴판을 탁 덮어버리는 경우가 많았다. 아이가 그만 먹겠다고 하면 세 숟갈을 더 먹어야 간식도 주겠다는 회유와 협박을 해서 굳이 입에 밀어 넣고야 말았다. 돌이켜보면 본인이 먹고 싶은 음식의 종류와 양에 대한 결정권을 내가 빼앗은 것이다.

미국에서는 어린아이들도 무엇을 먹을지와 얼만큼 먹을지를 대개 본인이 결정하고 스스로 먹는다. 집에서 식사를 할 때도 각자 원하는 음식을 원하는 만큼 개인접시에 덜어서 먹는다. 우리나라는 엄마가 가족 개개인이 먹어야 하는 밥과 국의 양을 가늠하여 밥상을 차려내고, 엄마가 결정한 분량의 밥은 다 먹어야 한다. 물론 밑반찬은 각자 집어먹지만 그마저도 엄마가 영양균형을 고려해 밥숟가락 위에 여러 종류의 반찬을 척척 포개어 입에까지 배달해 줄 때가 많다.

그래서인지는 모르겠지만 미국아이들은 (우리 기준으로 보자면) 까탈스러운 입맛을 가진 경우가 많다. 어른이 되어서도 마찬가지이다. 샌드위치 하나를 주문하면서도 질문이 수십가지 되는 사람도 있고, 오이는 빼고, 토마토는 바싹 익히고, 소스는 한쪽 빵에만 발라 달라는 등등등등 별도의 주문이 주문서에 한가득이다. 그래서 대개 메뉴판에는 메뉴의 재료가 빠짐없이 적혀 있다. 가령 된장찌개라고 한다면 멸치 육수, 파, 간마늘, 발효된 콩, 잘게 자른 호박, 두부, 매운 고춧가루를 끓인 수프라고 적어 두는 것이다.

"짜장면 안 먹을 사람 있나? 열 그릇 통일!" 이라는 식의 주문은 미국인에게는 새벽 2시에 족발을 배달해주는 일, 한강공원에서 깔고 앉은 돗자리까지 치킨이 배달되어 오는 것과 더불어 한국의 7대 불가사의 중 하나로 느껴질지도 모르겠다. 아이의 독립성과 개개인의 취향을 더 중시할 것인지, 부모가 관여하여 좋은 습관을 훈련시키고 단체생활을 더 중시할 것인지는 문화적, 개인적 선택사항인 듯하다.

수면도 마찬가지다. 미국은 갓난아기 때부터 다른 방에 따로 재우는 것이 일반적이지만 우리나라는 반대로 미국인들이 갓난아기 때부터 따로 재운다고 하면 신기해한다.

아이들의 독립성을 중시하는 반면에 미국에서는 어디를 가든 어디에 있든, 일정 연령 이하의 어린이는 반드시 성인을 동반해야 한다(주마다 법률이 다를 수 있음). 어린이 혼자 길을 걸어 다니거나 집에 있거나 놀이터에서 놀거나 차 안에 있을 수 없다. 심지어 3미터 앞의 은행 ATM에서 돈을 인출하는데도 곤히 자고 있는 갓난아기를 카시트 채로 빼서 들고 일 처리를 하고 돌아간다. 캘리포니아에서는 6세 이하 어린이를 차 안에 혼자 방치하면 100달러의 벌금이 부과된다. 실제로 더운 차 안에 아이를 방치했다가 아이가 탈수로 사망에 이르렀다는 기사를 종종 보는데 이 경우 부모는 중범죄로 기소되거나 살인혐의가 적용된다. 아이를 혼자 두지 않는 것은 아이의 독립성의 영역이 아니라 안전의 문제로 보기 때문인 것 같다.

노인들의 자립성, 나이는 숫자일 뿐

세콰이어 국립공원에 갔을 때다. 제법 긴 산책로에 휠체어 타신 할아버지 한 분과, 다른 세 분-한분은 부인, 두 분은 자녀로 보이는-이 번갈아 휠체어를 밀며 여유롭게 산책을 즐기고 있었다. 다음 장소를 둘러보려고 주차장으로 가는데 마침 그 분들도 주차장에 있었다. 노인 세 분이 다같이 힘을 합해 천천히 휠체어를 접어 트렁크에 넣고 담요를 정리하더니 더

70대인 피비 할머니(가운데)와 피비의 친구인 103세 루시할머니(왼쪽). 우리가 대접한 한국음식을 맛본 후 한국음식 사랑에 빠진 피비 할머니를 모시고 한국마켓 탐험에 나서기로 했다. 그러자 피비의 친구인 루시 할머니도 동행하겠다고 하셨다. 루시는 여전히 새로운 장소에 가보기 좋아하고, 새로운 음식을 맛보고 싶어하고, 맛있다고 감탄하고, 신기해하셨다. 마켓 한 켠의 푸드코트에서 자장면과 김밥을 나눠 먹다가도 "Let's hit the road!(자, 또 가보자!") 외치며 부지런히 앞장서 걸으셨다. 100년을 살면서 몸은 노화되어도 유머감각은 녹슬지 않고 오히려 더 연마되나 보다. 끊임없이 주변 사람들을 폭소하게 만들고 본인이 구매한 짐을 우리가 들어드린데도 사양하던 루시 할머니처럼 유쾌하고 건강하게 100년을 장수할 수 있다면 꽤 잘 산 인생 아닐까?

천천히 운전대로 향하는 분은, 헉! 휠체어에 타고 계시던 가장 나이 든 할아버지! 하기야 브레이크와 엑셀을 까딱 밟을 정도의 힘과 판단력만 있으면 휠체어를 타는 분이라도 운전을 못하리라는 법은 없다.

때로 노인공경과 경로우대가 지나치면 노인을 스스로 아무것도 하지 못하는 아기처럼 수발드는 경우를 본다. 물론 체력을 고려한 배려이기도 하지만, 그것이 예의이기 때문이기도 하다. 어느 연령에서든 한 살이라도 적은 사람이 테이블에 수저도 놓고, 음식도 담고, 물잔도 나르고, 운전도 하고, 가방도 대신 드는 허드렛일을 하는 것이 예의이다. 평균수명이 늘어난 요즘은 경로당에서 70세 노인도 선배들의 온갖 잔심부름을 도맡아 해야 하기 때문에 그게 싫어 발길을 끊는다는 이야기도 심심찮게 들었다. 얼마 전 지하철 내의 노약자석에서 자리 때문에 큰소리로 말다툼을 하던 노인 두분이 결국 주민등록증까지 꺼내어 상대의 나이를 확인하고 나이가 더 많은 분이 당당하게 자리를 차지하는 우습지만 웃을 수 없었던 광경도 목격했다.

예전에 국내에서 제작된 한 다큐멘터리를 매우 인상적으로 보았다. 지팡이 없이는 걸음도 쉬이 걷지 못하던 고령자 몇 분을 실험에 참가시켜 몇 주간 계단 오르내리는 일, 짐가방 끄는 일, 식사 준비 등을 스스로 하게끔 하고, 댄스, 노래 등의 취미활동도 적극적으로 하고, 합숙소를 노인들이 젊었던 시절 유행하던 아이템들로 꾸며서 그 시절로 돌아간 듯한 기분을 느끼도록 했다. 실험 몇 주 후, 지팡이 없이는 한 걸음도 걷지 못한다던 할머니가 혼자 보행하고 실험에 참가한 노인 모두 근력과 운동 신경, 판단력 등 모든 면에서 유의미한 수준의 향상을 보여 놀라웠다.

우리나라도 몸과 정신이 건강한 노년 인구가 증가하고 있기 때문에 노인이 할 수 없는 일에 대한 도움과 배려는 적극적으로 이루어지되 돌봄과 공경의 적절한 수준에 대해 생각해 볼 때가 아닌가 싶다.

수평적 인간관계,
형부의 제수씨와도 베프

히데와 가장 친한 친구 중 한 명은 샐리(Sally)이다. 샐리는 히데 언니 키쿠의 남편의 남동생의 와이프, 쉽게 말하면, 형부의 제수씨다. 나로서는 샐리와 친하게 지내는 것이 선뜻 이해되지 않았다. 형부의 제수씨와 밥 먹고 영화보고 여행을 다니다니. 우리나라 같으면 원래 친한 사이였대도 그렇게 관계가 설정되면 오히려 멀리하게 된다. 인간성, 성격은 제쳐두고 사돈네는 무조건 어려운 법이니까. 오히려 그분들은 한국드라마에서 고부갈등과 사돈 간에 격식을 차리고 어려워하는 것을 보며 매우 신기해한다. 물론 미국인 중에도 배우자의 가족과 사이가 좋지 않은 경우들을 보지만, 한국처럼 가정 내의 위치와 관계에서 오는 갈등이라기보다는 견해 차이나 라이프스타일의 차이에서 오는 갈등이다.

나이에 있어서도 상당히 수평적이다. 우리는 처음 만나면 나이를 밝혀서 서열 정리와 호칭 정리를 깔끔하게 하는 것이 먼저이다. 그렇게 하지 않았다가는 존댓말을 계속해왔는데 나중에 알고보니 나이가 어려서 괘씸죄에 걸리거나, 반말을 해왔는데 나이가 많은 사람이라 대역죄인이 될수 있기 때문이다. 지금은 2월 생일자가 7세에 초등학교 입학하는 제도가 없어졌지만, 생일이 2월 26일이라 '빠른' OO인 남편은 학번과 출생연도가 친구들과 달라 주위 인간관계를 복잡하게 만드는 요주의 인물이다.

미국에서는 여간해서 나이를 잘 묻지 않는다. 나이에 대해 자조 섞인 한탄도 들어볼 수 없고, "나이에 비해 젊어보이시네요" 같은 칭찬의 말은 아예 존재하지 않는다. 나이에 크게 연연하지 않다 보니 많은 사람들과 수평적인 친구사이가 될 수 있고 그러다보니 세대간 교류도 활발하고 대화와 이해가 깊어질 수 있는 것 같다. 우리는 동갑내기만이 친구라는 이름으로 불릴 수 있고 한살이라도 더 많은 사람이 관계에서 무조건 우위를 차지한다.

일본계 미국인 2세이자, 히데의 형부의 남동생인 켄(사진 오른쪽)과 부인인 샐리(가운데 붉은 옷)와 샐리의 언니인 케이. 사돈지간이 아니라 가족처럼 친구처럼 서로 편하게 지낸다. 샐리와 케이는 북한 출신이라 여전히 북한사투리를 많이 사용하시고 한식과 한국 드라마를 사랑하신다. LA에 거주하시는 도산 안창호 선생님의 후손들과도 깊은 친분이 있으시다.

반면에 미국인들은 우리나라의 연장자 우대와 예의범절에 대해 상당히 좋은 인식을 가지고 있다. 나이에 따른 연륜과 경험은 인정하고 존중하되 그것이 인간관계를 경직시키지 않도록 쌍방향의 의사소통을 한다면 가장 좋지 않을까.

집주인도 같이 좀 먹읍시다
미국 집밥과 테이블 매너

한국에서는 8명의 손님을 6시 저녁식사에 초대한다면, 정각 6시에 한 테이블에 4명을 기준으로 모든 음식을 두 벌씩 완벽히 셋팅한다. 손님들

식 전 애피타이저

은 도착과 동시에 상다리가 휘어지도록 푸짐하게 차려진 상에 가서 앉고, 그러면 안주인은 부족하면 더 드시라는 당부와 함께 밥과 국을 한 그릇 가득 담아 내는데, 손님은 맛있다는 찬사와 함께 배가 터질 것 같아도 한 그릇 더 먹어야 손님과 집주인 모두 기분좋게 식사가 끝난다. 중간중간에도 추가 주문되는 국과 밥을 뜨고, 빈 반찬접시를 채우느라 집주인은 엉덩이 붙이고 함께 식사할 틈이 없다.

미국에서는 손님이 도착하면 준비해 둔 가벼운 애피타이저를 호스트도 함께 앉아 먹는다. 애피타이저로는 와인이나 음료, 비스킷, 치즈, 햄, 올리브, 견과류 등이 준비된다. 식사 전에 다른 음식에 손도 못대게 하는 우리와 순서가 다르다. 평소 아이들에게 밥 먹기 전 간식은 절대 금지였기 때문에 아이들은 초대받아 간 식사자리에서 눈을 동그랗게 뜨고 나에게 정말 비스킷을 먹어도 되냐며 속닥속닥 물었다. 사소한 것에서도 나의 방식이 절대적으로 맞는 것은 아니었구나 새삼 느낀다.

애피타이저를 먹으며 호스트도 함께 담소를 나누는 동안 조리가 끝났다는 오븐의 알람이 울리고 메인요리가 완성되면 다이닝룸으로 이동한다. 메인요리가 나오면 그 때부터 식사가 시작되고 식사 후에는 커피나 티와 함께 아이스크림, 케이크 등의 달콤한 디저트가 내어진다.

우리는 음식을 차려낼 때 간도 이미 맞춰진 상태로 나오기 때문에 소금과 후추를 달라고 하면 입맛에 맞지 않는가 보다며 호스트가 당황해할 수 있다. 간이 내 입맛과 달라도 다른 반찬으로 간을 조절하며 먹는다. 국이 싱거우면 김치와 같이 먹고, 고기가 짜면 밥을 더 퍼 먹는다.

미국에서는 기본 간을 하긴 하지만 소금, 후추, 소스 등을 테이블에 올려 두고 기호에 맞춰 각자 간을 조절하는 것이 당연하다. 음식은 큰 그릇에 한꺼번에 담아둔다. 개인 접시에 음식을 덜고 옆사람에게 건네면 각자 원하는만큼 덜어 담고, 더 먹고 싶은 경우 음식 그릇에 가까이 앉은 사람에게 그릇을 건네 달라고 부탁한다. 소스가 있는 샐러드나 수프는 다른

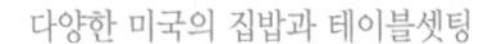

다양한 미국의 집밥과 테이블셋팅

홈메이드 파이에 생크림을 곁들인 식후 디저트

음식과 섞이지 않도록 개인 보울에 따로 담아 먹는다. 두루마리 휴지는 오직 화장실에서만 사용하므로 절대 식탁위에 올려서는 안되고(많은 미국인들이 한국의 식당에서 두루마리 휴지로 입을 닦는 것을 보고 문화 충격을 받는다. 외국인이 요강에 빵을 담아 먹는 것을 보는 기분이랄까) 크리넥스 티슈도 주로 코를 풀거나 하는 용도로만 사용하고 식탁에서는 반드시 냅킨을 사용한다.

한 미국친구가 말하기를, 한국식탁의 가장 놀라운 점은 음식의 종류가 매우 많은데도 불구하고 한꺼번에 차려진 음식들이 모두 뜨겁게 덥혀져 나온다는 점이라고 했다. 생각해보니 국, 찌개, 불고기, 전, 생선구이가 모두 따뜻한 상태로 동시에 차려지는 한국음식이 얼마나 큰 정성과 노력이 필요한 일인지 새삼 깨닫는다.

상상을 초월하는 교통 범칙금, 티켓 한 장에 500불

미국과 우리나라 교통체계의 가장 다른 점은 바로 STOP 사인이다. 미국에서는 신호가 없는 교차로에서 먼저 도착하는 차가 출발도 가장 먼저이다. 먼저 교차로에 도착한 사람이 '고개를 획획 돌려' 좌우를 한번씩 보고 안전하다고 판단되면 먼저 출발한다. 완전히 정지하지 않고 살짝 브레이크만 밟고 구렁이 담 넘어가듯 미끄러져 가면 이 또한 법규위반이다. 차나 사람이 없더라도 차 바퀴가 완전히 정지한 후 마음 속으로 1,2,3을 센 후에 출발해야 한다. 한국에서는 횡단보도의 보행자 신호에도 빨리 우회전 하라고 빵빵거리는 뒷차의 등쌀에 못 이겨 야금야금 차 머리를 밀어 넣어야 하는데 이 낯선 방식에 적응하는데 꽤나 시간이 걸렸다.

나도 한국에서는 서울-부산을 혼자 운전해 왕복하고, 시내 운전도 과감하게, 주차는 대개 한 번에 세우는 실력이기 때문에 운전에는 자신이 있었다. 운전경력이 있으면 대개는 미국에서 별도로 연수를 받지 않는 사람이 많지만 남편과 나는 혹시나 하는 마음에 비싼 비용을 지불하고 개인 운전 강습을 여러 시간 받은 후 캘리포니아 운전면허증을 취득했다. 남편도 길눈 밝고 노련하여 한국에서 무사고 20년 경력을 자랑했지만 착실하게 다시 연수를 받았다.

하지만, 결과는 처참하게도 나는 (나의 과실은 아니지만) 3중 추돌, 남편은 (본인의 과실로) 3번의 교통위반 티켓에 (본인의 과실은 아니었으나) 뒷차로부터 들이 받히는 사고를 당했고, 기타 여러 자잘한 위반사항-샌디에고에서 주차비 15불을 내고 영수증을 차유리에 끼워두지 않았다는 이유로 벌금 45불, 납부한 벌금이 무슨 이유인지 등록되지 않았다고해서 45불 재납부, 금문교 통행료 미납으로 몇 배의 벌금, 얼바인 패스트트랙에서 통행료 미납으로 몇 배의 벌금. 비싼 금액의 운전 연수나 받지 않았으면 덜 억울할 것을.

미국에 간지 한 달째, 캠퍼스 근처를 운전하던 남편은 바닥에 쓰인 스탑사인에 강박이 생겨 길의 바닥만 들여다보고 가다가 정작 머리위의 신호등을 보지 못하고 빨간 신호에 너무 자연스럽게 사거리를 통과했다. 운 나쁘게도 때마침 그곳을 지나던 경찰차가 곧바로 사이렌을 켜고 우리에게 갓길정차를 지시했다. 경찰은 즉시 면허증을 요구했고 그때까지만 해도 남편은 뻣뻣한 태도로 경찰에게 던지듯이 면허증을 건네줬다. 경찰은 면허증과 보험증을 가지고 경찰차로 돌아가더니 한참을 조회하고 적고 했다. 남편은 "도대체 뭐하는거야" 짜증 섞인 말을 내뱉더니 차문을 열고 밖으로 나갔다. 나중에 듣자 하니 남편은 한국 스타일로 "나 여기 유학생인데, 교통체계가 한국과 달라서 그러니 좀 봐주쇼. 제일 싼 티켓으로 하나 끊읍시다." 말이라도 해 볼 요량으로 내렸단다. 그러나, 남편이 문을 열고 나가는 찰나 경찰의 표정이 순간적으로 매섭게 얼음처럼 변했다. 허리춤에 찬 권총이 번뜩였다. "What are you doing, sir? Go back to your car and stay inside, RIGHT! NOW!!!" "뭐하시는 겁니까? 당장 차로 돌아가서 안에서 대기하십시오." 남편은 머쓱해져서는 "앗, 알겠습니다. 저는 그냥 좀 걸어보던 중인데요." 천진난만한 표정으로 헛둘헛둘 팔을 휘저으며 바로 차로 돌아와 앉아서 잠자코 기다렸다.

나중에야 현지 친구들에게서 들은 이야기: "이건 농담이 아니고 말이야, 너희 정말 총 맞을 뻔 했어. 미국에서는 교통위반으로 걸리면 무조건 양 손을 핸들 위에 올리고 머리를 숙이고 기다리고 있어야 해." 우린 "하하하~에이~뭘 그렇게까지!" 하고 손사레를 치며 웃어 넘겼지만 그 후로 몇 차례의 뉴스에서 (대개는 흑인) 운전자가 심지어 신분증을 꺼내려고 웃옷 주머니에 손을 집어넣는 순간 경찰이 운전자 머리통에 가차없이 총알을 날리는 것을 보고 심장이 멎는 줄 알았다. 우리가 경찰에게 걸린 곳이 안전하기로 유명한 클레어몬트의 캠퍼스 근처라 다행이었지, 만약 우범지대였다면 차에서 나가려던 순간 삐죽 나온 다리나 머리에 총알이 일곱 방쯤 박혔을지 모를 일이다.

그 일이 있고 꽤 한참 후 벌금이 적힌 티켓이 우편으로 왔다. 눈을 씻고 다시 본다는 표현을 실제로 경험했다. 두 번 세 번 들여다보다가 내가 영어를 잘못 이해하고 있나 싶어서 남편에게 종이를 건넸다. 이거 지금 벌금이 $500.00라고 써 있는 거 맞지? 이게 500불을 말하는 거겠지? 할인가격이 따로 적혀있나? 그러나, 바람과는 달리 눈 불끈 감고 500불을 내야 했다.

이후에 또 한번의 500불짜리 티켓을 받고 나자, 세번째에 받은 티켓이 300불이라는 데에 감사할 지경이었다. 레이크타호에 갔다가 공사 현장에서 길을 임의로 막아두고 교묘하게 잠복해있던 경찰에게 걸렸을 때에는 강력하게 항의를 하고 싶었다. 하지만 경찰과 직접 실갱이하는 것은 불가능하다. 경찰이 본인은 아무런 권한이 없으니 나중에 티켓을 우편으로 받은 후에 정식으로 이의제기하라는 말만 되풀이 했다. 문제는 그렇게 하려면 해당 지역의 법원에 직접 출두해야 한다는 것이다. 5시간 차를 몰고 다시 갈 수는 없지 않나.

하지만 이듬해 보험 재가입을 할 때 그때 5시간 차를 몰고서라도 법원에 갈 걸 후회했다. 한 해 2000불이던 우리의 자동차 보험료는 교통위반 티켓 3장으로 인하여 4000불로 정확히 더블이 되었다. 또 한 번 한숨…… 티켓 벌금을 낸 것으로 끝이 아니었던 것이었다. 벌금과 별개로 온라인으로 트래픽스쿨(Traffic school)에서 교육을 받는 등의 일련의 과정을 거쳐야 보험료 상승이 그 정도까지는 되지 않는다는 것을 그때서야 알았다. 보험사 직원도 우리의 보험 금액이 상당히 이례적인 경우라며 위로했지만 역시 할인은 1달러도 해주지 않았다. 그 후로 티켓의 T자만 들어도 골이 아파오고 심장이 벌렁거렸다. 한국에서 교통범칙금은 기껏해야 3만원, 5만원이고 어쩌다가 7만원짜리 벌금이라도 내게 되면 그 날은 정말 재수없는 날이라고 투덜거렸건만.

한번은 늦은 밤 요세미티국립공원의 영화관에서 파크레인저에 대한 영화를 보고 숙소로 돌아가는 중이었다. 어두운 밤길에 숙소로 가는 길을 잘 찾지 못해 좌우를 두리번거리면서 촘촘히 있는 속도방지턱을 피하느라 남편이 계속해서 브레이크를 밟다가 급기야 차가 약간 휘청거렸다. 그 순간 바로 뒤에서 잡기놀이의 술래가 "잡았다!" 외치기라도 하듯이 큰 사이렌이 왱~~~하고 울리고 눈을 못 뜰 정도의 밝은 불빛이 번쩍였다. 한숨을 내쉬며 차를 세웠다. 경찰은 아까부터 뒤에서 몰래 따라왔는데 운전자가 브레이크를 자주 밟고 차선을 정확히 지키지 않는 것을 보니 음주운전이 의심된다고 했다. 짧은 시간에 머릿 속에서는 저녁에 우리가 술을 마셨던가 돌이켜보았고 다행히 한 모금도 입에 대지 않았다. 남편은 당황스럽기도 하고 일부러 어리바리한 여행자 코스프레를 해 볼 심산으로 혀 짧은 소리로 영어를 더듬거리니 경찰이 난감해하며 갑자기 내 얼굴에 랜턴을 비췄다. "와이프입니까? 남편이 영어를 못하는 거 같은데 당신은 영어 좀 합니까?" "네에? 저도 아주 쪼오~끔……"이라고 얼버무리고 몇 가지 질문에 답했더니 "오케이~당신이 영어를 좀 하는군. 이제 당신이 내 말에 대답하시오" 나를 집중 공략했다. 술을 마셨는지, 어디서 뭘 하다 오는 건지, 왜 운전을 그렇게 했는지 등등. 술은 단 한 모금도 마시지 않았고, 어린 딸이 같이 타고 있는데 음주운전하는 건 말도 안된다, 영화를 보고 나오던 길에 숙소를 못 찾아서 헤맨 것뿐이다 적극적으로 항변하니, 경찰은 랜턴 불빛으로 뒷좌석에서 놀란 눈을 동그랗게 뜨고 앉아있던 딸을 쓱 훑었다. 오케이. 운전 조심해서 가란다. 우리 숙소인 Curry house는 직진해서 교차로에서 오른쪽에 있다는 친절한 설명과 함께……휴우… 500불 벌었다. 나는 또 티켓을 받는다면 경찰에게 눈물의 호소라도 할 작정이었다. 미국에서는 과속만큼이나 저속도 티켓발급의 이유이므로 그 후로 우리는 길을 몰라도 자신 있게 일단 엑셀레이터를 부웅~ 밟고 본다. 길을 지나쳐가는 것이 대수일까. 지나치면 돌아오면 되지. 500불 티켓 안 받는 것이 중하지.

처음에는 "캬하~역시 선진국은 뭐가 달라도 다르구나. 준법 정신 정말 대단하다." 칭송하며 혀를 내둘렀다. 저 멀리서 내 귀에는 환청인가 싶을 정도로 사이렌이 작게 울리며 완두콩 만하게 보이는 거리에서 응급차가 달려오는데도 벌써부터 모든 차가 차선을 바꿔 오른쪽 길가에 정지한 것을 보면서였다. 행여나 차가 많아 급히 오른쪽으로 가지 못할 경우에는 그 자리에서 정지한다. 구급차에게 길을 터주지 않았을 때 벌금의 어마어마한 액수를 듣자 일사불란한 질서가 준법정신 때문인지 벌금 때문인지 헷갈려졌으나 이유가 무엇이든간에 질서가 철저하게 지켜지고 있다는 것이 가장 중요했다.

내가 가장 애매했던 순간은 반대편 차선에서 응급차 사이렌 소리가 들려왔을 때였다. 나도 차를 세워야 하나, 반대편이니 그냥 가도 되나 고민하며 엉거주춤 차선 중간에 있는데 다른 차들은 모두 서둘러 차선을 바꾸어 정지했다. 엉겁결에 따라하면서도 뭐 이렇게까지 해야 하나? 하는 생각이 들었다. 하지만 알고 보니 구급차가 중앙차선을 넘나들며 역주행 할 수도 있기 때문에 모든 방향의 차가 정지해야 한단다.

응급차만큼이나 모든 차를 얼음으로 만드는 차가 바로 스쿨버스다. 스쿨버스가 정차하여 아이들이 타고 내리는 순간에는 STOP(정지)라는 팻말이 자동으로 튀어나온다. 이 때에는 무조건 정지하고 기다려야 한다. 추월했다가는 약 700불(약 80만원)의 벌금이다(주마다 다를 수 있다) 한국에서 학원버스가 아이를 내려주고 서둘러 출발하다가 차 앞을 지나는 아이를 미처 보지 못하고 치거나 추월하던 다른 차가 치는 사건이 종종 발생한다. 그때마다 미국을 떠올리면 우리도 충분히 예방할 수 있는 사고인데 꽃 같은 아이들만 희생되는 것 같아 마음이 아프다.

너무 천천히 운전해서 진로방해를 해도, 스탑사인에 3초 정지를 안해도, 면허증을 소지하지 않아도, 헤드라이트를 안켜도, 선팅을 진하게 해서 운전자가 안보여도, 아이가 카시트에 앉지 않아도, 카풀레인에서 혼자 차를 타고 가도 기본 수백불의 벌금이다. 프리웨이에서 쓰레기나 담배꽁초를 창밖으로 버렸다가는 천불(110만원)짜리 담배를 핀 꼴이 될 수 있으니 특히 조심해야 한다.

질서와 안전을 위한 법률이 구멍없이 촘촘하게 제정되고, 법을 시행함에 있어 강력하게 적용되며, 그로 인해 안전한 사회가 구현된다면 구성원들도 크게 저항하지 않을 것 같다. 단, 구급차에 세탁물을 싣고 다니다 적발이 되는 것과 같이 기본적인 사실에 대한 신뢰를 깨뜨리는 일이 없다는 전제 하에서 말이다.

미국에서 되찾은 '나의 이름'

우리 가족의 영어 이름은 프랭크, 클레어, 클로이, 유진이다. 영어이름짓기 책을 한참 뒤적인 끝에 클레어(Clair)는 '분명한, 확실한' 의미의 clear에 어원을 둔 이름이라는 설명에 내 마음에 꼭 들었다. 클로이는 흔하지 않으면서도 세련된 이름이라 마음에 들었다. 남편은 내가 클레어라고 이름짓자, 즐겨보던 미국드라마인 '하우스오브카드'의 남여 주인공 이름이 프랭크와 클레어인 것에 착안해서 프랭크라고 지었다. 미국친구들이 종종 우리의 영어이름을 어떻게 만들게 되었는지 궁금해해서 이 스토리를 이야기해주면 아주 재미있어 한다. 나에게 클레어몬트와 몽클레어라는 타운에 살아서 클레어라고 이름 지은 것이 아니냐고 농담으로 묻지만 내가 영어이름을 지은 것은 미국에 가기 훨씬 이전이라 동네이름과 겹치는 것은 우연일 뿐이다.

미국에서 나는 오로지 클레어로 불렸다. 한국에서는 언젠가부터, 아마도 학교를 졸업한 후부터였던 것 같다. 내 이름 석자가 점점 불릴 일이 없어졌다. 대학 졸업 1년 후에 친구들 중 가장 일찍 결혼하면서 남편이 지인들에게 "제 부인입니다" 하는 소개에서 부인 역할을 맡았고, 사회에서 자리를 잡을수록 점점 불리는 직급도 상승하게 되었고, 첫째가 태어나면서는 민주 엄마, 둘째가 유치원에 들어가니 유진엄마, 이웃에게는 몇 호 아줌마 정도가 나의 호칭이 되었다.

미국에서 내가 가장 좋았던 것 중의 하나는 모두가 내 이름을 물었고,

나의 이름을 기억해 불러주는 것이었다. 미국친구들은 나의 이런 말을 선뜻 이해하지 못해서 한국에서의 호칭에 대한 장황한 설명이 이어졌다. 주로 결혼유무에 따르지만 나이의 개념도 혼합되어 있는 호칭인 아줌마, 아저씨, 아가씨, 총각, 상대와 나의 나이에 따라 상대적으로 달라지는 호칭인 언니, 오빠, 누나, 형, 회사내에서 대리, 과장, 이사 등 직함을 모두 달리하여 부르는 것에 대해 한참을 설명해야 했다. 설명 후에도 "그럼 나이가 많은데 아이가 없는 사람을 뭐라고 불러야 하나? 아이 친구의 엄마인데 나이가 더 많으면 뭐라고 불러야 하나? 한국드라마에서 왜 식당아주머니에게 이모라고 부르냐?" 등의 질문이 이어졌다.

같은 사람이지만 속한 그룹마다 또는 상대와의 관계에 따라 다르게 불리는 것이 신기하다고 했다. 나를 나의 이름으로만 부르는 사람이 누구인가 곰곰히 돌이켜보니 내가 어떠한 역할도 맡기 이전이었던 학창시절 친구들만이 마흔이 다 되어가는 나에게 여전히 나의 이름이나 학창 시절 별명을 부른다. 그래서 아마도 어렸을 때 친구가 수십 년 만에 만나도 가장 반갑다고 하나 보다.

미국친구들과 내가 공통적으로 내린 결론은 한국에서는 주로 조직 내에서의 역할과 관계를 중시하는데 반하여 미국에서는 개인이 중요하기 때문이 아닐까 하는 것이었다. 이것도 또한 큰 문화적 '다름'이었다.

개인적으로는 미국에서 2년간 내가 나의 이름으로만 불리면서 나를 좀더 알고 나를 좀더 찾을 수 있었던 시간이었다. 그리고, 1년 전 '나의 집'이라고 하지 않고 '우리 집'이라 부르고, 외동조차도 '우리 부모님'이라고 부르는, 우리나라로 돌아왔다. 주말마다 경조사가 꽉 차 있고, 거리에는

학교 캠퍼스에 주차되어 있던 깜찍한 차. 핑크 속눈썹을 애교있게 깜빡이며 앞차에 뽀뽀하고 있다. 최고급 수퍼카, 수십년 된 클래식카, 부숴진 범퍼를 청테이프로 칭칭 감고 다니는 차, 깨진 사이드 미러를 묶고 다니는 차. 미국 도로에는 차마저 브랜드도 제각각, 모양도 특색도 제각각이다. 어떤 차이든 내가 편하고 내가 좋으면 그만이다. "내"차니까.

몸을 스쳐도 아무렇지 않게 걷는 사람들로 북적이고, 된장찌개에 여럿이 숟가락을 담가 퍼먹고, 동창회 모임으로 바쁜 곳. 지금은 우리나라에서 우리 가족과 우리 친구들과 우리 식으로 산다.

다만, 이제는 한국안에서 살더라도 내 이름 석자의 존재를 인지하며 산다. 그러려고 매일 노력 중이다.

'문화'라는 주제로 글을 쓰는 것이 매우 조심스러웠다. 한국만 해도 경상도식과 전라도식이 다르고, 같은 경상도라도 안동과 부산이 다르고, 같은 지역이어도 가정마다 고유의 풍습과 문화가 다르기 때문이다. 하지만, 여기에 언급된 문화는 개인인 내가 겪은 경험을 토대로 느낀 차이라고 이해를 구한다.

*** SPECIAL TIP ***

2년만에 아이가 원어민 수준의 영어를 구사하게 된 비결

아이는 아직도 스펠링과 문법이 약하다. 영어시험을 본다면 아마도 한국에서 계속 영어학원을 다니던 아이들과 비교해서 결코 점수가 높지 않을 것이다. 한국으로 돌아와서 실력을 유지하고 싶으면 반드시 학원을 보내라는 주변의 충고를 많이 들었다.

하지만 학원에 다니는 대신 자유시간을 확보한 아이는 혼자 유튜브에서 힐러리와 트럼프의 대선 후보 TV 토론을 찾아보고, 가장 좋아하는 해리포터 영화 주인공의 인터뷰를 찾아보며 좋아하고, 아카데미 영화 시상식 중계를 보며 흥분하고, 자기 전에 영어소설책을 읽고, 엘런 토크쇼를 보며 깔깔거린다. 나로서는 잘 이해가 가지 않아 도무지 따라 웃을 타이밍을 못잡는 미국식 유머에 아이는 같이 웃는 것이 신기하다. 친구들이 다 가지고 있는 휴대폰은 없지만 Mac컴퓨터를 사 주자 시간이 나는 대로 미국에 있는 친구들과 화상통화를 하고 이메일로 서로의 안부를 묻는다.

영어시험 점수는 낮을지 모르겠지만 아이가 영어를 공부라 여기지 않고 세상과 소통하게 해주는 도구로 즐겁게 사용하고 있는 것이다.

영어발음에는 엑센트가 전혀 없어 미국인들도 아이를 현지인으로 착각할 정도이다. 아이 혼자 미국에 갔을때 LA공항의 입국심사대 직원이 "와우. 너는 미국인도 아니고 오래 살지도 않았는데 어떻게 이렇게 영어를 잘

하니? 부럽다!" 영어를 잘한다고 미국인이 부러워 하더라는 이야기를 전해 듣고 웃음을 터뜨렸다. 2년이 조금 안된 기간 동안 파닉스도 모르던 아이가 원어민 수준의 영어를 하게 된 비결을 나도 찬찬히 돌이켜 보았다.

(1) 아이의 성격 파악하여 그에 맞는 방향 정하기

민주는 한글을 7살에 익혔다. 가르쳐 준 적은 없고, 좋아하는 책을 수십 수백 번 반복해서 읽어주자 자연스레 글을 익혔다. 아이는 배움에 있어 처음에는 빠르지 않지만 한 번 속도가 붙으면 가속력이 엄청난 스타일이다. 영어도 마찬가지였다. 딸아이는 조심스러운 성격 탓에 본인이 일단 자신있을 때까지 여간해서 입을 떼지 않는다. 언어를 배울 때 활달한 수다쟁이 스타일이 실력 향상이 빠를 수 있지만, 대신에 딸아이는 관찰력이 좋고 귀를 쫑긋 세워 듣기 때문에 들은 것을 머리 속 곳간에 차곡차곡 쌓아간다. 그래서 오히려 미묘한 억양의 차이나 뉘앙스를 잘 잡아낼 수 있는 것 같다. 그러다가 자신감이 생길 때쯤 말문이 트이면 내부에 쌓여있던 정보와 경험이 폭발하듯이 빠른 속도로 늘어갔다. 아이의 성격에 따라 무조건 밀어붙이기보다는 주변 환경만 조성해주며 차분히 기다려 줄 필요가 있다.

행여 아이가 해외에서 영어를 공부할 기회가 생긴다면 무조건 한국인이 없는 곳만 고집할 필요가 없다. 처음 미국학교에 갈 때는 한국학생이 아무도 없으면 좋겠다 싶었다. 한국 친구들에게만 의존하면 어떡하나 하는 걱정때문이었다. 하지만, 한국친구가 있는 것이-심지어 그저 머리가 까만 아시아인이라면 누구나- 아이가 적응하는데 정서적으로 훨씬 도움이 된다는 사실을 깨달았다. 민주는 처음 다녔던 썸머캠프에서 심지어 베트남 아이가 한 명 있다며 안도했었다. 한국어만 사용하지 않을까? 하는 걱정은 오히려 성인들 사이에서나 일어나는 일일 뿐, 아이들끼리는 놀이를 할 때도 한국어보다 영어가 더 편하게 되고 국적 구분없이 잘 어울려 지낸다. 민주가 학교에 다닌 지 1년 후에 민주보다 한 살 어리고 영어가 서툰(그래도 민주가 처음 미국에 갔을 때보다는 훨씬 더 잘 하는) 한국 여자아이가 교수인 아버지를 따라 1년간 머물게 되었다. 처음에 친구들과도 어울리지 못하고 학교에 가기 싫다며 적응을 못하다가, 민주를 알게 된 후 한국언니가 학교에 있고 놀이터에서 같이 놀 수 있다는 자체가 의지가 되어, 절대 안 하겠다던 방과후학교도 함께 등록하고 학교 생활도 훨씬 빠르게 적응했다며 엄마가 매우 고마워했다.

(2) 소리 내어 읽게 하라

아이는 영어책을 꼭 중얼중얼 소리 내어 읽었다. 그 습관은 더 이상 입의 속도가 눈의 속도를 따라잡을 수 없는 긴 책을 읽을 때까지 계속되었고, 요즘도 자주 소리내어 읽는다. 이러한 습관을 갖게 된 것은 담임선생님 재키의 영향이 컸다. 재키는 수업 시간에 2명씩 짝을 지어 책을 소리 내어 읽고 듣기를 번갈아 하게 했다. 아이들은 소파에 기대서, 바닥에 엎드려서, 책상에 앉아서 편히 서로 읽어주고 들었다. 얼핏 자유시간 같지만 다른 친구에게 방해가 되는 행동을 하거나 독서 이외의 다른 것을 해서는 안 되고 반드시 집중해서 책만 보아야 한다는 점에서는 오히려 엄격하다.

또는 원하는 아이가 교실 앞 선생님 의자에 앉아서 큰 소리로 책을 읽어 주면 모든 아이들이 듣도록 했다. 짧은 그림책이 아니라 꽤 긴 이야기책이기 때문에 매일 조금씩 읽어나가면 한 권을 마치는데 며칠에서 심지어 몇 달이 걸리기도 한다. 하지만 그러는 사이에 아이들은 알게 모르게 조금씩 독서 습관이 형성된다.

민주의 가장 친한 친구인 아이프리는 그림책도 더듬더듬 읽던 민주에게 많은 도움이 되었다. 둘은 책 내용을 자주 대화의 주제로 삼고, 재키가 시키지 않아도 나란히 앉아 읽고는 했다. 한국으로 돌아오기 얼마 전 아이프리와 점심시간에 벤치에 앉아 번갈아 한 페이지씩 책을 읽다가 아이프리가 말했다고 한다.

“클로이(민주), 이제 너가 나랑 같이 500페이지가 넘는 책을 읽으며 줄거리를 얘기하다니 믿을 수 없어! 너 진짜 대단하다.”

(3) 때가 있는 법

딸아이는 무언가를 달달 외우는 경험을 한 번도 해 본 적이 없다가 초등 1학년 때 처음 영어를 접하면서 암기가 동반되자 ‘영어=암기’라는 생각에 스트레스를 많이 받았다. 효과적이지 않다는 것을 알면서도 시험 전날이면 조급한 마음에 나도 무작정 스펠링을 외우라고 강요했다.

“다른 애들은 유치원 때도 스펠링 시험을 보던데 너는 무려 1학년이나 됐고 여러 번 반복했는데 왜 못 외우냐”는 어이없는 질책을 한 적도 있다. 이 때의 부작용으로 아이는 ‘나는 암기를 못하는 아이’라는 생각을 은연중에 하게 되었다. 하지만 영어책 독서량이 많아지자 스펠링을 적지는 못해도 단어를 보면 맥락상에서 의미를 유추해내는 능력이 길러졌다. 나에게도 쉽지 않은 단어도 알고 있는 것을 보며 놀랄 때가 많다.

얼마 전에는 혼자 외워보고 싶으니 단어책을 한 권 사고 싶다고 했다. 교재를 고를 때도 본인이 직접 한다. 이것저것 뽑아들고 훑어보며 본인의 수준에 맞는 책을 고르더니 매일 적은 분량이지만 암기해보고 있다. 쭉 이어질 수도 있고 중간에 싫증나면 그만둘 수도 있다. 하지만, 중단하더라도 또 언젠가 스스로 필요성을 느끼면 다시 시작할 것이다. 모든 것은 때가 있는 법이니까. 민주가 단어를 외울 능력이 생기고, 단어를 외우고 싶은 마음이 들 때는 바로 초등 1학년이 아니고 초등 5학년이었던 것이다.

(4) 썸머스쿨 활용

우리가 미국에 갔던 5월 말은 썸머스쿨을 등록하는 시기였다. 덕분에 6월 초부터 시작하는 썸머스쿨에 바로 들어갈 수 있었고 아이는 두 달 동안 생활영어가 급격하게 늘었다. 그렇다고 귀가 뻥 뚫리고 말문이 트이기를 기대한다면 실망할 수 있다. 놀이에서 하는 간단한 대화 정도가 가능해진다. 그저 영어에 대해 가졌던 막연한 두려움이 사라지고 영어도 친구들과 소통할 수 있게 해주는 언어의 하나로구나 느끼는 정도이다. 하지만 그 정도의 경험만으로도 학업 스트레스 없이 미국 아이들의 놀이문화를 경험하면서 영어환경을 만들어 줄 수 있기 때문에 단기간의 영어 연수를 시키고 싶다면 썸머스쿨을 잘 이용해 보기를 권한다.

(5) 한국어 책을 많이 읽혀라

한국에서 짐을 꾸릴 때 다른 짐은 최소로 했지만 가장 큰 짐은 아이의 한국책이었다. 한국책을 가져갈 것인가 말 것인가 고민을 많이 했다. 욕심 같아서는 영어책만 읽게 하고 싶었지만 오히려 책에 대한 흥미를 잃게 만들까 하는 우려에 과감히 한국책 몇 박스를 챙겨 넣었다. 처음 6개월은 아이가 작심해야만 영어책을 집어들었고, 편하고 재미있게 읽고 싶을 때면 항상 한국책에 먼저 손이 갔다. 아이는 어디를 가든 일단 책을 들고 가니 하루 중 한국책을 읽는 시간이 상당했지만 그냥 내버려두었다. 그러다 어느 순간부터 한국책과 영어책의 비중이 비슷해지기 시작하더니 마침내 영어책의 비중이 역전되는 때가 왔다.

독서 습관이라는 끈만 놓치지 않고 꾸준히 가져간다면 그 언어가 영어이든 한국어이든 그것은 중요하지 않은 것 같다. 반면 나와 비슷한 고민을 하던 교환 교수님 댁은 아이의 한국책을 한 권도 가져오지 않는 쪽을 택했다. 한국에서는 책을 아주 좋아하는 아이였지만 미국에서 영어책을 읽어내기가 어렵자 몇 달간 독서를 아예 중단했다며 걱정했다. 민주가 가져간 한국책을 빌려가기 시작하더니 몇 달 후에는 고학년용 책까지 술술 읽어 내려갔고 점차 영어책도 읽어 내기 시작했다. 이렇게 책을 읽어 내려가는 감과 흥미만 잃지 않는다면 그 언어가 무엇이든 쉽게 전환될 수 있을 것이다.

(6) 일기쓰기

아이가 초등학교에 입학하면서부터 매일 짧게라도 일기를 쓰게 했다. 처음에 습관을 들이기가 쉽지 않았지만 저녁마다 나도 아이 옆에 나란히 앉아서 각자 일기 쓰는 시간을 가졌다. 글쓰기 습관을 들이기에 좋은 방법이다. 한국어로 글을 쓰는 것이 두렵지 않다면 영어로 쓰는 것도 곧 익숙해질 것이다. 중요한 것은 콘텐츠이지, 콘텐츠를 담는 그릇, 즉 언어는 도구일 뿐이다. 스펠링은 무시해도 좋다. 아이도 스펠링을 모르니 그냥 귀에 들리는 그대로 적었고, 당연히 엉망이었다. 하지만 재키선생님은 문법이나 스펠링을 수정해 주지 않았고 무조건 아이디어와 스토리에만 집중하도록 했다. 빨간 펜으로 스펠링을 수정하는 순간 아이는 겁 먹고 그때부터는 생각이 자유롭게 뻗어나가지 못한다.

(7) 도서관과 서점의 프로그램을 잘 활용하라

미국 도서관에는 다양한 프로그램이 많다. 손가락 인형 공연(puppet show)이나 구연동화(story telling)를 율동과 함께 한다거나 도서 토론

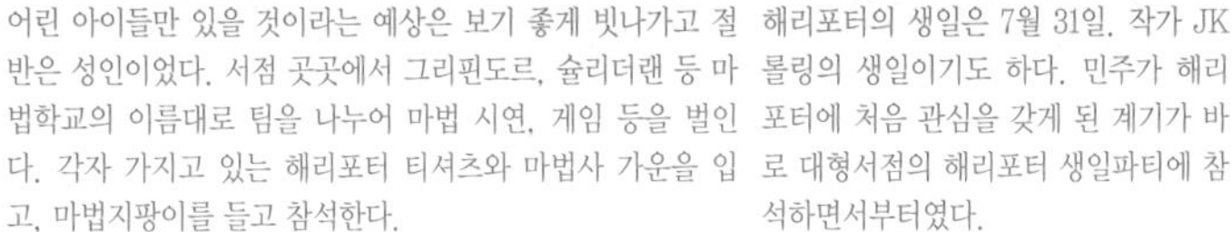
어린 아이들만 있을 것이라는 예상은 보기 좋게 빗나가고 절반은 성인이었다. 서점 곳곳에서 그리핀도르, 슐리더랜 등 마법학교의 이름대로 팀을 나누어 마법 시연, 게임 등을 벌인다. 각자 가지고 있는 해리포터 티셔츠와 마법사 가운을 입고, 마법지팡이를 들고 참석한다.

해리포터의 생일은 7월 31일. 작가 JK 롤링의 생일이기도 하다. 민주가 해리포터에 처음 관심을 갖게 된 계기가 바로 대형서점의 해리포터 생일파티에 참석하면서부터였다.

가장 큰 프랜차이즈 서점인 Barns & Nobles 에는 재미있는 이벤트가 많다. 공주님들이 아름다운 드레스를 입고 책을 읽어주는데 마다할 소녀가 있을까. 스토리텔링을 기다리는 동안 알록달록한 캔디가 뿌려진 앙증맞은 사이즈의 스타벅스 음료가 서빙됐다. 아이들은 마치 특별한 손님이 된 것처럼 느낀다. 모든 이벤트는 무료

LA 시내의 대형 쇼핑몰 The Grove의 가장 번화한 중심지에는 Barns & Nobles 서점이 3층 건물 전체에 입점해 있다.

회도 열린다. 방학 중에는 몇 권 이상의 책을 읽으면 아이들이 좋아할만한 장난감을 선물로 주기도 한다.

미국은 교과과정이 과목보다는 '주제' 중심이므로 한 주제를 다각도로 다루고 깊이 있게 배운다. 아이가 날씨에 대해 배우고 있다면, 근처 도서관에 가서 날씨 관련 책을 몽땅 빌려왔다. 다 읽지 못하더라도 사진만이라도 보여 주었다. 그러면 확실히 주제에 대해 훨씬 더 관심이 생겼다.

서점에도 재미있는 프로그램이 많다. 직원들이 그림책의 내용에 맞는 분장을 한 채로 책을 읽어주고 기념촬영을 해준다.

민주가 해리포터의 광팬이 된 것은 서점에서 열린 해리포터 생일파티에 참석하면서부터 였다. 해리포터의 생일인 7월 31일에 미리 접수를 받아 서점 내에 백여 명의 사람들이 참석한 가운데 책의 내용대로 팀을 나누고 퀴즈대회를 열고 마법의 약을 제조한다. 그 때만 해도 민주는 해리포터를 읽기 전이었는데 그저 이벤트가 궁금해서 참석했다가 그렇게 강력한 팬덤이 있다는 것에 매우 놀랐고, 어른들까지 열광하는 것을 보니 대체 어떤 내용인지 궁금해했다. 그 때부터 아이는 권 당 최대 900페이지에 달하는 7권의 시리즈를 독파했고 수많은 등장인물의 특징을 노트에 빼곡히 적어가며 다시 한번 퀴즈대회에 나간다면 우승할 자신이 있다며 별렀다.

(8) 중고서점에 자주 가기

동네에 중고서점이 있었다. 어린이책은 무조건 권 당 1불이다. 시간이 날 때마다, 근처를 갈 때마다 들렀다. 요즘은 한국에도 대형 온라인 서점들이 중고책 전문서점을 내서 예전에 비해 영어책을 좋은 가격에 구입할 수 있다. 하지만 국내 중고서점의 책들을 들여다보니 영어학원 필수 도서라든지 몇몇 유명작가 위주의 책이 대부분이다. 미국 중고서점에는 미국 아이들이 많이 읽는 다양한 장르의 책이 있다. 어떤 책을 사야 할지 모르겠다면 권위 있는 도서상(예. 뉴베리상)의 수상작이라고 적혀 있는 책을 선택하는 것도 방법이다. 당장 읽어내지 못할 수준이더라도 좋은 책은 미리 사두니 아이가 들춰보고 언젠가는 읽는다.

(9) 방과 후에는 데이케어

친구들과 충분히 놀 수 있는 시간을 주고 싶다면 방과후 데이케어(아이돌봄)에 등록하는 것이 좋다. 민주는 주 2회 내지 3회 이 곳에서 시간을 보냈다. 프로그램은 대개 미술프로젝트, 영화보기, 필드트립 등, 썸머스쿨과 비슷하다. 아이들은 놀면서 가장 많이 배운다는 것을 다시 한번 깨달았다. 어린 아이들이 개별적으로는 미숙해 보이지만 아는 것을 서로 가르쳐주고 배우고 느끼면서 보다 큰 결과물을 가져오는 사실을 많이 보았다.

(10) 현지인 친구 만들기

언어를 배우는데는 물론 친구들이 가장 중요하다. 사람 좋아하는 우리 가족의 특성 상 어디든지 시간이 허락하는 한 모든 일에 빠짐없이 참석하였고, 각각의 장소에서 소중한 인연을 만났다. 때마다 좋은 친구들이 함께 했고 시간과 추억을 공유할수록 관계는 돈독해졌다. 그러기 위해서는 일단 부지런해져야 한다. 우리가족이 각자 학교의 행사, 기숙사 행사, 마을 행사에 출석도장을 찍으며 부지런히 다니는 것을 보더니 점점 더 많은 사람들이 우리에게 정보를 주거나 초대해 주었다. 저녁시간에는 현지인들

데이케어의 선생님들. 늘 다정하고 유쾌하고 일에 대단한 열정을 가진 분들이다. 우리가 떠나올 때 깜짝 선물과 정성스러운 카드를 안겨 주셨다.

이 있는 헬스장에 가고, 사교모임에 가고, 야외콘서트장에 갔다가 잠들 무렵이 되어서야 귀가했다. 그러다보니 아이는 잠자는 시간 빼고는 종일 영어를 들었다. 그렇게 몇 달이 지나자 아이는 잠꼬대도 영어로 하기 시작했다.

(11) 아빠 엄마가 아이의 학교 생활에 적극적으로 참여하라

남편은 틈나는대로 아이의 학교에 들러 급식도 같이 먹고 아이들과 축구를 했다. (아이 학교는 대학캠퍼스에서 걸어서 5분 거리이다) 민주가 함께 하든 하지 않든 아이들과 어울려 놀다 보니 나중에는 아이돌 급의 인기를 누렸다. 남편이 교실에 들어가면 아이들이 "프랭크~!!" 이름을 부르며 달려와 하이파이브 하거나 덥썩 안겼다. 어떤 날은 수업 시작 전에 스피커로 신나는 음악을 틀고 애들과 한바탕 댄스파티를 벌이기도 했다. 혹시나 수업에 방해될까 싶어 살짝 걱정하던 내가 뒤를 돌아보자 재키도 이미 아이들과 손잡고 신나게 춤추고 있었다.

나는 매주 수업 도우미로 봉사활동을 했고, 필드트립(소풍)을 갈 때 보호자로 자주 따라갔다. 학교피크닉, 기금 마련행사 등 학교에서 하는 모든 행사에 적극적으로 참여하는 사이에 점차 아이 친구들의 이름을 모두 알게 되고, 한마디씩 대화하게 되고, 어울려 함께 놀고, 부모들과도 친하게 되어 서로의 집에 초대했다. 학부모들은 우리 부부에게

"너희 부부는 씨캐모어 교직원 같아. 올 때마다 항상 보이더라"

"그러게요. 우리도 씨캐모어 학생이 아닌지 자주 헷갈려요."

(12) 한국에서는 영어 공부하고, 미국에서는 한국 문제집 풀고? 거꾸로 공부하지 말자.

아이가 한국으로 돌아오게 될 때를 대비해 3, 4학년 한국 문제집을 사 갔다. 결국 단 한 장도 펴보지 않았지만. 미국에 지내다보니 '지금, 이 곳'에 충실하고 싶은 생각이 커졌다. 가족동반 유학이나 연수를 떠나는 부모들이 흔히 한국에서는 미국 학교에 대비한다고 영어 공부 시키고, 미국에서는 한국 돌아갈 것에 대비한다고 국어, 수학 공부를 시킨다. 하지만, 문득 한국에서는 한국 학업에 충실하고, 미국에서는 미국에서만 누릴 수 있는 것을 충분히 즐기자는 생각이 들었다.

수학은 특히나 한국과 미국 간에 진도와 수준 차이가 크다. 3학년 중에도 숫자를 좌우 반대로 쓰는 아이들도 있고, 6학년도 곱셈, 나눗셈을 제대로 하지 못하는 아이들이 꽤 있다. 한국에 돌아와 4학년이 되어서도 민주는 구구단을 외우지 못해 한동안 곱셈 나눗셈이 늦었다. 하지만, 연산 학습지로 보충하니 금방 한국 학생들의 속도와 정확성을 따라 잡았다. 3학년부터 배우기 시작하는 사회와 과학도 4학년이 되어 처음 접하면서 용어를 낯설어 했지만 차츰 익숙해졌다. 지레 겁 먹고 한국 교과 과정을 단단히 준비시켰더라면 한국에 돌아와 치른 첫 번째 시험에서 민주가 받아온 65점의 성적을 받아오는 일이 없었겠지만 1년이 안 되는 시간에 무난하게 궤도에 올랐다. 시간이 걸릴 뿐, 다만 그 적응시간은 아이에게 반드시 약이 되는 시간이었다 생각한다. 그냥 현재에 충실하고 현실에 집중하자.

이 책은 우리 가족이 미국에서 보낸 2년에 대한 이야기다. 인생이 늘 그렇듯이 한국에 돌아온 1년 사이 또 많은 일이 있었다.

남편은 미국에 한 꾸러미의 우울증 약을 소중히 챙겨갔지만 약은 서랍 속에 그대로 쌓여 있다가 한 번의 이사를 하면서 쓰레기통에 던져졌다. 화창한 날씨 덕분인지, 대학캠퍼스의 활기찬 에너지 덕분인지, 학업에의 열정과 여행이라는 달콤한 보상의 적절한 배합 때문인지, 가족과 삼시 세끼 함께 먹고 웃고 떠들던 시간 덕분인지는 모르겠다. 떠나올 즈음에는 미국 생활을 알차게 보냈노라고 뿌듯해하고 마음의 병을 이겨냈음에 서로 격려와 수고의 인사를 나누었다. 하지만, 역시 세상만사 일희일비 해서는 안 된다는 말을 곱씹어보게 되는 순간이 왔다.

남편 혼자 한국으로 돌아온 다음날, 출근 대신 종합건강검진센터에서 검진을 받았다. 검사 도중 당뇨수치가 기계로 측정할 수 있는 최대치에 달하여 당장 검사를 중단하고 종합병원으로 옮겨가 입원을 권고 받았다.

병명은 급성당뇨였다. 마지막 학기까지 적지 않은 수업을 들으며 스트레스가 극에 달한 상태로, 기말과제물 제출, 중국에서 일주일간의 빡빡한 스케줄과 장거리 이동, LA로 돌아오자마자 다시 친동생 결혼식 참석 차 한국에 다녀오고, 돌아와 MBA를 마무리 짓는 기말고사까지, 여러 스케줄이 거의 동시 다발적으로 일어났다. 그 즈음부터 몸 속의 열기를 감당하지 못하며 매일 수십 통씩 찬물을 들이키고, 수십 번 화장실에 가기를 반복했다. 많이 먹어도 체중이 눈에 띄게 줄어갔다. 그것이 당뇨증상이라는 것을 귀국 며칠 전에야 깨닫고 곧바로 검진센터에 갔던 것이다. 의사는 그 정도의 높은 혈당수치라면 심각한 합병증이 있을 가능성이 30%라고 했지만 다행히 합병증은 발견되지 않았다. 돌이켜보면 미국에서 저혈당 쇼크가 오지 않았던 것이 기적이라고 생각하며 감사할 뿐이다.

그 후로 한동안 회사에 복직하지 못했다. 소식을 듣고 미국에 있던 나는 당장 짐 꾸릴 준비를 했지만 남편은 만류했다. 홀로 맞이하는 질병이 두렵지 않았을 리 없지만, 한국과 학기가 맞지 않는 아이들의 학교적응부터 미국생활을 정리하는데 걸릴 짧지 않을 시간까지 고려해서 내린 어려운 결심이었을 것이다. 결국 나와 아이들은 예정대로 미국에 몇 달 더 체류했다. 한동안 남편은 신발 밑창이 다 해지도록 종일 걷고, 채식 위주로 먹고, 수백 번 손끝을 바늘로 찔러가며 혈당 측정을 하는 생활을 혼자 감당했다.

현재는 약과 운동을 병행하며 정상적인 생활패턴을 유지하고 있다. 겉으로 보기에는 미국에 가기 전과 다름없이 숨쉴 틈 없이 바쁜 일상이고, 다름없는 사람으로 보인다. 하지만 예전에는 외부의 공격과 스트레스로부터 방어의지 없이 온몸으로 막아서며 속수무책 터졌다면 이제는 전보다 자신의 육체와 마음을 좀더 소중하게 여길 줄 알기에 방패로 막아내기도 하고, 종종 스스로에게 수고했다며 선물을 할 줄도 안다. 미국에서 많은 분들이 해 주셨던 말씀, 삶의 균형(balance)을 늘 염두에 두고 살려고 노력하고 있다.

환희와 절망을 오가던 삶의 순간을 돌이켜보면 매사에 일희일비 하기보다는 늘 평정심을 유지하는 것이 현명해 보인다. 그럼에도 나는 그냥 기쁠 때 세상 모든 행복이 내 손 안에 주어진 것마냥 즐거워하고, 슬플 때 밑바닥까지 떨어져 슬퍼하는 쪽을 택하고 싶다. 저울질 하고 눈치 보며 행복할 때 티 내지 않으려 꾹꾹 누르다가 언제 그런 행복의 순간이 다시 올지 모르고, 슬플 때 슬픔을 토해내지 않았다가 심장에 잿가루처럼 시커멓게 쌓여서 수십 년 묵혀질지 모른다.

민주는 미국에 가기 전 사립학교에 다니고 있었다. 우리는 예민하고 화초 같던 아이를 세심하게 돌봐주는 대신에 조금 더 비싼 비용을 지불해야 하는 학교를 선택하는데 망설임이 없었다. 어쩌면 맞벌이하며 7년을 외할머니 손에서 자라게 한 데 대한 우리 부부 나름의 보상심리였던 것 같기도 하다(정작 아이는 외할머니, 외할아버지와 함께 살았던 그 때를 행복했던 시간으로 기억하지만). 미국에서 아이는 많이 단단해졌고, 다른 한편 많이 유연해졌다. 태어나 처음으로 아빠 엄마와 셋이서만 오롯이 가족의 시간을 보내보았고, 다양한 사람을 만나보았고, 하나의 잣대로 재단할 수 없는 서로 다른 개성과 능력이 있다는 것을 알게 되었고, 그들과 친구가 되어 보았다. 한국으로 돌아와 집 앞 공립학교로 전학하는 것에 아이는 순순히 동의했다. 썸머스쿨까지 치면 무려 네 번째 학교였지만 아이는 변화를 두려워하지 않을 만큼 충분히 강단져졌고, 우리 부부도 아이에게 예전에 갖고 있던 미안함이 더 이상은 없었다.

민주는 4학년 겨울 방학과 봄방학을 이용해 두 달 반 동안 혼자 미국에 머물렀다. 히데와 많은 공연, 영화, 책을 함께 보고 감상평을 나누었고 여행을 다녔다. 히데의 친구들과 매일 식사와 게임을 했고, 차사고로 가지 못했던 라스베가스에서 히데의 가족들과 크리스마스 파티를 했다. 민주를 만나러 헬스장 친구들이 모였고, 씨캐모어 친구들과 날마다 축구하고 열한 번째 생일파티를 열었다. 레이와 유니버셜 스튜디오에 새로 지어진 해리포터 세트장에 다녀왔고, 로빈과 우주탐험 영화를 보고 캘리포니아 과학센터를 투어했다. 밀스온휠스(Meals on Wheels)에서 매주 자원봉사 하는 히데를 따라가 수십 개의 도시락에 음식을 담아 히데가 운전을, 민주가 방끗 웃으며 현관까지 배달하는 역할을 했고, 히데의 이웃인 베스(Beth)할머니의 90세 생일을 맞아 멕시코 크루즈 선상 생일파티에 초대받아서 베스의 가족 스무 명과 어울려 일주일간 남미 여행을 즐기고…… 다시 이곳으로 돌아왔다.

리터니(영어권에 살다 온 학생) 전문 학원에 등록하여 영어실력을 유지시켜 줘야 한다는 주변의 충고에 솔깃하기도 했다. 민주가 미국에서 얻어온 가장 큰 수확은 영어 '점수'보다 '즐기기'였는데, 학원에 다닌다면 점수를 얻는 대신에 즐기기를 다시 잃을 것 같았다. 아직은 '즐기기'를 더 즐기라고 그냥 두었다. 올해 5학년이 되었지만 여전히 어느 학원도 다니지 않고, 수학은 방과후수업에서 보충하고, 뒹굴거리며 책 읽기를 가장 좋아하고, 축구교실에서 땀에 흠뻑 젖도록 공을 차고, 아침 달리기 프로그램에 참여하고, 중국어 공부를 시작했다. 발표 한번 해보기가 가장 큰 목표였던 아이는 이제 전교임원선거에 나가 수백 명 앞에서 연설하고 친구들과 길에서 유세활동을 펼치고 각종 대회에 나가 발표할 때의 긴장감을 즐긴다. 사춘기도 곧 올 것이고 엄마가 해준 게 뭐 있냐며 억! 하고 뒷목 잡게 하는 순간도 있겠지만 아이의 자연스러운 변화가 크게 두렵지는 않다. 나도 좀더 단단해졌고, 또 한편 유연해졌으니까.

둘째 유진이는 우리와 일 년 간의 공백이 무색하리만큼 금방 녹아 들었다. 외할머니 할아버지의 넘치는 사랑이 엄마의 부재라는 충격을 잊게 해주었던 것 같다. 한국에서 감기약을 한 달씩 연달아 먹던 아이는 미국에서 지내는 동안 약이 필요치 않았다.

한국 나이로 올해 여섯 살이 되었다. 영어유치원과 숲유치원 중 고민하다가 영어는 평생 해야 할 것 같고, 숲에서 놀 수 있는 때는 지금뿐일 것 같아 숲 유치원을 택했다. 매일 숲에 가서 사계절을 온몸으로 흠뻑 느끼며 비 오는 날은 물웅덩이에서 첨벙거리고, 눈 오는 날은 썰매 타며 논다. 놀라우리만큼 단기간에 쑥 늘었던 영어는 예상대로 썰물처럼 쭉 빠져나갔지만 미국 가기 전 영어에 가지고 있던 거부감이 없어져서 지금은 책이나 만화, 나와의 대화를 통해 자연스럽게 받아들이고 있다. 본인도 열살 되면 언니처럼 반드시 혼자서 히데 할머니에게 가겠다는 목표를 세워서 잠도 혼자 자기 시작했고, 외계어를 중얼거리며 영어를 연습하는 척 한다.

히데도 그때 유진이를 돌봐주려면 건강해야 한다며 열심히 운동하신다.

미국의 친구들에게도 많은 변화가 있었다. 헤아릴 수 없이 많은 추억이 깃든 체력단련장은 재정악화로 몇 개월 전 문을 닫았다. 그곳 친구들은 10년 넘게 매일 함께 해온 운동과 화요일의 타코 모임을 더 이상 하지 못하게 되었지만 여전히 특별한 날에는 함께 모여서 식사를 하고 나에게도 여전히 모임 안내 이메일을 보내준다.

ESL강좌의 마니(Marney) 선생은 수업을 절반으로 줄이고 서서히 은퇴를 준비하고 있다. 얼마 전 그녀의 75번째 생일파티에는 16개국 46명의 학생들이 참석해 축하해 주었다. 화려한 레드 립스틱을 바르고 레드 블라우스를 아름답게 차려 입은 마니의 생일파티 사진을 보니 "와우~20년은 젊어 보이시네요!"라는 한국식 칭찬을 하지 않을 수 없다.

씨캐모어 초등학교의 재키 선생도 퇴직을 준비하고 있다. 어쩌면 10년쯤 후에 재키의 제자 중 누군가 Room10에서 아이들을 가르치고, 재키도 본인의 은사인 샐리가 그랬던 것처럼 작은 카트에 책을 끌고 다니며 아이들에게 그림책을 읽어줄 것만 같다.

그 사이 한국을 방문했던 친구들도 있고 앞으로 방문할 친구들도 있다. 히데는 사돈네인 켄과 샐리와 함께 평창올림픽시즌에 한국을 방문하실 예정이다. 로빈도, 베트남친구도, 일본친구도, 친구의 친구들도 머지않아 한국에서 삼겹살에 소주 한 잔을 기울일 것이다. 추억의 서랍 한 켠에 있는 친구들이 아니라 현재를 함께 하고, 앞으로의 시간도 함께 할 선물 같은 친구들을 만나 삶이 더 풍요로워지고 즐거워졌다.

미국에서의 낯선 생활, 소중한 인연, 수많은 여행, 다른 문화는 우리 가족에게 작게는 사소한 생활습관부터 교육관, 인생의 큰 방향과 가치관까지 적지 않은 영향을 주었다. 어느 나라가 자녀교육에 더 좋은지, 물가가 더 싼지, 일처리가 더 빠른지 등의 일차원적인 비교는 이제 큰 의미가 없다. 생각만해도 마음이 따뜻해지고 그리워지는 장소와 사람과 음식이 생겼고, 나이와 국적에 대해 견고하던 마음의 벽이 허물어지면서 친구 삼을 수 있는 사람의 스펙트럼이 넓어졌고, 서로 다른 문화와 라이프스타일을 경험하며 다름을 인정하게 되었고, 낯선 곳에 뚝 떨어져 어떠한 상황이 닥쳐도 당황해서 주저앉아 울고만 있지 않을 것 같은 자신감이 생겼다. 그것이 결국은 '성숙해진다'는 것이 아닐까. 나이 드는 것(aged, old)과 성숙함(mature)은 차이가 있다.

나이 듦은 그저 시간만 흘러가면 생기는 나이테 같은 것이지만 성숙함은 나이와 반드시 비례하지 않는다. 젊은이도 성숙한 인간일 수 있고, 노인도 미성숙할 수 있다. 히데는 우리가 떠날 무렵 민주를 보며 종종 blooming과 mature라는 표현을 사용하셨다. 민주가 꽃봉오리로 시작해 활짝 피어나고 성숙해지는 과정을 함께 지켜보셨고, 그 과정을 도와주셨다. 지금도 우리 가족은 매일 좌충우돌하고, 자주 경솔해서 금세 후회하고, 적기도 민망한 속 좁은 언행을 되풀이 한다. 그럼에도 성숙한 인간의 조건에 유연한 태도와 이해와 공감, 친화 능력도 포함된다면 우리 가족이 미국에서 한 발자국 정도는 그에 가깝게 가지 않았나 조심스레 생각해본다.

나는 한국으로 돌아올 날이 다가올수록 마음 한 켠에 두려움도 커졌다. 우습게도 아이들보다도 마흔이 다 된 나의 미래에 대한 걱정이 앞섰다. '경단녀' 라는 꼬리표가 붙는 것이 싫어서, 지난 10년간 해왔었고 다른 잘하는 것도 딱히 없는 것 같기에 다시 회사에 다닐까? 하는 생각도 했다. 문득 한국에 돌아가면 주어지는 업무를 쳇바퀴 돌리기처럼 해내는 일 말고 진심으로 즐겁고 가슴 뛰는 일을 찾아보라는 짐(Jim)의 말이 마지막 유언처럼 떠올랐다. 35년간 한번도 자신의 일(언어치료사)을 싫증 내본 적 없었고, 본인의 장례식에서 누구도 울지 않고 참석한 이 모두가 즐겁게 본인과의 추억거리를 나누었으면 좋겠다는 히데의 말이 떠올랐고, 병을 탓하지도 누구를 원망하지도 않고 자신은 단지 인생이라는 복권에서 'bad luck(불운)' 티켓을 뽑았을 뿐이라며 늘 "I am awesome(난 대단해! 멋져!)"라고 외치며 호탕하게 웃는 레이가 떠올랐다.

일단 머리를 비우고 운동을 시작했다. 매일 3-4시간씩 유산소운동과 근력운동을 병행하여 체력을 20대 수준으로 끌어올렸다. 팔굽혀 펴기와 윗몸 일으키기를 꾸준히 하니 복근이 덤으로 생겼고, 체력이 좋아지자 의욕과 자신감을 보너스로 받았다. 그 보너스와 덤을 밑천으로 글쓰기라는 새로운 일에 도전해 볼 용기가 생겼다.

글을 쓰는 몇 달 동안에도 일상은 똑같이 흘러갔다. 집에서는 가사일이 밟혀 눈 질끈 감고 아이를 유치원 차에 태우자마자 근처 스타벅스에 가서 글을 쓴다는 점만 달라졌을 뿐. 남편과 아이들을 회사와 학교에 보내고, 하교시간에 맞춰 돌아가 간식 챙기고, 강둑 터진 듯 와르르 쏟아내는 아이들의 일과와 기분을 들어주고, 저녁식사 차리고, 동화책 읽어주고, 씻겨 재운 후에 남편과 매일의 숙제인 걷기 운동까지 마치면, 깊은 밤이 되어서야 다시 글을 쓰는 나로 돌아갈 수 있었다. 설거지 하다가도 쓸 내용이 생각나면 메모하고, 세탁소에서 양복을 찾아 들고 오다가 벤치에 쭈그리고 앉아 편집자로부터 온 이메일을 읽고 또 읽었다.

어느 날은 나의 내면을 예민하게 들여다 보아야 하는 글 작업과 깔깔거리고 호통치기도 하고 아옹다옹 하기도 하는 엄마 역할 사이에서 전환 스위치가 마음처럼 빨리빨리 작동되지 않아 힘겹기도 했다. 아이들과 있을 때 글 쓰는 내가 되어 멍하니 생각에 잠기기도 하고, 글 쓰다가도 아이들 준비물이 생각나는 엄마의 내가 되어 글의 방향을 잃기도 했다. 어떤 날은 미국에서 기껏 2년 있다 와서는 많이 아는 체 떠벌리는 것처럼 보일까 덜컥 소심해지기도 했고, 어떤 날은 누군가에게 그래도 잠시나마 미소 짓게 하는 글이 될 수 있지 않을까 작은 희망도 가져보았다. 때로는 스위치를 번갈아 껐다 켰다 반복이 버거워 방전되어 버리기도 했다. 한편으로는 두 역할을 병행하니 오히려 지나치게 하나에 매몰되지 않고 균형점을 잡게 되었던 것 같기도 하다.

나는 여전히 엄마이자 아내이자 경단녀이다. 하지만, 그 호칭이 싫어서 가슴 뛰지 않는 일을 덜컥 시작했더라면 책을 쓰며 처음 느껴본 떨림과 흥분, 행복을 결코 경험해보지 못했을 것이다. 그 감정을 경험해본 것만으로도 미래에 대한 두려움과 움츠림으로부터 많이 벗어났다. 하루 서너 시간 자며 글을 쓰고도 또 빨리 노트북 앞에 앉아 자판을 두드리고 싶은 나 자신을 보며 아이들에게도 그 어떤 강요보다 본인이 가슴 뛰는 일을 하게끔 그저 지켜봐 주는 것이 엄마 역할의 전부이자 최선이라는 것을 몸소 느꼈다.

미국에서 내가 나의 이름으로 불리워지며 나를 찾았다는 마지막 부분을 쓴 새벽, 나는 많이 울었다. 이 책이 한국에 돌아와 내가 나로 살면서 내딛는 힘찬 첫 발이다.

책을 쓸 수 있도록 용기를 주고, 부족한 나에게 늘 사랑과 신뢰와 응원을 보내주며, 성인인 나를 여전히 성장시키는 존경스러운 남편 방동옥 씨와 인생 최고의 선물인 민주와 유진, 오랜 세월 손녀들 봐주시느라 건강 많이 해치신 아버지 박영호 님, 늘 본인의 촌스런 이름이 창피하다며 이름 밝히기를 가장 싫어하시지만 저에게는 가장 소중한 이름인 어머니, 정만조 님께 죄송한 마음과 감사와 존경과 깊은 사랑을 전합니다.

행여 조금이라도 누가 될까 조심스러운 마음에 한국 친구들에 대한 이야기와 사진은 많은 망설임 끝에 넣지 않았으니 저희 가족과 클레어몬트에서 좋은 인연 맺었던 한국 친구들에게 감사와 양해를 구합니다. 책에 사진과 이름과 에피소드를 쓸 수 있도록 허락해주신 모든 분들께 감사드리고(일부는 가명을 사용했습니다), 행여 사전에 양해를 구하지 못한 분이 있다면 사과의 말씀을 드립니다.

Thank you for allowing me to include your pictures, names, and events (Some names have been altered). For those that I have unintentionally overlooked in requesting approval, I would like to apologize and seek your understanding.

해외투자 전문가 따라하기

– 해외투자를 준비하는 사람들에게 최고의 안내서!

선물, 옵션, 외환 등, 해외주식투자를 시작하려는 사람들에게 기초부터 차근차근 설명하는 가장 친절한 안내서.

최우수·황우성·김수한 지음 / 올컬러(별책포함)
200쪽 / 22,000원

여우사냥 합본 개정판

명성황후 시해사범들을 찾아 떠나는 주인공 준호와 여진의 장장 14년에 걸친 통쾌한 복수극. "단 한 권의 역사소설을 읽는다면 나는 이 책을 읽겠다."

다니엘 최 지음 / 816쪽 / 19,000원

굿모닝 마다가스카르

목사/의사 부부가 복음선교와 의료선교로 마다가스카르에서 보낸 10년, 마다가스카르의 역사, 문화, 종교, 애환 등이 책 속에 모두 녹아있어 여행안내서로도 손색이 없다.

김창주 지음 / 256쪽 / 올컬러 / 16,000원

나는 조선의 처녀다

광복70주년기념작품

아! 일제는 순진한 우리 조선의 처녀들에게 어떠한 몹쓸짓을 저질렀는가? 다니엘 최가 5년의 노력 끝에 완성한 항일문학의 결정판!

다니엘 최 지음 / 528쪽 / 15,000원